新时代外国语言文学
新发展研究丛书

总主编 罗选民 庄智象

世界英语文学批评新趋势

New Trends in Anglophone World Literary Criticism

王腊宝 等 / 著

清华大学出版社
北京

内 容 简 介

20世纪的世界英语文学版图大幅拓展，关于这一文学谱系的批评研究在许多国家和地区蓬勃发展。本书聚焦21世纪以来的英国、美国、加拿大、澳大利亚、新西兰、印度六个国家及非洲和加勒比两个地区的英语文学批评新成果，梳理和研究当今英语文学批评在不同语境中的全新趋势和前沿走向。新世纪以来的世界英语文学批评语言相通，但它们彼此之间旨趣迥异，展示了一个丰富多彩和与时俱进的多元英语世界。

版权所有，侵权必究。举报：010-62782989，beiqinquan@tup.tsinghua.edu.cn。

图书在版编目（CIP）数据

世界英语文学批评新趋势/王腊宝等著.—北京：清华大学出版社，2023.11
（新时代外国语言文学新发展研究丛书）
ISBN 978-7-302-64205-3

Ⅰ.①世… Ⅱ.①王… Ⅲ.①英语文学—文学评论—世界 Ⅳ.①I106

中国国家版本馆CIP数据核字（2023）第136128号

策划编辑：郝建华
责任编辑：郝建华　白周兵
封面设计：黄华斌
责任校对：王凤芝
责任印制：宋　林

出版发行：清华大学出版社
　　　　网　　址：https://www.tup.com.cn, https://www.wqxuetang.com
　　　　地　　址：北京清华大学学研大厦A座　　邮　编：100084
　　　　社总机：010-83470000　　邮　购：010-62786544
　　　　投稿与读者服务：010-62776969, c-service@tup.tsinghua.edu.cn
　　　　质量反馈：010-62772015, zhiliang@tup.tsinghua.edu.cn
印　刷　者：大厂回族自治县彩虹印刷有限公司
装　订　者：三河市启晨纸制品加工有限公司
经　　　销：全国新华书店
开　　　本：155mm×230mm　　印　张：17　　字　数：252千字
版　　　次：2023年11月第1版　　印　次：2023年11月第1次印刷
定　　　价：118.00元

产品编号：090365-01

中国英汉语比较研究会
"新时代外国语言文学新发展研究丛书"
编委会名单

总主编

罗选民　　庄智象

编　委

（按姓氏拼音排序）

蔡基刚	陈　桦	陈　琳	邓联健	董洪川
董燕萍	顾曰国	韩子满	何　伟	胡开宝
黄国文	黄忠廉	李清平	李正栓	梁茂成
林克难	刘建达	刘正光	卢卫中	穆　雷
牛保义	彭宣维	冉永平	尚　新	沈　园
束定芳	司显柱	孙有中	屠国元	王东风
王俊菊	王克非	王　蔷	王文斌	王　寅
文秋芳	文卫平	文　旭	辛　斌	严辰松
杨连瑞	杨文地	杨晓荣	俞理明	袁传有
查明建	张春柏	张　旭	张跃军	周领顺

总　　序

外国语言文学是我国人文社会科学的一个重要组成部分。自 1862 年同文馆始建，我国的外国语言文学学科已历经一百五十余年。一百多年来，外国语言文学学科一直伴随着国家的发展、社会的变迁而发展壮大，推动了社会的进步，促进了政治、经济、文化、教育、科技、外交等各项事业的发展，增强了与国际社会的交流、沟通与合作，每个发展阶段无不体现出时代的要求和特征。

20 世纪之前，中国语言研究的关注点主要在语文学和训诂学层面，由于"字"研究是核心，缺乏区分词类的语法标准，语法分析经常是拿孤立词的意义作为基本标准。1898 年诞生了中国第一部语法著作《马氏文通》，尽管"字"研究仍然占据主导地位，但该书宣告了语法作为独立学科的存在，预示着语言学这块待开垦的土地即将迎来生机盎然的新纪元。1919 年，反帝反封建的五四运动掀起了中国新文化运动的浪潮，语言文学研究（包括外国语言文学研究）得到蓬勃发展。中华人民共和国成立后，尤其是改革开放以来，外国语言文学学科的发展势头持续迅猛。至 20 世纪末，学术体系日臻完善，研究理念、方法、手段等日趋科学、先进，几乎达到与国际研究领先水平同频共振的程度，取得了令人瞩目的成绩，有力地推动和促进了人文社会科学的建设，并支持和服务于改革开放和各项事业的发展。

无独有偶，在处于转型时期的五四运动前后，翻译成为显学，成为了解外国文化、思想、教育、科技、政治和社会的重要途径和窗口，成为改造旧中国的利器。在那个时期，翻译家由边缘走向中国的学术中心，一批著名思想家、翻译家，通过对外国语言文学的文献和作品的译介塑造了中国现代性，其学术贡献彪炳史册，为中国学术培育做出了重大贡献。许多西方学术理论、学科都是经过翻译才得以为中国高校所熟悉和接受，如王国维翻译教育学和农学的基础读本、吴宓翻译哈佛大学白璧德的新人文主义美学作品等。这些翻译文本从一个侧面促成了中国高等教育学科体系的发展和完善，社会学、人类学、民俗学、美学、教育学等，几乎都是在这一时期得以创建和发展的。翻译服务对于文化交流交融和促进文明互鉴，功不可没，而翻译学也在经历了语文学、语言学、文化学等转向之后，日趋成熟，如今在让中国了解世界、让世界了解中国，尤其是"一带一路"建设、人类命运共同体构建，讲好中国故事、传递好中国声音等方面承担着重要使命与责任，任重而道远。

20 世纪初，外国文学深刻地影响了中国现代文学的形成，犹如鲁迅所言，要学普罗米修斯，为中国的旧文学窃来"天国之火"，发出中国文学革命的呐喊，在直面人生、救治心灵、改造社会方面起到不可替代的作用。大量的外国先进文化也因此传入中国，为塑造中国现代性发挥了重大作用。从清末开始，特别是"五四运动"以来，外国文学的引进和译介蔚然成风。经过几代翻译家和学者的持续努力，在翻译、评论、研究、教学等诸多方面成果累累。改革开放之后，外国文学研究更是进入繁荣时代，对外国作家及其作品的研究逐渐深化，在外国文学史的研究和著述方面越来越成熟，在文学理论与文学批评的译介和研究方面、在不断创新国外文学思想潮流中，基本上与欧美学术界同步进展。

外国文学翻译与研究的重大意义，在于展示了世界各国文学的优秀传统，在文学主题深化、表现形式多样化、题材类型丰富化、批评方法论的借鉴等方面显示出生机与活力，显著地启发了中国文学界不断形成新的文学观，使中国现当代文学创作获得了丰富的艺术资源，同时也有力地推动了高校相关领域学术研究的开展。

进入 21 世纪，中国的外国语言学研究得到了空前的发展，不仅及时引进了西方语言学研究的最新成果，还将这些理论运用到汉语研究的实践；不仅有介绍、评价，也有批评，更有审辨性的借鉴和吸收。英语、汉语比较研究得到空前重视，成绩卓著，"两张皮"现象得到很大改善。此外，在心理语言学、神经语言学和认知语言学等与当代科学技术联系紧密的学科领域，外国语言学学者充当了排头兵，与世界分享语言学研究的新成果和新发现。一些外语教学的先进理念和语言政策的研究成果为国家制定外语教育政策和发展战略也做出了积极的贡献。

习近平总书记指出："要着力推进国际传播能力建设，创新对外宣传方式，加强话语体系建设，着力打造融通中外的新概念新范畴新表述，讲好中国故事，传播好中国声音，增强在国际上的话语权。"为贯彻这一要求，教育部近期提出要全面推进新工科、新医科、新农科、新文科等建设。新文科概念正式得到国家教育部门的认可，并被赋予新的内涵和定位，即以全球新技术革命、新经济发展、中国特色社会主义新时代为背景，突破传统的文科思维模式与文科建构体系，创建与新时代、新思想、新科技、新文化相呼应的新文科理论框架和研究范式。新文科具备传统文科和跨学科的特点，注重科学技术、战略创新和融合发展，立足中国，面向世界。

新文科建设理念对外国语言文学学科建设提出了新目标、新任务、新要求、新格局。具体而言，新文科旗帜下的外国语言文学学科的发展目标是：服务国家教育发展战略的知识体系框架，兼备迎接新科技革命的挑战能力，彰显人文学科与交叉学科的深度交融特点，夯实中外政治、文化、社会、历史等通识课程的建设，打通跨专业、跨领域的学习机制，确立多维立体互动教学模式。这些新文科要素将助推新文科精神、内涵、理念得以彻底贯彻落实到教育实践中，为国家培养出更多具有融合创新的专业能力，具有国际化视野，理解和通晓对象国人文、历史、地理、语言的人文社科领域外语人才。

进入新时代，我国外国语言文学的教育、教学和研究发生了巨大变化，无论是理论的探索和创新，方法的探讨和应用，还是具体的实验和实践，都成绩斐然。回顾、总结、梳理和提炼一个年代的学术发展，尤其是从理论、方法和实践等几个层面展开研究，更有其学科和学术价值及现实和深远意义。

鉴于上述理念和思考，我们策划、组织、编写了这套"新时代外国语言文学新发展研究丛书"，旨在分析和归纳近十年来我国外国语言文学学科重大理论的构建、研究领域的探索、核心议题的研讨、研究方法的探讨，以及各领域成果在我国的应用与实践，发现目前研究中存在的主要不足，为外国语言文学学科发展提出可资借鉴的建议。我们希望本丛书的出版，能够帮助该领域的研究者、学习者和爱好者了解和掌握学科前沿的最新发展成果，熟悉并了解现状，知晓存在的问题，探索发展趋势和路径，从而助力中国学者构建融通中外的话语体系，用学术成果来阐述中国故事，最终产生能屹立于世界学术之林的中国学派！

本丛书由中国英汉语比较研究会联合上海时代教育出版研究中心组织研发，由研究会下属29个二级分支机构协同创新、共同打造而成。罗选民和庄智象审阅了全部书稿提纲；研究会秘书处聘请了二十余位专家对书稿提纲逐一复审和批改；黄国文终审并批改了大部分书稿提纲。

本丛书的作者大都是知名学者或中青年骨干，接受过严格的学术训练，有很好的学术造诣，并在各自的研究领域有丰硕的科研成果，他们所承担的著作也分别都是迄今该领域动员资源最多的科研项目之一。本丛书主要包括"外国语言学""外国文学""翻译学""比较文学与跨文化研究"和"国别和区域研究"五个领域，集中反映和展示各自领域的最新理论、方法和实践的研究成果，每部著作内容涵盖理论界定、研究范畴、研究视角、研究方法、研究范式，同时也提出存在的问题，指明发展的前景。总之，本丛书基于外国语言文学学科的五个主要方向，借助基础研究与应用研究的有机契合、共时研究与历时研究的相辅相成、定量研究与定性研究的有效融合，科学系统地概括、总结、梳理、提炼近十年外国语言文学学科的发展历程、研究现状以及未来的发展趋势，为我国外国语言文学学科高质量建设与发展呈现可视性极强的研究成果，以期在提升国家软实力、构建人类命运共同体过程中承担起更重要的使命和责任。

感谢清华大学出版社和上海时代教育出版研究中心的大力支持。我们希望在研究会与出版社及研究中心的共同努力下，打造一套外国语言文学研究学术精品，向伟大的中国共产党建党一百周年献上一份诚挚的厚礼！

罗选民　庄智象

2021年6月

前　言

　　20世纪是文学批评的世纪，不同的批评范式"你方唱罢我登场"，至世纪末竟演变成一场硝烟弥漫的"文化战争"（culture wars）。21世纪的钟声敲响之后，人们开始自问：新世纪的文学批评会向何处去？对于这个问题，新世纪以来的欧美多国文学批评家陆续推出新作，给予自己的评论和判断。先是朱利安·沃尔夫里斯（Julian Wolfreys）的《21世纪批评导论》（*Introducing Criticism at the 21st Century*，2002），稍后则有文森特·B. 利奇（Vincent B. Leitch）的《21世纪的文学批评：理论的复兴》（*Literary Criticism in the 21st Century: Theory Renaissance*，2014）、利奥诺·M. 马丁内斯·塞拉诺（Leonor M. Martínez Serrano）的《21世纪文学批评的力量与未来》（*The Power and Promise of 21st-century Literary Criticism*，2015）、让－米歇尔·拉巴德（Jean-Michel Rabaté）的《德里达之后：21世纪的文学理论和批评》（*After Derrida: Literature, Theory and Criticism in the 21st Century*，2018）以及阿尼路德·斯里达（Anirudh Sridhar）、米儿·阿里·霍塞尼（Mir Ali Hosseini）和德里克·阿特里奇（Derek Attridge）等人共同主编的《阅读的工作：21世纪的文学批评》（*The Work of Reading: Literary Criticism in the 21st Century*，2021），可谓林林总总，不一而足。新世纪进入第三个十年之后，世界各国的批评家们更有理由对其文学批评的最新发展提出观察，更对未来文学批评的趋势和走向做出自己的预测。

　　对于不少国家而言，文学批评的话题之所以如此重要，是因为它在过去的百年之中走过了非凡的世纪历程，特别是20世纪后期，关于文学的讨论在"理论"兴起之后引发了一场席卷整个西方世界的文化风暴。经过"理论"洗礼之后的文学批评会在新的时代走出怎样的新路，这确实值得观察和期待。2003年，英国马克思主义文学理论家特里·伊格尔顿（Terry Eagleton）以《理论之后》（*After Theory*，2003）为题出版专著，该书的标题不仅让许多人感觉"理论"已死，更掷地有声地宣布一个新的"后理论"时代已经到来。不过，对于类似的说法，英美两国的不少同行显然不以为然，美国文学理论家利奇在《21世纪的文学批评：理论的复兴》一书中用醒目的副标题告诉读者，在新的世纪，文学理论不仅不会"死"，相反，新的时代还会见证理论的"复兴"。他强调，马克思主义、后结构主义、后殖民理论、女性主义、性别研究、酷儿理论等仍将是众多新世纪批评家非常热衷的理论，与此同时，叙事诗学、新现象学、社会符号学、新形式主义、多元的历史主义、文化研究、伦理学转向、认知理论等也将成为大家热衷的批评视角，而量化分析、体制分析、表层阅读和细读、民间历史、文化批判、个人化批评、民族志及口述史等或许将成为大家竞相使用的研究方法。另一位美国批评家约瑟夫·诺斯（Joseph North）在他的《文学批评：一个政治短史》（Literary Criticism: A Concise Political History，2017）一书中指出，在20世纪末的"理论"热潮中，西方文学批评进入了一个轻批评重研究、轻美学重历史和政治的时代，这种趋势如今已成无可逆转之势，因此在新世纪里，文学批评将继续由历史语境主义的研究范式主导，很多人会渐渐地忘却曾与这种范式相对立的文学批评，形形色色反对历史语境主义一统天下的新尝试会陆续兴起，但它们都不足以对历史语境主义构成足够有力的挑战，在新的资本条件下，这种新多元状态会持续一段时间（North，2017：196–197）。利奇和诺斯关于新世纪文学理论走向的判断比较一致，他们认为，不管人们喜好如何，在新的世纪，关于文学的理论研究不可能画上句号。

2001年，利奇在推出其《诺顿文学批评与理论文选》（Norton Anthology of Literary Criticism and Theory）之后，应邀在世界各地巡游讲学，他认为，"理论"将持续地在全球范围内发展和传播，而且在一段时间内，美国仍将是全球"理论"的源点。利奇的这种以美国为中心、放言和指点新世纪全球文学批评的态度容易让人对他得出的结论产生质疑，因为世界文学太大，其中的国别和区域多样性会让任何宏大的一般性结论显得有些草率。我们认为，讨论21世纪的文学批评和理论或许还是应该具体地考察不同国家和地区的实际情况，有着不同历史文化背景的国家和地区对于在美国风行一时的事物的接受程度各不相同，使用不同语种的文学读者和文学研究工作者对于美国"理论"或许也有着不同的认识。2019年，两位德国学者西比尔·鲍姆巴赫（Sibylle Baumbach）和玻吉特·纽曼（Birgit Neumann）在思考21世纪文学批评时将目光聚焦到了英语世界的小说创作上，在《21世纪英语小说研究的新路径》（New Approaches to the Twenty-First-Century Anglophone Novel，2019）一书中，她们通过具体考察众多英语国家小说家的小说作品，思考新世纪文学批评的新可能性。她们的这一做法表明，21世纪以来蓬勃兴起的世界英语文学（world Anglophone literature）研究是国别和区域之外的又一种世界文学划分方法，世界英语文学是一个相对于世界法语文学、世界西语文学、世界华语文学等的文学谱系，它的源点始于英国，通过英国在世界范围内的殖民扩张得以形成和发展，至20世纪70年代，已经形成包括英国、美国、澳大利亚、新西兰和加拿大等发达国家以及包括亚非拉众多发展中国家在内的巨大文学系统。聚焦有着许多联通便利的英语世界，从中观察21世纪文学批评的走向，无疑是一个极好的视角。

2020年，南非批评家斯特芬·赫尔吉森（Stefan Helgesson）联合两位德国批评家玻吉特·纽曼（Birgit Neumann）和加布里尔·利普尔（Gabriele Rippl）推出了一部《英语世界文学手册》（Handbook of Anglophone World Literatures）。在该书中，他们邀请了众多来自世界各地的同行集中讨论世界英语文学，全书除了讨论英国、爱尔兰、美国、加拿大、澳大利亚和新西兰之外，还辟出专章分别讨论南部非洲、西部非洲和东部非洲、南亚、东南亚和加勒比地区。此外，他们还特别针对散落在全球各地的海洋区域（the Oceans）文学进行了梳理和讨论，其系统性和完整性在迄今为止的同类研究中独树一帜，是一部具有示范意义的著作，对于今日同类的研究提供了重要的参考。

本书的宗旨是研究新世纪世界范围内的英语文学批评趋势和走向，我们部分地借鉴了赫尔吉森等人的思路，将全书的主体部分分成英国、美国、加拿大、澳大利亚、新西兰、印度、非洲和加勒比八章，每章针对这些国家和地区过去20多年来的文学批评和研究走向进行研究。在这个被统称为世界英语文学的大谱系中，英语文学在不同国家和地区的形成和发展有着各不相同的历史，彼此之间也极不平衡。作为英国全球殖民扩张的产物，不同前殖民地国家和地区对于英语文学的态度不尽相同，特别是在亚非拉"第三世界"国家，英语文学不仅起步较晚，在所在国家和地区受到的诟病也最多，关于英语文学的批评和研究传统形成更晚。与英、美等国的文学批评和研究相比，各国批评家在研究所在国家和地区英语文学时所关心的问题大相径庭，虽然他们在全球化时代和信息技术面前思考的问题正在日益接近，但是不同国家和区域之间的差异依然显著。当然，按照美国批评家弗兰科·莫雷蒂（Franco Moretti）的说法，在数字技术的帮助下，今天的文学阅读进入了"远程阅读"的时代（Moretti，2000：48），我们希望，在纷繁复杂的现象之中，既要观察到它们之间的同，更要考察它们之间的异，站在时代的高峰眺望，努力寻找趋势和规律性的方向，以期为学界同行提供一个可靠的指引，相信这样的指引能为以后更加深入的研究提供切实有用的资料。

　　作为世界英语文学的起点，英国文学批评的历史源远流长。从16世纪的文艺复兴，到17世纪的新古典主义，到18和19世纪的浪漫主义和现实主义，再到20世纪的新批评、马克思主义、精神分析、文化唯物主义等，不同范式之间的更替可谓此起彼伏，绵延不绝。第二次世界大战之后，曾经雄霸世界百余年的大英帝国让位给了美国，在美国主导的英语世界当中，英国及其英联邦体系努力维持着自身的体面。在文学批评方面，20世纪下半叶的英国文学批评紧随欧陆和美国的步伐，完整地见证了结构主义、后结构主义、女性主义、后殖民主义等的兴起，更见证了"理论"勃兴之后的衰落。新世纪以来，英国文学批评界学者在新旧各种潮流面前，努力探索，他们积极思考"理论"之后是否或如何重构一种崭新的新美学主义。面对来自前殖民地国家的"逆写"文学，他们努力思考着后帝国时代的回应。在后殖民理论风靡全球之际，他们思考着是否和如何将这些理论用于英国本土文学的解读。在计算机数字技术到来之际，他们也在思考如何像其他国家的批评家一样在文学研究领域持续地与时俱进。

　　美国文学批评兴起于19世纪，拉尔夫·沃尔多·爱默生（Ralph Waldo Emerson）等人的超验主义和浪漫主义文学思想带来了美国文学批评的早期勃兴。19世纪后期，关于现实主义文学的论争为美国文学及其文学批评开启现代进程奠定了基础。进入20世纪之后，美国文学批评全面开启了与欧洲的同步发展，先是新人文主义、马克思主义、精神分析、现象学与读者反应批评；第二次世界大战之后全面吸收来自法国的结构主义和后结构主义，并在此基础上形成了影响全世界的"理论"大发展时代。20世纪90年代之后，鼎盛一时的"理论"逐渐消退，新世纪的美国文学批评在这样的大背景下开始了新的探索之旅。在"理论之后"，美国批评家们继续对于"理论"的反思，针对激进的阅读方式不断受到挑战的情况，他们积极探索新的出路。在全球化的带动下，他们更以前所未有的激情投入文学的跨国研究和跨学科研究，并努力探索建构新的文学批评范式，取得了许多成果，对世界多国英语文学研究产生了深远的影响。

在众多的英语国家当中，加拿大独具特色，因为它是一个双语国家。20世纪中叶，在建国一百周年之际，加拿大的英语文学批评开始兴起。文学理论家诺斯罗普·弗莱（Northrop Frye）的《批评的剖析》（*Anatomy of Criticism*，1957）和小说家玛格丽特·阿特伍德（Margaret Atwood）的《幸存：加拿大文学主题指南》（*Survival: A Thematic Guide to Canadian Literature*，1972）的出版标志着加拿大英语文学批评走向成熟。早期的加拿大文学批评关注加拿大文学的民族性，关注加拿大的地理环境以及殖民历史对于文学的影响。20世纪90年代之后，在欧美文学理论的影响下，加拿大文学批评的空间日益得到拓展；新世纪以来的加拿大文学批评在全球化的影响之下日渐呈现多元发展的趋势，形成了主流文学批评、原住民文学批评、流散文学批评等各种声音汇合而成的多元格局。这一时期的加拿大文学研究在后殖民理论的冲击下，对自己的国家身份和多元文化主义国策与文学的关系进行反思，对于加拿大在新时期的英语文学运行机制和体制等给予了批判性自省，此外，批评家们对于加拿大文学中的原住民问题给予了前所未有的思考。

早期的澳大利亚文学批评可以追溯到19世纪末。20世纪20—30年代，鼓励澳大利亚作家建构民族文学的民族主义批评开始兴起。第二次世界大战期间，左翼文学批评与民族主义批评携手并进，形成了声势浩大的社会现实主义文学运动。20世纪中叶，随着澳大利亚文学逐步进入大学课堂，一种本地化的学院化"新批评"开始出现。20世纪70年代前后，在欧美结构主义和后结构主义"理论"的影响下，澳大利亚进入了自己的"理论"时代，其间，新民族主义的文化研究、马克思主义批评、女性文学批评与新兴的形式主义批评同步发展。1989年，由比尔·阿什克罗夫特（Bill Ashcroft）、加雷斯·格里菲斯（Gareth Griffiths）和海伦·蒂芬（Helen Tiffin）推出的《逆写帝国：后殖民文学的理论与实践》(*The Empire Writes Back: Theory and Practice of Post-colonial Literatures*) 首次将澳大利亚文学批评带到了世界英语文学研究的前沿。20世纪90年代之后，在一场疾风骤雨式的"文化战争"之后，"理论"在澳大利亚走到了尽头。21世纪以来，澳大利亚文学批评通过数字技术的应用形成了新的动力，此外，他们还在跨国和跨学科研究、认知批评以及立足原住民视角的"白色批判"方面取得了新的成果，为新世纪澳大利亚文学批评的持续发展奠定了基础。

新西兰文学批评的历史大致始于20世纪40年代，与澳大利亚一样，新西兰的早期文学批评关注的核心问题是民族主义文学。20世纪60年代，新西兰的文学批评随着新西兰大学教育的大幅拓展而迎来了发展的机会，大学文学教学水平的不断提升和一批训练有素的文学评论家的出现，让新西兰文学批评和文学评论在20世纪末得到了长足的发展。21世纪以来，在全球化思潮的影响下，新西兰文学涌现了包括西蒙·杜林（Simon During）和珍妮特·维尔森（Janet Wilson）等一批具有国际影响的批评家，新作迭出，至少在文学的身份研究、跨国比较研究、跨学科研究和体制研究四个方面进行了许多有益的尝试，研究成果极大地推动了新西兰文学和文学批评的发展。

印度英语文学是东南亚英语文学的一部分，而东南亚英语文学是世界英语文学的重要组成部分。印度英语文学于18世纪发轫，至今已有200年的历史，特别是1981年萨尔曼·拉什迪（Salman Rushdie）出版《午夜的孩子》(*Midnight's Children*) 之后，一大批新的英语作家陆续崛起，为印度英语文学赢得了巨大声誉。在批评方面，印度在过去的100年里推出了一大批知名批评家，其中包括拉宾德拉纳特·泰戈尔（Rabindranath Tagore）、斯里·奥罗宾多（Sri Aurobindo）、阿南达·K. 库马拉斯瓦米（Ananda K. Coomaraswamy）、K. R. 斯里尼瓦萨·伊颜加（K. R. Srinivasa Iyengar）、P. 拉尔（P. Lal）、C. D. 那拉欣海亚（C. D. Narasimhaiah）、克里希那·拉延（Krishna Rayan）、米纳克西·马克吉（Meenakshi Mukherjee）、阿吉兹·阿罕默德（Aijaz Ahmad）等。从批评的方法来看，印度英语文学批评先后经历过民族主义批评、马克思主义批评、后殖民批评、后结构主义、女性主义、美学主义、多元主义等。新世纪以来，印度英语文学批评家持续在国际学术期刊上发表论文，不少批评家也出版了评论著作，特别是在小说方面研究成果丰硕，引起了整个英语世界的关注。从内容上看，新世纪印度英语文学批评的成果中有对印度英语文学的历史回顾和评论，更多的是对新时代具体作家作品的评论，内容广泛涉及印度文学的主体和美学特征。新世纪以来，印度英语文学批评家热情关注作家笔下的民众和社会现实书写，同时对印度英语作家融合本国文学传统与西方叙事艺术所作出的努力给予了深刻的研究。

非洲英语文学以钦努瓦·阿契贝（Chinua Achebe）的首部长篇小说《崩溃》（*Things Fall Apart*，1958）出版为标志，开启了全面崛起的步伐。20世纪下半叶，在尼日利亚、肯尼亚、南非、埃塞俄比亚、坦桑尼亚、乌干达和赞比亚等众多的非洲国家，英语文学都得到了不同程度的发展。非洲英语文学批评最早可以追溯到20世纪60年代，代表人物包括尼日利亚的阿契贝、奥比亚均瓦·瓦里（Obiajunwa Wali）和塞拉利昂的埃尔德雷德·D. 琼斯（Eldred D. Jones）。20世纪70—80年代，非洲英语文学批评家关注的话题包括文学的功用、非洲文学的口头传统、英语文学创作的环境、非洲的本土诗学、创作语言和文学体裁问题。20世纪80年代之后，非洲英语文学开始受到英美等国学界的影响，关于非洲英语文学的研究在内容和方法上都逐步跟上了国际的步伐，立足非洲英语文学的理论探索快速发展。除了传统的马克思主义批评之外，批评家们从女性主义、结构主义、后结构主义、后殖民理论和后现代主义、生态文学批评以及酷儿理论的视角出发，推出了一大批的研究成果，可谓一步赶上了欧美文学批评的最新潮流。2007年，特竹莫拉·奥拉尼延（Tejumola Olaniyan）和阿托·库诶森（Ato Quayson）主编出版的《非洲文学：批评与理论文选》（亦称《非洲文学批评史稿》，*African Literature: An Anthology of Criticism and Theory*）对于20世纪中叶之后非洲英语文学批评所走过的道路进行了梳理和回顾。2019年，莫拉德文·阿德君莫比（Moradewun Adejunmobi）和卡里·库切（Carli Coetzee）主编出版了《劳特利奇非洲文学手册》（*Routledge Handbook of African Literature*），该书重点聚焦新世纪以来非洲英语文学研究的新开拓，特别是在非洲英语文学创作中的作家主体性政治、非洲作家新时代的旅行与身份、非洲英语文学中的人与动物关系书写以及非洲英语文学对于人类认知和情感的关注等方面，不仅将新世纪以来的非洲英语文学批评中极具个性的特点呈现在世人面前，更努力立足自身经验建构属于非洲文学批评的话语体系。

加勒比地区以英语为官方语言的国家包括安提瓜与巴布达、巴哈马、巴巴多斯、多米尼加、格林纳达、圭亚那、牙买加和波多黎各等。加勒比地区英语文学的早期兴起始于20世纪中叶的"疾风作家"（the Windrush writers），70年代以后，在简·里斯（Jean Rhys）开始在英美等国的女性主义文学批评中受到关注的同时，包括V. S. 奈保尔（V. S. Naipaul）、乔治·兰明（George Lamming）、威尔森·哈里斯（Wilson Harris）等"疾风"小说家以及同时代的卡莫·布莱斯维特（Kamau Braithwaite）和德里克·沃尔科特（Derek Walcott）等诗人也开始在英美等国受到广泛关注。20世纪80—90年代，加勒比地区的英语文学持续发展，与此同时，文学批评也开始同步兴起，但研究重点在很长一段时间内停留在上述经典作家及其作品上。21世纪以来，随着加勒比英语文学日益受到越来越多英美文学批评家的关注，加勒比英语文学批评和研究的范围得到了大幅拓展，这一时期的批评重点在重写文学史、重读经典作家、关注边缘文学和探索加勒比本土文学理论方面，并取得了一大批的成果，将加勒比英语文学批评提升到一个全新的高度。

梳理和研究21世纪以来不同英语国家与地区的文学批评趋势，我们不难看出其中一些显著的共同点和不同点。首先，英国、美国、加拿大、澳大利亚、新西兰五国的英语文学批评同根同源，在关注的话题上有着更多的共同之处，此五国之中，英美两国依然更多地扮演着引领学术时尚的角色。在英美两国，新世纪的批评家们对于以历史语境主义为特征的"理论"进行的反思是一大特色，对他们而言，思考后"理论"时代的出路是一个重要任务，他们在全球化、科学技术进步之中寻找思想灵感，最终在跨国文学研究和跨学科的文学研究率先取得突破。21世纪，英美两国的这些经验对加拿大、澳大利亚和新西兰产生了影响，近20年来，加拿大、澳大利亚和新西兰的英语文学批评积极探索，努力追赶英美的脚步，并保持与之同步。不过，新世纪的加拿大、澳大利亚、新西兰三国批评家们除了学习英美两国之外，也开始积极思考和凸显自己的特点，他们近年来大力推动的本国文学体制研究的背后让人看到了一种深刻的反省。除此之外，他们不约而同地高度关注原住民文学和本国原住民文学，这让他们在跟进英美的同时具有了自己的国家特色。印度、非洲和加勒比的英语文学是被殖民历史留下的产物，这些地方的人民在帝国主义的殖民压迫和蹂躏之下幸存了下来，与英国、美国、加拿大、澳大利亚、新西兰等国的文学相比，他们更加真切地感到只有他们的英语文学才是一种后殖民的文学。与他们的文学一样，文学批评是助推国家在新的时代走向独立自由的文化武器，21世纪以来的文学批评清晰地展示了它们独特的一面。值得注意的是，21世纪的印度、非洲和加勒比英语文学批评所呈现的不是一种试图回归过去的反动，相反，它们立足本土经验，走出了一条对其他国家和地区极具启迪意义的道路。当然，作为英语世界的成员，英国、美国、加拿大、澳大利亚、新西兰五国与印度、非洲和加勒比之间并非完全没有相似和交叉，例如英国批评家与前殖民地批评家之间在"逆写"文学和后殖民文学批评内容和方法上有着广泛的交集，英国与印度批评家关注后殖民的立场给文学研究带来的启示，英国与加勒比地区的批评家对于重读经典的现象表现了非同一般的兴趣，加拿大、新西兰和非洲地区在新世纪的文学研究中对身份问题表现了相同的关注，等等。

21世纪，不同英语国家和地区的文学批评向我们展示的不仅是一种回望历史的思考，更是一种与时俱进的实践，一个显著的标志是21

世纪的英语国家文学批评和研究高度关注新世纪的文学创作。鲍姆巴赫和纽曼指出，21世纪的人类生活在一个技术日新月异，经济、社会和政治经历深刻变革的时代，环境问题所凸显的"人类纪的混乱"，资本主义全球化背景下的身份、正义、人权、伦理和国家安全都受到了前所未有的挑战，新世纪的全球英语小说显著反映了作家对于所有这些问题的关注。他们认为，新时代的文学批评家亟待与作家们一起与时俱进，完善自己的研究方法，建构适应新时代文学的批评话语。新时代的世界英语文学大多在跨国语境中写成，这个时代的作家对于世界格局和人类共同命运有着超过以往任何时候的敏感，新世纪英语国家的批评家因此高度关注以英语为代表的语言，不少批评家更对一度由英国主导的全球殖民和当代英美主导的全球化和新殖民进程保持着警惕，他们在阅读当代英语文学的过程中多了对于人类过去遭遇的不平以及至今依然存在的不公正的解读；21世纪，英语国家的批评家关注"抗议"文学和文学中的激进运动，积极思考文学在建构共同叙事以及在社会、政治和人类情感方面塑造生活环境的功能；21世纪，英语国家的批评家关注文学文本与不同读者的关系，关注心理学和文学的认知科学，关注他们在文学阅读中的认知和情感能力的变化，关注文学对培养人们理解他人、与他人共情的可能性（Baumbach & Neumann，2019：10–14）。鲍姆巴赫和纽曼的上述观察为我们更好地了解21世纪世界英语文学批评的趋势和走向提供了指引。

21世纪的世界英语文学批评强调数字技术，数字条件下的文学研究关注"远程阅读"的意义。毫无疑问，"远程阅读"有它的好处，因为它让我们通过技术的望远镜实现了对于宏大研究对象的遥瞰，但是换个角度来看，这样的阅读注定是粗略而非深入细致的。在本书中，细心的读者会发现，我们的"远程阅读"之中同样存在一些遗漏，从国别和区域上说，我们的研究未能涉及东南亚的新加坡、马来西亚和菲律宾等国。同时，我们也未能就南太平洋岛国的斐济、巴布亚新几内亚、萨摩亚、所罗门群岛、库克群岛、瓦努阿图、基里巴斯、马绍尔群岛、密克罗尼西亚联邦、瑙鲁、帕劳、汤加和图瓦卢等国的英语文学研究情况进行深入的考察。这两个地区的众多国家与印度、非洲和加勒比地区的国家一样同是前英殖民地，更是"第三世界"国家。在这些国家和地区，20世纪70年代之后开始形成颇有规模的英语文学；90年代之后，不少地方也涌现了一些优秀而有影响的作家和文学批评家，其中较有代表性的有新加坡的唐爱文（Edwin Thumboo）、马来西亚的苏珊·Y. 纳吉塔（Susan Y. Najita）、萨摩亚的阿尔伯特·温特（Albert Wendt）和汤加的艾普里·郝欧法（Epeli Hau'ofa）等。他们立足东南亚和南太平洋岛国的历史和现实经验，为各自地区的文学批评和研究做出了重要的贡献，因此一个更加完整的21世纪世界英语文学研究版图上应该对这些新的发展有所反映。与此同时，在非洲和加勒比地区的尼日利亚、肯尼亚、南非、牙买加、多米尼加、特立尼达和多巴哥等众多国家之中，英语文学批评和研究形成了各自的传统与特色，要全面完整地反映世界英语文学批评的最新方向，对于上述这些具体国家和地区的研究也应是必不可少的。梅格·塞缪尔森（Meg Samuelson）认为，散布在世界各个岛国中的文学常常别具一种海洋文学（literature of the oceans）的特色，在这里，人们因为海水的联系反而变得非常紧密；海水的特点是流动不居，海洋无视界限，生活在海岛上的人们不会把欧洲放在世界的中央，更不会把自己看作世界的边缘，他们创作出来的文学体现融合、连接和世界主义，在海洋文学的基础上形成的文学批评注定是独具特色的（Samuelson，2020：375）。

想撰写这样一本书的念头多年前就萌生了，2012年，我以《"理论"之后的当代澳大利亚文学批评走向》为题撰成一文，该文次年在《当代外国文学》杂志上公开发表之后受到《中国社会科学文摘》转载，2019年获评"国家哲学社会科学规划办优秀文章"。此后，我一直认为，应该对整个英语世界的文学批评进行研究，置身于新世纪，我们的外国国别文学研究工作者有必要对各自熟悉的地区和国别文学批评走向进行持续的研究，以便掌握世界大势，同时也为我国未来的世界文学研究提供最新的动态资料、奠定新的基础。《世界英语文学批评新趋势》正是这一思想的一次落实，更是十年前的一个研究课题的拓展和延续。为了很好地完成这项任务，我们组建了团队，团队的成员除了我以外还有我的六个学生，他们分别是：黄芝、袁霞、王丽霞、张艳、徐天予和赵筱。实际参加本书各部分写作任务的人员分工情况如下：前言（王腊宝）、英国（王腊宝）、美国（王丽霞、王腊宝）、加拿大（袁霞、王腊宝）、澳大利亚（王腊宝）、新西兰（赵筱、王腊宝）、印度（黄芝、王腊宝）、非洲（徐天予、王腊宝）、加勒比（张艳、王腊宝）、结语（王腊宝）。在本书的写作过程中，部分阶段性成果在重要的学术会议上进行了交流，一些成果通过国内学术期刊得到先期发表，在此，我们对《当代外国文学》《复旦外国语言文学论丛》和《外国文学研究动态》等表示由衷的谢意。我们希望此项研究能在我国21世纪外国文学研究中起到一点抛砖引玉的作用，也希望这本小书对于帮助新时期的我国外国文学研究者同步掌握世界文学研究前沿做出微薄的贡献。

王腊宝
2023年1月

目　　录

第1章　后帝国时代的困惑
——新世纪英国文学批评的新趋势 ················· 1
  1.1　新美学主义 ······································· 2
  1.2　"逆写"文学之解读 ······························ 8
  1.3　英国文学的后殖民解读 ························· 17
  1.4　数字化的文学研究 ······························ 24

第2章　"理论"之后的理论
——新世纪美国文学批评的新趋势 ················ 35
  2.1　持续的"理论"争鸣 ···························· 36
  2.2　"理论"的变形与复兴 ························· 41
  2.3　新兴的阅读法 ···································· 45
  2.4　跨国与跨学科的文学研究 ····················· 51

第3章　"跨加"时代的反思
——新世纪加拿大英语文学批评的新趋势 ········ 57
  3.1　加拿大的后殖民 ································· 58
  3.2　多元文化主义问题 ······························ 61
  3.3　"跨加"文学的体制 ···························· 65
  3.4　原住民与原住民文学 ··························· 74

第4章 "后批判"时代的探索
——新世纪澳大利亚文学批评的新趋势······81
4.1 数字化文学研究······82
4.2 跨国文学研究······88
4.3 认知文学研究······95
4.4 文学的"白色批判"······100

第5章 自省中的跨越
——新世纪新西兰文学批评的新趋势······109
5.1 文学身份的自省······110
5.2 文学体制的研究······115
5.3 文学的跨国比较研究······120
5.4 文学的跨学科研究······123

第6章 "不为人知的声音"
——新世纪印度英语文学批评的新趋势······129
6.1 英语文学批评之兴起······132
6.2 文学史的反思······136
6.3 英语小说中的印度主题······139
6.4 英语小说中的印度诗学······146

第7章 植根本土的话语
——新世纪非洲英语文学批评的新趋势······151
7.1 新政治批评······154
7.2 "非洲公民"新身份······159

7.3 "后人类"的生态批评 …………………………… 162
　　　7.4 非洲情感书写 …………………………………… 166

第8章　经典与经典超越
　　　——新世纪加勒比英语文学批评的新趋势 …… 171
　　　8.1 重写文学史 ……………………………………… 174
　　　8.2 经典的重读 ……………………………………… 179
　　　8.3 边缘文学研究 …………………………………… 187
　　　8.4 本土理论探索 …………………………………… 192

结语 …………………………………………………… 199

参考文献 ……………………………………………… 209

术语表 ………………………………………………… 245

第1章
后帝国时代的困惑
——新世纪英国文学批评的新趋势

21世纪伊始,有着悠久历史的英国文学批评和研究进入了一个新的时代,在伊格尔顿所说的"'理论'之后",新时期的英国文学批评应向何处去?英国文学批评是否继续坚持运用"理论"给文学带来的改变,还是回到从前?对于这些问题,英国文学批评界和英国社会可谓见仁见智。21世纪的英国文学批评走向在英国政府教育改革中演变成了一场相持不下的论争。2000年,英国政府教育部门决定针对英格兰和威尔士的义务教育进行改革,以期提升中学毕业生进入大学的就读比例,与此相配套,考试委员会对A-Level考试中的英国文学科目要求进行了修订,以便更好地满足大学文学要求。具体的做法是,在考试中加入最新文学理论内容,希望学生在中学阶段了解文学理论及其与文学作品相关的语境知识,这一规定首先在中学教师当中引起了争议,随后不少文学批评家也参与了辩论(Atherton,2005:157)。罗伯·蒲伯(Rob Pope)在其《英文研究手册》(The English Studies Book,1998)中指出,文学文本与读者对它的理解都离不开"理论"所强调的语境(Pope,1998:197),但是迈克·克拉多克(Mike Craddock)认为,强调语境知识意味着否认个体读者与文学之间的关系,强调语境知识来自后结构主义,这样的文学观对于传统的文学价值构成了严重的威胁(Craddock,2001:108)。理查德·霍耶斯(Richard Hoyes)也认为,强调语境鼓励学生放下文学作品不认真去读,而去追逐二手资料于文学教育有害无益(Hoyes,2000:5)。关于语境知识必要性的争论最后演变成关于专业的学院派文学研究和个体文学阅读之间的矛盾,娜塔莎·沃尔特(Natasha Walter)认为,学院派的文学研究沉迷解构、女性主义之类,让自己变成了一种智力上的小丑(intellectual buffoonery)

（Walter，2001），劳伦斯·雷尼（Lawrence Rainey）则认为，反对学习文学的语境知识所反映的是一种传统的反智主义，约翰·萨瑟兰德（John Sutherland）认为文学阅读本质上是个人行为，主张向美国批评家哈罗德·布鲁姆（Harold Bloom）和约翰·凯里（John Carey）学习，让英国文学教学和研究回归人文主义（Sutherland，1996：ix）。21世纪的英国文学研究在这样的论争中开启了它的新征程，20多年来，来自英美等国的英国文学批评家结合自己的学术专长开展了积极探索，就新时代的英国文学批评和研究提出了新的想法和方案。本章从新美学主义的构建、对"逆写"文学的回应、英国文学的后殖民阐释以及数字化的文学研究四个方面，对这一时期的英国文学批评和研究走向进行梳理，从中观察当代英国文学批评的最新趋势和特色。

1.1 新美学主义

从20世纪90年代起，在"理论"的大环境中，美国学界就不断有人呼吁文学研究回归形式主义。1994年，乔治·莱文（George Levin）主张重提美学（reclaiming the aesthetic）；2000年，作为对于"理论"的反拨，迈克尔·P. 克拉克（Michael P. Clark）推出专著《美学的复仇：文学在今日理论中的位置》（*Revenge of the Aesthetic: The Place of Literature in Theory Today*）；2002年，莫拉格·夏雅克（Morag Shiach）与伊瑟贝尔·阿姆斯特朗（Isobel Armstrong）出版《激进的美学》（*Radical Aesthetics*）；2005年，乔纳森·罗埃斯伯格（Jonathan Loesberg）出版《回归美学》（*A Return to Aesthetics*）。在英国，随着21世纪的到来，对于文学形式和美学的关注也逐渐升温。2003年，英国曼彻斯特出版社出版了约翰·J. 乔欣（John J. Joughin）和西蒙·马尔帕斯（Simon Malpas）主编的一部文集，书名是《新美学主义》（*The New Aestheticism*）。《新美学主义》一书的编者之一乔欣是著名的莎士比亚专家，在莎士比亚研究、哲学与文学、文学与文化理论等领域著述丰富，著有《哲学的莎士比亚》（*Philosophical Shakespeares*，2000），曾任英国莎士比亚研究会会长（2002—2008），现任国际学术期刊《莎士比

第1章　后帝国时代的困惑——新世纪英国文学批评的新趋势

亚》（*Shakespeare*）主编、国际莎士比亚学会委员、东伦敦大学校长。另一位编者马尔帕斯系爱丁堡大学文学语言与文化学院英国文学系高级讲师，先后就读于曼彻斯特和卡迪夫大学，主要研究英国浪漫主义诗歌、德国唯心主义哲学和当代批评理论，著有《托马斯·品钦》（*Thomas Pynchon*，2013），主编出版《劳特利奇批评与文化理论指南》（*The Routledge Companion to Critical and Cultural Theory*，2013）和《空间中的苏格兰：苏格兰空间未来的创意愿景和批评反思》（*Scotland in Space: Creative Visions and Critical Reflections on Scotland's Space Futures*，2019）等。

2003年之后，英国文学研究中的新美学主义在莎士比亚研究中持续发酵。2006年，乔欣以《莎士比亚的记忆诗学》（"Shakespeare's Memorial Aesthetics"）为题发表论文（Joughin，2006：43-62）；2010年，休·格雷迪（Hugh Grady）出版专著《莎士比亚与不纯粹的美学》（*Shakespeare and Impure Aesthetics*）；2013年，玛利亚姆·艾布拉西米（Maryam Ebrahimi）和巴曼·扎林竹衣（Bahman Zarrinjooee）以《莎士比亚十四行诗中的美学》（"Aesthetics in William Shakespeare's Sonnets"）为题发表论文（Ebrahimi & Zarrinjooee，2013：398-403）；2014年，英国美学学会（British Society of Aesthetics）举办"哲学家的莎士比亚"学术研讨会，人们从中不难看出一种持续的新的批评动向。

《新美学主义》的两位编者在前言中写道："20世纪80和90年代，批评理论在整个人文学科的兴起将美学从地图上抹得干干净净……美学的独立性、艺术天赋、文本或者作品的文化和历史普世意义以及人文主义秉持的艺术内在精神价值等观念，在批评理论对于艺术的物质生产和传播的历史和政治基础的连续研究中受到了严重挑战，关注文本性、主体性、意识形态、阶级、种族和性别的理论家们告诉我们，所谓普世人类价值之类的说法毫无根据，更是一种压制性的手段，用于保护精英文化的信仰和价值不受挑战和动摇，这一系列批评理论的到来迅速地拓展了经典，也让经典性受到深刻质疑，艺术与主流意识形态的关系以及它挑战这些意识形态的潜在能力受到来自不同角度的揭示。但是，在这一过程中，作为一种分析对象的艺术独特性——更准确地说是艺术作为一种美学现象的独特性——经常被忽略，为了更快地掌握政治和文化对艺术的污染，理论分析总是假设一种先在的秩序，可以是历史，也可以是意识形态或者主体性理论，以便确认一部作品的美学影响，于是，对于美学的解说变成了非美学的解说，美学的标准和美学的独特性被彻底抹尽，理论批评随时面临着把人文主义的洗澡水和美学的婴儿一起倒掉。"（Joughin & Malpas，2003：1）

伦敦大学教授安德鲁·伯维（Andrew Bowie）说："如果不能理解艺术于意识形态之外所传达的潜在真理，那么，涉及艺术意义的许多关键问题便无从谈起。"（Bowie，1997：8）乔欣和马尔帕斯完全认同这一观点，他们指出，无论批评理论怎么说，文学艺术具有其独特性，这种不能被阶级、种族、性别和性取向所涵盖的个性特点可以简单地统称为"文学的美学功能"，在现实生活中，人们的美学经验让他们创造"可能世界"，也助力他们的批评实验，美学的独特个性很难通过美学之外的概念和理论话语把握和阐释清楚，一部文学作品一定拥有某种独特的"艺术性"，这种独特的个性常常不为人所留意，剩下的就只有自信满满的批评话语；这个世界上有政治、有历史、有意识形态，但同样有美学，美学与它们同为本源，毫无疑问，美学与政治、历史和意识形态密切相关，但是我们应该知道，美学并不总由政治、历史和意识形态所决定，只要我们不轻易地在它们之间画等号，我们就能为别具个性的文学和艺术开拓出一片空间，而文学艺术的美学个性将释放自己的批判潜能，为当代文化做出重要的贡献；有鉴于此，乔欣和马尔帕斯认为，随着21世纪的到来，是时候构建一种新美学主义了。新美学主义并非要全然无视20世纪的批评理论对于美学的批评，对于当代思想和政治而言，充分揭示艺术背后的政治、历史与意识形态，指出艺术家在创作时的自我认同、性别和国家关系至关重要，21世纪的美学研究与政治和文化密切相关，提出一种新美学主义绝非为了回归传统的人文主义，而是因为21世纪的文学研究进入了"后理论"时代，这个时代的美学思想的发展自然不可能完全无视"理论"带来的洞见，但它更愿意思考文学理论的哲学根源（Joughin & Malpas，2003：2-3）。

《新美学主义》共收录13位专家的文章，其中安德鲁·本杰明（Andrew Benjamin）、杰·伯恩斯坦（Jay Bernstein）和伊娃·齐亚雷克（Ewa Ziarek）任职于澳大利亚和美国，其余的加利·班汉姆（Gary

第1章 后帝国时代的困惑——新世纪英国文学批评的新趋势

Banham)、安德鲁·伯维、霍华德·凯吉尔（Howard Caygill）、托马斯·多切蒂（Thomas Docherty）、乔纳生·多利摩尔（Jonathan Dollimore）、罗伯特·伊戈尔斯通（Robert Eaglestone）、乔安娜·霍奇（Joanna Hodge）、约翰·J.乔欣、西蒙·马尔帕斯和马克·罗布森（Mark Robson）10人都是英国学者。全书分"立场""阅读"和"思考"（Positions，Readings & Reflections）三部分。托马斯·多切蒂的文章旗帜鲜明地反对市侩品味，论述美学经验在教育中培养批判性思维的重要价值。伊娃·齐亚雷克的文章运用后结构主义的理论对后殖民理论，特别是女性主义诗学给予了驳斥。安德鲁·伯维的文章提出，当代批评理论排斥身份和倡导拥抱他者的思维正是美学独特性的变体，所以有些人宣布伟大艺术已经死亡的论断不仅下得太早而且武断。马尔帕斯的文章指出，文学中的美学既不是一种神秘化了的主体心理和意识形态，也不是作为确认作品历史和形式身份的标签，它存在于主体与作品之间的"接触"（touch）之中，是一种无法用一个概念界定下来的瞬间体验，在一个早已失落了历史进步和政治解放的文化里，当代人无须奢谈艺术的政治和哲学意义。马克·罗布森的文章结合菲利普·西德尼（Philip Sidney）的经典名著《诗辩》（*A Defence of Poetry*，1595）提出，在英国诗歌批评史上，人们早就认识到艺术的疏离特性，在德国哲学家界定理性之前就注意到艺术对于批判思维的重要价值。

加利·班汉姆的文章强调康德美学对于当代文学批评的重要性，一方面，康德在《判断力批判》（*Critique of Judgment*，1790）中所做的美学讨论为后人思考人类集体文化奠定了基础；另一方面，康德的批评不仅为后人思考艺术与历史政治关系打开了思路，也为我们反思此类批评之于文学的历史意义准备了空间。安德鲁·本杰明的文章集中讨论当代艺术与政治的关系，他认为，艺术作品的真谛在于同时容许截然对立的阐释可能性，这就要求所有的批评必须为作品创造更多的意义，在这个意义上说，艺术如同难民，目的地的文化对于难民的接受意味着自身的改变，批评的任务就是推动这样的政治进程。乔安娜·霍奇的文章研究当代哲学关注历史给人们思考美学与政治及历史关系带来的变化，她结合阿多诺和海德格尔在这些问题上的看法，对他们的关系进行了重新定位，她借鉴本雅明的非历史理性批判，认为阿多诺的否定辩证法和海德格尔的"此在"论都是脱离线性时间哲学的案例，从中可以更好地思考美学、政治和历史之间不稳定的摇摆关系，从而用一种新的美学思想反思康德关于想象和艺术的认识。

在《新美学主义》一书中，乔欣的《莎士比亚的天才:〈哈姆雷特〉、改编与追星》("Shakespeare's Genius: *Hamlet*, Adaptation and the Work of Following")和罗伯特·伊戈尔斯通的《批评知识、科学知识与文学真理》("Critical Knowledge, Scientific Knowledge and the Truth of Literature")两篇文章对于我们更好地理解21世纪英国文学研究中的新美学主义趋势最有帮助。乔欣认为莎士比亚笔下的哈姆雷特是一个深谙戏剧和戏剧改编的人物，所以他同时算是一个批评家，通过研究莎士比亚剧本在不同时期的阅读和改编语境，读者可以从中思考批评家与这些经典文学文本的关系。乔欣认为，历史上的经典文学作品在不同时代不断地被改编，在这一过程中，它们保持了一种原发的力量，所以同时也不断地实现着自我的延伸，从而使新的批评阐释成为可能；对于莎士比亚原作进行改编是一种他者的创作，所以常常没有特别的意图，改编者一面放弃自我身份，一面应对原作的刺激和激励，经典的原作在这过程中充分展示了一种意义的开放性，乔欣借用康德的天才理论，对莎士比亚改编过程中昭示的文学经典的美学特征进行深入的理论总结。伊戈尔斯通的文章认为，在有些人看来，在今天的时代讨论"新诗学"有些保守和落后，但是这种感觉并不一定正确，原因是世界上有两种知识：一种是科学知识；另一种是批评知识。在文学批评中，那种效仿自然科学的研究方法给人带来的是对应的真理（truth as correspondence），但艺术的真理在更多时候是揭示性的（truth as revealing）。科学追求的真理和艺术的揭示性真理代表了两种不同的阐释方法：前一种强调自然铁律，后一种肯定自由游戏；前一种倾向于实证主义，后一种试图探索一种与文学相适应的基于哲学的不一样的美学。如果批评家关注一部文学艺术作品的美学特征，那么他就一定会看到，在一个充斥着经验主义科学真理的世界，文艺作品常常会给我们戳开一个豁口。伊戈尔斯通借用海德格尔的"解蔽"（alethia/unconcealment）理论指出，思考文学中的美学，我们只需要随手找一个大家都非常熟悉的概念，只要我们经过深思熟虑，就会发现它们能为我们带来许多深刻的发现，例如阅读文

第1章 后帝国时代的困惑——新世纪英国文学批评的新趋势

学作品不可避免地会考虑认同（identification），也即读者在阅读文学作品时选取的视角和立场，同时也会辨别它的呈现形式和所归属的样式（form/genre），如虚构小说或者非虚构的纪实，我们在阅读作品时必须重新审视自己理解和认识文学作品的视角，伊戈尔斯通以小说家康拉德的《黑暗的心脏》（*Heart of Darkness*，1899）为例就此进行了说明。《黑暗的心脏》出版之后，包括尤金·古德哈特（Eugene Goodheart）、汉娜·阿伦特（Hannah Arendt）、F. R. 利维斯（F. R. Leavis）和安德里亚·怀特（Andrea White）在内的不少西方读者出于种族的认同，几乎都不假思索地透过马洛（Marlow）和库尔茨（Kurtz）体味小说叙述的非洲经历。但是，非洲作家钦努瓦·阿契贝读完这部小说之后毫不犹豫地说马洛、库尔茨和康拉德全都是种族主义者（Achebe，1977：788），一种不一样的认同直接导致了一种新的解读方式，小说中的刚果河不是一种心理历程，而是帝国主义罪行的发生地，殖民掠夺不是主人公心理历程的背景，相反，殖民者之间疯狂的争夺扭曲了他们的良知，直接导致了讲故事的欧洲白人的心理崩溃。从形式/样式来看，《黑暗的心脏》通常被看作一部虚构的长篇小说，但是如果读者变换视角，把它看成是一种证言（testimony），那么作品的意义会发生什么样的改变？萧萧娜·费尔曼（Shoshona Felman）和多里·劳布（Dori Laub）曾经指出，证言是一种非常普遍的写作，有时会出人意料地出现在某一个作品中，它与虚构小说很是不同，也不为常人所知，我们在看证言的时候有时会感到，越看越不像我们心目中的证言（Felman & Laub，1992：7）。康拉德在《黑暗的心脏》中叙述的经历究竟是谁的？为康拉德写传记的诺曼·谢利（Norman Sherry）指出，康拉德与马洛的经历各不相同，不可混淆，但与此同时，二者之间也确实不存在一条清晰的隔离带，看过这部小说的人对于小说中刻画的刚果国究竟是不是现实的真实反映可谓见仁见智：有人说它是对1890年刚果国的真实记录，也有人说它是康拉德自己记忆中的刚果国，还有人说它是小说家想象出来的刚果国。如果《黑暗的心脏》的样式发生变化，从虚构小说变成了纪实的证言，那么作品立刻变成了一个参与过19世纪末刚果国一次种族灭绝行动的罪犯的勉强回忆，作为读者，我们的观感以及我们对于这段历史的认识也会被彻底改变，虽然马洛和康拉德不同于第二次世界大战期间的德国纳粹，但他们都成了历史罪行的参与者。通过以上分析，伊戈尔斯通告诉我们，对于一部文学作品所涉及的认同、形式和样式的分析，或许不会给我们带来多少科学知识，但在《黑暗的心脏》的阅读中，它们给我们带来的震撼是巨大的，"新美学"以这样的方式对实证的科学主义提出的质疑无疑是很有价值的（Eaglestone，2013：162–163）。

2021年，威廉·斯贝尔（William Spell）在一篇题为《新美学：新形式主义文学理论》（"The New Aesthetics: New Formalist Literary Theory"）的文章中称，新世纪的文学批评在经历了"理论"之后进入了一个崭新的时代，当今的文学批评要求人们回归形式，在新的形式研究中探索新的美学的可能性（Spell，2021：web）。在21世纪的英国文学批评界，由乔欣和伊戈尔斯通等人所提倡的"新美学主义"在"理论"之后取得的成果是显著的。

1.2 "逆写"文学之解读

1989年，澳大利亚文学理论家比尔·阿什克罗夫特、加利斯·格里菲斯和海伦·蒂芬推出了他们的《逆写帝国：后殖民文学的理论与实践》一书，虽然在该书中三位作者试图建构的是一个系统的后殖民文学理论，但它关于"逆写"文学的论述引起了全世界对于这一特殊文学样式的广泛关注。《逆写帝国：后殖民文学的理论与实践》研究的对象主要是来自前英殖民地国家和地区的文学，三位作者认为，后殖民的文学大体上都有一个共同的特征，这个特征就是立足自己的国家重新反思历史和自我身份，针对英国文学的经典进行"逆写"。总体而言，来自后殖民地区的"逆写"文学始于20世纪的第二次世界大战之后，其瞄准的目标是英国文学的经典，也是英国的殖民主义历史，最广为人知的突出代表包括来自加勒比海地区的简·里斯（Jean Rhys）的《海藻无边》（*Wide Sargasso Sea*，1964）、来自前南非的J. M. 库切（J. M. Coetzee）的《福》（*Foe*，1986）和来自澳大利亚的彼得·凯里（Peter Carey）的《杰克·麦格斯》（*Jack Maggs*，1997）。这些来自

第 1 章　后帝国时代的困惑——新世纪英国文学批评的新趋势

前殖民地的作品针对英国作家夏洛特·勃朗特（Charlotte Brontë）的《简·爱》（*Jane Eyre*，1847）、丹尼尔·笛福（Daniel Defoe）的《鲁滨逊漂流记》（*The Adventures of Robinson Crusoe*，1719）以及查尔斯·狄更斯（Charles Dickens）的《远大前程》（*Great Expectations*，1861）等经典小说进行了颠覆性的"逆写"。2016 年，美国批评家杰瑞米·罗森（Jeremy Rosen）在其出版的《小人物的出头之日：样式与当代文学市场》（*Minor Characters Have Their Day: Genre and the Contemporary Literary Marketplace*）一书中对这种文学现象进行了评点。在他之前，英国一些批评家也先后就此撰文著书，针对这一文学现象发表了自己的观点，其中，最突出的是约翰·蒂姆（John Thieme）和彼得·维多森（Peter Widdowson）。

蒂姆毕业于伦敦大学，曾在英国国内和海外多所大学任教，长期关注英国文学和海外后殖民英语文学的关系，特别是印度、加勒比和加拿大文学，曾任《英联邦文学杂志》（*Journal of Commonwealth Literature*）主编和曼彻斯特大学出版社"当代世界作家系列丛书"主编，著有《后殖民研究：核心术语》（*Post-colonial Studies: The Essential Glossary*，2003）和《R. K. 纳拉扬研究》（*R. K. Narayan*，2007），这样的学术背景让他很早就注意到来自后殖民世界的针对英国文学的"逆写"现象。2001 年，他出版的《后殖民语境文本：逆写经典》（*Postcolonial Contexts: Writing back to the Canon*）一书全面表达了对于后殖民文学中的"逆写"经典现象的看法。蒂姆在这部书的开头开宗明义地指出：后殖民文学中"逆写"经典的现象始于 20 世纪 80 年代，这种现象也被称为"反话语"和"抵抗文学"，但是他更愿意把它们称为"语境文本"（contexts），这是为什么呢？人们一般认为，后殖民文学之中的"逆写"文本都是立足一部经典的英国文学作品，对经典的权威提出挑战，既然是英国文学经典文本的"逆写"之作，反对和抵抗一定是这类作品的主要特征，然而，纵观世界范围内的后殖民"逆写"文学以及它们针对的英国文学中的前文本，读者不难发现，由于它们各自的多元性和复杂性，那种把它们之间认定成父母与子女文本关系的解读无疑太过简单。众多当代后殖民"逆写"文本在其英国文学前文本面前更似"杂种和孤儿"（bastards & orphans），因为前文本与"逆写"文本之间的关系并非千篇一律的对抗或者同谋关系,用"语境文本"来指称后殖民的"逆写"文本,目的就是要说明它们与前文本之间的复杂关系,在于将这些文本置于比像父母一样的前文本更宽广的语境之中来考察,这些语境之中有的与经典前文本直接相关,有的广泛涉及它们所在的话语情境,在这里,前文本只是一个发射台,通过它,读者将目光投向更多更大的文化问题(Thieme,2001:1–8)。

蒂姆在他的书中一共考察了莎士比亚的《暴风雨》(*The Tempest*,1623)和《奥赛罗》(*Othello*,1622)、狄更斯的《远大前程》、布朗特三姐妹的《简·爱》、《呼啸山庄》(*Wuthering Heights*,1847)和《荒野庄园的房客》(*The Tenant of Wildfell Hall*,1848)、笛福的《鲁滨逊漂流记》、康拉德的《黑暗的心脏》七个英国作家的八部小说作品。蒂姆表示,立足一些后殖民"语境文本"对英国文学的部分经典文本的研究,对于浩瀚的英国文学研究微不足道,但他希望自己的研究能为当代英国文学提供一个小小的注解,因为英国文学的经典文本在不同的语境之中的解读是不一样的。仅以《鲁滨逊漂流记》为例,同样在后殖民的阅读语境之中,它对有些读者而言讲述的是一个关于帝国主义和经济人的寓言,对另一些人来说是一个关于亚当的故事,有人认为它是世上首个 DIY 手册,有人说它是一个精神自传,有人说它是种族关系的寓言故事,有人说它是 18-19 世纪英国现实主义小说的奠基之作,有人说它就是一个历险故事,所有这些视角共同构成了后殖民"逆写"文本针对它的"逆写"可能性。对于后殖民"逆写"文本的研究让他发现,"逆写"文本之于英国文学的经典前文本而言,从来不是一种单纯的抵抗或者共谋的关系,更不是一种简单的一对一的父子关系,它们之间普遍存在一种多元关联,立足这样的多元关联,读者应能从"逆写"文本中读出更加丰富的内涵。

蒂姆认为,在所有的英国作家之中,狄更斯被"逆写"的次数是最多的,而"逆写"狄更斯小说的过程也是最复杂的,一个原因是狄更斯对他所书写的时代经常保持着一种批判的态度。《后殖民的语境文本》的第五章针对澳大利亚作家凯里的《杰克·麦格斯》与狄更斯的《远大前程》的"逆写"关系进行了深入的梳理和研究。

《杰克·麦格斯》的主人公是狄更斯小说中被流放至澳大利亚的流

第1章 后帝国时代的困惑——新世纪英国文学批评的新趋势

放犯马格维奇（Magwitch），小说同时将狄更斯变成了其中的一个重要人物，蒂姆认为，这两部小说之间的关系并没有人们想象的那么简单。狄更斯对于澳大利亚的态度和书写方式并非只反映一种居高临下的帝国主义，在他的作品中，澳大利亚既是流放犯的地狱，有时也是承载着希望的乐园，他本人曾在1841年考虑移居澳大利亚，特别是在写作生涯中段，他似乎感觉殖民地对于那些自由移民来说代表着英国本土无法给予的平等机会。蒂姆强调，狄更斯所在的英国社会曾经流行一种说法，认为澳大利亚是"劳动者的天堂"（a workingman's paradise），是被工业革命剥夺了财富的自由民的乐园，狄更斯读过当时的澳大利亚问题专家塞缪尔·西德尼（Samuel Sidney）写过的一本《悉尼移民日记》（*Sydney's Emigrant's Journal*，1849—1850）以及卡洛琳·齐斯霍姆（Caroline Chisholm）对于移民新南威尔士州的宣传文字，并在自己主编的《家常话》（*Household Words*）杂志（1850—1859）上传播他们的观点。小说《远大前程》不是狄更斯唯一一部涉及澳大利亚的小说，马格维奇更不是狄更斯笔下唯一一个被遣送至澳大利亚的流放犯，但是无论哪一部小说都没有对于澳大利亚进行直接的描写。作为一个流放地，澳大利亚在狄更斯小说中俨然不是一个真实的地方，而被用来指向英国社会不便示人的黑暗面，也是英国社会的一个心理阀门，它让中产阶级的成员从中看到了消除邪恶净化环境的方法。不过，在《远大前程》中，从澳大利亚潜回英国的流放犯马格维奇与跻身英国中产阶级社会的皮普（Pip）之间密切相关，因为后者长期接受前者的资助，虽然皮普意外发现自己与马格维奇之间的关系之后很是恐惧，但是没有马格维奇从殖民地挣来的钱，皮普根本成不了一名绅士。狄更斯刻画此二人的这种关系分明是在告诉读者，19世纪英国的中产阶级和罪犯之间有着千丝万缕的关系，但即便是在这一问题上，小说也并没有简单处置，因为除了皮普之外，中产阶级的伊斯泰拉（Estella）是他的女儿，曾经将他带上犯罪道路的康贝森（Compeyson）也是一名绅士。总之，《远大前程》消除了守法的绅士阶层和罪犯阶级之间的距离，让人们感觉到，其实这样两个阶级很难说有什么区别（Thieme，2001：107）。

蒂姆认为，《杰克·麦格斯》作为一部后殖民小说不只是重写了一遍《远大前程》，因为它讲述了更多的故事，《远大前程》中的单一故事在《杰克·麦格斯》中变成了多条情节并存的叙事,凯里小说中的另外两条突出的主线是作家托拜尔斯·欧茨(Tobias Oates)和女佣莫西·拉金(Mercy Larkin)的生命故事。通过前者的故事,凯里将狄更斯本人变成了揶揄和调侃的对象,通过后者的故事,凯里叙述了又一个下层社会人物的遭遇和苦难。除此以外,杰克·麦格斯叙述的童年经历显然把《雾都孤儿》(*Oliver Twist*, 1838)也当成了自己的前文本,女佣莫西·拉金的情感经历之中有着塞缪尔·理查森(Samuel Richardson)的《帕米拉》(*Pamela*)的影子,亨利·菲普斯(Henry Phipps)的经历令人想起亨利·菲尔丁(Henry Fielding)的《约瑟夫·安德鲁斯》(*Joseph Andrews*, 1742)和《汤姆·琼斯》(*Tom Jones*, 1749)。通过这些额外的文本联系,《杰克·麦格斯》用一种高度游戏化的、后现代元叙述手法将批判的对象扩展到了整个的虚构文学世界,凯里时刻提醒读者,围绕《远大前程》,存在着不同层次的现实经历和人生故事,《杰克·麦格斯》或许始于对它的"逆写",但它从一开始就不可避免地进入了众多的互文故事中,凯里希望告诉读者,这一多元复杂的文本世界可以通过不同的视角去观察和书写(Thieme, 2001: 117)。

蒂姆认为,《杰克·麦格斯》不只具有英国文学的互文联系,鉴于它所书写的殖民时代,澳大利亚殖民时期的不少小说作品都是它的互文小说,马科斯·克拉克(Marcus Clarke)的《无期徒刑》(*For the Term of His Natural Life*, 1874)便是一例。克拉克早年是个英国人,受过良好的英国教育,因为家庭的变故移居澳大利亚,小说最早在墨尔本的《澳大利亚杂志》(*Australian Journal*, 1870—1872)杂志上连载,1874年正式出版。在这部小说中,一个名叫理查德·德瓦恩(Richard Devine)的英国青年因为失去了贵族家庭的继承权后遭遇无端行窃指控,并被作为流放犯遭送到澳大利亚,主人公此后在英国绅士和澳大利亚流放犯之间迷失了自我,他渴望回到英国,因此陷入身份的困境。小说家在连载版和修改后的图书版中为主人公设计了两个不同的结尾,前一个是让他回到英国,重新拿回自己的继承权;后一个是死在了澳大利亚,两种结尾同样表达了对于返回英国的渴望,让读者清晰地看到亨利·菲尔丁的影响。与《无期徒刑》相比,《杰克·麦格斯》选择了一个高兴的结尾,主人公与莫西(Mercy)回到澳大利亚结婚生子、创造

第 1 章 后帝国时代的困惑——新世纪英国文学批评的新趋势

财富,安居乐业,成了当地的名人,传达了一种更加成熟的移民心态,立足澳大利亚的视角和世界观,小说将《无期徒刑》中的殖民态度彻底颠倒了(Thieme,2001:119–120)。

蒂姆认为,从《杰克·麦格斯》中,读者应该可以看到,来自后殖民文学的"逆写"文本很少是简单的一对一的敌对关系,逆写文本与前文本的关系不会是一场革命,"逆写"经典的后殖民文学常常将自己与英国文学的前文本的关系变得更加坚固,真正革命性的文学不会允许在"逆写"中重建这种关系。"逆写"经典是一种去除帝国文学尘埃的过程,但是新时代的英国文学也在不断地重塑自我,新时代的西方还在与不同地区的人民建立联系,所以来自后殖民的作家与拥有话语霸权的前帝国文化保持对话无疑具有必要性,放弃在这样的对话中实现自我身份塑造,一味地追求幻想中的纯粹的自我国家和民族传统,无异于追求一种子虚乌有的神话(Thieme,2001:170)。

在当代英国文学批评界,维多森无疑是元老级的人物,他 1969 年在诺丁汉大学完成的博士论文重点研究英国第一次世界大战时期的诗歌与绘画艺术,对文学与历史的关系尤有兴趣,他主张在英国文学批评中引进新鲜的理论和角度。20 世纪 70 年代投入小说研究之后,他先后主编学术期刊《文学与历史》(*Literature and History*),出版专著《福斯特的霍华德别墅:作为历史的小说》(*E. M. Forster's Howards End: Fiction as History*,1976)和《历史中的哈代:一种文学社会学研究》(*Hardy in History: A Study in Literary Sociology*,1989),主编《通俗小说:文学与历史文集》(*Popular Fictions: Essays in Literature and History*,1986)和《帕尔格雷夫英国文学及其语境指南 1500—2000》(*The Palgrave Guide to English Literature and Its Contexts, 1500–2000*,2004)等研究文集。90 年代以来,他继续在学术期刊上撰文对于历史题材小说给予持续的关注。

2006 年,维多森以《逆写:当代重写小说》("Writing Back: Contemporary Re-visionary Fiction")为题撰文也对当代后殖民英语文学中出现的"逆写"现象进行了回应,在他看来,"逆写"文学本质上是一种旨在"重写"(re-vision)的历史小说。作为一种新兴的文类,这种重写的历史小说文本发端于 20 世纪 60—70 年代的英国,近期则有迈克尔·翁达杰(Michael

Ondaatje）的《战时灯火》（*Warlight*，2018）以及扎迪·斯密斯（Zadie Smith）的《骗》（*The Fraud*，2019），这些小说充分展示了历史小说对于当代英国作家的吸引力。

在维多森看来，当代英国文坛兴起的历史小说与20世纪30年代零星出现的历史小说不同，因为当代作家虽然同样在书写历史，但他们更多地是立足当代回望和重写历史，他们的历史小说大多属于一种"重写历史"的范畴。之所以说它们是"重写历史"，是因为他们常常针对读者早已经非常熟悉或者说曾经塑造了英国人意识的历史叙事，大胆地站在不同的角度对英国历史进行重新考察。维多森结合女性主义和马克思主义关于女性故事（herstory）和底层民众史（history written from below）的概念，对"重写小说"（re-visionary fiction）进行了界定，他对当代英国文学中这一现象表示了高度支持。维多森认为，所谓"重写"，正是指一种用新的眼光回望过去，用一个新的批评视角重新走进一个传统文本，对于女性来说，它不只是一种游戏，而是一种文学批评方法，目的是了解过去的文学，并变换视角去理解它，"重写"有助于将它从熟悉的文化结构体系中抽离出来，以便对它们进行全新考察，所以它同时更是一种关乎生存的文化史（Rich，1979：35）。维多森认为，当代"重写"小说可以追溯到1954年威廉·戈尔丁（William Golding）的《蝇王》（*Lord of the Flies*），《蝇王》的前文本是19世纪英国作家R. M.巴伦丁（R. M. Ballantyne）的小说《珊瑚岛》（*The Coral Island*，1858），小说讲述了第二次世界大战后一群英国男孩在一个荒岛遭遇海难之后，像他们的维多利亚时代前辈一样充分发挥英国人的英勇和大无畏的精神克服困难，并最终得以幸存下来的故事。《蝇王》一反这样的传统叙事框架，叙述了一个英国儿童流落荒岛之后从文明堕回邪恶的恐怖故事。以当代的"重写"小说来看，《蝇王》与今天的"逆写"历史小说最大的不同在于，它并不从前文本的底层出发建构新的视角，为弱者发声，在这一点上，他认为当代的"逆写"历史小说较之《蝇王》又有着显著的差别（Widdowson，2006：498–499）。

维多森认为，真正的"逆写"历史小说中的"重写"不应该只是对前文本的评论或者模仿，它不是哈罗德·布鲁姆在其《影响的焦虑》（*The Anxiety of Influence*，1973）中所说的那种"误读"（misreading），

第1章　后帝国时代的困惑——新世纪英国文学批评的新趋势

或者杰拉德·杰内特（Gerard Genette）在其《隐迹稿本：第二度的文学》（*Palimpsests: Literature in the Second Degree*, 1982）一书中所说的"超文本"（hypertextuality/transtextuality/the textual transcendence of the text）。在他看来，真正的"重写"小说还区别于另外的三个概念：第一，"重写"文本不能只把前文本当成自己的素材来源，就像莎士比亚的罗马历史剧不止一次地把普鲁塔克（Plutarch）、霍尔（Joseph Hall）以及拉斐尔·霍林斯赫德（Raphael Holinshed）历史学著作中的材料用来帮助自己创作，特别是他的《裘力斯·凯撒》（*Julius Caesar*, 1623）对普鲁塔克的《名人传》（*The Lives of Noble Grecians and Romans*）多有借鉴，但是莎士比亚在写作剧本时无意要纠正普鲁塔克的某些错误，更不是要用自己的作品来向他的观众澄清什么不为人知的史实。第二，"重写"文本不应是某个文本的现代改编，例如电影和电视导演对于托马斯·哈代（Thomas Hardy）的小说《德伯家的苔丝》（*Tess of the d'Urbervilles*, 1891）或者简·奥斯汀（Jane Austen）的小说《傲慢与偏见》（*Pride and Prejudice*, 1813）所做的改编，虽然他们所做的跨媒介改编也涉及不同程度的"重写"或者"改写"，但影视改编大多不会像"逆写"历史的"重写"小说那样对原文本提出挑战，即便有些导演根据自己的喜好把苔丝刻画成一个现代版的存在主义女性，也不敢公然让观众认为作者本人也是一个歧视和压迫女性的小说家。第三，"重写"小说也不尽是戏仿，虽然不少人觉得二者之间有一些相似，但是戏仿的关键在于夸大一个文本中的某个文体特色和意识形态立场，以便制造一种喜剧的效果。一个显著的例子是奥斯汀的《诺桑觉寺》（*Northanger Abbey*, 1817）对于安·拉德克利夫（Ann Radcliffe）的哥特式小说《尤道弗的秘密》（*Mysteries of Udolpho*, 1794）的戏仿。此外还有亨利·菲尔丁的《仙米拉》（*Shamela*, 1741）和《约瑟夫·安德鲁斯》（*Joseph Andrews*, 1742）是对萨缪尔·理查森的小说《帕米拉》的戏仿。这些戏仿之作的背后大多有一个明确的目的，那就是用犀利的讽刺消除泛滥的文坛乱象、净化文学环境，与此相比，"重写"文本的目的既不是讽刺前文本，也不是戏仿它的风格，从而揭露它的荒诞，而是直面一个承载着文化权威的前文本，一边揭示它作为民族经典的特征，一边倡导一种新的阅读视角，揭示其中被压制的话语（Widdowson, 2006: 299-501）。

维多森认为，真正的"重写"文本应具有以下六个显著的特征。第一，"逆写"经典。这一类小说针对英国文学传统中的经典文本，尤其是那些至今依然在广大读者中保持着很高威望的经典文本，来自前殖民地的作家在这方面贡献尤其多，萨尔曼·拉什迪所谓"逆写帝国"，"重写"文本为读者提供一种镜像式的写作，让读者从中窥见一种传统权威之下看不到的现实，这是一种截然有别于中心的边缘视角。第二，对话原作。"重写"小说并不试图遮蔽前文本，在"重写"文本中，原作不只是一个隐约的源文本，而是一种随时存在于读者眼前的互文本，与"重写"文本进行着对话，读者在阅读"重写"文本时需要不断地回忆前文本的样子，同时反思"重写"之后的变化。第三，重塑原作。"重写"文本与前文本的关系是一种积极的互文本关系，它不仅是"重写"一个故事，更要将前文本中的话语体系从特定的阅读方法中揭示出来。也就是说，通过展示新的阅读方法，"重写"文本将前文本重塑成一个值得重读的崭新文本，读者通过新文本重新体验前文本的过程将极大地丰富对于前文本的理解，所以"重写"文本的写作过程时时刻刻地将前文本置于读者的眼前。第四，"重写"历史。"重写"文本在对待历史的问题上所采用的方法是高度后现代的，作者常常高度自觉地往返于过去和现在之间，虽然有一些"重写"小说会把故事背景严格地设定在前文本的历史时代之中，也有很多小说家更愿意把现在作为"重写"文本的叙事框架，从而把过去和现在同时体现在新文本之中，但不管怎样，"重写"小说不可避免地提醒读者，自己作为一个历史故事的现代读者，自然而然地将过去与现在、前文本和"重写"文本融合在一起，这样的融合让他们更好地看到两个文本之间的平行和差异、连续和断裂。第五，揭示原作视角。"重写"小说提醒读者，过去的小说家对于历史的书写之中代入的都是自己的主观见解，而且这些表面上都是真理的东西其实经不起推敲，"重写"小说家通过替换叙述视角，让曾经沉默的小人物出面讲述故事，为回望历史提供一个实实在在的新视角，凸显不同视角之间的冲突。第六，高扬文化政治。"重写"小说都有清晰的文化政治锋芒，这就是为什么它们之中的大多数都与女性主义和后殖民批评一样批判前文本之于男权和殖民者的共谋关系，"重写"小说家认为，文学经典承载着文化权利，唯有对其"重写"，还弱者以声

第 1 章　后帝国时代的困惑——新世纪英国文学批评的新趋势

音、历史和身份，现代文明才能进步。在讨论"逆写"经典这一文学形式时，维多森注意到，"重写"历史的小说并不局限在英国国内，所以他没有把自己的眼光局限在英国作家身上，在他看来，除了玛丽娜·沃纳（Marina Warner）的《靛蓝》（*Indigo*，1992）、艾玛·特南特（Emma Tennant）的《伦敦的两个女人：杰克儿夫人和海德夫人的怪案》（*Two Women of London: The Strange Case of Ms Jekell and Mrs Hyde*，1989）和《苔丝》、简·斯迈利（Jane Smiley）的《一千亩》（*A Thousand Acres*，1991）以及威尔·赛尔夫（Will Self）的《多里安》（*Dorian*，2002）之外，简·里斯的《海藻无边》、J. M. 库切的《福》以及彼得·凯里的《杰克·麦格斯》最集中地反映了当代英语文学中逆写经典的上述六大特征（Widdowson，2006：501–506）。

蒂姆和维多森针对后殖民的"逆写"文学现象所做出的回应都有一个共同的特点，那就是，二人都将其置于更广阔的文学语境之中，给人许多教益。不过，细心的读者不难从中窥见他们之间的不同，前者通过后现代主义的修辞强调这些"逆写"文本的众多互文联系，淡化它们与英国文学经典之间的对立关系，后者关注历史，对后殖民作家参与英国本土作家所进行的历史反思给予了认可和欢迎。

1.3　英国文学的后殖民解读

作为一种文学批评范式，后殖民文学批评在美国和澳大利亚等国首先兴起，在兴起之后的很长时间内，它多被用于研究前殖民地的文学。21 世纪以来，英国文学研究中也陆续推出了不少运用后殖民理论研究英国本土文学的著作，其中较有代表性的有唐纳德·兰多（Donald Randall）的《基普林的帝国男孩：青少年与文化杂糅》（*Kipling's Imperial Boy: Adolescence and Cultural Hybridity*，2000）、布里杰特·奥尔（Bridget Orr）的《英国舞台上的帝国 1660—1714》（*Empire on the English Stage 1660–1714*，2001）、南希·亨利（Nancy Henry）的《乔治·艾略特与不列颠帝国》（*George Eliot and the British Empire*，2002）、安·C. 考利（Ann C. Colley）的《罗伯特·路易斯·斯蒂文森与殖民想象》(Robert Louis Stevenson and the Colonial Imagination, 2004)、李安·M. 理查森(LeeAnne M. Richardson)的《新女性与殖民历险》(New Woman and Colonial Adventure, 2006)、卡罗尔·博尔顿(Carol Bolton)的《书写帝国：罗伯特·骚塞与英国浪漫主义》(Writing the Empire: Robert Southey and British Romanticism, 2007)等。2009年，爱丁堡大学出版社开始陆续推出一套大型"后殖民文学研究"丛书，这套丛书的主编是大卫·约翰逊(David Johnson)和阿尼娅·鲁姆巴(Ania Loomba)，丛书旨在立足后殖民的批评视角对英国文学进行系统的研究，他们将英国文学分成中世纪、文艺复兴、18世纪、浪漫主义、维多利亚时代、现代主义和第二次世界大战后七个时期，然后围绕这七个时期推出七部研究著作。约翰逊和鲁姆巴曾经同在英国萨塞克斯大学攻读博士学位，前者先后在南非的夸祖鲁-纳达尔大学和英国的公开大学任教，著有《莎士比亚与南非》(Shakespeare and South Africa, 1996)、《想象开普殖民地：历史、文学与南非国》(Imagining the Cape Colony: History, Literature and the South African Nation, 2012)和《南非的自由之梦：批判与乌托邦之间的文学》(Dreaming of Freedom in South Africa: Literature Between Critique and Utopia, 2019)等；后者著有《性别、种族、文艺复兴时期戏剧》(Gender, Race, Renaissance Drama, 1989)、《殖民/后殖民主义》(Colonialism/Postcolonialism, 1998)、《莎士比亚、种族与殖民主义》(Shakespeare, Race and Colonialism, 2002)和《革命性的欲望：印度的女性、共产主义与女性主义》(Revolutionary Desires: Women, Communism and Feminism in India, 2018)。约翰逊和鲁姆巴与维多森一样认为历史之于文学研究非常重要，所以希望通过这样一套丛书，让读者在阅读英国文学的同时了解其背后的殖民和新殖民语境，与此同时，他们要说明英国文学的诸多文本对于人们更好地了解帝国的历史也大有裨益；丛书的另一个重点在于充分展示后殖民理论对于认识英国乃至世界文学的当代意义。

在迄今为止已推出的数部著作中，《18世纪英国文学与后殖民研究》(Eighteenth-century British Literature and Postcolonial Studies, 2009)、《浪漫主义文学与后殖民批评》(Romantic Literature and Postcolonial Studies, 2013)和《维多利亚文学与后殖民研究》(Victorian Literature

第 1 章　后帝国时代的困惑——新世纪英国文学批评的新趋势

and Postcolonial Studies，2009）所涉及的时段无疑是这套丛书中与主题相关性最为直接的。苏维尔·考尔（Suvir Kaul）在《18 世纪英国文学与后殖民研究》一书中指出，所谓的"大不列颠"（Great Britain）作为一个以盎格鲁民族为中心的国家始于 18 世纪，它的基础是对爱尔兰和苏格兰的融合，在此之后，英国在全世界的殖民扩张采用的几乎都是同一个方法，17 世纪末至 18 世纪的英国文学为人们了解英国从国家到帝国的演进历史提供了绝好的档案，立足英国 18 世纪的早期帝国成长史，对于更好地了解英国文学无疑也大有帮助。具体来说，18 世纪的英国文学参与了这一时期人们关于男性和女性气质等意识形态和美学标准的建构，帮助当时的社会传播了关于理想的个人和集体主体性的理想，这一时期的文学作品对于家庭生活、民族主义和国际性的表征，与英国逐步在全球范围内推广的探险、贸易和殖民所引入的阶级、性别和种族差异观念息息相关。考尔在这部书中选取了 18 世纪最具典型意义的一些作家和作品进行了分析，其中包括：（1）威廉·达夫南特（Sir William Davenant）和阿弗拉·贝恩（Aphra Behn）的戏剧，特别是达夫南特的那些关于海外征服和帝国兴衰的戏剧以及后者反映殖民生活的喜剧；（2）理查德·斯蒂尔（Richard Steele）等为《旁观者》（The Spectator）撰写的关于异国婚俗的散文以及丹尼尔·笛福反映英国商人历险家精神生活的《鲁滨逊漂流记》；（3）托拜尔斯·斯莫雷特（Tobias Smollet）创作的反映英格兰与苏格兰生活差异的流浪汉小说《罗德里克·兰顿》（Roderick Random，1748）；（4）塞缪尔·约翰逊（Samuel Johnson）等作家书写的反映英国海外生活的书信、诗歌、小说和回忆录等。全书在结论部分还就约翰·济慈（John Keats）的十四行诗《初读查普曼翻译的荷马》（"On First Looking into Chapman's Homer"，1816）进行了评论。

约翰逊的《阿比西尼亚王子拉瑟勒斯》（The History of Rasselas, Prince of Abyssinia，1759）是他平生创作的唯一一部小说，考尔认为，立足后殖民批评的视角重新审视这部小说可以获得不少新的发现。这是因为，在 18 世纪的英国，来自"东方"的故事和游记开始备受追捧，约翰逊的小说中清晰地留下了"东方"故事的痕迹，小说中也同样吸收了不少游记的写作方法，值得注意的是，约翰逊在借用"东方"故事时常常去除那些陈腐的道德和民俗主题，同时加入关于意义和生活选择等哲学问题的探究。在小说《阿比西尼亚王子拉瑟勒斯》中，约翰逊明知欧洲歧视有色人种的种族主义思想泛滥，但他描写了一群生活在阿比西尼亚的基督徒认真探讨存在和地缘政治的情景。在约翰逊看来，理性和世界史意识不只欧洲白人有，他反对殖民者以"进步"的名义前往海外进行掠夺，他还说，基督徒在伊斯兰国家自如地旅行，说明宗教不同根本不是问题，只要语言问题解决了，不同宗教的人都能共同面对和探讨哲学大问题。小说中的一个人物伊姆拉克（Imlac）称赞欧洲的医学和外科手术、先进的机械、发达的通信和公路桥梁建设技术，但是约翰逊通过拉瑟勒斯（Rasselas）分辩说："欧洲人不如我们开心，他们活得不开心，人的生活说到底都是一样，苦多乐少。"考尔认为，约翰逊在这部小说中还就地缘政治发表了他的观点，他对于古今人间不平的丰富知识、他作为一个托利党人对于疯狂海外贸易的怀疑以及他的基督教信仰，都让他对于18世纪英国人正在开启的海外殖民事业表示了反感和批判，他反对英国人在非洲和美洲奉行的奴隶贸易，所以读者从小说中不难看出他作为一个早期废奴主义者的立场（Kaul，2009：126-133）。

伊丽莎白·A. 伯尔斯（Elizabeth A. Bohls）的《浪漫主义文学与后殖民研究》涉及的时段是18世纪80年代至19世纪30年代，在英国史上，这是一段战争与殖民扩张相互交织的时间。伯尔斯认为，在这一时期的众多文学形式之中，"探索传奇"（quest romance）是一个突出的诗歌形式，它是浪漫主义诗人因应时势根据在海外谋求扩张的国家对于遥远的地方和空间的叙述进行的想象，它所反映的当然是作家对于国家和世界的学习和自我成长。罗伯特·骚塞（Robert Southey）的《克哈马的诅咒》（"Curse of Kehama"，1810）、珀西·比西·雪莱（Percy Bysshe Shelley）的《阿拉斯特》（"Alastor"，1816）以及萨缪尔·泰勒·柯尔律治（Samuel Taylor Coleridge）的《老水手之歌》（"Rime of the Ancient Mariner"，1798）便是这一时期比较典型的反映帝国时代英国人全球旅行想象的诗作（Bohls，2013：10）。

传统的英国文学史对于浪漫主义这一时段的描述主要讨论八大家，包括沃尔特·斯科特（Walter Scott）、乔治·戈登·拜伦

第1章 后帝国时代的困惑——新世纪英国文学批评的新趋势

(George Gordon Byron)、罗伯特·骚塞、威廉·华兹华斯(William Wordsworth)、柯尔律治、约翰·济慈(John Keats)、雪莱以及威廉·布莱特(William Blake),人们想到浪漫主义总会想到上述这些作家寄情山水的文学书写。但是,伯尔斯认为,浪漫主义时期的英国文学所反映出的殖民主题在国内外两个阵线上都是非常鲜明的。一方面,在所谓的"联合王国"形成之前,英格兰、苏格兰、威尔士和爱尔兰之间长期处于矛盾冲突之中,苏格兰诗人罗伯特·彭斯(Robert Burns)的诗歌和小说家斯科特和詹姆斯·霍格(James Hogg)的小说以各自的方式书写了"联合王国"内部的殖民关系;另一方面,浪漫主义时期的文学地图远远超出英国本土,这一点从《老水手之歌》中的水手经历和简·奥斯汀小说《曼斯菲尔德公园》(*Mansfield Park*, 1814)中英国家庭的经济来源不难看见。伯尔斯结合殖民统治下的加勒比地区的奴隶制度对威廉·考珀(William Cowper)、罗伯特·骚塞、布莱克的废奴主题诗歌以及两个奴隶——罗伯特·维德博恩(Robert Wedderburn)和玛丽·普林斯(Mary Prince)——的两部自传进行了深入的解读。她同时指出,浪漫主义时期多位作家针对印度、中东等地表达了浓厚的兴趣,包括西德尼·澳文森(Sydney Owenson)、雪莱和拜伦在内的不少诗人也深受殖民官员的影响,立足帝国政治和文化创作了不少关于东方的故事,值得深入地挖掘。伯尔斯最后对这一时期的女作家玛丽·雪莱(Mary Shelley)的《弗兰肯斯坦》(*Frankenstein*, 1818)进行了后殖民的解读。

伯尔斯认为,浪漫主义时期的英国小说与当时的殖民话语深度融合,一个显著的例子是威廉·厄尔(William Earle)出版于1800年的《巫术,或三指杰克史》(*Obi, or, the History of Three-fingered Jack*)。这部小说以书信体的形式讲述了一个牙买加黑人奴隶杰克·曼松(Jack Mansong)保护家族荣誉、反对奴隶制度的故事。曼松是一个真实的历史人物,在牙买加和英国广为人知,不过,对于此人的真实生活细节,人们知之甚少。小说一开篇,"三指杰克"的父母被抓为奴隶,父亲在海上航行途中被杀害之后,母亲决心将孩子带大以便向船长哈罗普(Harrop)报仇。后来杰克在牙买加的种植园里长大,并开始全力与牙买加的种植园主做斗争,开始时只是为了给父亲报仇,但后来他将自己的目标变成了反抗一切奴隶贸易,为废除奴隶制度而抗争,他团结了一帮逃跑在外的奴隶，带领大家一起在英国殖民地里制造破坏，直到最后被人出卖而被杀。小说较为详尽地介绍了加勒比地区的非洲奴隶当中常见的一种巫术，主人公在它的帮助下奋力与殖民者抗争。伯尔斯指出，小说家表面上秉持着一种废奴主义的立场，但仔细读来，小说对于奴隶的描写之中暴露出一种深刻的矛盾，作者似乎不断地在自问：奴隶是人还是物，抑或是一项财产？而这样的矛盾态度在浪漫主义时代英国作家中非常普遍（Bohls，2013：68）。

1837年，维多利亚女王登基之后，英国进入了国力强势发展的帝国阶段，在此之前，多数浪漫主义作家（如布莱克、拜伦、柯尔律治、济慈和雪莱等）相继离世，虽然华兹华斯等少数浪漫主义诗人一直活到1850年，但是一个新的时代开始了。维多利亚时期是英国海外殖民的高峰期，因此帕特里克·布兰特林格（Patrick Brantlinger）的《维多利亚文学与后殖民研究》（*Victorian Literature and Postcolonial Studies*，2009）在这套丛书中颇受关注，读者希望知道，从文学史的角度来看，后殖民文学批评是否能为我们揭示出一些新东西。布兰特林格首先选取了夏洛特·布朗特的《简·爱》和狄更斯的《远大前程》，集中讨论这两部小说中的"颠倒的殖民"现象，布兰特林格认为，在这两部小说中，两个从殖民地回来的人——罗切斯特（Rochester）和马格韦契（Magwitch）——开始全方位地影响长期生活在英国的英国人（简和皮普）。其次，作者针对阿尔弗雷德·丁尼森（Alfred Tennyson）和威廉·巴特勒·叶芝（William Butler Yeats）的诗歌在涉及和书写爱尔兰的凯尔特内容时的异同进行了分析和比较。再次，布兰特林格研究了本杰明·迪斯雷利（Benjamin Disraeli）、乔治·艾略特、拉迪亚德·基普林（Rudyard Kipling）等作家作品的东方主义话语特点。最后，他结合英国探险家的非洲日记对康拉德的《黑暗的心脏》进行了比较研究。

在这套英国文学史丛书中，格雷汉姆·麦克菲（Graham MacPhee）的《战后英国文学与后殖民研究》（*Postwar British Literature and Postcolonial Studies*，2011）最令人感到好奇，在后帝国的时代，英国文学与后殖民之间存在怎样的逻辑关系？《战后英国文学与后殖民研究》所涉及的时段是1945—1971年，在这一段时间里，许多前英殖民地先后独立，在许多国家，一种英语文学的传统逐步形成，在这些后殖民的英语文学

第 1 章　后帝国时代的困惑——新世纪英国文学批评的新趋势

中，英国成了各前殖民地文学控诉的对象，相比之下，战后英国文学受到了冷落。麦克菲认为，后殖民批评不应该只针对前殖民地的文学，因为战后的后帝国时代的英国文学承继着英帝国的历史遗产，这份遗产或许在第二次世界大战之后不再像以前一样清晰，但是它无疑是贯穿于当代英国社会并持续影响英国未来发展的一段记忆，更重要的是，那些被认为是后殖民文学中的思想理念、不同身份、过往历史和未来潜力对于战后英国文学来说同样重要，充分认识这一点，对于我们更好地理解当代英国文学具有重要的指导意义。麦克菲认为，战后英国的去殖民化并不是在一朝一夕之间完成的，此外，"帝国终结"之后的英国融入了由美国主导的新帝国之中，此时的英国既是一个衰落后的帝国，同时也是新帝国的参与者，正如战后的英语既是英国自己的语言，也是所有后殖民英国国家共同使用的语言。因此，在全球的后殖民文学研究中，战后英国文学的独特发展历程及其对于移居、流散、主体性、种族、行动力、政治取向和全球资本主义的独特认识都会为它提供许多无可替代的经验和洞见。为了说明自己的观点，麦克菲针对伊恩·麦克尤恩（Ian McEwan）、约翰·阿登（John Arden）和托尼·哈里森（Tony Harrison）三位本土英国作家以及塞缪尔·塞尔文（Samuel Selvon）、林顿·奎西·约翰逊（Linton Kwesi Johnson）、石黑一雄（Kazuo Ishiguro）、里拉·阿布雷拉（Leila Aboulela）以及安德里亚·莱薇（Andrea Levy）五位来自加勒比、日本和非洲的移民作家的作品进行了深入的后殖民解读。麦克菲特别立足后殖民批评对苏丹裔英国女作家阿布雷拉的小说《灯塔》（*Minaret*，2005）进行了较有代表性的解读。人们一般认为，在英国文学史上，20世纪70年代后期是一个分水岭，特别是1979年之后，随着世界范围内的殖民地独立解放运动，英国进入了一个彻底的后帝国时代，当代英国文学也因此进入了一个后帝国的时代。麦克菲重点结合阿布雷拉的《灯塔》向人们展示了后殖民的反思对于研究后帝国时代英国文学的意义，在他看来，《灯塔》是一部讲述后"9·11"时代故事的小说，但是小说家显然要告诉读者，这样人为的历史切分没有意义，因为这个后"9·11"的故事不仅与她写过的前"9·11"小说密切关联，甚至与许多英国的海湾战争小说同样一脉相承。此外，小说不仅与拉什迪事件有关，还与20世纪60年代开始的苏丹后殖民文学遥相呼应，因此麦克菲不认为当代英国文学中这样的作品可以被孤立地看作后"9·11"的小说，因为它所叙述的故事不只是一个没有历史的意外事件，也不只是一个塞缪尔·亨廷顿（Samuel Huntington）所谓的"文明冲突论"小说，它是英帝国历史在新时代的延续（MacPhee，2011：116）。

1.4　数字化的文学研究

　　将数字技术应用于文学研究始于美国，代表人物是弗兰科·莫雷蒂，在他之后，不少批评家继续积极探索，一个重要的代表人物是伊利诺伊大学的英国文学研究专家特德·安德伍德（Ted Underwood）。2013年，安德伍德以《文学分期有何用：历史对比与文学研究的声望》(*Why Literary Periods Mattered: Historical Contrast and the Prestige of English Studies*)为题出版专著，在该书中，他首次就长期以来英国文学研究中的分期问题进行了系统的梳理。他指出，一直以来，许多英国文学学者对于文学史的分期表现出了一种执着，他们认为唯有如此才是道德的，秉持这种立场就是对于宏大叙事的批判，对于差异、断裂和碎片的弘扬和支持；但是，这样一种习惯在英国文学研究当中带来的后果是片面地叙述英国文学史，导致学界在文学史的把握上出现盲点，长此以往必然会限制这一学科领域的发展。安德伍德表示，自己不否认各个文学分期所使用的概念很有用，但是过分地强调各个时期之间的断裂和差别，让研究者再也看不见其他思考文学史的视角和方法（Underwood，2013：159）。

　　安德伍德是一个跨学科的学者，他同时在弗吉尼亚大学的信息技术和文学系担任教学工作，他认为，新世纪以来的数字技术为当代的文学研究提供了崭新的路径，在传统的研究中，人们依赖非常武断的分期将文学史分成若干时期，并给每一个时期贴上一个标签，仿佛至此我们的研究任务便已完成。依照今天的眼光来看，研究者可以依据数字的量化方法，在不同的文学史分期之间观察宏观而渐次的变化，这种立足远程阅读观察文学在历史长河中的趋势变化的方法可以帮助传统的英国

第1章　后帝国时代的困惑——新世纪英国文学批评的新趋势

文学史研究增加了一个新的视角，对于丰富文学史的知识大有裨益。安德伍德的著作最后一章的标题是《数字人文与文学史的未来》("Digital Humanities and the Future of Literary History")，在英国文学史的研究中，"数字人文"并不是一个简单的概念，它可以包括对于具体个别文本的数字化研究，例如对于一部作品版本和作者的分析和鉴定，也可以通过视觉呈现的方式揭示文学创作状态的地理空间分布，当然还有莫雷蒂所说的"远程阅读"，但是安德伍德更加关注的渐次变化对于文学史研究显然更加有用，分期的文学史研究中的盲点可以通过电脑的数字量化统计和演示得到有效的解决（Underwood，2013：160）。

安德伍德和他的同事做了一个数字化的实验，他们收集了1700—1899年的4 275部英国诗歌、小说和非虚构散文作品，目标是对这些图书中使用的英语词汇进行观测。他们首先将英语词汇分成：(1) 1150年之前进入英语的传统词汇（盎格鲁-撒克逊民族使用的本土词汇）；(2) 1150—1699年进入英语的词汇（拉丁和法语词汇），从风格特点上看，前者比较随意，后者相对更加正式。然后，他们对不同时期图书中的这两类词汇的使用情况进行了统计，得出一张关于英国文学在两百年时间里的变化趋势图。通过这一实验，他们获得的一个发现是，词汇的变化与不同文学样式有着密切的关系。例如，在非虚构散文中，至18世纪和19世纪，传统英语词汇显著减少，但在诗歌中，同一时期的传统英语词汇更加普遍，显然此时的诗歌更加放松，口语的风格更显著一点，但是个别样式的趋势并不显著，相比之下，不同样式之间的比差更加突出。特别是到19世纪末，不同样式之间的差别显著增大，文学与非文学的措辞差异更大。安德伍德认为，面对这样一个图表，不少人或许不由自主地会想从中寻找关键的转折点，例如由于三条线都在18世纪末的节点上有显著的转折，所以有人会说这表明在这个节点上浪漫主义开始到来：在华兹华斯之后，诗歌的语言变得更加像口语那样朴实亲切，此时，诗歌与散文的差别出现了显著的分别。但是，用一个作家的某一部作品或者用浪漫主义的概念来说明一个历时两百年的英国文学变化很难令人信服。事实是，在图表上，人们看到的是诗歌与非虚构散文的差别处在一个长期扩大的进程中，虽然19世纪比18世纪更加显著一些，这并不能说明二者之间的变化差异是浪漫主义的结果，或者是

1800年前后发生的什么事造成的结果。有的观察家认为，这与19世纪措辞的变化或者叙事方法的变化有关，原先多为讲述（telling），如今变成了展示（showing），前者与维多利亚现实主义小说有关，与浪漫主义诗歌无关（Underwood，2013：166-180）。

安德伍德认为，上述实验表明，无论是浪漫主义，还是现实主义，都不能很好地解释数字统计的结果，因为实验告诉我们，在文学样式和文学运动之外还有着更大的话语趋势，文学样式和文学运动只是这些大趋势中的参与者，对于这样的大趋势，传统的英国文学研究者很少去关注，因为他们不知道如何去描述它。一种可能是，上述语言变化或与文学作为一种审美范畴的兴起有关；另一种可能是，文学词汇的专门化也许与文学日趋表达主观经验更加直接相关。不管这两种阐释是否正确，研究者应该据此认识到历史的连续性和差异性同在的特点，虽然要做到这一点很难。21世纪以来的"远程"和"量化"阅读为文学研究指出了一种健康多元的方法论可能性，对于长期以来习惯了分期对比的研究者来说，应该及早学习在图表中考察宏观的趋势和点滴的微妙变化。从体制的角度来看，将文学史重新置于一种连续性与差异性共存的关系中，对于未来的英国文学史研究大有裨益，因为事物的渐次变化过程不只在文学中有，它是许多学科中都有的社会行为，是在大数据中共同观察的趋势和方向。通过关注渐次变化，文学研究与历史、语言学和社会学同步进入了一个崭新的空间，与计算机科学实现了融合，在多学科的关系中重观文学史，传统的文学分期渐渐消失，文学史实现了与其他众多学科的跨界融合（Underwood，2013：159）。

21世纪以来，英国本土也开始积极尝试数字化的文学研究。2014年，三位英国学者乔纳森·卡尔佩珀（Jonathan Culpeper）、大卫·L.胡弗（David L. Hoover）和基尔南·奥哈罗兰（Kieran O'Halloran）合作出版了《数字文学研究：诗歌、散文和戏剧的语料库研究方法》（*Digital Literary Studies: Corpus Approaches to Poetry, Prose, and Drama*）。在他们之后的2019年，伦敦大学的马丁·保罗·伊乌（Martin Paul Eve）出版了《机辅细读：文本研究、计算形式主义与大卫·米切尔的〈云图〉》（*Close Reading with Computers: Textual Scholarship, Computational Formalism, and David Mitchell's Cloud Atlas*）。2021年，伊乌又出版了《数

第1章 后帝国时代的困惑——新世纪英国文学批评的新趋势

字人文与文学研究》(*The Digital Humanities and Literary Studies*)，这些著作标志着当代信息技术的运用开始在英国文学研究中产生更加实质性的影响。

《数字文学研究：诗歌、散文和戏剧的语料库研究方法》是兰卡斯特大学的托尼·迈克恩尼里（Tony McEnery）和利物浦大学的迈克尔·霍伊（Michael Hoey）主编的"劳特利奇语料库语言学进展丛书"（Routledge Advances in Corpus Linguistics）中的一部著作。作者卡尔佩珀、胡弗和奥哈罗兰都是英国人，其中卡尔佩珀和奥哈罗兰任职于曼彻斯特大学和伦敦大学。在该书前言中，他们指出，决定写这样一部书首先是因为近期"数字人文"和"数字文学研究"在学术界的强势崛起，在众多文学作品陆续被数字化的时代，立足数字化的文学语料库开展文学研究具有了前所未有的可行性。与此同时，他们还从20世纪60年兴起的文学文体学以及21世纪以来日益蓬勃的语料库文体学中汲取了灵感。正如他们的标题所示，《数字文学研究：诗歌、散文和戏剧的语料库研究方法》所从事的是一种数字化了的文学"文本分析"（textual analysis），它针对的是传统的文学文体研究，是一种将语言库语言学用于文学研究的跨学科尝试，为新时代的文学文体研究探索路径。书中的章节涉及所有三种重要的文体，其中，卡尔佩珀和胡弗重点研究长篇小说和戏剧，奥哈罗兰研究抒情诗歌。研究者首先需要在现有电子文本的基础上建设具有能够提取语言信息能力的文学语料库，然后将电子化的语料置于数字化的系统中进行分析，分析的目标包括作者文体风格、措辞和人物形象塑造。与传统的文学文体研究相比，充分利用语料库技术对文学作品进行分析将极大地扩大传统文学文体学的研究范围，在将研究系统化的同时不断细化研究目的。他们认为，在当代数字技术的助力之下，传统文学的文体学分析在新的世纪得以一跃而升为数字文学研究。

《数字文学研究：诗歌、散文和戏剧的语料库研究方法》共收录六篇文章，三位作者每人两篇。卡尔佩珀在其《关键词与人物描写》（"Keywords and Characterization"）一文中将传统文学文体学中的文体标记（style marker）换成可以与一个名叫"文字处理工具"（Wordsmith Tools）的电脑程序相配套的"关键词"，然后对莎士比亚戏剧《罗密欧与朱丽叶》(Romeo and Juliet, 1597)中两个主要人物的对话进行语料处理与制作，通过两个人物对话中常见的关键词进行词汇和语法特点的梳理和分析，帮助研究者从以前的直觉印象中走出来。卡尔佩珀的《关键的形成与人物刻画：注解》("Developing Keyness and Characterization: Annotation")一文介绍了他利用技术继续对这一剧作进行的研究发现。他首先对文本提供解释性的注释，然后对照关键词，就相对封闭的语法词和更为开放的语意实词的不同表现进行比较，最后得出的结论是，语义的分析较之语法分析对于解释人物语言使用的有些特征显然更加有效。胡弗的《〈月亮宝石〉与〈卖弄风情的女人〉：叙事与书信风格》("The Moonstone and The Coquette: Narrative and Epistolary Style")结合威尔金·柯林斯（Wilkin Collins）和汉娜·韦布斯特·福斯特（Hannah Webster Foster）的两部小说的叙事人声音进行文体分析。胡弗发现，《月亮宝石》(The Moonstone, 1868)讲述了一个英帝国与殖民地之间的关系，所以小说当中安排了多个彼此之间具有较大区分度的叙述声音，《卖弄风情的女人》(The Coquette, 1797)只关注社会和文化主题，所以虽然安排了多个写信人，但彼此之间区分度不大。胡弗的另一篇文章《一个人的对话：变化与亨利·詹姆斯的风格》("A Conversation Among Himselves: Change and the Styles of Henry James")发现，利用作家风格研究方法，通过观察19世纪后期部分美国小说中的词频情况，不仅可以有效确定亨利·詹姆斯的写作风格，还可以具体深入地区分詹姆斯不同时期的风格变化。数字分析显示，詹姆斯的风格演变的一致性强，方向性明确，阶段的变化可以精确到一系列词汇的取舍。奥哈罗兰的《语料库辅助文学评价》("Corpus-assisted Literary Evaluation")认为，文学批评家对一部作品所做的评价常常可以通过数字化的研究得到证明，他以罗杰·福勒（Roger Fowler）对福勒·阿德考克（Fleur Adcock）一首题为《街曲》("Street Song", 2000)的诗歌所做的评价为例，认为当我们觉得这首诗"富有动感而动人心魄"（dynamic and disturbing）时，语料库式的标注可以为我们的主观印象提供许多具体生动的依据，他结合图式理论和语料库分析方法对该诗的开头进行的分析证明了福勒的印象和判断。奥哈罗兰的《表演文体学：德勒兹与瓜塔里，诗歌与（语料库）语言学》("Performance Stylistics: Deleuze

第 1 章 后帝国时代的困惑——新世纪英国文学批评的新趋势

and Guattari, Poetry, and (Corpus) Linguistics")一文借用吉尔·德勒兹（Gilles Deleuze）和瓜塔里（Félix Guattari）的理论，对罗伯特·弗罗斯特（Robert Frost）一首题为《播种》("Putting in the Seed"，1916）的诗进行分析，形成了一种"表演文体学"（performance stylistics）的经验。每一首诗邀请读者通过一个独立的网络化阐释过程接近它的暗含意义，读者运用语料库文体学的分析将自我创造性的人格和思想填入诗歌之中，直至用极具个性化的方式将它"表演"出来。

在《机辅细读：文本研究、计算形式主义与大卫·米切尔的〈云图〉》以前，伊乌的主要研究领域包括当代英美文学、技术史和技术哲学以及学术出版技术变革，先后著有《品钦与哲学：维特根斯坦、福柯与阿多诺》（*Pynchon and Philosophy: Wittgenstein, Foucault and Adorno*，2014）、《开放存取与人文学科：语境、争议与未来》（*Open Access and the Humanities: Contexts, Controversies and the Future*，2014）、《密码》（*Password*，2016）、《文学反对批评：大学英国文学与矛盾中的当代小说》（*Literature Against Criticism: University English & Contemporary Fiction in Conflict*，2016）等。《机辅细读：文本研究、计算形式主义与大卫·米切尔的〈云图〉》共分六个部分，除了"前言"和"结论"之外，主体部分分四章，标题中的大卫·米切尔（David Mitchell）是当代英国著名小说家，《云图》（*Cloud Atlas*）是他出版于 2004 年的一部长篇小说。米切尔 1969 年生于英格兰，在肯特大学求学时主修英美文学和比较文学。《云图》是大卫·米切尔的第三部小说，也是他的"全球三部曲"的第三部，前面两部分别是《幽灵代笔》（*Ghostwritten*，1999）和《古钟》（*The Bone Clocks*，2014）。在这部书中，伊乌提出，在很多人的印象中，借用数字的方法研究文学可以创造一种"远程阅读"，通过这样的阅读方式获取文学发展的趋势，在他们手中，文学的计算研究如同一架望远镜，有了它，读者可以比以前任何时候都能看到更多的作品，正如伽利略用它看到更多的星星一样。透过数字技术，文学史在我们眼前徐徐走过，这浩大的视角令人神往，因为它帮助我们解决许多不易解决的问题，在这里，电脑成了一个工具，一个帮助我们"阅读"的工具，读者可以将重复性的劳动任务交给它做，从而与机器实现完美的劳动分工。在与计算机合作的过程中，我们放弃了近距离细读文本细节的过程，而只对计算机提供的数据结果进行阐释。

但是，伊乌认为，运用数字技术进行文学阅读并不一定只做"远程阅读"，如果把计算机比作一种光片，那么我们既可以把它做成望远镜，也可以把它做成一种显微镜，两种镜片同样帮助我们将或远或近的、原本看不清楚的东西放大，以便我们能看得更加清楚。伊乌呼吁创造一种数字意义上的"机辅细读"，"机辅细读"不是简单地回归几部永恒的经典，更不是一步回到形式主义，而是一种既细又远的阅读方法。这种阅读方法最早可以追溯到1969年，当时达特茅斯学院首次开设了"计算机文学分析"课程；1987年，约翰·巴罗斯（John Burrows）就开始运用量化的实验手法研究简·奥斯汀的小说；1990年，艾维阿特·泽如巴维尔（Eviatar Zerubavel）用同样的方法研究1790—1909年出生的法国诗人诗歌中的情感书写情况；2008年，斯蒂法尼·珀萨维克（Stefanie Posavec）用这一方法研究了美国后现代小说家杰克·凯鲁亚克（Jack Kerouac）的小说《在路上》（On the Road，1957）。

伊乌选择研究的小说《云图》全书共分六章，分别叙述六段故事（亚当·尤因的太平洋日记、西德海姆的来信、半衰期：路易莎·雷的第一个谜、蒂莫西·卡文迪什的苦难经历、星美-451的记录仪、思路刹路口及之后所有），六个故事的时间跨度从1840年到1984年，呈现了一段浩瀚的"大历史"。小说家本人也用望远镜的意象描述小说中叙述的漫长历史故事，所以从某种意义上说，小说本身对于近两个世纪的世界历史进行了"远程阅读"，同时对于未来进行了展望。伊乌认为，《云图》是一部高度后现代的小说，它的出版过程颇费周折，小说六个章节分别采用不同的文类写成（如日记、信件等），此外，小说的背景设置在不同历史时期的不同地方，小说家按照不同时代的语言特点进行写作，小说还直接涉及数字技术和新媒体的生活样态，小说家在一个新媒体的语境中通过细致入微的语言变化讲述宏大的哲学和历史，所有这些都让伊乌被其吸引，所以决定以它为对象实际开展一次数字细读的文学研究实验。

《机辅细读：文本研究、计算形式主义与大卫·米切尔的〈云图〉》的第一章《当代书籍史》（"The Contemporary History of the Book"）、第二章《用计算的方法读文体》（"Reading Genre Computationally"）和

第 1 章 后帝国时代的困惑——新世纪英国文学批评的新趋势

第三章《历史小说与语言学模拟》("Historical Fiction and Linguistic Mimesis")是全书的核心内容。在"前言"中,伊乌首先发问:电脑跟我们的文学阅读有关吗?对于这个问题,英国文学批评界历来质疑者甚多,原因之一在于,用数字的方式研究文学把人文的学科量化了,美学是一种直觉的经验,无法用数量来计算。伊乌认为,文学艺术和美学不只是人文科学的事,因为数学、统计和计算也有一种美在其中,这样的活动不同样包含着美学常说的直觉吗?当然它们提供的"黄金比例"让我们对于美学、自然和感觉之间的关系有了更多的理解。

伊戈尔斯通曾在一篇题为《当代小说:一个宣言》("Contemporary Fiction: Towards a Manifesto")的文章中指出,当代英国小说研究对于"当代书籍史"(contemporary history of the book)的关注明显不够(Eaglestone,2013:1089-1101)。伊乌采用显微镜式的数字文本细读方法,首先考察小说的出版历史,他注意到,2003年,米切尔在美国出版社兰登书屋(Random House)的编辑从公司辞职之后,小说的编辑工作在随后的三个月里没有任何进展,但与此同时,他的英国手稿稳步经历着编辑与修改,这些修改后来未能及时同步更新到美国版本之中,导致两个版本之间出现不一致。美国新编辑到位之后开始了手稿的编辑工作,同样,这些编辑修改的内容也没有同步发给英国版编辑。在小说的第五章《星美-451的记录仪》("An Orison of Sonmi-451")当中,这两个版本不一致的修改相差很大,有些地方在语言的表述上已经改得风马牛不相及,两个版本之中好像各有几个互不存在的片段。对这样两个版本进行深入而有意义的比较,显然需要借助数字技术的帮助,伊乌在第一章中重点利用计算机的强大能量,将无数的比较差异全部用可视的图表呈现在我们面前,相较于传统的文本方法,数字的细读让我们能够一目了然、深入细致地将两个版本进行比对。

伊乌采用"机辅细读"的方法研究了小说中六个不同部分的文类情况,他指出,我们在研究文学作品的文体风格时常常假设一个作家天生只有一种风格,但《云图》这样的作品告诉我们,同一个作家可以根据需要写出不同的风格。数字技术在统计中给我们的启示是,所谓的作家风格有时是我们想象出来的,《云图》的六个章节向我们展示的是六种不同文类的风格,研究这些文类风格对于我们更好地理解这部作品大有裨益。伊乌采用一种词性三元模型图表对小说进行了一种无语境的文类句法分析，再次用可视的方法非常直观地将一个章节中的某一种结构频次呈现在读者面前。此外，伊乌借助数字手段针对小说家根据不同时代变换的不同语言风格进行了研究，伊乌认为，这个问题与很多历史小说有关，但是小说《云图》是如何通过文学语言的变化达到与相关时代的吻合的？小说第一章的时代背景是 1850 年，伊乌自行制作了一个为词语标注时间的软件，然后通过这一技术手段对小说家让不同人物使用的语汇进行词根考察，看看是否存在严重的时代错误，通过词根检索的准确性建构一个时代的文体和语言想象，在这一研究过程中，他同时对小说家语言使用不准确的原因进行了阐释。

伊乌表示，把一部小说当作唯一的研究对象还有一个重要的原因：在当代英国乃至欧洲文学中，它绝不是唯一一部这样的小说。在他看来，约瑟芬·特伊（Josephine Tey）的《时间的女儿》（*The Daughter of Time*，1951）、奥德里·劳德（Audre Lorde）的《扎米：我名字的新拼写法》（*Zami: A New Spelling of My Name*，1982）、丹·西蒙斯（Dan Simmons）的《海普里安》（*Hyperion*，1989）、乔纳森·雷森（Jonathan Lethem）的《伴着音乐的枪声》（*Gun, with Occasional Music*，1994）、迈克尔·卡宁汉姆（Michael Cunningham）的《时刻》（*The Hours*，1998）、伊恩·佩厄斯（Iain Pears）的《西比欧的梦》（*The Dream of Scipio*，2002）、罗伯图·伯拉诺（Roberto Bolaño）的《2666 年》（*2666*，2004）、詹妮弗·艾更（Jennifer Egan）的《打手团来访记》（*A Visit from the Goon Squad*，2010）和阿伦·摩尔（Alan Moore）的《耶路撒冷》（*Jerusalem*，2016）在文类的融合和变化方面都异曲同工，所以深入地研究《云图》对于了解当代文学中整个此类写作都具有重要的现实意义。

21 世纪的英国文学不再是昔日的帝国文学，在当今世界英语文坛，英国文学显然没有美国文学势大，但是在美国把持的世界秩序中，英国文学的深厚底蕴仍然被认为是孕育文学思想的肥沃土壤。在这个意义上说，21 世纪的英国文学研究和文学批评仍然保持着强劲的动力，一方面，21 世纪英国本土的英国文学研究持续活跃；另一方面，英国文学研究在包括美国在内的其他英语国家同样有着广泛的基础，世界各国文学研究中的新概念和新思想对英国文学批评产生了影响，极大地丰富了它的

第1章　后帝国时代的困惑——新世纪英国文学批评的新趋势

文学研究。不过，在以美国主导的世界秩序中，新世纪的英国文学研究处于应对的位置，新世纪英国文学研究最突出的特点首先表现在对于世纪末"理论"做出的反应，经过了太多的政治和意识形态的批判，不少新世纪的英国批评家渴望回归文学，"新美学主义"虽然不主张全部回归形式主义，但是它认为文学艺术的独特个性不容忽视。世界范围内的"逆写"帝国文学轰轰烈烈地传播了几十年，英帝国的历史被批判了几十年，来自前殖民地国家的"逆写"文学之中不少明确针对英国文学的经典，当代英国的批评家对于这种文学现象不能不做出自己的阐释。如火如荼的后殖民理论曾经荡涤全世界，如何将这种文学理论用于英国本土的文学研究是一个挑战，但同时也是一种创新的机遇。新世纪以信息技术为代表的科技发展给文学研究提出了新的挑战和问题，在英国文学研究中如何引入数字人文，通过跨学科的知识融合，实现英国文学研究在新时代的更新，是当代英国文学研究面临的最重大的课题，英美两国的批评家在这一领域做出的积极尝试，让人们看到了古老的英国文学研究在新时期的进取和创新，了解这一发展趋势对于了解当今世界英语文学研究的趋势大有裨益。

第 2 章
"理论"之后的理论
——新世纪美国文学批评的新趋势

21 世纪的美国文学批评延续了 20 世纪末的一个焦点问题,即关于"理论"的问题。20 世纪后期,"理论"在美国文学批评界强势崛起,成为一种荡涤一切的巨无霸范式和力量,这种新范式和新力量让美国文学批评成了世界文学批评的中心。然而,在美国国内,以激进左翼为特色的"理论"不久就引发了右翼势力的抵制,至 20 世纪末,反对"理论"的声音已在学院内外连成一片,一场学术争鸣最终演变成了一场全社会的"文化战争"。20 世纪末的美国"文化战争"集中了美国政治和文化生活中的两种势力,这两种势力因为各自秉持着不同的意识形态和世界观,所以在包括流产、枪支政治、政教分离、个人隐私、同性恋、审查制度等在内的每一个社会问题上形成了尖锐对立。这种对立通过媒体的传播被无限放大,在这场没有硝烟的冲突中,学院内外以传统人文主义自居的美国社会成了一方,而以"理论"为代表的学院派文学批评成了被攻击的另一方,当以激进为特色的文学批评不得不面对美国大众和传统价值观念时,"理论"最终成了众矢之的。21 世纪以来,或许是受到了哈罗德·布鲁姆所说的"一个人的战争"(one man's war)的激励,反对"理论"的批评家人数显著增加,他们认为,"理论"的出现带来了美国文学乃至整个人文学科的危机,要拯救美国人文学科乃至整个美国社会,就必须抛弃"理论"。不过,这样的观点显然并不具有普遍的说服力,正如保罗·雷特尔(Paul Reitter)和查德·威尔蒙(Chad Wellmon)在《永恒的危机:幻灭时代的人文学科》(*Permanent Crisis: The Humanities in a Disenchanted Age*,2021)一书中所指出的那样,美国人文学科的危机或许与"理论"并没有实际的关系,人文学科或许自诞生之日起,危机就已经开始了。在当今美国文学界,那种坚定地认为

"理论"自有其价值的批评家仍然大有人在,所以关于"理论"的争鸣并未结束。不仅如此,近来的不少美国文学批评家还在不断探索新时期"理论"得以延续甚至复兴的可能性。与此同时,更多的美国批评家则在自问:如果美国文学批评真的已经进入了"理论之后"的时代,那么,新世纪的美国文学批评该向何处去?有人认为,当今的美国文学批评和人文学科的未来希望存在于阅读方式的改变,这是因为,20世纪90年代以来,"理论"引导下的文学阅读方式进入了一种近乎偏执的死胡同,改变阅读方式对于打开思路、重新探索新的研究方法大有好处。也有人认为,在经济全球化的时代,在科学技术以前所未有的速度自我更新的时代,美国学界在新的时代节奏中应该积极探索打破传统边界和壁垒,立足一种跨国界和跨学科的视角重新审视自己的研究领域。本章从持续的"理论"争鸣、"理论"的变形和复兴、新的阅读法,以及跨国和跨学科的文学研究四个方面,就21世纪以来的美国文学批评和研究中出现的这些新趋势进行梳理和总结。

2.1 持续的"理论"争鸣

在美国文学批评中,20世纪后期兴起的"理论"一度被比作文学批评史上的一次哥白尼式的革命,因为它在传统形式批评基础上启动了对于权利、责任、性、阶级、种族、两性关系、思想、人的主体性、历史书写、学科分类、真理效应、语言的符号特征等众多相关问题的重新思考。从90年代开始,"理论"热开始降温,一个重要的原因是,它们受到了来自敌对阵营的反对和围剿。1994年,两位美国科学家诺曼·勒维特(Norman Levitt)和保罗·R. 格罗斯(Paul R. Gross)在约翰·霍普金斯大学出版社出版一部题为《高级迷信:学术左派及其对科学的责难》(*Higher Superstition: The Academic Left and Its Quarrels with Science*)的书。在该书中,他们提出,当前美国大学生中正日益滋生一种对于自然科学的敌意,而这种敌意大多源自那些在文学理论领域工作的人的煽动,这些人大谈的所谓"科学的社会科学"误导了美国大众,也降低了科学在大众心目中的可信度。受这部书的影响,一位曾在尼加拉瓜大学

第2章 "理论"之后的理论——新世纪美国文学批评的新趋势

教授物理的科学家艾伦·索卡尔（Alan Sokal）决定加入勒维特和格罗斯的阵营，对人文学科中盛极一时的"理论"发动一次致命攻击。他的做法是，通过一次学术戏仿，揭穿那些在他看来不过是些学术骗子假借自然科学发表奇谈怪论的把戏。他先仿照后现代文化理论家的口气以《超越界限：量子引力的转换论解释》("Transgressing the Boundaries: Toward a Transformative Hermeneutics of Quantum Gravity"）为题撰写了一篇文章，在该文中，他汇集了形形色色的后现代主义、后结构主义、女性主义等时髦"理论"家的概念，然后立足极端相对主义对真实的虚幻性进行了全面论述。为了让论文显得更有学术根据，他模仿后现代理论家的样子，开始在自然科学中寻找依据，他利用自己作为一个科学家的专业知识，根据那些理论家的需要，胡乱地在文章中编造了一些可笑的、似是而非的、却又纯属胡编乱造的科学理论。最后，他告诉读者：时间和空间都不是具体而有束缚性的范畴，它们的恒定性是以一种过渡性的形式活动的，任何一种时空点的存在都可以自如地转换成另一种时空点。他还说，量子力学的关键在于它的无方位性，因此世界上没有任何东西是真实的："物理'现实'和社会'现实'一样说到底不过是一种社会和语言的建构物；科学知识远不具有什么客观性，它反映、也集中体现了主导意识形态和产生这种知识的文化中的权利关系；所谓的科学真理本质上都是某一种理论的产物，只反映它自己的世界观。"文章写成之后，索卡尔把它投寄给了杜克大学一份较有影响的文化批评刊物《社会文本》（Social Text），经过五个匿名评审的认可之后，文章得以顺利发表；与此同时，索卡尔通过大学的内刊《通用语》（亦作《交流》，Lingua Franca）杂志高调发表声明，称该文是一个骗局，并指责《社会文本》的编辑和评审专家都是一帮自欺欺人的蠢货。消息一出，全国舆论一片哗然。索卡尔的骗局立足科学对后现代文化理论发动的攻击争取了美国大众的支持，形成了一种压倒性的公众舆论导向，它的爆料不仅损害了几个理论家的学术声誉，一时间，包括文化研究在内的整个"理论"界都变成了美国社会的笑柄（Nagel，2005：541–551）。

2005年，美国批评家鲍勃·佩罗曼（Bob Perelman）撰文指出，通过设计骗局打击论敌是学术论争中使用的一种相当极端而又残酷的办法，骗局成功的关键在于大众，虽然大众缺乏专业的知识，但对于知识世界他们不乏常识，骗局设计者通过把论敌有悖常理的思想暴露在大众面前，利用大众常识对其施加压力，使其在众人面前蒙受羞辱。佩罗曼认为，发生在20世纪90年代美国的索卡尔骗局是成功的（Perelman, 2005：12-24）。2005年，美国批评家达芙妮·帕台（Daphne Patai）和威尔·H. 考罗尔（Will H. Corral）在他们主编出版的《理论帝国：争鸣集》（*Theory's Empire: An Anthology of Dissent*）一书中收录了索卡尔本人的文章，文章对这一骗局进行了大篇幅的介绍。在该书的前言中，帕台和考罗尔提出，曾经的"理论"热给美国带来的只有不安，传统的文学批评家在文学批评走向文化研究的转型中感受到了一种学科被连根拔起的威胁（Patai & Corral, 2005：1）。《理论帝国：争鸣集》一书收录了从20世纪70年代到2004年发表的47篇文章，其中绝大多数文章出自文学批评家之手，包括M. H. 艾布拉姆斯（M. H. Abrams）、韦恩·布斯（Wayne Booth）、弗兰克·克默德（Frank Kermode）等在内的数十位批评家与布鲁姆一样从不同的侧面对结构/解构主义、新历史主义、女性主义与同性恋研究、后殖民理论、少数族裔研究、文化批评进行了猛烈的批评，对"理论"的狂妄自大和脱离文学表示了强烈的憎恶之情，他们呼吁回归文学，倡导在文学研究中保持一种人文主义情怀。帕台和考罗尔强调，"理论"倡导在打破学科界限的同时努力寻求一种乌托邦式的超学科通用语言，这不仅在文学批评界引起了反感，还引起了文学批评之外的美国学术界的警觉，因此反对"理论"的远不止文学批评家。《理论帝国：争鸣集》一书收录了语言学家诺姆·乔姆斯基（Noam Chomsky），社会学家尼罗·考皮（Niilo Kauppi），哲学家保罗·鲍格霍西恩（Paul Boghossian）、苏珊·哈克（Susan Haack）、约翰·塞尔（John Searle）、让·布里克芒（Jean Bricmont），科学史专家米拉·南达（Meera Nanda），历史学家艾伦·斯皮茨（Alan Spitzer），文化批评家拉瑟尔·雅柯比（Russell Jacoby）、托德·基特林（Todd Gitlin），以及物理学家雷蒙德·踏里斯（Raymond Tallis）等就后现代主义和文化研究的各个不同方面发表的批判文章。通过这些文章，帕台和考罗尔让21世纪的美国人重温了一下美国社会对于"理论"的抵制与反抗（Patai & Corral, 2005：14）。

第2章 "理论"之后的理论——新世纪美国文学批评的新趋势

2005年，美国批评家帕特里夏·沃夫（Patricia Waugh）在其编辑出版的《文学理论与批评》（*Literary Theory and Criticism: An Oxford Guide*）一书"前言"中指出，"理论"崇尚打破学科界限，倡导与远离文学的人类学、语言学、哲学、经济学和社会学等进行跨学科的交流和共建，但有人则认为，"理论"在跨学科的自我建构中使用的知识出处令人怀疑。有人明确提出，"理论"过于雄心勃勃的跨学科性使它难免在跨学科的知识传播中玩弄一个玄学游戏：跑到文学那里说人类学，跑到哲学家面前说经济学，然后又跑到社会学那里说文学批评，直到最后把每个学科的人都弄得稀里糊涂。沃夫特别指出，"理论"的这种跨学科性受到了来自非文学学科专家的猛烈谴责和无情批判，在不少科学家、哲学家和其他人文学学科的人士看来，所谓"理论"究其实质不过是对启蒙理性的背叛，所谓的"理论"家，无非一些招摇撞骗的思想骗子，他们破坏人文主义价值体系，根本否认现代政治秩序赖以存在的真理与正义，他们好像古代神秘迷信中的祭司长，自称是文学专家，终日里嘟囔着欲望、伦理和历史之类的非文学问题。沃夫列举了语言学家乔姆斯基、科学家理查德·道金斯（Richard Dawkins）和斯蒂芬·杰·古尔德（Stephen Jay Gould）针对"理论"发表的言论说明：在非文学的很多知识人士眼里，当代西方"理论"家们大多不懂文学，他们患上了一种"现在主义"（presentism）的自恋症，所以只会无休止地在话语的文字游戏里打转（Waugh，2006：3-8）。

2014年，作为对于上述所有这些反"理论"观点的回应，文森特·B. 利奇出版了他的新作《21世纪的文学批评：理论复兴》。在该书中，利奇对帕台和考罗尔的《理论帝国》提出了尖锐的批评，在他看来，这本书就是一部反"理论"的大杂烩，读者从中不难看出，反"理论"作为一种思潮并不单纯，其中有"传统的文学批评家、美学家、形式主义批评家、政治上的保守派、种族分离主义、文学文体学家、历史语文学家、阐释学家、新实用主义者、中低级文学的支持者、作家、主张常识和普通风格者以及部分左翼分子"，不过他们之间的一个共同之处在于主张回归文学经典（"我爱文学"），主张文学批评文字明晰而不沉溺术语，主张用理性辩论而不是个人喜好解决分歧。反"理论"者认为，当代"理论"背离科学客观的真理，成天把社会建构主义和多元文化主义挂在嘴边,从事的文学研究太注重种族、阶级和性别问题;利奇指出,反"理论"者自诩是敢于直面帝国的反帝国主义的勇士,但是他们显然太敢往自己脸上贴金了(Leitch,2014:11-12)。

利奇特别列举了六位反"理论"的批评家,他们分别是约翰·埃利斯(John Ellie)、莫里斯·迪克斯坦(Morris Dickstein)、尤金·古德哈特(Eugene Goodheart)、马克·鲍厄雷恩(Mark Bauerlein)、斯蒂芬·亚当·斯沃尔兹(Stephen Adam Schwartz)和韦恩·布思(Wayne Booth)。在具体分析了他们各自反对"理论"的原因之后,利奇很不客气地指出,帕台和考罗尔用自己的"引言"总结了他们反"理论"的共同原因,在他们看来,文学批评应有的样子是20世纪50年代的形式主义批评、文体学、文学美学,而不是"理论",因为后者一无是处。他们对于形式批评中的莫斯科学派、列宁格勒学派、布拉格学派、美国"新批评"与芝加哥学派、肯尼斯·伯克(Kenneth Burke)、克里安斯·布鲁克斯(Cleanth Brooks)、莫瑞·克里格(Murray Krieger)之间存在怎样的差别不做深究,更不会对有些形式主义批评中存在的问题提出任何有价值的质疑。他们强调要热爱文学,强调文学给人带来的快乐,强调用文学表达形形色色的人类经验,但是这些反"理论"的批评家对于什么是"人类的经验"显然有着自己的理解,在他们心中,所谓"人类的经验"不应该包括种族、阶级、性别、国籍和主体构成,文学批评的任务就是为文学服务,文学就应该是纯粹的文学,包含任何意识形态批判的"理论"对于文学来说是一种"文本侵犯"和政治寓言。利奇发现,帕台和考罗尔的文选之中没有收录任何一个美国左翼理论家的文章,例如弗雷德里克·詹明信(Fredric Jameson)批判结构主义的文字,爱德华·萨伊德(Edward Said)批判解构的文章,以及玛丽·露易丝·普拉特(Mary Louise Pratt)批判读者反应理论的著作。很显然,帕台和考罗尔这样的选择背后是他们自己的意识形态立场,他们认同右翼思想家的立场,他们的文选代表了美国右翼批评家的保守逆流,所以本身也是一种政治表态(Leitch,2014:26-30)。

利奇并不否认当代"理论"存在一些问题,例如不少理论家的写作风格晦涩难懂,有些理论家对文学的风格和美学关注不够,不少理论家对于自己的意识形态立场自以为是、不够宽容,有些理论家忽略非学院

第 2 章　"理论"之后的理论——新世纪美国文学批评的新趋势

派批评所强调的文学给予人生的乐趣,不少理论家将"理论"做成了一成不变的方法,有些理论家追风跟风,不少理论家只管挑衅、不思以理服人;此外,太多的理论家对于大学的压迫性环境缺少一种明确的批判态度。但所有这些问题加在一起也不应成为反对"理论"的理由。热爱文学有很多不同的方法,攻击"理论"并不能让人更加热爱文学(Leitch, 2014: 25-31)。

2.2 "理论"的变形与复兴

在利奇等人的大力倡导下,21 世纪以来的部分美国文学批评家开始更加深入地思考什么是理论、未来的理论应该向何处去的问题。2011 年,彼得·奥斯本(Peter Osborne)在其一篇题为《理论之后的哲学:跨学科的新趋势》("Philosophy After Theory: Transdisciplinary and the New")的文章中指出,当今美国学界人们所讨论的过时"理论"主要是指 20 世纪 70 年代以来人们所熟知的"大理论"(high theory)、"大写的理论"(theory with a capital T)、"批评理论"(critical theory)、"法国的和受法国启发的种类繁多的理论"以及德国法兰克福学派的批评理论(Osborne, 2011: 20-22)。奥斯本认为,文学理论是一种悖论式的存在,因为它既是哲学理论和文学批评实践相结合的产物,同时又时时想要摆脱哲学理论,实现学科的完全自立,它始终无法很好地处理哲学理论"沿袭的绝对普适性的愿望和学科特殊性之间的矛盾"。根据奥斯本的分析,20 世纪 70 年代以来,实用主义的盛行、"理论"持续的商品化以及文学理论逐步远离哲学等状况最终导致了大众对于"理论"的拒绝。

加林·提哈诺夫(Galin Tihanov)在其专著《文学理论的诞生和死亡:俄罗斯国内外的相关性研究》(*The Birth and Death of Literary Theory: Regimes of Relevance in Russia and Beyond*, 2019)中指出,所谓理论不可一概而论,他着重区分了两种:一种是对文学的系统性思考;另一种是较为抽象的文学理论。他认为,前者自柏拉图时代起就存在于西方传统之中,而后者在两次世界大战前后的几十年里,初步形成于与美学和哲学的竞争。有人认为,从20世纪末开始,福科和德里达等理论大师的相继谢世也加速了后一种理论的退场。

进入21世纪以后,一些美国批评家们针对"理论"的命运提出了不少新观点和看法。2011年,简·埃利奥特(Jane Elliott)和德里克·阿特里奇(Derek Attridge)主编出版了《"理论"之后的理论》(Theory After "Theory")。埃利奥特和阿特里奇为他们共同撰写的"引言"拟的副标题为《理论的九条命》("Theory's Nine Lives"),显然,他们认为,理论并没有那么容易消亡。埃利奥特和阿特里奇指出,学界普遍认为,20世纪90年代中期以后,"理论"已经跌下神坛,然而,事实上,它们或许正以某种形式继续存在着,并发挥着作用。21世纪以来,"理论"在美国文学批评界正在发生着某种变形,这种变了形的"理论"对于原来的"理论"大多秉持一种挑战的立场,不过,这种变形更多地体现在内容上,而不是立场上。两位作者重点分析了"理论"在六个核心领域(包括理论、理论与实践、表征、生物政治学和伦理学、美学与哲学)发生的变形,并指出,随着新的理论家的出现,新世纪的"理论"渐渐地从语言理论、离散理论和文化理论转向了物质理论、生物学理论和明确的政治学理论(Elliott & Attridge, 2011: 1–2)。

《"理论"之后的理论》第一部分收录的部分论文从不同角度讨论了"理论"的变形。奥斯本梳理了法国和德国理论近50年的发展轨迹,在此基础之上,他指出,法国理论和德国理论有一个共同的终点——哲学,虽然两种理论产生的哲学不尽相同。奥斯本认为,"如果'理论'之后的理论是哲学,或某一个方面的哲学化,或'理论'的哲学化,也许可以这样说,'理论'之后的理论是以跨学科哲学化的方式进行的概念建构",换句话说,"理论"之后的理论这一表述既包含了一种"时间否定逻辑",又具有"之后"所隐含的"历史逻辑",因此"理论"之后的理论需同时包含其自身的发展和"新趋势"(the new)——"一个跨学科哲学概念的范例"(Osborne, 2011: 25–26)。与奥斯本关于"理论"去向的分析不同,凯里·沃尔夫(Cary Wolfe)认为,在当下的人文学科内部存在着一种"将理论视为模仿科学的存在"(Wolfe, 2011: 36)的倾向,即用科学发现的表现价值(cash value)阐明所谓的"物质主义""现实主义"和"经验主义",或探寻哲学概念和科学模型之间存在

第 2 章　"理论"之后的理论——新世纪美国文学批评的新趋势

的共同潜在语言。沃尔夫在研读大量相关文献的基础之上指出，人文学科的这种"模仿"是为了能够与大学里的主导话语保持一致。沃尔夫借助德里达对全球化背景下大学本质变化的理解，归纳了理论的两种存在方式："作为文化研究的理论"（theory-qua-cultural studies）和"作为科学研究项目的理论"（theory-qua-scientific-research-programme），前者"通过促进意识形态整合的新自由主义计划服务于全球化"，后者也服务于全球化，但其方式是"扩充那种以生产为中心的'真正'知识，那些'现实主义的''科学的''物质主义的''经验主义的'和'纯'知识"（Wolfe，2011：47）。

美国学界关于"理论"命运多样化的讨论让人们更加清晰地看到了当代美国"理论"的变形。2016 年，杰弗里·R. 迪里奥（Jeffrey R. Di Leo）在其《消亡的理论：德里达、死亡和理论的来生》（*Dead Theory: Derrida, Death and the Afterlife of Theory*）一书中提出了另一种"理论"变形说。迪里奥指出，在所有关于"理论"死亡的讨论中，人们忽略了一个相关话题，即理论家们的逝世。与强调应用的哲学和心理学等学科相比，"理论"似乎"没有强大到能够承受其主要人物的死亡"，"理论"在学科上无家可归的状态（disciplinary homelessness）导致了一种人们对于"理论"的持续焦虑。"理论"的衰落和理论家们的逝世同步发生，在德勒兹、福柯和德里达之后，他们所代表的"大理论"（high or grand theory）在形形色色的"小理论"（low theory）和"后理论"（post-theory）的冲击下渐渐失去了昔日的光彩，在大师们陆续去世之后，"理论"会逐渐被各种"研究"所取代。"研究"与"理论"一样，具有学科属性不明确和关注当下的特点，但"'研究'与当代社会和政治问题有更为直接的关联"，它们的生命力在某种程度上"取决于其回应当代及其问题的能力"（Di Leo，2016：7）。

迪里奥关于"理论"生命力的分析表明，那些能够回应当下和未来问题的"理论"并不会随着理论家的谢世而死亡。W. 劳伦斯·霍格（W. Lawrence Hogue）在其《雅克·德里达和解构主义的继承人》（"The Heirs to Jacques Derrida and Deconstruction"，2016）一文中以德里达为例探讨了死亡与理论之间的关系，以及理论家逝世之后的"理论"命运等问题。霍格从德里达去世之前的访谈（Derrida & Birnbaum，

2007）中得出了一组相矛盾的结论：德里达一方面"相信'理论的生命'独立于创作者的生活和死亡"；另一方面又担心在他逝世之后，他和结构主义一道会被"存档"。霍格认为，德里达在20世纪参与的一些政治和社会运动促使他的解构阅读从"西方形而上学和西方哲学传统"转向了"世界伦理—政治舞台"，对他者研究、宗教和性别研究等领域产生了影响，而德里达的理论和思想因此获得了巨大的生命力，德里达和解构主义的影响力跨越了国界，在美国、英国、澳大利亚及非洲、亚洲和拉丁美洲等区域都有后继者。与此同时，这些后继者活跃于包括哲学、文学批评、人类学和神学在内的众多学科领域。霍格认为，解构主义并没有因为德里达的逝世而死亡，相反，不同国家和不同领域的学者们在不断地阅读并重新阐释德里达，他们在学习和研究解构主义著作和后结构主义理论思想的过程中保持了德里达和"理论"的生机（Hogue，2016：26）。

"理论"在21世纪应该继续发挥其应有的作用，21世纪的美国学界在这一点上似乎达成了共识，但"理论"究竟应该如何发挥作用，对此，大家并未形成定论。利奇关于"理论"在21世纪的命运的判断不同于上述的变形说，在他看来，从近期美国出版的部分热销"理论"书籍来看，新世纪的文学"理论"正在复兴，他列举了大卫·哈维（David Harvey）的《新自由主义简史》（*A Brief History of Neoliberalism*，2005）、沃尔特·本·迈克尔斯（Walter Benn Michaels）的《多元的毛病：我们如何爱上身份并忽略不平等》（*The Trouble with Diversity: How We Learned to Love Identity and Ignore Inequality*，2006）等部分学术新作，来说明这种复兴的可能和方向（Leitch，2014：133-144）。利奇指出，20世纪的理论流派和思想运动是20世纪特有的现象，并不适用于21世纪，但它们仍然是文学批评实践和理论教学的源头和资源，包括后殖民主义、新历史主义和文化研究在内的新世纪美国文学理论从很大意义上说都是后结构主义的继续，但是新世纪的文学批评将会把文本细读中的意识形态和文化批判与快乐阅读中的"近身批判"（intimate critique）结合起来，所谓"近身批判"是意识形态和文化批判在个人生活中的延伸，也是对与日常社会、政治和经济力量相联系的个人情感和生活经历的分析，在日常生活中，人们因为工作压力而产生恐慌，无论生活中的问题

第2章 "理论"之后的理论——新世纪美国文学批评的新趋势

是大是小,我们对于由这些问题引发的焦虑有着深切的好奇,在新的时代,这种将个人阅读时的情感与国家体制、学科和社会风俗联系在一起的做法会为文学批评开拓新的路径(Leitch,2014:45-46)。在21世纪,传统的文学与宗教、文学与经济学、文学叙事学将在重构中焕发新的生机,后殖民理论和新历史主义将继续影响文学研究,日益蓬勃兴起的情感研究、生态批评和认知研究将为新时期的文学批评注入新鲜空气,反"理论"的声音和公共知识分子将在新世纪的多元理论发展中做出自己的贡献。利奇强调,21世纪的"理论"主要表现为两大特征:一方面,20世纪末出现了一些新的研究领域,这些"研究"(如非洲裔美国人研究、创意写作研究、电影和媒介研究以及符号学研究等)取代了"理论";另一方面,学科边界的内爆使得"理论"本身成为一种后现代的跨学科领域,在高等教育领域,尤其是人文学科和社会科学领域,"理论"会从研究型大学渗透到许多其他教育机构,已经全球化的"理论"将继续走向全球化(Leitch,2014:148-149)。

新世纪的很多美国文学批评家更愿意相信,21世纪的美国文学批评和理论既体现了历史上的"理论"渊源,也回应了当下的历史语境,"理论"的变形或复兴意味着,新世纪的文学批评依然不能脱离"理论"而走向完全独立,这是由"理论"自身的性质和使命决定的。新世纪的种种"研究"呈现出多元化的倾向,一方面,这些"研究"摒弃了20世纪文学批评和理论的范式更替式的发展模式,呈现出多元共存的特征,各种"研究"之间彼此关联,相互影响,形成了一种平等对话的局面;另一方面,"理论"向"研究"的过渡实现了"理论"从抽象到具体的演变过程,"研究"聚焦具体的社会文化现象和问题,更突显了其对人类实践的反思和指导功能。

2.3 新兴的阅读法

在20世纪后期一些由意识形态主导的文学批评当中,"症候性的阅读"(symptomatic reading)和"怀疑阐释学"(hermeneutics of suspicion)成了突出的文学阅读和阐释方法。新世纪以来,随着产生这些阅读和阐释方式的历史语境的变化，以及学界对于认识论、知识存在方式和知识的本质等问题的深入了解，那种略显偏执的阅读和阐释方法受到了越来越多的质疑。新世纪以来，美国文学批评界至少提出了三种新的阅读和阐释方法——"修补型阅读"（reparative reading）、"远程阅读"（distant reading）以及"表层阅读"（surface reading）。

修补型阅读是酷儿理论家和性别研究学者伊芙·塞吉维克（Eve Kosofsky Sedgwick）提出来的。在塞吉维克的理论体系中，"修补型阅读"是与"偏执型阅读"（paranoid reading）相关联的一个概念。在阐述"修补型阅读"到底是一种怎样的阐释方式时，塞吉维克指出，"怀疑阐释学"之所以不受人欢迎的一个原因是它本质上是一种"偏执型阅读"，"与怀疑方法论相伴而生的必然是偏执"。塞吉维克认为，偏执具有五大特征——"偏执具有预期性；偏执具有自反性和模仿性；偏执是一个强势理论；偏执是关于消极情感的理论；偏执相信曝光"（Sedgwick，1997：5–9），偏执型读者总是先带着特定的预期假设文本中隐藏着深层真相或意义，在阅读过程中，他们排斥其他理解方式，同时排除一切其他要理解的事物，他们"选择性地扫描并放大"能够证明假设的细节，以此获取的偏执型知识彻底否定牵涉其中的情感动机和力量，以客观、公正的姿态伪装成真相或意义本身，最终以"曝光"的形式呈现出来。偏执阐释学因为拒绝其他可能性而表现出极强的封闭性，阅读变成了"提出假设——验证假设——曝光等同于真相的假设"这样一个可预测性极强的过程。读者在此过程中既没有发现任何未知知识，也不能形成关于文本的新观点，此外，被曝光的"真相"大多不具有任何"效力"（effectual force）。塞吉维克指出，偏执阐释学最大的危险在于"使文学批评视角和技巧变得枯竭"（Sedgwick，1997：21）。

塞吉维克深入分析"偏执型阅读"及其局限性的目的并非彻底否定"偏执型阅读"，而是说明它只是"众多认知/情感理论实践中的一种"，或多种阐释方法中的一种。在塞吉维克看来，"修补型阅读"是另一种参与阐释过程中的"认知/情感理论实践"，一旦出现从偏执/分裂到抑郁的"心位转换"（positional shift），基于抑郁心位的"修补型阅读"就会发挥作用，修补作为客体的文本和主体之间的分裂。发挥作用的"修补型阅读"能够修补"偏执型阅读"的不足之处："修补型阅

第 2 章 "理论"之后的理论——新世纪美国文学批评的新趋势

读"用"爱"修补偏执型读者和文本之间充满敌意的关系,致力于从文本中获得"滋养";修补型读者不对文本意义进行预先假设,而以开放的姿态对待被偏执型读者忽略的"惊奇"和其他可能性;"修补型阅读"的偶然性消解了与"偏执型阅读"实践紧密关联的必然性。遗憾的是,塞吉维克并没有用具体的例证向人说明"修补型阅读"的具体操作原理(Sedgwick,1997:6)。

塞吉维克关于"偏执型阅读"和"修补型阅读"的论述在学界引起了热议。海瑟·洛夫(Heather Love)仔细研读了塞吉维克关于"偏执型阅读"和"修补型阅读"的两篇论文——《偏执型阅读和修补型阅读;或你好偏执,你大概认为这个前言写的是你》("Paranoid Reading and Reparative Reading; or You're So Paranoid, You Probably Think This Introduction Is About You")与《梅兰妮·克莱茵和情感造成的差异》("Melanie Klein and the Difference Affect Makes")。她充分肯定了修补型阅读的益处——"修补事关多样性、惊奇、丰富的差异、安慰、创造力和爱",所以"如果修补型阅读在伦理和情感层面更好的话……那么它在认识论和知识层面也会表现得更好"。但是,海瑟·洛夫同时指出,"塞吉维克认定的偏执型思想的标志性特征——自反性和模仿性——贯穿于她后期的这两篇论文之中",而《偏执型阅读和修补型阅读》"所论证和表现的是,在两者之间做出选择的不可能性",因此阅读塞吉维克的过程既包含"偏执型阅读",也需要"修补型阅读"的参与;克莱茵理论中的分裂心位和抑郁心位是不可分的,这就意味着塞吉维克所讨论的偏执和修补具有不可分离性(Love,2010b:237)。

2000年,弗兰科·莫莱蒂结合现代化的数字技术手段提出了一种"远程阅读"的方法。莫莱蒂的"远程阅读"源于他对世界文学的构想,因为成百上千种语言、文类以及不计其数的出版文学作品为构建世界文学提供了一个巨大的机遇。在莫莱蒂看来,构建世界文学的"雄心与文本的距离成正比:雄心越大,距离就应该越大",而"距离……是知识的条件。距离使人们能够聚焦那些远远小于或者大于文本的元素:设计、主题、修辞——或文类以及体系"。"远程阅读"扩大了研究对象的范围,使研究者不再聚焦单个文本,而是将多个甚至数以千计的文学作品纳入研究范围(Moretti,2000:48)。莫莱蒂在其《图表、地图和树:

文学史的抽象模型》（*Graphs, Maps, Trees: Abstract Models for a Literary History*，2005）一书中的"图表"部分借鉴其他学者搜集的数据，先是分析了小说这一体裁在英国、日本、意大利、西班牙和尼日利亚五国的兴起，然后又以英国1740—1900年出版的小说为研究对象，展示了小说类型在此期间的演化。从研究内容上来看，"远程阅读"避开了直接的文本阅读，聚焦于那些大于文本（如文类）或小于文本（如小说标题）的元素。从研究方法上来看，"远程阅读"实现了信息技术与文学研究的有效结合，将定量分析和计算机辅助的计算方法引入了文学研究，为文学研究提供了大量的客观依据。从研究意义上来看，"远程阅读"打破了学科之间的壁垒，有效实现了人文学科和其他学科的互动，推动了数字人文（digital humanities）的长足发展。此外，"远程阅读"也在一定程度上消解了国别文学以及文学经典的边界。

莫莱蒂的"远程阅读"为我们展示了一个符合时代特征的、令人耳目为之一新的阐释方法，但美国学界对他的探索有截然不同的看法。雷切尔·瑟伦（Rachel Serlen）在她的论文《远距离的未来？阅读弗朗哥·莫莱蒂》（"The Distant Future? Reading Franco Moretti"，2010）中总结了学界对莫莱蒂的反应：莫莱蒂的支持者们称他为"神话人物"（mythopoeic figure），而质疑莫莱蒂的学者们则在莫莱蒂的行文风格和他那些并非最终论断的观点中看到了一种暂时性（provisionality）。雷切尔·瑟伦指出，莫莱蒂倡导的批评方法包含数据收集和阐释两个部分：莫莱蒂研究过程中涉及的数据一部分是自己收集到的，另一部分则是他借用的其他学者的研究数据；在阐释部分，莫莱蒂用解释数据代替了对文本意义的阐释。在瑟伦看来，"虽然莫莱蒂的研究工作表明，阐释对于'远程阅读'来说和数据的积累同样重要，但奇怪的是，在他关于'远程阅读'的描述中，阐释被省略了"；如果莫莱蒂开始还认为描述和阐释可以"和平共存"的话，那么他到后来却采取了更为极端的立场，即"他所倡导的远距离转向需要摈弃阐释"。此外，莫莱蒂最经常讨论的关于文体的分析出现了一种去政治化，即他不再对文体的变化作出政治或经济解释，而是转向了"存在于文学研究对象内部的纯粹的形式解构"（Serlen，2010：219–222）。

2006年，美国比较文学协会（American Comparative Literature

第2章 "理论"之后的理论——新世纪美国文学批评的新趋势

Association)举办了一次研讨会,纪念弗雷德里克·詹明信的《政治无意识》(*Political Unconscious*)一书出版25周年。2008年,哥伦比亚大学和纽约大学联合举办了一场名为"我们当下的阅读方式:症候阅读及其后果"的会议。2009年,斯蒂芬·贝斯特(Stephen Best)和莎伦·马库斯(Sharon Marcus)将上述研讨会上宣读的部分论文结集刊发在《表征》(*Representations*)杂志上,以此来讨论另一种阅读方式——"表层阅读"。在贝斯特和马库斯看来,虽然关于当下阅读方式的讨论仍然围绕着表层/深层的区分,但他们所讨论的文学表层不同于詹姆逊所指的表层——掩藏(真相/意义)的象征层面,他们的表层指的是文本中那些"显而易见、可感知且能够理解的内容"。贝斯特和马库斯将常见的文学"表层阅读"归纳为三种:一是聚焦于书籍史(包括对书籍阅读史、印刷史和流通史的研究)和认知型阅读(研究阅读过程中大脑的物质性运作)的物质性表层;二是聚焦于作为文学语言复杂修辞结构的表层(通过"细读"揭示文学文本中的"语言信息密度"和"修辞复杂性");三是接纳作为情感和伦理立场的表层(强调阐释者要接受文本,遵从文本,而不是认为文本表层肤浅且具有欺骗性,可以寻求深层的真相)。在此基础之上,贝斯特和马库斯又提出了有待进一步探讨的三种"表层阅读":一是关注作为批判性描述的表层,文学文本是对自身真相的批评性揭示,描述文本本身说了什么就可以,没有必要把它转译为另一种理论解释;二是寻找文本内部以及跨文本存在的模式;三是关注作为字面意思的表层,强调"正读"(just reading),即不带偏见且忠实于原文的阅读(Best & Marcus, 2009: 3-4)。马库斯在其《女人之间:维多利亚时期英国的友谊、欲望与婚姻》(*Between Women: Friendship, Desire, and Marriage*, 2007)一书中的第二章对"正读"进行了实际的演示,她分析了一系列维多利亚小说的一个突出的表层现象——女性友谊在求爱叙事(courtship narratives)中的重要角色。马库斯表示,女性友谊"既不是婚姻情节的静态辅助,也不是对婚姻情节的症候式排斥,而是一种保持叙事能量的传导机制",马库斯用这样的"表层阅读"既证明了"正读"和与其相关联的"表层阅读"的可行性,也在某种程度上"修补"了人们将女性友谊仅仅看作被压制的同性欲望这一观点(Marcus, 2007: 3)。

2010年，海瑟·洛夫以《接近但不深入：文学伦理学与描述性转向》("Close but not Deep: Literary Ethics and the Descriptive Turn")为题发表论文，身体力行地实践"表层阅读"。洛夫认为，"细读是文学研究的核心"，但它近来却遭到了莫莱蒂的"远程阅读"为代表的形形色色的新文学社会学（new sociologies of literature）的挑战，因此人们有机会"审视文学研究和其他学科之间的关系"。洛夫在文中对托妮·莫里森（Toni Morrison）的《宠儿》（Beloved，1987）进行了描述性而非阐释性分析，她认为，描述性分析指向了评论家容易忽略的一些文本特质，尤其是对社会生活的形象化和客观描述，从而构建了文本描述型阅读的模型（Love，2010a：373-374）。

"表层阅读"及其所倡导的描述性分析得到了不少批评家的认可，但也遭到了一些极其尖锐的指责。2011年，约翰·库西奇（John Kucich）以《未完成的历史主义计划：怀疑赞》("The Unfinished Historicist Project: In Praise of Suspicion")为题发表一文。在该文中，库西奇指出，就连马库斯本人也认识到，"表层阅读"仍然是一种阐释行为，因此即使"表层阅读"尽量避开历史主义，却无法避免"回归症候阅读"（Kucich，2011：72）。2013年，阿里安娜·赖利（Ariana Reilly）发表了《总是同情！表层阅读、情感和乔治·艾略特的〈罗莫拉〉》("Always Sympathize! Surface Reading, Affect, and George Eliot's Romola")一文，在该文中，赖利分析了库西奇、洛夫、贝斯特和马库斯的观点，她表示自己赞同库西奇关于许多"表层阅读"的例子看起来很熟悉的论点，但不太认同洛夫用来解读莫里森的《宠儿》的方法。针对贝斯特和马库斯对"怀疑阐释学"的发难，赖利提出，贝斯特和马库斯认为"表层阅读"很容易被贬斥为政治静默主义，这种论点导致的结果是，"在不知道敌人身份的情况下，我们被要求承认他们是'偏执的'和'多疑的'，他们阴险的手段正把我们喜爱的文学作品简化为'达到目的的工具手段'"（Reilly，2013：634）。

面对学界对"表层阅读"和描述性分析的质疑，马库斯、洛夫和贝斯特于2016年再次组稿刊发了一期《表征》特刊，新的专刊讨论描述在包括文学批评在内的多个学科领域的作用。他们指出，"在所有学术研究和教学活动中，描述是核心方法，虽然这一点并没有得到认可"

第 2 章　"理论"之后的理论——新世纪美国文学批评的新趋势

（Marcus，Love & Best，2016：2）。马库斯、洛夫和贝斯特通过"描述"结集的论文进一步指出，"更好的描述关注那些难以归类和理解的东西。更好的描述应该忠实地抓住……这个世界上杂乱无章、大量存在的零星细节，这些细节无法被纳入一个已经存在的理论，有时甚至也不能形成新的理论"。虽然他们试图"描述"，但他们所谓的"更好的描述"究竟为何物并不清楚，正如他们对专刊论文作者的意图给出的评价一样，他们并"不急于提出更为广泛的主张"（Marcus，Love & Best，2016：9）。2019 年，《马赛克：跨学科批评期刊》（*Mosaic: An Interdisciplinary Critical Journal*）刊发了布鲁诺·蓬提多（Bruno Penteado）的文章《反对表层阅读：只有字面意思和阅读政治》（"Against Surface Reading: Just Literality and the Politics of Reading"），蓬提多在该文中从辩证的角度出发，紧紧抓住贝斯特和马库斯关于作为批评描写实践的"表层阅读"的论述，对"表层阅读"同样提出了质疑。贝斯特和马库斯认为，"文本能够揭示其自身的真相，因为文本可以自我调节"；蓬提多则认为，"这样的意义揭示毕竟不是揭示，因为是文本，而非批评家，揭示了其真相"（Penteado，2019：86）。

21 世纪以来，美国批评界关于当下文学阅读和阐释方法的深入思考体现了一种对多元认知方式的渴望，他们希望在变化了的社会、历史和文化语境中探索阐释者和文本的关系、文本意义存在的形式、获取文本意义的途径以及所获得的文本意义会有怎样的效力，虽然不同批评家们关于新的阐释方法还存在着疑虑和争议，但这种思考本身是一种具有创新性的实践，阐释方法的多元化将人们对知识本身的认知推向了新的高度。

2.4　跨国与跨学科的文学研究

21 世纪以来，一种跨国文学批评在美国文坛悄然兴起，这种批评趋势的出现与全球化有关。20 世纪后期，在经济全球化的驱使之下，世界范围内跨越国界的经济和技术联系日益紧密，全球化成为学界热议的话题之一。21 世纪以来的西方学界在经历了"9·11"之后对于全球化的问题有了更多的思考，不过，他们对于如何认识全球化并没有形成定论，欧美学者站在各不相同的学术立场上界定全球化，例如安东尼·吉登斯（Anthony Giddens）将全球化界定为"一套复杂的过程……以互相矛盾或对立的方式运行"（Giddens，2000：30-31），而约翰·汤姆林森（John Tomlinson）认为，全球化是"复杂的关联性"，"现代社会生活以迅速发展且日益紧密的相互联系和相互依赖为特征"（Tomlinson，1999：2）。另一个关于全球化的颇具争议的议题是：全球化是不是一个新兴的当代现象？对此，有学者认为，"这种更加紧密关联的经济、技术和环境变化的交汇是一种真正的新事物"（Brydon，2018：275），但也有学者认为，全球化有其历史渊源，例如它可能是"第二种现代性"（the second modernity）（Beck，2000：166）。虽然全球化至今也没有一个被普遍认可的定义，人们依然不能够完全厘清和全球化这一概念相关的很多问题，但这并不妨碍全球化近年来持续向教育、社会和文化等多个领域延伸，很显然，全球化正在并给人类的生活带来前所未有的深刻影响。

新世纪伊始，全球化的概念首次进入美国文学批评领域之后，便立刻引发了众多热烈的讨论，虽然全球化的概念在文学批评中使用的时间不长，但有批评家认为，全球化介入文学的历史由来已久，从某种意义上说，"所有的文学都是全球化的文学，所有的文学都是关于全球化的文学"（O'Brien & Szeman，2001：611）。美国批评家利亚姆·科诺尔（Liam Connell）认为，全球化与文学的碰撞主要发生在两个层面：以全球化为主题的文本层面和文学文本的跨国界流通与商品化层面（Connell，2004：79）。全球化较早进入美国文学研究的标志是包括《现代小说研究》（*Modern Fiction Studies*）在内的较有影响力的文学批评刊物连续出版专刊讨论全球化与文学研究，除此以外，一批文学理论家陆续主编出版一些专门探讨全球化与文学研究的学术文集，其中包括李雷雷（David Leilei Li）的《全球化与人文学科》（*Globalization and the Humanities*，2004）和雷瓦西·克里希纳斯瓦米（Revathi Krishnasvamy）和约翰·C. 霍里（John C. Hawley）的《后殖民与全球化》（*The Post-colonial and the Global*，2008）等（Brydon，2018：281）。

2010年，保罗·杰伊（Paul L. Jay）在《全球问题：文学研究的跨

第2章 "理论"之后的理论——新世纪美国文学批评的新趋势

国界转向》(*Global Matters: The Transnational Turn in Literary Studies*)一书中指出,学术体制内的理论和批评发展与学术体制外各种社会、政治运动与全球化的协同作用,促使文学生产和文学研究超越了以往民族／国家的地域限制,向跨国界(trans-national)的空间和区域延伸,"文学研究的跨国转向(the transnational turn)真正始于少数族裔、多元文化和后殖民文学研究与新兴的全球化框架下的研究工作相交之时"。杰伊关注全球化影响下的文学研究,所以他在该书的第二部分选取了印度裔美国作家阿兰达蒂·洛伊(Arundhati Roy)等一系列作家的作品进行解读:一方面强调英语文学日益跨国化的生产模式;另一方面探讨与全球化相关的一系列文学问题。在杰伊看来,文学研究的跨国转向进一步扩大了可研究作品的范围,与此同时,也将以往对文学作品的美学研究扩展至社会学和人类学研究领域。杰伊认为,构建文学和文化研究的跨国范式的关键在于如何映射本地与全球的关系,因此文学研究的全球化意味着"彻底打乱我们一直用以组织人文和社会科学工作的传统地理空间"(Jay, 2010: 74)。杰伊聚焦从美国研究(American studies)扩展到美洲研究的发展进程和包含英国文学与英国前殖民地国家文学在内的英语文学,并以此为例指出,全球范围内的人口迁徙、跨文化旅行和位移,意味着我们需要通过"想象"将特定的区域"概念化",从而在文学和文化研究中重构／重置我们研究的地理位置。

  杰伊的主张一方面凸显了地理位置和国家在跨国研究中举足轻重的作用;另一方面却指向了跨国界研究中的一个难题,即如何在"想象"或"概念化"的区域与实际的国家界线之间清晰、明确地定义跨国界。卡伊·维根特(Kai Wiegandt)在《文学研究中的跨国界:一个概念的潜力和局限性》(*The Transnational in Literary Studies: Potential and Limitations of a Concept*, 2020)一书的"绪论"中指出,跨国界研究已有30年左右的历史,也已广泛用于包括文学研究在内的人文学科研究领域,并且产生了一些新的文类——跨国历史小说(transnational historical novel)、跨国移民小说(transnational migrant novel)和跨语言戏剧(translinguistic theatre),但文学研究领域却并未就"跨国"一词的确切定义达成共识。维根特借用人类学家史蒂文·维托维克(Steven Vertovec)关于跨国的分类法(社会群体、意识类型和文化生产模式)

将跨国文学研究分为六种：身份认同研究（探究作者、文学运动和文学人物的自我认同和/或他人认同）、主题研究（研究关于流散的个人、移民和/或反映跨越国界事件的文学作品）、美学研究（考察作品和诗学如何借鉴跨国界的美学形式）、接受研究（研究分布广泛、因共同兴趣、教育背景或共同接受态度走到一起的读者群）、市场营销研究（通过突出作者和/或人物的跨国身份和/或作品跨国主题和/或特定作品的美学形式研究接受和销售的策略）以及批评视角研究（研究阅读和阐释）。维根特指出，在具体的批评实践中，身份、主题和美学研究之间通常会有一定程度的重叠（Wiegandt，2020：1-18）。

在21世纪的美国文学当中，全球化的概念既丰富了文学作品的主题，也助推了文学的跨国生产、流通和接受，促成了文学批评的跨国转向。全球化的另一个显著影响就是它对传统学科边界的挑战，全球化的影响力覆盖经济、政治、社会和文化等领域，原本各自独立的传统学科因为共同的议题产生了日益紧密的联系，学科边界越发模糊。在全球化和新科技革命的共同作用之下，文学批评跨越了传统了学科界限，实现了批评方法的革新。

美国学界关于跨学科的讨论始于20世纪70年代。1970年，国际经济合作与发展组织在其召开的国际会议上将学科间的互动分为多学科（multi-disciplinarity）、复合学科（pluri-disciplinarity）、跨学科（inter-disciplinarity）和超学科（trans-disciplinarity）。茱莉·汤普森·克莱茵（Julie Thompson Klein）在其论文《跨学科类型学》（"Typologies of Interdisciplinarity"）中详细分析了跨学科的不同类型。根据克莱茵的分析，跨学科以学科的相互融合（mutual integration）为目标，重点考虑聚焦（focusing）、混合（blending）和连接（linking），跨学科可进一步分为理论的跨学科（theoretical interdisciplinarity）和方法论的跨学科（methodological interdisciplinarity）。理论的跨学科意味着"一种更全面的普遍观点和认识论形式，具体体现在创建分析特定问题的概念框架，整合跨学科命题以及综合模型与类比之间的连续性"。理论的跨学科又可分为通用型（generalizing）和融合型（integrating），前者将某一理论应用于多个学科，而后者指用某个学科的概念和观点解决另一个学科的问题，或促成另一个学科的理论发展。方法论跨学科的目的是

第 2 章 "理论"之后的理论——新世纪美国文学批评的新趋势

"提高研究结果的质量,通常借用另一个学科的方法或概念来测试假设、解决一个研究问题,或发展一个理论",这样的借用一旦发生,学科之间就会呈现出一种互为辅助型(auxiliary)或补充型(supplementary)的关系(Klein, 2017: 24-25)。

克莱茵认为,包括文学研究在内的某些学科从本质上来说就是跨学科的。文学的特质决定了文学的跨学科性,文学作品通常广泛涉及社会生活的方方面面,充分融合了哲学、伦理学以及史学等学科的知识,在跨学科的背景之下,文学概念内涵的扩展带来了文学研究内容的变化和研究范围的扩大。2019 年,珍·阿诺德(Jean Arnold)和莱拉·马茨·哈珀(Lila Marz Harper)共同主编出版了《乔治·艾略特:跨学科论文集》(*George Eliot: Interdisciplinary Essays*),该文集中的论文立足期刊和书籍史、研究方法、艾略特和维多利亚时代的科学、动物和环境研究以及性别研究和女权主义等视角对艾略特进行了解读,内容广泛涉及艾略特的新闻实践、出版策略、诗歌、研究和写作方法、性别实践以及对埃及神话的引用等。

在新技术背景下,美国批评家越来越清晰地感到,文学批评可以更多地跨越学科界限,从新世纪的数字技术中获得方法论上的跨学科支持。数字人文的兴起与发展打破了传统人文学科和科学技术的界线,美国批评家们不仅提出了关于信息时代人类生活研究的新命题,也将自然科学研究方法引入了人文学科,"大数据""数据挖掘"和"宏观分析"等词汇频繁出现在人文学科研究领域,文学批评也不例外。马修·威尔肯斯(Matthew Wilkens)在其《数字人文及其在文学和文化研究中的应用》("Digital Humanities and Its Application in the Study of Literature and Culture")一文中指出,数字人文或计算机辅助的文学研究为文学研究提供了一套处理大量原始材料的新方法,这些方法"有助于人们识别并评估从单个文本到整个领域以及文化生产体系的文学模式";用具体的实例向人们展示数字人文在文学和文化研究领域的实际应用,主要包括文本挖掘和毁形、网络分析与文学社会学以及聚类与映射;虽然计算机辅助的研究方法仍然存在法律、技术、研究人员和语言等方面的问题,但可以相信的是,数字人文有一个令人期待的未来(Wilkens, 2015: 11)。

21世纪的跨国和跨学科的美国文学批评实践给深陷重重危机的美国文学研究带来了生机。它一方面解构了基于国家、民族、种族或文化等概念之上的对立冲突；另一方面又真正拓宽了文学批评的研究范围，实现了研究内容的多样化。跨国和跨学科是现代化的科学技术手段不断发展的结果，作为一种新的手段，它为21世纪的文学批评提出了新的命题，也创造了新的机遇。

21世纪以来，美国文学批评界并未立刻从20世纪末的论争中走出来，进入一个"理论之后"的平静时代，反"理论"和拥护"理论"的声音可谓此起彼伏，在这样持续的"理论"争鸣中，美国文学批评和研究顽强地探索着自己的前行之路。他们运用新的视角、融合新的技术条件，积极思考新的阅读和阐释方法，面对新世纪文学的全球化发展和新技术层出不穷的兴起，他们在跨国和跨学科的批评实践中大胆革新，所有这些无一不体现了其文学批评的生命力。虽然包括文学批评在内的整个人文学科20世纪以来面临着前所未有的挑战和日益恶化的困境，文学批评的科学性、价值和意义更是遭到了来自学科内外的种种质疑，但是凭借着这样的顽强创新，美国文学批评在新的时代所展现的持续向上的力量是确定无疑的。新世纪的美国文学批评在"理论"之后比以前任何时候都更加重视平衡、重视内外兼修。20世纪80—90年代以来，"文化转向"让整个人文学科的研究范式发生了翻天覆地的变化，文学批评与文化批评和意识形态批评等的紧密联系逐步使文学批评做到了文本内外的结合，如今的美国文学批评在全新的批评语境中继续不断地做出自我调整，将文本细读与快乐阅读融合一处，将社会的和个人的经验同时用于文学的阐释。与此同时，他们深知，全球化和新技术的产生和应用不仅改变了文学生产、流通和传播的方式，也为文学批评提供了新的研究方法，提出了新的研究命题。他们知道，文学批评的关键和意义在于获取知识，为当下的问题提供借鉴，因此当代的美国文学批评将继续走融合的道路，一方面从批评传统中汲取力量；另一方面不断尝试突破传统，走出时代的步伐。

第 3 章
"跨加"时代的反思——新世纪加拿大英语文学批评的新趋势

与英美相比,加拿大英语文学的历史短了很多,它根植于殖民历史,早期的文学创作深受英美文学的影响,零星的文学批评文字大多表达一种对于价值和意义不确定性的感受。20世纪60年代,加拿大迎来建国一百周年,文学艺术开始蓬勃发展起来,文学批评也随之兴盛起来,诺斯罗普·弗莱于1957年出版的《批评的剖析》和玛格丽特·阿特伍德于1972年出版的《幸存:加拿大文学主题指南》是加拿大英语文学批评的两座里程碑。从这个时期一直到20世纪末,加拿大的英语文学批评总体而言最关注的话题主要是文学的民族性问题,独特的地理位置与环境、独特的建国历史、独特的人口构成和独特的文化与大众心理——所有这些都成了批评家们反思加拿大文学的视角与切入点。20世纪80年代之后,加拿大正式开启一种更显包容性的文化国策,此时,多元文化主义成了批评家建构加拿大民族文学的新思路。21世纪以来,加拿大英语文学批评的空间逐渐得到拓展,在一种开放互通的全球化语境影响下,加拿大英语文学批评家开始拥抱一种跨越国界的国际主义,他们对外向世界各国文学批评学习,对内实行百花齐放,传统的主流文学批评日益多元,原住民文学批评和族裔流散文学批评开始活跃起来。他们结合加拿大的后殖民文学特点,一边积极介入世界范围内的后殖民文学理论反思,一边积极尝试基于自身文学经验的文学理论创新。与此同时,他们面对加拿大的原住民状况充分表达不同的观点,加拿大究竟是不是后殖民国家? 在全球化浪潮之下,加拿大的文学体制、公民身份和民族国家话语应该做怎样的改变? 21世纪的加拿大文学应该如何面对至今仍在白人压迫下挣扎的原住民状况? 新世纪的加拿大英语文学批评结合自己的文学,尽力回答上述问题。本章重点围绕加拿大的后殖民地位、多元文化主义、"跨加"文学体制以及原住民问题四个方面的问题,就新世纪以来加拿大英语文学批评的最新发展趋势进行总结,考察当代加拿大英语文学批评如何在立足传统、正视当下、面向未来的基础上,努力建构其价值多元的新特点。

3.1 加拿大的后殖民

在加拿大,"后殖民"一词首次出现在1975年《加拿大小说期刊》(*Journal of Canadian Fiction*,英联邦版)约翰·莫斯(John Moss)撰写的"编者按"中。从1988年开始,尤其是在比尔·阿希克洛夫特等澳大利亚文学理论家出版《逆写帝国:后殖民文学的理论与实践》之后,加拿大文学和批评中越来越多地关注后殖民的问题和方法。后殖民理论的出现在加拿大英语文学界掀起了一股"重写"和"逆写"殖民历史的热潮。新一代的加拿大作家和批评家开始有意识地从批判的视角重读加拿大经典和加拿大历史,他们希望为过去带来全新的阐释,也使人们转变对当今社会的看法。尽管加拿大后殖民文学在创作手法上采用了后现代文学的诸多策略(如"历史编撰元小说"),但其批判的目标更为集中地指向重大殖民历史事件和压迫性的国家制度等,加拿大英语文学批评家对于此类文学创作表现出了高度的关注,但是他们在加拿大后殖民文学的问题上有着更多的思考。

新世纪以来,虽然后殖民成了加拿大文学创作和评论的核心概念之一,但它引发的争议和质疑从未间断。2000年,曼尼托巴大学举办了一次题为"加拿大是后殖民吗?"的大会,批评家们齐聚一堂,就这个问题展开讨论。会上,批评家戴安娜·布莱登(Diana Brydon)表达了大家共同关心的看法,"如果后殖民性主要是关于'表征的去殖民化'……那么后殖民的表征模式常常发现自己被卷入了它们试图反抗的……相同的结构"(Brydon,2003:51),意思是说,人们提出后殖民的出发点本是去殖民化,但人们在谈论后殖民时常常不由自主地由着自己重新陷入殖民之中。大会呼吁建构一种高度自我反思式的批评,这种批评时刻提醒我们,方法论进步叙事中的殖民同谋同样是欧洲中心主义

第3章 "跨加"时代的反思——新世纪加拿大英语文学批评的新趋势

的一种表现。

2003年,劳拉·莫斯(Laura Moss)将此次大会的论文结集出版,书名为《加拿大是后殖民吗?不确定的加拿大文学》(*Is Canada Postcolonial? Unsettling Canadian Literature*)。莫斯在书中指出,加拿大的后殖民状况有待质疑:一方面,加拿大与澳大利亚和新西兰一样是"殖民—入侵"(settler-invader)类的国家;另一方面,加拿大又对原住民社会实施了破坏和压迫。虽然独立之后从帝国主人那里获得了自由,但欧洲中心主义的价值观仍在加拿大主流社会的许多方面大行其道。莫斯认为,在加拿大文学批评之中关于后殖民的概念"或许可以大体定义为对以下一系列话题的关注:文化帝国主义;民族内及民族间兴起的民族主义;对历史和去殖民化进程的协商;权力等级制度、暴力和压迫;审查制度;种族和民族;多元文化主义;对声音的挪用;对经典的修正和对殖民教育的'反击';原住民语言及小写英语(englishes)与标准英语之争"(Moss,2003:4)。《加拿大是后殖民吗?不确定的加拿大文学》全书共分四个部分:(1)质疑加拿大后殖民;(2)后殖民方法论;(3)加拿大文学是后殖民文学吗?(4)对问题的思考。围绕"加拿大是后殖民吗?"这一中心议题,不少论文深入探讨了加拿大语境下的错置、杂交、记忆、矛盾和融合等问题,批评家们关注的具体话题包括:加拿大文学如何与英美(文化)帝国主义和新帝国主义打交道;如何定位原住民文学;如何在后殖民小说和诗歌作品中重新思考历史;如何在诗歌和散文中考察种族和族裔的结构;如何审视加拿大人有缺陷的记忆;如何区分多元文化政策和实践;如何进行经典修订;如何对殖民教育进行"逆写"等。过去,加拿大后殖民讨论的重点是在比较的视野下向外看(加拿大文化与其他地方产生的文化相比),《加拿大是后殖民吗?不确定的加拿大文学》一书中收录的许多论文则更多地把注意力集中于加拿大国内,集中在向内审视加拿大内部的复杂性。尤其是第三部分将重点放在个别文本或文本组合上,以阐明将后殖民阅读策略应用于加拿大文学作品所产生的问题和结果。文集中的绝大多数论文并未明确回答加拿大是否后殖民,它们主张在已有的对话中增加更多思辨的声音。不过,文集收录的最后一篇论文是史蒂芬·斯莱蒙(Stephen Slemon)的《后记》("Afterword"),斯莱蒙认为,"加拿大"和"后殖民"这两个词在结构上是不相称的。"加拿大"不可能是"后殖民",正如父权制不可能是女权主义,同性恋恐惧症不可能是同性恋一样(Slemon,2003:322)。因此,有必要将焦点从"无法回答"的问题转向考虑真正的后殖民批判所依据的各种政治形式与原则上,将它们包容性地融入国家空间。以斯莱蒙的论文作为文集的结尾再恰当不过,它肯定了在后殖民的框架内提出"加拿大是后殖民吗?"这个问题的适当性,并指出答案的复杂性和不确定性。

2004年,辛西娅·舒格斯(Cynthia Sugars)主编出版了另一部文集《非家之国:英裔加拿大后殖民主义的理论化》(*Unhomely States: Theorizing English-Canadian Postcolonialism*)。同《加拿大是后殖民吗?不确定的加拿大文学》一样,这部文集试图展示加拿大后殖民经验的独特个性,以及在加拿大语境下界定"后殖民"意义的不可能性。它提出了一个国内外后殖民理论家们热议的问题:后殖民如果指的是世界上的特定区域,那么加拿大在全球后殖民版图上处于什么位置?舒格斯认为,加拿大的后殖民状况之所以复杂,是因为根据不同的作家和批评家的视角,加拿大后殖民具有不同的表现形式,就像戴安娜·布莱登在文集中所说的,"有不止一种加拿大后殖民声音"(Brydon,2004:97)。在20世纪70年代的英联邦批评家看来,加拿大的后殖民在于其文化表达方式与大英帝国其他前殖民地具有相似之处。加拿大的文化民族主义者将加拿大表达方式中的反殖民潮流——反对英国和美国的声音——视为"后"殖民经验的表现。专注于"殖民—入侵"身份的理论家们注意到了加拿大殖民者—入侵者在归属表达方面的折中立场。原住民批评家要么拒绝后殖民理论的"第一世界"和民族主义起源,要么战略性地转向后殖民理论,以此来表明殖民主义对加拿大土著民族的持续影响。其他评论家也对国家元叙事将不同种族和/或族裔群体排除在加拿大想象之外的行为进行了评估(Sugars,2004:xiv)。如果说国家真如本尼迪克特·安德森(Benedict Anderson)说的那样是"想象的共同体"(Anderson,1983),那么有的批评家要问:"到底是谁的想象被提升为了国家想象?"(Bannerji,2004:290)

在文章的选择方面,舒格斯依据的是它们是否对加拿大文化和社会问题采用了后殖民的分析方法,而不是对特定文学文本进行后殖民分

第 3 章 "跨加"时代的反思——新世纪加拿大英语文学批评的新趋势

析。入选论文呈现出加拿大后殖民理论的历史感,以及该批判性话语在当下的方向感,论文与论文之间构成辩论和对话关系,在舒格斯看来,这也是加拿大后殖民话语的特征之一。从 20 世纪 60—70 年代的反殖民民族主义和英联邦语境下的加拿大批评到 21 世纪之初加拿大大学里教授的激进人文主义,入选论文有的抒发了对"后殖民"这一术语的困惑,有的对后殖民理论如何应用于加拿大语境进行了争辩,但谈到"加拿大后殖民主义"这样的标签时,大多数论文作者对"谁的后殖民主义"没有达成共识。不过,舒格斯认为,或许正是通过对后殖民话语的一系列不确定的假设,人们才会认真思考如何以更加自觉的姿态居住在加拿大这个"非家之国"。

《加拿大是后殖民吗?不确定的加拿大文学》和《非家之国:英裔加拿大后殖民主义的理论化》反映了 21 世纪初加拿大批评界对加拿大文学在不断发展的文学理论中的地位的关注,尤其反映了他们对加拿大在民族主义、后民族主义和后殖民主义理论和实践中的地位的关注。这两部出版日期相近的文集具有一些共同的特征,它们共同展现了加拿大英语文学批评家对于自身后殖民理论的早期思考。

3.2 多元文化主义问题

从 20 世纪 70 年代开始,由于加拿大的种族结构越来越多元,政府开始推行多元文化主义政策,其目的是承认加拿大的多元性,同时扭转早期政府执行的文化同化政策。多元文化主义政策在加拿大的英语文学批评界引发了两种不同的反应。塔玛拉·帕尔默·塞勒(Tamara Palmer Seiler)认为,加拿大文学是一种后殖民的文学,后殖民主义和多元文化主义是"在复杂的相互作用中产生的话语,表达了加拿大在几个帝国边缘的经历——这种经历还在继续被塑造着,不仅被差异塑造,而且被各种各样的差异以及复杂的杂交所塑造,这种杂交从来都不是静止的"(Seiler,1998:62)。在塞勒看来,加拿大多元文化主义的本质意味着作家们经常会接触和书写到文化多样性、文化生存和文化创新等问题,这些问题说到底也就是一种后殖民主义。针对这样的观点,斯内娅·古内夫（Sneja Gunew）提出了不同意见，古内夫认为，后殖民主义和多元文化主义在本质上有着显著的不同，前者在很大程度上是可以根据其特定的历史遗产，通过追溯的方式来定义，后者则是针对前帝国中心和前殖民地的当代文化多样性现状进行的一种妥协性的管理方法，多元文化主义之所以日益成为一种全球性的话题，是因为它事关移民、难民和流散群体的流动及其与民族国家的关系（Gunew，1995：22）。塞勒和古内夫的不同观点从一个角度反映了多元文化主义政策在加拿大的接受情况，尽管政府申明致力于将多元文化作为加拿大价值观的重要组成部分，但显然并非所有加拿大人都愿意接纳这一概念，不少学者就多元文化主义政策的效力和可取性进行了辩论。例如，里纳尔多·沃尔科特（Rinaldo Walcott）对多元文化主义提出了批判，认为它"将各种文化还原为基本教派，从而使它们变成了民俗"（Walcott，2000：43）；尼尔·比苏恩达斯（Neil Bissoondath）也认为，政府版本的多元文化主义或者说"作为公共政策的种族主义"，是一个鼓励异国情调和培养"社会分裂"的论坛（Bissoondath，1994：212）。

早在1997年6月，美国哈佛大学举办了一次圆桌会议，讨论加拿大和美国对多元文化主义的态度，会上总结了与加拿大文学相关的多元文化主义方面的诸多问题，会议概况由发起人格雷厄姆·哈根（Graham Huggan）和温弗里德·西梅林（Winfried Siemerling）整理之后发表在《加拿大文学》（Canadian Literature）2000年春季刊上。在这次会议上，乔治·埃利奥特·克拉克（George Elliot Clarke）发表的意见最具代表性，他指出，反对这一政策的主要理由之一是它强化了"象征性种族主义的概念，这种概念提供了民主多元化的表象，但实际上它充其量只是一种同化政策，在最糟糕的情况下，这是一种排外的种族政策"。克拉克认为，加拿大的多元文化主义或许是为了粉饰种族、语言和阶级的问题而颁布的，但他希望加拿大的作家和艺术家能够利用这一政策，并继续推广这项政策，作为向公众推广其作品的手段，并在作品中"建立文化的在场"（Huggan & Siemerling，2000：100–104）。

《加拿大是后殖民吗？不确定的加拿大文学》中收录的几篇文章也或明或暗地探讨了作家在创作文学作品时对多元文化主义政策的态度。米利杜拉·N.查克拉伯蒂（Mridula N. Chakraborty）在《怀旧叙事与

第3章 "跨加"时代的反思——新世纪加拿大英语文学批评的新趋势

他者产业》("Nostalgic Narratives and the Otherness Industry")一文中以印度裔作家安妮塔·拉乌·巴达米（Anita Rau Badami）为例，指出加拿大文坛的怀旧叙事是"第三世界"知识分子试图与盎格鲁北美生活和谐相处的流散表达（Chakraborty, 2003: 128）。罗伯特·巴德（Robert Budde）在《后殖民主义之后：弗雷德·华、M. 努比斯·菲利普和罗伊·米奇作品中的移民路线与形式政治》("After Postcolonialism: Migrant Lines and the Politics of Form in Fred Wah, M. Nourbese Philip, and Roy Miki")一文中分析了三位著名的非欧洲裔作家的作品，从中考察他们对于加拿大种族主义真相的揭示。三位作家都关注语言问题，他们或是探讨如何在多重原则的基础上创造意义，或是实践某种"糟糕的英语"（badenglish）并从中体现人民的反抗，或是用非传统的方式来建构文本，使意义成为一种不能固守传统阅读习惯的行为，这些作家用自己的作品深入加拿大多元文化主义这个具有争议的空间，用自己的表达方式书写当代加拿大文化（Budde, 2003: 289, 292）。

在加拿大的多元文化主义文学批评中，斯内娅·古内夫是一个值得特别一提的人物，她生于西德，母亲是德国人，父亲是保加利亚人，幼年随家人移居到澳大利亚，早年就读于澳大利亚的墨尔本大学，后在加拿大攻读硕士学位，从澳大利亚的纽卡索尔大学获得博士学位，曾在澳大利亚的纽卡索尔大学、墨尔本大学和迪肯大学任教。古内夫于20世纪80年代在澳大利亚大力倡导移民文学研究和多元文化主义文学批评，一举成名，在90年代初的短短几年，她连续主编出版了一大批与多元文化主义有关的批评著作，其中包括《女性主义知识：批判与建构》（Feminist Knowledge: Critique and Construct, 1990）、《女性主义知识读本》（A Reader in Feminist Knowledge, 1991）、《澳大利亚多元文化作家书目》（A Bibliography of Australian Multicultural Writers, 1992）、《击打和弦：多元文化的文学阐释》（Striking Chords: Multicultural Literary Interpretations, 1992）以及《女性主义与差异政治》（Feminism and the Politics of Difference, 1993）等。不过，她高调的多元文化主义文学研究受到了来自保守的主流评论界的排斥，1993年，她离开澳大利亚，来到加拿大的维多利亚大学任教，1995年起在英属哥伦比亚大学执教，直至退休。古内夫抵达加拿大之后继续关注文学批评中的多元文化主义，1994 年，她出版了首部多元文化主义文学理论著作《作为框架的边缘：多元文化主义文学研究》(*Framing Marginality: Multicultural Literary Studies*，1994)。21 世纪以来，她继续在这一领域笔耕不辍，其中，2004 年推出的《幽灵困扰的国家：多元文化主义的殖民之维》(*Haunted Nations: The Colonial Dimensions of Multiculturalisms*) 和 2017 年出版的《作为新世界主义中介人的后多元文化主义作家》(*Post-multicultural Writers as Neo-cosmopolitan Mediators*) 为加拿大的多元文化主义文学批评的理论建设做出了不可磨灭的贡献。《幽灵困扰的国家：多元文化主义的殖民之维》全书除前言和结语之外共分三部分（7 个章节），全书以美英两国最具影响力的主流后殖民理论作为参照，聚焦澳大利亚和加拿大这样的"定居者殖民地"国家中的多元文化主义话语。古内夫认为，澳大利亚和加拿大的所谓多元文化主义背后同时存在两个根本对立的幽灵：一个是主流社会对于新来移民的同化；另一个则是放任。结合两个国家众多移民作家的文学、自传和理论文本，古内夫深入揭示了两个国家多元文化主义内部的种族和本土政治。在《作为新世界主义中介人的后多元文化主义作家》一书中，古内夫继续将她关注的多元文化主义文学批评不断推向前进。古内夫指出，以前的多元文化主义文学研究很少关注世界主义的问题，以前的世界主义只指称欧美的所谓"世界公民"，不涉及移民作家，但是关于世界主义确有一个来自在殖民和全球化进程中被边缘化群体的视角，她运用"后多元文化主义"和"新世界主义"的概念，通过深入考察旅居在加拿大和澳大利亚等国的移民作家，对新时期的多元文化主义文学作出了全新的评价。

新世纪加拿大关于多元文化主义文学的批评和研究一直在继续，2009 年，加拿大批评家吉特·多布森（Kit Dobson）以《超民族的加拿大：加拿大英语文学与全球化》(*Transnational Canadas: Anglo-Canadian Literature and Globalization*) 为题出版著作。在该书的第二和第三部分，多布森分别结合 20 世纪 80 年代和新世纪的加拿大文学，对加拿大多元文化主义的发展变化进行了探讨。多布森指出，多元文化法案寻求承认加拿大居民生活经历的多样性，同时寻求将这些经历置于"加拿大人"的标签之下（即便他们不同意多元文化主义这一术语），作家们在多元文化主义的文学文本中让先前处于从属地位的主体发出了声音，这些文

第3章 "跨加"时代的反思——新世纪加拿大英语文学批评的新趋势

本成为国家叙事的一部分。进入21世纪后,一方面,非英语族群增多,种族和宗教更加多元化;另一方面,加拿大在政治、经济和文化上的全球化特质越来越明显,多元文化主义越发显示出其重要性。联邦政府试图通过多元文化主义"把不同形式的差异置于体制的管理之下,以此控制对权力的获取,使国家权力合法化"。换句话说,多元文化主义是一种"管理内部差异的模式",它界定了可接受差异的范围。于是,一些有"族裔标志"的文学作品成为多元文化主义的国家叙事吸收和整合的目标,被纳入建构加拿大的宏伟大业中。因此,多元文化主义继续以它特有的方式为国家意志服务(Dobson,2009:75-76)。

2014年,凯萨琳·霍约斯(Kathleen Hoyos)以《加拿大的多元文化主义,同以前一样?》("Canadian Multiculturalism, Same as it ever Was?")为题发表一文。在该文中,她通过分析乔治·F.沃克(George F. Walker)、塞西尔·福斯特(Cecil Foster)和莫迪凯·里奇勒(Mordecai Richler)等加拿大作家的文学作品,继续考察了21世纪由于移民模式和社会环境变化而引起的加拿大多元文化主义的演变(Hoyos,2014:33-41)。霍约斯指出,当今加拿大文学正变得越来越全球化,批评界针对多元文化主义出现了各种各样的阐释和论述,正因为如此,重要的是不要对多元文化主义做出草率的定论,而是要正视这一现实,努力立足跨民族和跨文化的视野,更好地处理个人、移民群体和国家之间的关系。霍约斯的观点具有一定代表性,新世纪以来,越来越多的批评家认为,加拿大英语文学批评界多元文化主义并非不同文化的简单拼凑,其最终目的是促进民族间融合、形成独具特色的整体的加拿大文化,在此过程中出现的各种争执和探讨都证明了民族国家的建构是一项极其复杂艰巨的工程。加拿大的多元文化主义何去何从,还有很长的一段路要走。

3.3 "跨加"文学的体制

21世纪以来,由于全球化的压力,加拿大的文化地理和政治氛围发生了改变,新的多元文化冲击了传统意义上的文化一统,加拿大文学研究因此进入了一个崭新的阶段,在新的时代,人们需要"重新思考加拿大文学得以产生、传播、研究和想象的学科及体制框架"(Slemon,2007：75)。2005年,罗伊·米奇(Roy Miki)和司马罗·坎布莱利(Smaro Kamboureli)等加拿大批评家以"跨加拿大：文学、体制和公民身份"("TransCanada: Literature, Institutions, Citizenship")[1]为题在温哥华主办学术研讨会。在这次会议的征稿启事中,米奇和坎布莱利声称,加拿大文学研究是"一个在全球化进程和全球化批评方法背景下产生的领域,同时也是在诸如人文、文化产业、课程和选集等体制结构背景下产生的领域"(Kamboureli,2007：xii),所以他们号召与会专家们共同深度参与一种"跨加文学"(Trans.Can.Lit)的研究。在他们心中,所谓"跨加文学"是一种文学阐释模式,它结合了后殖民理论和其他相关的加拿大文学批评方法,这种文学研究方法关注文学体制和作家的公民身份,这种研究或可为加拿大英语文学研究提供一种动态的、具有特定文化内涵的方法论。

2007年,米奇和坎布莱利将上述会议的部分论文收集在一起,然后以《跨加文学：重新定位加拿大文学研究》(*Trans.Can.Lit: Resituating the Study of Canadian Literature*,以下简称《跨加文学》)为题将其集结出版。《跨加文学》的作者大多是加拿大文学研究方面的专家学者,曾为加拿大文学的塑造做出过重要贡献。但是,在该论文集里,不少作者选择了"拆解"(unmake)加拿大文学,他们以开放的态度探讨加拿大文学产生的条件和加拿大文学中的一些固有概念,认为历史、意识形态、资本经济、体制和社会结构、种族化、原住民性、流散和全球化等与加拿大文学及其发展轨迹之间存在着错综复杂的关系；他们还提出加拿大知识社群的新概念,突出强调加拿大文学所涉及的本土化、全球化和公民身份问题。这些新的概念在加拿大英语文学批评界引起了广泛的共鸣。

思考"跨加文学"首先是一个反思体制的过程。《跨加文学》中的不少论文对加拿大文学体制进行了批判性的考察。戴安娜·布莱登在

---

[1] "跨加"一词来源于加拿大人比较耳熟能详的一条高速公路——1号高速公路,又称跨加公路(Trans-Canada Highway),它横贯加拿大东西部,西起不列颠哥伦比亚省的维多利亚,东至纽芬兰省的圣约翰斯,全长8 030公里。它是加拿大民族统一的象征,将"Trans-Canada"译为"跨加",是因为"trans"不仅有"横贯",更有"跨越"之意。

第3章 "跨加"时代的反思——新世纪加拿大英语文学批评的新趋势

《学科的变形:在体制的语境下重新思考加拿大文学》("Metamorphoses of a Discipline: Rethinking Canadian Literature Within Institutional Contexts")一文中指出,加拿大研究是"冷战"的产物,但它也是英法等帝国主义和加拿大土著民族几个世纪以来不断冲突与协商的产物。加拿大的文学研究涉及重新思考国家开端的过程,因此将加拿大文学视为一种体制是有价值的,促进加拿大文学研究的具体文学体制可分为三个略有重叠的类别:政府部门、市场以及民间非营利组织,学科的持续发展离不开上述几大类别的通力合作。在加拿大文学崛起之前,作家们就已经开始写作,如今他们仍在写作,但这一领域以及支持它的体制正在发生变化:过去,对国家及其文学的思考是在国际动态框架内进行的,现在更常见的是在后国家、跨国和全球化的背景下去理解。布莱登认为,加拿大文学研究者必须充分领会体制在文学研究中的作用及其对文学产生的限制,换句话说,文学研究者必须认真考虑如何使加拿大文学适应体制的变化,毕竟,民族国家在加拿大有着独特的历史,塑造了加拿大独特的文化和价值观,不应被忽视或低估(Brydon, 2007: 10)。

阿肖克·马图尔(Ashok Mathur)在《跨亚种族:有色人种作家如何进入加拿大文学》("Transubracination: How Writers of Colour Became CanLit")一文中提出了加拿大文学体制的僵化问题。马图尔反对加拿大文学中存在的"明星体系"(star system),他指出,出版业、大型连锁书店以及与图书奖行业相关的文学明星体系相互交织,从而形成了吸引大众读者、学术界和媒体的"一种巨大的均衡性品味"(a great equalizing taste)。马图尔认为,对于加拿大文学而言,如何在不借助市场力量的情况下,从众多文学团体中培养强大的创造性和批判性实践是至关重要的问题(Mathur, 2007: 148-150)。马图尔的观点得到了文学评论家亚历克斯·古德(Alex Good)的回应,古德对塑造加拿大文学的许多排他性力量进行了探讨,在他的文集《革命:论当代加拿大小说》(*Revolutions: Essays on Contemporary Canadian Fiction*, 2017)中,古德指出,"明星体系"其实是加拿大文学机构长期存在的问题,一批在繁荣时期开始职业生涯的作家始终主宰着加拿大文学的版图,他们不仅仅是作家,还常常作为文学奖评委会成员指点江山,阿特伍德和迈克尔·翁达杰(Michael Ondaatje)便是其中最突出的代表。古德指出,

"最伟大的一代作家有效地构建了具有自身形象的民族文学:一种自我吹嘘的神话,半个世纪以来一直主导着加拿大文学"。在古德看来,当前的状况有利于"寄生性授权阶层(……)代理人、出版商、学者、评论家等",他们不仅获得金钱、声望以及与此相关的实际利益,而且"机构"的存在有效地将他们从做出选择和进行批判性判断的责任中解放出来。古德还指出,期刊(包括文学期刊)或多或少地期望加拿大文学机构的评论以及一般性的评论不带有批评或争论性质,这一点导致了问题的加剧(Good,2017:41-58)。此外,加拿大文学机构的影响也延伸到了加拿大的文学奖励体系,特别是吉勒文学奖,在吉勒的体系中,评奖委员会和获奖者长名单和短名单往往反复包括相同的名字,他们宣扬一种"家乡风格和本土风格"。吉勒把自己变成了一种诱饵,然后通过符合其伟大标准的新作家进行"自我再生产",想要获奖的作家有意识地创作出预期的文本:严肃的文学小说,最好是历史性的,处理"家庭事务或涉及传统加拿大元素的事务",有着"加拿大背景",作品应该主要是非实验性的或只是轻度实验性的。这些武断的标准造成了当代加拿大文学作品同质化的现象(Good,2017:143-158)。

在《革命:论当代加拿大小说》成书之前,古德的不少论文发表在《加拿大笔记与问询》(*Canadian Notes & Queries*)杂志上,由于其读者群比《跨加文学》更广泛、更多样化,所以其中的部分观点很快便在推特、脸书和非学术文学杂志——如"海象"(The Walrus)、"全权委托书"(Carte Blanche)和"文学评论"(Literary Review)——上传播开来,最后导致《环球邮报》(*The Globe and Mail*)和加拿大广播公司(Canadian Broadcasting Corporation)等主流媒体也加入这场关于加拿大文学体制的讨论中。

2018年,汉娜·麦格雷戈(Hannah McGregor)等人以《拒绝:废墟中的加拿大文学》(*Refuse: CanLit in Ruins*)为题主编出版一部文集,该文集收录了加拿大一些作家和学者以散文、创意小说和诗歌的形式写成的文字,他们针对加拿大的文学现状也提出了自己的批评意见。在麦格雷戈看来,加拿大的文学作品"变得如此集中,如此产业化,如此有组织地围绕着国家认同的概念",以至于加拿大的文学、经济、社会和意识形态感觉上像是一个项目中相互关联的部分(McGregor, Rak &

第3章 "跨加"时代的反思——新世纪加拿大英语文学批评的新趋势

Wunker，2018：19）。《拒绝：废墟中的加拿大文学》中的部分文章重点指出了加拿大文学体制中种种令人不快的现象，有的批评了一直以来统治着加拿大创意写作部门的厌女和性别歧视文化。有的对"明星体系"进行了批判，认为它使为数不多的文学奖获得者获得了知名度。还有的批评了出版商、评论家和学者的性别歧视、同性恋恐惧症和跨性别恐惧症等现象。不少人还批评了加拿大文坛至今尚存的种族主义，一个突出的个案是，由于种族主义的存在，里纳尔多·沃尔科特（Rinaldo Walcott）在2017年宣布退出加拿大文学圈，因为沃尔科特觉得，在他出版《像谁一样黑？：书写加拿大黑人》(*Black Like Who?: Writing Black Canada*，1998）和召开"通过种族写作"会议（"Writing Thru Race" Conference，1994）20年之后，他几乎没有看到加拿大社会在种族问题上的任何进步，时至今日，学者和评论家对黑人作家的排斥依然比比皆是（Caple & Reimer，2018：124–125）。

在加拿大，争取种族身份平等的斗争从未停止过，合法的公民身份是当代加拿大英语文学批评中的一个重要话题。1996年，司马罗·坎布莱利（Smaro Kamboureli）在《有所不同：加拿大多元文化文学》(*Making a Difference: Canadian Multicultural Literature*）一书中指出，20世纪90年代对文化差异的认识标志着加拿大多元文化史上的又一个开端，即试图理解不同身份如何在加拿大境内融合与对话，如何重新定位差异的边界（Kamboureli，1996：12）。2005年，罗伊·米奇（Roy Miki）在一篇题为《"黑蛋内部"：全球化加拿大国家的文化实践、公民身份和归属感》（"'Inside the Black Egg': Cultural Practise, Citizenship, and Belonging in a Globalized Canadian Nation"）的文章中指出，有必要广泛修订关于加拿大文学的论述，以便找到对话和融合的新空间，因为"批判性实践可以在不坚持以团结和秩序为目的的情况下，使矛盾、不连贯和冲突在政治体中的多重影响变得明显。如果没有这种对文化进程的探讨，'公民'作为一种形式将继续受到政府机制的摆布，这些机制消除了当地公民在那里生活的开放心态"（Miki，2005：15–16）。2007年，安德鲁·庄（Andrew Chuang）在他的一篇文章中指出，随着种族混杂速度的加快，加拿大不同人种混杂的公民日益增多，因此除了鼓励各民族保留自己的文化之外，加拿大的多元文化主义政策必须足够灵活，以适应边界的模糊（Chuang，2007：308）。

2007年，在其《学科的变形：在体制的语境下重新思考加拿大文学》一文中，布莱登指出，全球化时代需要重新思考加拿大文学的必要性，她建议学者们"超越旧式的民族主义和国际主义，走向多尺度的地方观——本地、地区、国家和全球相互交织"（Brydon，2007：14）。她反对米哈伊尔·伊格纳季耶夫（Michael Ignatieff）和安东尼·吉登斯（Anthony Giddens）等人关于公民身份的观点，认为他们对基于私人生活的个人、社会和文化体制的权利话语给予特权。她认为，公民权虽然被广泛视为民主的核心，但其本身具有局限性，反社会、反知识分子和极权主义的民粹主义运动可以轻而易举地利用它。布莱登承认公民身份是民主治理的基本制度，支持布莱恩·特纳（Bryan Turner）有关公民身份的构想，将它视为"一系列实践……将人定义为社会中有决定权的成员，因此形成了资源向个人和群体流动"（Turner，1993：2）。关于加拿大公民身份，布莱登的立场与卡罗琳·安德鲁（Caroline Andrew）所阐述的立场相似：在加拿大，重要的是将公民身份视为"多层次"的，而不是排他性的（Andrew，2005：316）。公民身份不应与行使监管权的机构（尤其是国家）分开，也不应与大学和其他现有公共机构分开，公民身份的多层次形式比起公民和国家归属的单一概念更符合当前的文学趋势。布莱登还提出了全球化形势下"文学公民身份"（literary citizenship）的意义，即文学学者对学科、职业、国家和全球定位以及学生所负有的责任，有助于造就良好的社会环境。

布莱登的"多层次"公民身份观受到了其他学者的响应。莉莉·周（Lily Cho）针对加拿大的多族裔特性，提出了流散公民身份的概念。她在《流散公民身份：加拿大文学中的对比与可能性》（"Diasporic Citizenship: Contradistinctions and Possibilities for Canadian Literature"）一文中指出，流散与公民身份这两个术语本身就是相互矛盾的——因为流散的作用是始终在提醒人们所失去的公民身份——这使得它们之间存在一种辩证的紧张关系。流散公民身份并不是一种经过改进的全新公民身份，它既无法解决民族国家未能防止侵犯人权的问题，更不是解决现代公民身份概念本身固有矛盾的灵丹妙药。周建议利用流散公民身份来思考民族文学的纠葛，将它视为了解加拿大文学中的重重矛盾和可能性

第3章 "跨加"时代的反思——新世纪加拿大英语文学批评的新趋势

的一种模式。流散主题和公民主题之间的关系虽然令人不安,但它们之间也存在一种不可避免的共存关系,少数族裔文学(如亚裔文学、黑人文学和土著文学)与加拿大文学的关系同样如此,它们存在于民族内与民族外的夹缝之间,却不得不与加拿大文学共存。周之所以将族裔文学与内部相矛盾的流散公民身份概念联系起来,是因为这一概念"处于流散和公民身份的不和谐之中,能让记忆撕裂民族遗忘的连贯性"(Cho,2007:109)。正如流散主体的存在不仅仅是因为背井离乡,也是因为它代表了被遗忘或被压抑的过去继续塑造现在的方式,族裔文学能让人窥探到加拿大经历中那些被遗忘的过往。

莉安·莫耶斯(Lianne Moyes)在其《公民身份行为:艾琳·莫尔的〈哦公民〉与世界性的局限》("Acts of Citizenship: Erin Mouré's *O Cidadán* and the Limits of Worldliness")一文中提出了基于"个体"的公民身份理念。莫耶斯认为,《哦公民》一诗表达了一个关于公民行为"不受国家约束或扩张"的梦想,主张"抵制以血缘、土壤和自我作为身份标志的血腥的愚蠢行为"。莫耶斯认为,时下学界比较热门的"世界主义"(cosmopolitanism)概念值得大家更加深入地思考,世界主义通常被认为与民族主义对立,被理解为与特定领土、语言、民族或文化没有关联的绝对自由。有学者甚至认为,世界主义者可以被理解为效忠于全世界和全人类的人。还有学者觉得,"世界主义"是从限制性身份中培养出来的超脱。在莫耶斯看来,世界主义的概念其实也是矛盾的,具有局限性;《哦公民》的作者既展示了与世界范围的社会的联系,也展示了对限制性身份形式的超脱。在此基础上,这首诗提出了公民身份问题,通过描绘个体与个体之间的关怀关系(甚至是互不相识的个体之间的关怀关系),将公民身份的影响定位在公民之间的关系中,而不是公民与国家之间的关系中。《哦公民》提倡用一种"平民之爱"(civilian love)来承认那些没有证件、没有国籍的人是合法的。它还抵制基于排斥的公民身份模式(这种模式认为有些个体具有公民身份,因此是有价值的,而其他个体则不具有公民身份),指出所有个体都是有价值的(Moyes,2007:111–128)。

里纳尔多·沃尔科特在《反对体制:既定的法律、习惯或目的》一文中指出,由于自由民主的民族国家并没有以平等的方式将公民身份扩展至所有成员，多元文化主义为重新思考公民身份和国家归属问题提供了机会。他在2006年与几位同事创立的期刊《新黎明：加拿大黑人研究杂志》（New Dawn: The Journal of Black Canadian Studies）就是对公民身份的探索。《新黎明：加拿大黑人研究杂志》是一本在线开放获取期刊，主要发表涉及加拿大黑人生活、文化及其他相关领域的学术论文，这个富有想象力的网络声音致力于生产关于加拿大黑人的各种形式的知识，包括想象的和经验的知识，使黑人生活和文化成为人们重新思考人类存在和经验的源泉。

有关公民身份的探讨反映了加拿大学者对全球化语境下公民的利益和归属问题的思考，正如"跨加"一词所表明的那样，它意味着不仅仅着眼于加拿大的边界之内，也不仅仅是采用后国家的方法，既无视国家的边界，也不重视国家的形成。在"跨加"的概念之下，全球化与本土性是二元共存、双向互动的关系，其目的是创建一个更具包容性的社会。如同加拿大的所有公路总在建设之中一样，对公民身份的探索是持续性的动态建构过程，需要通过不断地来回往复以及不停地创作和交流来获得进步。

"跨加文学"所开启的理论反思涉及的另一个话题是超民族的问题。保罗·杰伊认为，20世纪70年代批评理论兴起以来，没有什么比超民族主义更能重塑文学和文化研究了（Jay, 2010: 1）。21世纪以来，不少批评家先后试图探讨全球化时代加拿大文学所面临的新问题，然而，当代全球化究竟能在多大程度上使民族在更广泛的文学研究中变得无关紧要？在加拿大，人们发现，在这个后国家时代，伴随超民族转向产生了一种广泛的反向批评，这种批评声音指出，民族始终是公共话语中的核心关注点，并试图将加拿大文化的国际化定位为民族成长的依据。辛西娅·舒格斯在一篇题为《在加拿大闻名世界：地球村的民族身份》（"World Famous Across Canada: National Identity in the Global Village"）的文章中指出，"在对加拿大文学在国际上的成功感到欣喜的同时……全球化的修辞掩盖了对加拿大民族和后殖民身份的潜在焦虑"（Sugars, 2006: 80）。詹妮弗·布莱尔（Jennifer Blair）、丹尼尔·科尔曼（Daniel Coleman）、凯特·希金森（Kate Higginson）和洛林·约克（Lorraine York）在其《回顾早期加拿大：解读文学和文化生

第3章 "跨加"时代的反思——新世纪加拿大英语文学批评的新趋势

产中的政治因素》(*ReCalling Early Canada: Reading the Political in Literary and Cultural Production*,2005)一书中指出,"民族在全球化中的继续存在、使民族主义得以实现或非殖民化的存在,以及加拿大民族主义及其国家机构的物质影响"是"继续利用民族"作为参与文学方式的令人信服的理由(Blair, Coleman & Higginson, 2005: xxvii)。伊娃·达里亚斯-博特尔(Eva Darias-Beautell)认为,在21世纪,加拿大文学的性质发生了显著变化:从文化民族主义的乌托邦民族景观转向无国界的全球化景观,但这并非表明民族主义计划已然消亡,相反,民族在质疑其意识形态和权力的同时,仍是一股传统的挥之不去的力量,承认其想象力的存在,这一双重举措的效果是民族边界更容易被原先的敌对概念(如全球化)所渗透(Darias-Beautell, 2012: 8)。托尼·特雷姆布雷(Tony Tremblay)也主张回归"地方",反对资本的全球"空间精神的转变",并向"某些加拿大理论家发出警告,因为他们对民族主义的不满导致了与更邪恶的同质化力量的结盟"(Tremblay, 2014: 37)。值得注意的是,就连一些主张超民族转向的批评家也并不否认"民族"概念的重要性,除了坎布莱利和米奇的《跨加文学》系列之外,布莱登和玛尔塔·德沃亚克(Marta Dvořák)的《浅谈:对话中的加拿大和全球想象》(*Crosstalk: Canadian and Global Imaginaries in Dialogue*, 2012)、西梅林和莎拉·菲利普斯·卡斯特尔(Sarah Phillips Casteel)的《加拿大及其美洲:超民族的航行》(*Canada and Its Americas: Transnational Navigations*, 2010),克里斯汀·金(Christine Kim)、苏菲·麦考尔(Sophie McCall)和梅丽娜·鲍姆·辛格(Melina Baum Singer)的《加拿大民族、流散和原住民性的文化语法》(*Cultural Grammars of Nation, Diaspora, and Indigeneity in Canada*, 2012)等著作,均一边以开放的态度对待全球化现象,一边明确承认民族概念在加拿大文学批评中的重要性。即便个别文本会暂时脱离民族逻辑,但是当批判性对话开始时,它们往往将一系列以民族术语为基础的文学作为其研究对象或研究框架。

很显然,虽然不断变化的社会、经济、媒体和政治环境清楚地表明,学者们需要采用不同的思维方式,然而对民族的研究依然是重中之重。从加拿大广播公司推出的"全民读好书"(Canada Reads)对"一部可能改变加拿大的小说"的追求,到吉勒文学奖、总督文学奖和作家信托奖所宣扬的民族主义可以看出,明确的民族术语将继续被用来界定文学的接受和传播。更为重要的是,国家资助——包括大规模重大合作研究计划(MCRI)与社会科学和人文研究委员会(SSHRC)的拨款——继续将资源和兴趣转移到以民族为中心的关注点和方法论上。虽然某些项目或许会导致新一代加拿大文学学者的"MCRI化"——这些资助使他们得以在职业生涯的形成阶段,围绕着相对较少的关键项目及其伴随的关注点和方法进行研究,从而会在某种程度上制约他们的研究视野——但不可忽视的是,无论是大规模重大合作研究计划,还是社会科学和人文研究委员会,都鼓励新兴学者致力于"想象加拿大的未来",优先将"民族"作为人文研究的自然框架。

在新世纪的加拿大文学语境中,越来越多的加拿大批评家认为,把超民族批评简单地想象成将文学研究从民族框架的束缚中解放出来是有失偏颇的,超民族批评可以说是在民族框架内形成的产物,而非其消亡的征兆。超民族批评转向中的民族批评话语回归可被视为一项值得关注的证据,它表明,"民族"不再是一种值得天真地庆祝或得意扬扬地超越的事物,而是一个基本的关注点,需要人们在持续快速变化的全球化时代认真加以审视。

3.4 原住民与原住民文学

20世纪90年代中期之前,加拿大主流文学批评界对原住民文学的反应一直介于排斥和渴望合作之间。21世纪以来,随着原住民作家出版的文学作品数量不断增加,越来越多的学者强烈地意识到,批评界对原住民和原住民文学的认识远远不够。总体而言,加拿大批评家们对于原住民文学的认可度不断提升,但是原住民文学究竟应该如何阅读?对此,原住民和白人批评家分别提出了自己的观点。

一般认为,原住民大体上有四种写作模式:部落文学(tribal literature)、辩论文学(polemical literature)、混合文学(interfusional literature)和社团文学(associational literature)。部落文学指以部落为

第3章 "跨加"时代的反思——新世纪加拿大英语文学批评的新趋势

基础的文学，通常用原住民语言书写而成；辩论文学是展现原住民和非原住民文化冲突的文学，或者说坚持认为原住民生存方式有益的文学；混合文学是将口头叙事和书面叙事结合起来的文学；社团文学致力于表现原住民生活，这种文学使用一种简单的叙事风格，给予原住民社团的所有成员同等的关注。虽然这些写作模式并未穷尽所有的原住民文学，但它们足以让大家看到加拿大原住民作家创作的独特风景。21世纪以来，不少原住民作家和批评家陆续表示要"退出"被视为有殖民主义之嫌的加拿大文学。2006年，珍妮特·阿姆斯特朗（Jeanette Armstrong）在其《主题演讲：原住民写作的美学品质》("Keynote Address: The Aesthetic Qualities of Aboriginal Writing"）中说："我们要将我们的起源文本化，我们要将我们的历史、我们的生活、我们的梦想、我们的悲伤文本化，我们要将原住民文学的美学从殖民者的公共文本中转移到这个新地方——我们的社区。退出他们的文学作品，这给了我极大的快乐和安慰。我很高兴地知道自己站在边缘之上。"（Armstrong, 2006: 30）在此之后，许多年轻的原住民作家也采取了同一立场，格温·本纳韦（Gwen Benaway）和约书亚·怀特黑德（Joshua Whitehead）便是两个突出的例子。2017年，本纳韦在一篇题为《加拿大文学：是时候实行"禁止接触"规则了》（"CanLit: It's Time for the 'No Contact' Rule"）的文章中写道："我在加拿大文学里的角色是加拿大每一位少数种族、原住民、同性恋或边缘化了的作家所体验的角色。我们在这里是为了给予加拿大文学一种街头形象，成为他们白色和欲望之舞中的他者"（Benaway, 2017）。怀特黑德对本纳韦的观点感同身受，他在其2018年发表的《写作是一种断裂：与加拿大文学决裂书》（"Writing as a Rupture: A Breakup Note to CanLit"）一文中连声质问："当我书写原住民性、书写我的怪癖、我的性别认同和/或我的文化时，我被告知要么放大它，要么与之隔绝……为何我总是要去伤害我的角色？把原住民性作为常态来书写该是什么样的？……如果我撰写一个关于非原住民的故事，我还是原住民作家吗？如果我毫不掩饰地写下自己的怪癖，我还是原住民吗？如果我不书写坚韧、悲剧、痛苦或死亡，我还是原住民吗？"（Whitehead, 2018: 196）本纳韦和怀特黑德谴责加拿大文学是一种基于排斥非规范身份的剥削性意识形态。

不少原住民作家和批评家认为,原住民文学植根于自己独特的经验和世界观,因此有着不同于加拿大白人文学的别样景观。卡蒂丽·阿基文齐-达姆(Kateri Akiwenzie-Damm)虽然承认原住民文学与原住民文化是加拿大更大的文化和政治背景的一部分,"是持续增长和发展的文化连续体的一部分",但她同时指出,原住民文学与加拿大赖以生存的土地有着有机的联系,原住民批评家立足于传统,志在阐述自己的族群文化和历史(Akiwenzie-Damin,2005:170–175)。尼尔·麦克劳德(Neal McLeod)在其《通过故事回家》("Coming Home Through Stories",2001)一文中提出,受加拿大主流支持的文学本质上是一种流散的文学,表达的是一种背井离乡的经验,麦克劳德以自己家族的克里族故事为例,说明他如何通过故事来保持文化和家庭活力。他认为,在原住民的眼里,叙述自己的故事是一种抵抗形式,因为故事是集体记忆的结晶,在讲述的过程中,原住民将自己的过去与现在紧密相连。麦克劳德还讨论了著名的欧吉布威族(Ojibway)作家兼学者杰拉尔德·维兹诺(Gerald Vizenor)的"恶作剧者阐释学"(trickster hermeneutics)理论,说明该理论如何将恶作剧者故事变成一种"被动抵抗"的形式。麦克劳德还探讨了"杂交"一词,认为它并非消极的,而是积极的,并描述了"杂交"是如何改变殖民者的文化以适应土著文化,在麦克劳德看来,"杂交性"加强而非削弱了克里族文化,并非所有的原住民文化都是传统且一成不变的文化(McLeod,2001:17–36)。

李·麦勒克尔(Lee Maracle)在一篇题为《关于演讲的演讲》("Oratory on Oratory",2007)的文章中指出,在加拿大原住民的民族故事中,一切生命都息息相关,不同生命个体间关系的建立要符合一定的准则,即尽可能少地采取侵略行为,尊重差异,尊重其他个体(包括其他生物)的权利,确保个体的最大自由(Maracle,2007:64)。在2018年发表的《我为何写作》("Why I Write")一文中,麦勒克尔再一次地说明了她的这一观点,她认为原住民讲述故事的方式弥补了西方话语阐释模式的不足。她自始至终都专注于培养受原住民世界观启发的"这块大陆上的新情感",并以"我所有的联系"(all my relations)——通过故事——重新定义人与人之间以及人与世界之间的联系(Maracle,2018:131–138)。怀特黑德在《写作是一种断裂:与加拿大文学决裂书》

第 3 章 "跨加"时代的反思——新世纪加拿大英语文学批评的新趋势

中也提出,加拿大原住民文学作品中延续了原住民的文化传统,他宣称自己"不是诗人、小说家、口头艺术家,也不是表演艺术家",而是一个讲故事的人,"我大声讲述故事,但遵循祖先的传统:我的故事是印在页面上的演讲……,因此我写的作品不是加拿大文学,而是原住民文学……"怀特黑德特别强调原住民文学的存在是必然的,他同时质疑加拿大文学没有原住民文学能否生存下去。他认为,原住民作家作为当代故事的讲述者对其所在社区非常重要,而正是这些社区支持着他们一路前行,他们证实了许多原住民作家表达的信念,那就是,故事是生存和滋长的必要条件(Whitehead,2018:196-198)。

在原住民批评家看来,加拿大文学始终在试图规范和规定少数族裔身份,忽视了原住民与传统的联系,这样的加拿大文学依然是殖民者的文学,因此唯有摆脱加拿大文学,采用原住民的民族语言,才有可能延续原住民传统,延续独特的原住民世界观。

在加拿大主流的文学批评中,原住民文学在很长一段时间里是被遗忘的对象,这种局面终于在"加拿大是后殖民吗?"大会上得以打破。在这次大会上,朱迪斯·莱格特(Judith Leggatt)从跨文化的角度讨论了原住民写作,对原住民文化生产和原住民文学批评进行了比较深入的研究。他从麦勒克尔对原住民文学的贡献谈起,指出批评界对原住民写作的关注其实是一种认真反思,表明了"一种进程,一种寻找跨文化交流方式的不断尝试,以摆脱殖民遭遇中压迫性的等级制"(Leggatt,2003:111)。莱格特认为,若想实现学术界与原住民文学之间的跨文化交流,就必须找到交流的方式,至于如何找到合适的交流方式,需要主流和原住民文学界/批评界之间的联手合作(Leggatt,2003:124-125)。玛丽·巴蒂斯特(Marie Battiste)在为其主编的文集《重塑原住民声音和愿景》(*Reclaiming Indigenous Voice and Vision*,2000)撰写的"前言"中,提出了"后殖民原住民思想"(Postcolonial Indigenous thought)的概念,认为原住民批评家应该利用这一术语来"描述一种象征策略,它塑造的不是已有的现实,而是值得向往的未来"。巴蒂斯特给主流批评家的建议是:若想早日迎来"值得向往的未来",就需要批评家们认真倾听原住民的"声音",关注他们的"愿景",唯其如此,加拿大才能成为各民族人民真正的"家"(Battiste,2004:212)。

特里·戈尔迪(Terry Goldie)的《符号控制:加拿大英语文学中的土著民族》("Semiotic Control: Native Peoples in Canadian Literatures in English")和伦·芬德利(Len Findlay)的《贯彻土著化!:后殖民时代加拿大大学的激进人文主义》("Always Indigenize!: The Radical Humanities in the Postcolonial Canadian University")是《非家之国:英裔加拿大后殖民主义的理论化》中的另外两篇有关原住民文学的文章。戈尔迪在他的文章中指出,加拿大白人为了成为"本地人",为了让自己属于印第安人的土地,开始了一场"土著化"进程,通过在符号场域将印第安人商品化来"习得"印第安身份,然而,这种商品化和"土著化"过程注定只能是一种将原住民排除在外的进程(Goldie, 2003: 191-203)。芬德利的文章指出,用英语说"贯彻土著化!"或许本身会强化盎格鲁中心主义的假设,但这种危险会被这一说法所采用的劝诫形式抵消,因为劝诫没有具体指明对象、定义或结果,为了实现"土著化",芬德利主张建立一种更为协调的学科方向,即在英国文学研究和原住民文学研究之间建立新的联盟(Findlay, 2003: 367-382)。2012年,芬德利以《走向"承认"的长征:萨凯吉·亨德森、原住民法律体系和"独特"的团结》("The Long March to 'Recognition': Sákéj Henderson, First Nations Jurisprudence, and *Sui Generis* Solidarity")为题又发表一文。该文指出,加拿大原住民的"独特"团结是"为了争取承认和再分配而进行斗争的历史和现实"的需要,从事殖民传统和体制研究的文学学者和文化学者不存在中立的政治基础,批评家应该积极参与民族国家和学术团体的非殖民化进程(Findlay, 2012: 245)。

吉特·多布森(Kit Dobson)在他的《超民族的加拿大:加拿大英语文学与全球化》一书中呼应了芬德利关于"土著化"的观点。他认为芬德利的劝诫是一种道德上的行动呼吁,但是由于西方人一再否认原住民的民族特性,这使得"土著化"的进程充满了挑战。多布森分析了珍妮特·阿姆斯特朗(Jeanette Armstrong)的小说《刀砍》(*Slash*, 1985),他指出,《刀砍》是一部深刻关注(非)殖民化的小说,也是一部关注原住民社区振兴和成长问题的小说,在具有英属殖民地特色的民族国家内部,该如何看待超民族现象,原住民有着自己独特的观点,当代北美的原住民知识为加拿大新时期的发展提供了智慧,但是原住民针

第3章 "跨加"时代的反思——新世纪加拿大英语文学批评的新趋势

对白人殖民者的民族抵抗不会停止（Dobson，2009：75-76）。多布森的论述让世人清楚地看到，加拿大原住民问题极其错综复杂，主流批评界在原住民问题方面进行的协商是一种良性的交流，体现了加拿大理论界对这一话题所采取的开放、多元和对话视角，推动了针对原住民问题的多元讨论。

新世纪以来的全球化改变了加拿大的文化地理和政治格局，在其影响之下，加拿大文学研究也出现了一个转折点，加拿大文学批评除了反思自己的后殖民文学境遇和多元文化主义问题之外，开始更加系统地反思加拿大文学的学科体制，反思加拿大文学一直以来不得不面对的原住民问题。虽然国家的作用是统一，但关于文学的反思让加拿大人民通过各种各样的批评、质疑和重新想象看到拆解这种统一性的可能性，加拿大英语文学批评家认为，关于文学的上述反思有利于促进新的群体形成，有利于更加积极地回应当今人们的需求。加拿大文学批评界对于加拿大是否后殖民国家有着不同的看法，这类争执一直延续至今，主要原因在于加拿大内部的复杂性。加拿大是个以移民为主的多民族国家，原住民是加拿大土地上最古老的民族，约占加拿大总人口的百分之三，主要包括北美印第安人、梅蒂人和因纽特人。加拿大有两大"建国民族"：英裔加拿大人和法裔加拿大人。1867年以来，英裔加拿大人就一直在数量和文化上占统治地位，但法裔加拿大人在魁北克省保留了自己的语言和文化。此外，加拿大境内还生活着亚裔、非裔以及许多具有欧洲血统的非英裔或非法裔人口，他们散居在各个地方，在不同的领域从事生产劳动和文化活动。作为一个统一的多民族国家，语言和文化的多样性带来了文化生存和文化创新等诸多方面的问题，多元文化主义作为一种政治思想以及围绕这一政治思想所产生的争论反映了民族国家建构的艰巨性。

"跨加文学"的概念正是在这种复杂态势之下诞生的，它是一种动态的、开放的阐释模式，学者们首先针对体制在加拿大文学研究中的作用进行了深入思考。此外，批评家们意识到，对文化和种族差异的认识是加拿大多元文化史上不可回避的一面，在全球化时代，如何促进不同身份的族裔在加拿大境内的融合与对话，如何重新定位差异的边界，需要更为多样化的处理方式，这也是探索多层次的公民身份的关键所在。

在不断加速的文化和资本全球化形势下,学界开始反思"超民族"与民族的关系,在甚嚣尘上的超民族话语中,许多加拿大批评家认为,在新的时代,或许民族仍是公共话语和人文研究的核心关注点。鉴于原住民在加拿大的特殊地位,对原住民问题的探讨代表了加拿大文学创作、批评和认同的一个组成部分。对于加拿大的文学批评家们来说,如何在全球化语境下针对原住民所关注的问题进行对话,是当下的加拿大文学批评和实践中不可或缺的一环。原住民批评家认为加拿大文学试图规范和规定少数族裔身份无非一种基于排斥非规范身份的压迫性意识形态;主流批评家则认为跨文化交流是搭建学术界与原住民文学之间桥梁的有效模式,主流批评界和原住民批评界应携起手来,积极参与民族国家话语的建构。

从新世纪加拿大的文学批评发展来看,似乎越来越多地出现了"不一致"(dissonance)的声音,但或许正是这种嘈嘈切切的多元之音才会促使人们去关注"新的文化倾听方式"(Heble,2000:28)。这些声音是政治、社会和意识形态等因素综合作用的结果,它们汇聚在一起,推动批评家们立足更广泛的视角、运用更多的方法去解读加拿大文学的性质,探询理论和批评如何改变了思考文学、历史和民族的语境,并探究加拿大文学批评持续建构、质疑、重新评价和重建的过程。

第4章
"后批判"时代的探索
——新世纪澳大利亚文学批评的新趋势

澳大利亚的文学批评可以追溯到19世纪90年代，至20世纪90年代，经过一个世纪的积累，已成百年大树。1974年，批评家布莱恩·基南（Brian Kiernan）以《批评》（*Criticism*）为题出版了一部著作，在书中对这段历史的前期足迹进行了梳理和总结。2001年，另外三位批评家德里斯·伯德（Delys Bird）、罗伯特·迪克逊（Robert Dixon）和克里斯托弗·李（Christopher Lee）以《权威与影响：澳大利亚文学批评1950—2000》（*Authority and Influence: Australian Literary Criticism 1950-2000*）为题主编出版了一部战后澳大利亚文学批评文选，首次以更加丰富和详尽的文献史料，向世人充分展示了澳大利亚文学批评在20世纪下半叶走过的历程。20世纪90年代，澳大利亚文学批评见证了一场属于它自己的"理论"之争，这场论争后来演变成了一场硝烟弥漫的"文化战争"。20世纪末的澳大利亚"文化战争"见证了不少颇具戏剧性的遭遇事件，例如1996年，来自新西兰的文学理论家西蒙·杜林出版了他的一部小传——《帕特里克·怀特》（*Patrick White*），该书以无情辛辣的笔触对澳大利亚首位诺贝尔文学奖获奖作家怀特进行了批判，令澳大利亚的怀特研究一度跌入谷底，噤若寒蝉。

进入新世纪之后，澳大利亚文学批评进入了一个气氛相对平和的"后批判"（post-critique）时期。一方面，穿越寒冬的怀特研究因为33箱怀特手稿的发现（Marr，2006：1）、曼诺立·拉斯卡利斯（Manoly Lascaris）回忆录的出版（2014）以及怀特百年诞辰（2012）的接踵而至再次勃兴（Henderson & Lang，2015：7-8）；另一方面，文学与文学批评史研究再次成为学界热点，2000—2020年，伊丽莎白·韦比（Elizabeth Webby）、彼得·皮尔斯（Peter Pierce）、詹妮弗·基尔德斯利弗（Jennifer Gildersleeve）连续推出多部新编澳大利亚文学史，2010年，戴维·卡特（David Carter）编辑出版《现代澳大利亚文学批评与理论》（*Modern Australian Literary Criticism and Theory*），人们从中不难看出澳大利亚文学批评和研究的一个新时期的开启。新世纪的澳大利亚文学批评选择了哪些新的道路？"后批判"时代的澳大利亚文学批评经历了怎样的新发展？当代的澳大利亚文学批评正向何处去？本章结合数字化文学研究、跨国文学研究、认知文学研究和文学的"白色批判"四个方面对上述这些问题做一个总结和回答。

4.1 数字化文学研究

2008年，澳大利亚文学批评界在悉尼大学召开大会，会议的主题是"多资源性阅读：新经验主义、数字化研究和澳大利亚文学文化"（"Resourceful Reading: The New Empiricism, EResearch and Australian Literary Culture"），会议邀请了来自澳大利亚各地高校的一大批专家学者围绕"理论"之后的澳大利亚文学研究方向开展交流，会议结束之后出版了同题论文集。这部同题文集共收录了25位文学批评家、档案学专家、文学出版商以及信息技术专家的文章，这其中，有些是澳大利亚文学批评中的实证性研究成果，还有一些则比较充分地展示了在数字技术条件下的澳大利亚文学批评的其他可能性。在为这部文集撰写的前言《多资源性阅读：数字时代的新经验主义》（"Resourceful Reading: A New Empiricism in a Digital Age"）中，罗伯特·迪克逊教授指出，近年来澳大利亚文学研究的一个突出特点是传统人文学科与现代数字技术的革命性结合，形成了一种崭新的文学阅读模式。他特别强调了数字化技术的到来对当代澳大利亚文学研究产生的巨大影响，主张用"数字化研究"（eResearch）来指称当代澳大利亚新经验主义文学研究对于技术，尤其是信息技术的运用。那么，究竟什么是"数字化研究"呢？迪克逊认为，所谓"数字化研究"不等于有些人提到的数字人文科学（digital humanities）和人文科学计算（humanities computing），因为它不是一种独立的学科领域，它专指20世纪80—90年代兴起的运用新技术助推

第4章 "后批判"时代的探索——新世纪澳大利亚文学批评的新趋势

传统文学研究的活动。

的确,国际上最早的数字化人文科学研究主要表现为语言计算,作为人文科学中的一个重要的研究方向,这个领域的专家很早就开始运用计算机技术分析文学文本。这样的语言计算主要集中于词语的频率测算,通过对某一文本中的某些特定的词和词组进行频率测算,研究者一方面可以深入了解文本的文体特征;另一方面可以对同一个文本的不同版本进行比较对照。在澳大利亚,较早从事这一领域的知名专家当属澳大利亚纽卡索尔大学文学与语言计算研究中心的约翰·巴罗斯(John Burrows)。巴罗斯教授于1976年被聘任为纽卡索尔大学的文学教授,他从20世纪80年代初开始关注计算机辅助文学文本分析,曾多次获得澳大利亚研究理事会资助,开发计算机辅助文学文本分析方法。1987年,他出版专著《计算走进批评:简·奥斯汀小说研究以及一种方法实验》(Computation into Criticism: A Study of Jane Austen's Novels and an Experiment in Method)。在该书中,巴罗斯指出,传统的文学读者和批评家对于文本中的语言细节(如介词、连词、人称代词和冠词)采取一种完全忽略的态度,仿佛这些词汇在作品中根本不存在,但是在一部文学作品中,这些细节并非完全不重要,通过仔细分析不同人物在使用这些小词方面表现出来的表达习惯,读者常常可以很深刻地了解不同人物的性格和个性。例如,在简·奥斯汀的小说《诺桑觉寺》中,作品主人公在使用the、of、it和I等词语时表现出来的频率很是不同,在她后期的一些作品中,我们发现一些女主人公在使用最简单的习语时也表现出一些确定而有意义的变化,了解这些细节对我们阅读和评论作品无疑会提供更坚实的依据。

人们常把巴罗斯从事的文学计算称作计算文体学。1989年,巴罗斯从英文系退休之后开始担任纽卡索尔大学新成立的文学与语言计算中心(Centre for Literary and Linguistic Computing,CLLC)主任。从1989年到2000年,巴罗斯跟同事一起全面地投入到了这一领域的研究之中。巴罗斯倡导功能词语量化分析和主要成分分析,他毕生为之追求的计算分析方法不仅首次将统计和文学研究结合在一起,更为澳大利亚文学研究中的作家风格分析增加了严谨的逻辑力量。在11年时间里,他在计算文体分析方面取得了一大批重要的成果,受到了全世界的广泛关注。2001年,他因在人文学科计算方面取得的突出成绩而荣获"布萨奖"(Busa Award)[1]。

十多年来,由巴罗斯始创的计算文体学正通过新一代研究人员的研究发扬光大,中心先后围绕人文学科中的计算技术应用于2001年、2004和2011年三次举办国际学术研讨会,完成的研究课题有"弗吉尼亚·伍尔芙的信件"(Virginia Woolf Letters)、"维多利亚时代的报刊"(Victorian Periodicals)、"文艺复兴时代的戏剧与诗歌"(Renaissance Plays and Poems)、"王政复辟时代的诗"(Restoration Verse)等。其中最值得一提的是,2002年,澳大利亚研究理事会正式为"澳大利亚数字人文网络"(Australian Digital Humanities Network)项目立项,纽卡索尔大学的文学与语言计算中心接受委托成为该课题的主要研究成员之一,该课题的主要研究目标是构建一个"计算文体学工具"(computational stylistics facility),并在澳大利亚人文学科中广泛推广和使用。2011年,纽卡索尔大学文学与语言计算中心再次以"语言与个性化"为题举办国际学术研讨会,纪念约翰·巴罗斯在这一领域所做出的杰出贡献。

2009年,纽卡索尔大学文学与语言计算中心新任主任休·克雷格(Hugh Craig)与美国马萨诸塞大学的亚瑟·K.金尼(Arthur K. Kinney)共同主编出版了一部重要文集,文集的题目是《莎士比亚、计算机与神秘的作家风格》(*Shakespeare, Computers, and the Mystery of Authorship*)。在该书中,多位作者采用了严格的统计学方法,通过计算机的辅助计算,以崭新的方式介入莎士比亚研究。几位作者努力通过对莎士比亚和其他作家的创作风格分析,直面莎翁创作中的多个公案,通过严格缜密的词语分布计算努力确定不同作者的写作风格,解决了莎学中许多悬而未决的问题。他们的分析有时证实了学界的共识,为长期以来的学术争议画上了圆满的句号,偶尔,他们的分析还得出了一些令人惊讶的结论,例如他们认为,莎士比亚参与了1602年对托马斯·基德(Thomas Kyd)

---

[1] Busa Award 的全称为 Roberto Busa Award,是全球"数字人文组织联盟"(the Alliance of Digital Humanities Organizations, ADHO)设立的一个研究奖项,该奖三年评选一次,奖励在该领域做出杰出贡献的专家。罗伯托·布萨(Roberto Busa, 1913—2011)是意大利人,也是人文计算领域公认的先驱。

第4章 "后批判"时代的探索——新世纪澳大利亚文学批评的新趋势

的《西班牙悲剧》的扩展改写,而马洛直接参与了《亨利四世》第一、第二部分的创作。《莎士比亚、计算机与神秘的作家风格》一书出版以后,受到了国际莎学界和西方文学批评界的广泛关注,大家一致认为,该书借助现代计算机的计算能力,结合计算机科学的先进手段和大量的文学基础资料和数据,取得的成果可谓最集中地代表了当今数字化人文科学研究的一个重要方向。

迪克逊认为,从21世纪初开始,澳大利亚的数字化研究以另一种方式得到了显著的拓展,在20多年的时间里,同许多西方国家一样,澳大利亚文学批评界在多个国家级研究基金的支持下先后推出了一批大型的网络平台,其中最有代表性的包括:

1)"澳大利亚文学数据库"(AusLit):AusLit从一开始就是一个非营利性的网络平台,也是集中反映当代澳大利亚文学数字化研究成就的一个最成熟的研究性资源。1999年,澳大利亚多所大学的一批文学研究专家和澳大利亚国立图书馆的图书管理专家开始酝酿建设一个平台,他们早期计划中的网络平台应该是一个可以为澳大利亚文学、叙事和印刷文化的教学和研究提供支持的数据库。这个大型的网络文学研究资料库应集中呈现当时已有的文学和印刷文化方面的研究成果和文献目录,同时为澳大利亚的文学和印刷文化研究构建技术上可靠、内容上完整的基础平台。在这个平台上既要汇集澳大利亚作家的文学作品,又要集中与其相关的批评和研究文章,还要反映相关文化机构和产业的信息。该数据库早期由新南威尔士大学牵头,2000年,课题组将自己原有的"澳大利亚文学数据库"(AUSLIT: Australian Literary Database)和莫纳什和昆士兰大学的"澳大利亚文学遗产"(Australia's Literary Heritage)两个数据库合二为一。原有的两个数据库各有特色,前者可引证的文学作品和批评文献丰富,后者包含完整的澳大利亚文学目录和传记,从2002年开始,在澳大利亚人文科学院和11个国内大学的全面支持下,该项目在昆士兰大学的领导下全面启动,迄今为止,AusLit收录作品756 668部,涉及相关作家、批评家等各类人员135 749人,讨论各类话题29 808个。目前,该数据库以每周新增600多部作品的速度定期更新,一方面不断更新技术支持;另一方面大力开发个体研究人员与平台之间积极互动的可能性。与此同时,AusLit近年来还开发了一些新的支持性平台，其中包括 Aus-e-Lit（澳大利亚数字文学）和 Literature of Tasmania（塔斯马尼亚文学）数据库，它们以各自的方式对 AusLit 门户平台进行补充服务。

2）"澳大利亚诗歌资源网络图书馆"（Australian Poetry Resource Internet Library，APRIL）：APRIL 由著名澳大利亚诗人约翰·特兰特（John Tranter）发起，由澳大利亚悉尼大学和澳大利亚版权代理局联合支持，该网络图书馆于 2004 年开始运营，后得到澳大利亚研究理事会、澳大利亚版权代理局和澳大利亚悉尼大学图书馆的资助，项目负责人除了特兰特之外还有著名澳大利亚文学研究专家伊丽莎白·维比。作为一个永久性的澳大利亚诗歌资源库，该网络图书馆内容丰富，不仅集中了一大批诗歌作品，还汇集了一大批的批评和背景资料、诗人访谈、照片以及音频和视频录音。著名摄影师朱诺·杰米斯（Juno Gemes）为该网站提供了当代澳大利亚著名诗人的数十幅珍贵照片。网站现收录 170 多位诗人的 42 000 多首诗歌作品，读者可以通过支付少量的费用随意下载和打印这些作品，悉尼大学出版社也可以根据需要印刷成册的诗歌选集。

3）"澳大利亚戏剧网"（AusStage）：AusStage 是一个澳大利亚戏剧网络资料库，该资料库一方面汇集了当今澳大利亚戏剧演出信息；另一方面提供有史以来所有澳大利亚剧作演出的录像资料。该资料库最早由八个澳大利亚大学联合澳大利亚理事会、澳大利亚表演艺术兴趣小组等单位，于 2002 年在澳大利亚研究理事会的资助下建设而成。此后，国家数字化研究建设任务组、澳大利亚国家资料服务部和澳大利亚资料使用联合会也先后提供了资助。目前，参与该项目的大学和机构包括福林德斯大学、皇家墨尔本科技学院、昆士兰大学、迪肯大学、麦夸里大学、伊迪思考恩大学、拉特罗布大学、默多克大学、昆士兰科技大学、巴拉拉特大学、纽卡索尔大学、新英格兰大学、新南威尔士大学、悉尼大学、塔斯马尼亚大学、西悉尼大学、土著大学教育学院、国家戏剧艺术研究所、澳大利亚理事会、阿德莱德戏剧节、风车表演艺术团、澳大利亚博物馆表演艺术特别兴趣小组等。作为澳大利亚戏剧表演领域的一种重要研究基础数据库，AusStage 目前汇集了 48 000 场演出资料，介绍了 79 000 个艺术家、8 800 个组织、5 800 表演场地和 41 000 件档案，这

第4章 "后批判"时代的探索——新世纪澳大利亚文学批评的新趋势

些资料全面深入地记录了无数艺术家和专业组织、场地管理人员之间的积极合作,为研究工作者提供了非常重要的资源和基础。

4)"澳大利亚阅读经验数据库"(Australian Reading Experience Database,AusRED):AusRED 是一个由澳大利亚和多国专家共同开发的阅读网络数据库,该数据库由澳大利亚的格里菲斯大学于 2010 年 3 月 1 日正式开始设计,2011 年 4 月正式建成,AusRED 如今汇集了 1788—2000 年有关澳大利亚阅读史的 1 200 个文献档案,这些在 AusRED 中陈列的阅读证据有的来自个人日记,有的来自私人通信,有的来自政府教育部门档案,有的来自公共图书馆的记录,有的来自传记,有的来自文化史著作,有的是手写笔记。AusRED 与英国的开放大学、加拿大的达尔湖西大学、新西兰的威灵顿大学和荷兰的乌特勒支大学负责的其他四国的阅读资源库共同开发,彼此之间相互连接。该资料库和其他四国采用同样的网络设计,但是融入了大量的澳大利亚本土图片特色。目前,该资源库正联合多国学者共同开发一个旨在展示人类阅读历史的国际性的数字网络。

这些大型的数据库极大地改变了澳大利亚文学研究的环境、方式和方法。在上述数字化平台的支持下,当代澳大利亚文学在研究方向上出现的改变是显著的,这些改变从近期澳大利亚研究理事会新入选项目上不难看出。其中之一是利·戴尔(Leigh Dale)、迪克逊、吉莉恩·维特洛克(Gillian Whitlock)和凯瑟琳·伯德(Katharine Bode)共同承担的"多资源性阅读"(Resourceful Reading)项目,其次是由卡特领衔负责的"美国出版的澳大利亚书籍"(America Publishes Australia)项目,此外还有卡特和艾弗·因迪克(Ivor Indyk)共同承担的"澳大利亚文学出版及出版经济:1965—1995"(Australian Literary Publishing and Its Economies,1965-1995),以及凯瑟琳·伯德一连串的澳大利亚报刊小说数字化研究项目(2013;2018;2020)。这些大型的研究项目中没有了传统澳大利亚文学研究中的文本中心和文本细读,取而代之的是基于大型资源平台和数据库基础上的、有着成熟的数字技术支持的资源性阅读。这里没有传统的文学评判,多了一份对于文学知识的追求,这种以知识为对象的文学研究是一种经验主义的文学研究,但是高超的数字技术和浩大的数据平台把它改造成了一种崭新的经验主义研究,它教会人们带着渊博的文学知识去从事一种在当初的"新批评"看来无法想象的"远程阅读"。

4.2 跨国文学研究

2008年，澳大利亚文学研究会（Association for the Study of Australian Literature）以"全球语境中的澳大利亚文学"（Australian Literature in the Global World）为题举办了专题年会。会议的中心议题是：全球化时代的澳大利亚国别文学是否应该重新定位？会议号召大家围绕下列议题全面思考全球化形势下的澳大利亚文学走向：（1）全球语境中的澳大利亚文学史；（2）澳大利亚文学的对外翻译；（3）澳大利亚文学的对外教学；（4）澳大利亚文学的对外销售；（5）澳大利亚作家与跨国出版集团之间的关系；（6）澳大利亚文学中的世界性内容；（7）澳大利亚文学中的多元文化主义及移民性内容；（8）全球语境中的土著文学写作。

在全球化语境中研究澳大利亚文学，就是要将澳大利亚文学置于世界文学的大环境之中来考量，用一种跨国别的比较方法来重新观照澳大利亚的文学实践。在一篇题为《澳大利亚文学与文化全球化》（"Australian Literature and the Cultural Dimensions of Globalization"）的文章中，迪克逊指出，谈论澳大利亚文学的国际化当然与全球化有关。迪克逊借用阿骏·亚帕杜莱（Arjun Appadurai）在其《普及的现代性：文化全球化》（*Modernity at Large: Cultural Dimensions of Globalization*，1996）一书中的观点指出，20世纪90年代以来的全球化大体上描述的是：随着全球化的日益发展，五种东西在世界范围内显著流动，其中包括人员的流动（游客、移民、难民、流亡者、艺术家、作家和学者）、技术的流动（跨国公司生产的先进技术）、资金的流动（通过世界范围的货币和股票市场）、媒体信息的流动（通过报纸、杂志、影视网络）和思想的流动（知识产权、思想价值观念）。值得特别注意的是，上述五种东西的流动常常与具体的国家政策和国家经济走向无关，在当今澳大利亚，超过一百万人在国外生活和工作，与此同时，每年许多的好莱坞电影在澳大利亚的悉尼完成拍摄，很多主要的角色有澳大利亚演员担

第 4 章 "后批判"时代的探索——新世纪澳大利亚文学批评的新趋势

任,今日往来于澳大利亚和欧美之间的许多人,不再被称为侨民,因为在全球化的语境之下,人们仍然愿意把频繁往来于不同国家之间看作一种生活方式,这种生活方式并不妨碍他们的文化归属,在越来越多的人看来,文化并不总是必须完整地与国家相吻合(Dixon,2010:119-120)。

为什么要讨论澳大利亚文学的国际化问题呢?迪克逊认为,澳大利亚文学从总体上说经历过三大阶段,第一个阶段是文化民族主义阶段(20世纪20年代至60年代),第二个阶段是新的民族主义和对外宣传阶段(20世纪70年代至80年代),第三个阶段应该是全面国际化阶段(20世纪90年代至今)。迪克逊认为,澳大利亚早期的文学从一开始就具有明显的跨国特征,澳大利亚作家及其作品从来没有被局限在澳大利亚一个国家的疆域之内,在澳大利亚的文学活动中,外来的文学影响和思想观念的输入、文学作品的编辑出版、翻译接受以及文学声誉的形成从来都不只局限于本国。早期的澳大利亚文学大多全由英美出版商在海外出版,澳大利亚作家从一开始就频繁往来于澳大利亚与世界各国之间,有时以侨民的身份旅居世界各地,其文学创作深受世界各国文学的影响。20世纪90年代以后,许多澳大利亚作家更是四海为家,包括像彼得·凯利(Peter Carey)、汤姆·基尼利(Tom Keneally)、戴维·马鲁夫(David Malouf)在内的许多著名作家常年往返于澳大利亚与世界各国之间,他们中的很多人的作品长期由国外出版商出版,许多在澳大利亚国内运营的出版机构也都是海外出版商的分支机构。当今澳大利亚作家的作品参加的最重要的书市不在悉尼或墨尔本,而在德国的法兰克福;最吸引作家注意的、奖金额最高的文学奖不再是澳大利亚的迈尔斯·富兰克林文学奖(Miles Franklin Award),澳大利亚作家更加关注都柏林的英帕克奖(Impac)和英国的布克图书奖;此外,今日的澳大利亚作家瞄准的是全球市场,所以他们在多个国家都有自己的经纪人和文学编辑。针对当代澳大利亚文学的全球化现实,批评界和文学研究界理应全面地思考与澳大利亚文学相关的一系列的问题,例如:(1)在当今世界,澳大利亚文学与国际上其他国家的英语文学是什么样的关系?与英语以外的别国文学之间又有什么样的关系?(2)当今澳大利亚文学受到怎样的国外影响?它在其他国家又受到怎样的对待?

（3）如果澳大利亚作家以世界作为自己的创作舞台，澳大利亚批评应该怎样做？（Dixon，2010：117-9）

针对澳大利亚文学出版业的全球化问题，批评界不乏批判的声音，例如马克·戴维斯（Mark Davis）在一篇题为《澳大利亚文学出版的衰落》（"The Decline of the Literary Paradigm in Australian Publishing"）的文章中对其大加挞伐。在他看来，20世纪90年代开始强势进驻澳大利亚文学出版业的大型跨国集团本质上不能算出版商，而是多媒体的娱乐公司，因为图书在他们眼里只是一般的信息，而不是图书，他们对于文化和民族传统缺少一份本国出版商常有的责任感。作为出版机构，他们并不把自己视作民族文学与文化的守护者，在他们看来，他们最主要的责任是对于各国股东和公司老板的委托责任。戴维斯认为，全球化的到来对于澳大利亚文学来说或许不是一件值得高兴的事，因为它的到来意味着文化民族主义和文学的死亡，跨国出版集团在追逐利润的过程中，必然要踩着民族文化的尸体大步向前（Davis，2006：123）。对于这一观点，卡特不以为然，在一篇题为《文学小说出版：增长、下降还是保持原样？》（"Boom, Bust or Business as Usual? Literary Fiction Publishing"）的文章中，他指出，面对90年代以来的澳大利亚出版行业的国际化趋势，批评界或许不应该太快地用"商业化"的标签一棒子将它打死。因为从历史上来看，任何一个时代的出版和编辑都有它追求商业利润的终极动机，不能说在全球化到来之前，澳大利亚出版就处在一个没有商业化、只有民族文化和文学审美考量的黄金时代，全球化到来之后，一切出版都变成了纯商业化的了，况且若就影响而论，全球化对于澳大利亚民族文学和文化来说或许不一定是个坏事（Carter，2007：244）。针对戴维斯的观点，理查·弗拉纳根（Richard Flanagan）也不以为然地指出，报纸上那种关于跨国出版商为了追求商业利润完全不顾图书质量的报道常常是失实的，因为在澳大利亚所有的出版公司里，不管它是国外的还是本土的，都有一批执着地热爱出版、热爱文学的人在工作，他们为了推出好书而努力工作，国外公司也常常为了满足本土读者的需要积极组织本土图书，积极推动澳大利亚文学和文化的发展，它们帮助本土作家在海外推广他们的作品，大力推动澳大利亚文学作品的全球销售（Flanagan，2007：135）。

第4章 "后批判"时代的探索——新世纪澳大利亚文学批评的新趋势

美国历史学家戴维·特伦（David Thelen）指出："人、理念和体制都很难说有清晰的民族身份，人可以从不同的文化里移译和融合某些东西，我们与其去假设某样东西属于美国，还不如说这个东西的某些成分其实来自别处，或者说终落他乡，我们发现，设想人们身处两个国家之间，崭新的立足点给他们带来的创造力将为我们反思美国历史提供一个巨大而崭新的空间"（Thelen，1992：1-6）。迪克逊引用特伦的此番论述大声呼吁澳大利亚的批评家们在国别身份的问题上进一步解放思想，迪克逊同意格雷汉姆·哈根的观点，认为澳大利亚文学的后殖民特征注定了它从一开始就是跨国的，无论是它内容构成中的裂变性，还是它在历史上与其他各国之间保持的种种关系，澳大利亚从来都不是一个独处一隅的孤立海岛，长期的跨国往来使得澳大利亚文学历来都保持着一种高度的国际意识，所以应该在澳大利亚文学批评界倡导一种跨国的比较的方法，将澳大利亚文学重置于世界文学关系之中加以观照（Huggan，2007：xiv）。

美国哈佛大学的劳伦斯·布尔（Lawrence Buell）在讨论近期美国文学批评走向时特别强调跨国趋势，他通过广泛涉猎上百种批评文献，对当代美国文学批评中的跨国现象进行了深入的分析并归纳出了五个现象，其中包括：（1）超越国别范围的作家研究；（2）跨语言移译与跨文化交流；（3）世界范围的文本流通及跨文化影响；（4）全球性的文化流动研究；（5）相互依赖或类同的跨国环境研究（布尔，2009：24-30）。以美国文学批评做参照，当代澳大利亚文学的跨国研究究竟应该怎样实施呢？跨国的澳大利亚文学批评应该解答哪些问题呢？对此，迪克逊结合当代部分澳大利亚批评界的实践进行了归纳，他认为，从跨国的视角入手，当代澳大利亚文学批评可以从事以下几个方面的研究：（1）作家跨国经验研究：批评界可以透过跨国的视角研究作家传记，许多澳大利亚作家在自己的创作生涯中就先后深受国外文化的影响，研究他们的跨国经验对于站在全球的高度重写澳大利亚的文学史无疑有着重要的意义；（2）国外社会和思想潮流研究：批评家可以研究具体的作家如何在诸如共产主义、天主教教义、女性主义、唯灵论、现代主义及后现代主义之类的社会和思想潮流的影响下进行文学创作的历史；（3）本土作家的海外出版和传播史研究：批评界可以研究澳大利亚本土作家在海外出版作品以及参与海外娱乐行业活动的经历,或者考察本土作家与国外公司、编辑、经纪人等的交往历史;(4)澳大利亚文学的对外翻译和接受研究:批评家可以考察澳大利亚作家翻译和借鉴国外文学的情况,也可以考察澳大利亚作品被翻译成外国文字以及在海外被阅读的情况,澳大利亚作家历来就有放眼世界的创作习惯,所以考察他们与外国作家和外国文学之间的相互影响和借鉴关系是一个十分有意思的研究方向;(5)跨国的文本阅读:批评家可以立足跨国的经验认真解读现有澳大利亚文学中的所有作品,关注作品中人物的跨国旅行情况,考察他们在世界各个不同的地点之间往来以及在不同思想观念之间变化的过程,研究作品中表现出来的形形色色的外国文化和技术的影响(Dixon,2010:124-125)。

2010年,迪克逊和尼古拉·伯恩斯(Nicholas Birns)以《跨太平洋阅读:澳美思想史》(*Reading Across the Pacific: Australia–United States Intellectual Histories*)为题主编出版一部批评文集,该书收录了来自美国和澳大利亚的20几位专家的22篇文章,分五个专题讨论了国别文学与跨国关系、美国与澳大利亚的诗歌及诗歌理论关系、美国与澳大利亚的文学及通俗文学关系、"冷战"期间的美澳文学关系以及美澳出版和印刷文化关系。22篇文章从各个侧面和高度对澳大利亚与美国的文学关系进行了全方位的解读和调研,内容丰富而全面,为在新时期的澳大利亚文学批评界树立了一个可以学习的榜样。

卡特也认为,当代澳大利亚文学研究应该关注全球化,而在他看来,当代澳大利亚文学批评的一个非常重要的课题就是澳大利亚文学的对外关系。2004年前后,他在日本《东京大学美国太平洋研究》杂志上发表《当代澳大利亚文化中的英国性》("Britishness in Contemporary Australian Culture")一文(Carter,2009:41-53)。2006年,卡特向澳大利亚研究理事会申报了"美国出版的澳大利亚书籍"项目并顺利获得立项。在他的论证当中,卡特指出,当代澳大利亚学术界和文学批评界在研究图书和出版的时候都比较多地关注到了英国出版行业对于澳大利亚文学的影响,而对始于19世纪中叶的澳美关系知之甚少,而事实是,从19世纪中叶到20世纪中叶,澳大利亚作家出击美国市场的案例很多,在一个多世纪的时间里,许多澳大利亚作家都有进军美国市场并

第4章 "后批判"时代的探索——新世纪澳大利亚文学批评的新趋势

取得巨大成功的经验。在他的研究课题中,他要努力回答下面几个问题:(1)澳大利亚书籍是通过什么样的途径抵达美国出版机构的?(2)美国图书市场给澳大利亚作家提供了怎样的机会,又设置了怎样的障碍?(3)澳大利亚作家的哪些文学样式的作品在美国获得了成功?(4)美国出版商对于澳大利亚题材的书籍表现出了怎样的态度?(5)上述情形在20世纪中叶以后出现怎样的变化? 在2012年中国澳大利亚研究会年会期间,卡特以"澳大利亚书籍在美国"("Australian Books in the USA")为题进行了发言,在发言中,他以具体而明确的史实向人们说明,包括帕特里克·怀特在内的一大批澳大利亚作家都有过一段在美国出版文学作品的经历,他同时向大家介绍了美国图书市场对于美国作家的成长产生的影响。[1]

卡特等在其《现代澳大利亚文学批评和理论》一书中收录了蒂姆·多林(Tim Dolin)的一篇题为《阅读史与文学史》("Reading History & Literary History")的文章(Dolin,2010:127-138),这篇文章以具体明确的语言向读者介绍了他心目中的一种跨国文学研究,值得读者关注。多林以英国19世纪的一部著名的吸血鬼小说为例说明了自己的观点。1897年,英国康斯特布尔(Constable)出版社出版了作家布拉姆·斯托克(Bram Stoker)的小说《德拉库拉》(Dracula),斯托克出生于一个爱尔兰小资产阶级天主教家庭,长期在伦敦的上流社会生活和工作,日常生活中一般不向外人透露自己的爱尔兰背景。小说《德拉库拉》涉及跨国移居的主题,并以各种方式讨论到了这种移居后的生活给人物带来的好处;小说同时探讨了两种不同形式的移动,一种是信息和思想的移动,另一种是人与物的移动,其中包括大规模的外国移民、妇女权益的提升、其他资本主义和帝国主义国家的迅速崛起,以及垄断资本主义对于自由主义的威胁等。在作者看来,信息和思想的移动显然优于人与物的移动,但每一种移动和变化都在英国社会中引发了不同程度的焦虑。小说《德拉库拉》深刻描绘了19世纪最后十年中英国社会迷漫的焦虑情绪。多林提醒我们注意的是,在研究小说《德拉库拉》的阅读史时,我们发现,作为大英帝国日益衰落时期的产物,这部小说在20世

---

[1] 第十三届中国澳大利亚研究国际学术研讨会于2012年7月6—8日在成都西华大学召开,该次会议的主题为"全球化与想象"。

纪首先迅速而强势地横穿大西洋来到美国，随后成为美国许多作者痴迷续写的对象，此种情形实在印证了"吸血鬼随着强权走"的传言。正是从这个意义上说，《德拉库拉》没有成为澳大利亚的至爱自有深意，澳大利亚没有自己悠久的历史传统，也没有自己独立的语言，所以作为一个国家异常脆弱。《德拉库拉》对于澳大利亚的民族历史较之许多本国的作品更加有意义，是因为在本土作家努力通过创作塑造澳大利亚民族文化的时候，《德拉库拉》所代表的是一种外来的威胁。换句话说，在澳大利亚人的心目中，"Dracula"这个词所代表的是一种对于外来威胁的恐惧，澳大利亚人时刻担心这种威胁或许已经深入澳大利亚内部，无处不在却不能发觉。在澳大利亚，它来自两种强大的力量，这两种力量同时对澳大利亚的社会和政治进步构成巨大的威胁，这是两种什么样的力量呢？澳大利亚人认为，德拉库拉代表的是由一些无能的殖民总督所带来的欧洲腐朽的封建社会秩序，同时它还代表着来自世界各地的廉价的有色人种的劳动力。在澳大利亚，《德拉库拉》最终的失败具有重要的指标性的现实意义，因为澳大利亚人最终在1901年联邦建国过程中选择了激烈驱逐有色人种的联邦国策，小说《德拉库拉》和澳大利亚联邦建国相差几年。对澳大利亚人来说，二者讲述了同样一个故事，在这个故事当中，白人男性必须整体获取国家的主导权，或者说一种工会制的社会民主制度是澳大利亚人选择的社会制度，澳大利亚人不喜欢恩格斯所说的"那种吸血鬼式的财产拥有阶级"，也不喜欢有色人种的那种无序劳工带来的社会价值的沦落（Dolin，2010：135-136）。

2013年，迪克逊和布里吉德·罗尼（Brigid Rooney）以《阅读之场景：澳大利亚文学是世界文学了吗？》（*Scenes of Reading: Is Australian Literature a World Literature?*）为题主编出版另一部文集，对于该书标题中提出的问题，澳大利亚批评界提出了很多不同的答案。拉瑟尔·麦克杜格尔（Russell McDougall）认为，如果澳大利亚文学是世界文学，那么人们对于"世界文学"的概念需要重新理解，"世界文学"或许是一个过程，或者说全球和地方的融合，地方的历史和地理会极大地丰富它的内涵（McDougall，2014：3）。保罗·沙拉德（Paul Sharrad）担心世界文学会跟比较文学一样，它们都是美国人玩出来的概念，所以有可能对澳大利亚的文化产生毁灭性的打击，所以沙拉德主张建立一种"多重

第 4 章 "后批判"时代的探索——新世纪澳大利亚文学批评的新趋势

世界"的世界文学研究范式,特别强调要把重点放在"第四世界"文学之上(Sharrad,2013:30)。格雷汉姆·哈根反对民族主义范式,但不一定反对澳大利亚的民族文学研究(Huggan,2007)。菲利普·米德(Philip Mead)借鉴斯皮瓦克的理论,主张将地方文学与具体的地方或者地方意识(place-consciousness)相联系,将空间理论与原住民的家园(country)和归属感理论相结合,努力将文学文本的具体的、独特的、真实的或者虚构的地方置于批评的中央,将位置融入作家作品和接受研究,这样的研究与传统的民族主义研究范式截然不同(Mead,2009:551-552)。肯·杰尔德(Ken Gelder)的"邻近阅读"(proximate reading)主张走出民族性的细读,主张关注那些新颖的文学联系、那些跨国的联系以及源点和目的地的关系(Gelder,2010:5)。吉莉恩·维特洛克主张关注澳大利亚原住民文学,认为澳大利亚原住民文学,特别是见证文学,与国际上的创伤文学、矛盾和失落文学有着显著的跨国和国际联系,这样的研究有助于修复澳大利亚尚未补偿和和解的情感档案(Whitlock,2013:186)。

4.3 认知文学研究

让-弗朗索瓦·沃奈(Jean-François Vernay)在一篇题为《当代批评中的一个新方向:认知的澳大利亚文学研究》("Towards a New Direction in Contemporary Criticism: Cognitive Australian Literary Studies",2021)的文章中指出,21世纪初,澳大利亚文学批评中出现了一波显著的认知研究,到2020年,早先的这一潮流已然成长为一个比较成熟的认知文学批评范式。认知文学批评的关键在于融合新兴的认知科学和传统的人文科学,从一个跨学科的高度反思澳大利亚文学研究的新可能性。认知文学批评的一个突出特点是运用认知科学的最新研究成果,研究作家和读者在文学创作和阅读过程中的心理,提升对于文学心理的理解水平。认知文学研究的领域很广,总体而言可以包括认知文学史、进化性的文学批评、神经文学批评、传统文学研究领域的认知介入和情感文学理论等,从认知的视角开展澳大利亚文学研究意味着可以在上述几个领域中的任何一个地方入手开展研究（Vernay，2021：116–122）。

麦考瑞大学的约翰·斯蒂芬斯（John Stephens）教授是澳大利亚较早从事认知文学批评的专家。斯蒂芬斯早先是知名的儿童文学研究专家，他于1992年出版的《儿童文学中的语言与意识形态》（*Language and Ideology in Children's Fiction*）是国际儿童文学批评界的权威之作。他的其他重要著作包括：《不同的男性：儿童文学和电影中的雄性表征》（*Ways of Being Male: Representing Masculinities in Children's Literature and Film*，2003）、《亚洲儿童文学和电影中的主体性》（*Subjectivity in Asian Children's Literature and Film*，2015）以及《劳特利奇国际儿童文学指南》（*The Routledge Companion to International Children's Literature*，2017）等。近年来，他在研究中开始积极探索学科交叉的可能性，特别是对于认知文学批评的尝试，令传统的儿童文学研究为之耳目一新。例如，他结合认知科学中的图式理论和社会认知，对澳大利亚儿童和青少年文学中文本结构特点进行了深入的研究，还通过《国际儿童文学研究杂志》（*International Research in Children's Literature*）连续发表多篇论文，不断讨论儿童文学中的多元文化书写与认知图式的关系（"Schemas and Scripts: Cognitive Instruments and the Representation of Cultural Diversity in Children's Literature"，2011）、青少年小说中的认知、社会和叙事结构之间的关系（"Cognitive Maps and Social Ecology in Young Adult Fiction"，2015）、儿童电影制作中的认知、社会与电影拍摄之间的微妙关系（"Children as Filmmakers: Well-being, Social Ecology, and Cognitive Mapping in Delhi at Eleven"，2022）等，这些研究为传统的儿童文学研究带来了崭新的面貌。

沃奈认为，认知文学批评在澳大利亚的出现与新世纪澳大利亚叙事文学的总体走向有着一定的关系。她列举了苏·伍尔芙（Sue Woolfe）的《秘密疗法》（*The Secret Cure*，2003）、彼得·哥尔兹华绥（Peter Goldsworthy）的《三狗夜》（*Three Dog Night*，2003）、考琳·麦卡洛（Colleen McCullough）的《开，关》（*On, Off*，2005）、托尼·乔丹（Toni Jordan）的《加法》（*Addition*，2008）、格雷姆·辛逊（Graeme Simsion）的《罗西工程》（*The Rosie Project*，2013）、安洁拉·梅厄

第4章 "后批判"时代的探索——新世纪澳大利亚文学批评的新趋势

（Angela Meyer）的《优等幽灵》（*A Superior Spectre*，2018）等一系列近期出版的澳大利亚小说，认为它们给人一个总体的印象，那就是，21世纪以来的澳大利亚的小说家对于人的内心和大脑表现出了超乎寻常的兴趣。伍尔芙的小说讲述了一个自闭症孩子引发的故事；哥尔兹华绥的小说叙述了两个精神分析学家的黑暗心理历程；麦卡洛的小说讲述了一个孤独侦探与一个神秘杀手的内心秘密；乔丹讲述了一个女性在无序的世界里，试图用数字为自己的生活构建某种秩序的绝望；辛逊的小说讲述了一个遗传学教授在茫茫人海中为自己寻觅情感伴侣的故事；梅厄的小说叙述了一个临死的男子试图运用某个科技手段帮助他进入他人大脑的故事。所有这些作家对于人类认知的关注极大地推动了读者对于澳大利亚社会当中有着认知障碍问题的成员的关注，他们的小说不约而同地告诉读者，21世纪的人类进入了一个关注大脑的时代。在这样一个时代，文学批评自然应该考虑从认知科学中汲取跨学科的智慧（Vernay，2021：118）。

澳大利亚认知文学批评最突出的成果大体上可分三类：第一，针对澳大利亚文学作品的认知解读，特别是针对犯罪小说、疯人院主题小说、科幻和推理小说、神经伤害小说、创伤小说、儿童和青少年文学的研究。有些批评家对帕特里克·怀特、约翰·麦克斯韦尔·库切（John Maxwell Coetzee）、克里斯托斯·西尔卡斯（Christos Tsiolkas）和彼得·凯里（Peter Carey）的情感主题小说也表现出了浓厚的研究兴趣。第二，与大脑相关的研究：认知文学批评的长处不在于揭示文本中的秘密，而在于揭示作家和读者大脑中的秘密，所以澳大利亚的认知文学批评大多关注神经科学与文学创作之间的关系。这个领域之中参与最多的批评家是创作与批评兼工的作家，诗人之中有玛丽亚·塔可兰德（Maria Takolander）和凯文·布洛菲（Kevin Brophy）、小说家之中有苏·沃尔夫和朱莉亚·普仁德加斯特（Julia Prendergast）尤其积极地参与到这样的研究之中。苏·沃尔夫的《保洁女之谜：一个作家对于创造和神经科学的思考》（*The Mystery of the Cleaning Lady: A Writer Looks at Creativity and Neuroscience*，2007）是澳大利亚小说家直接参与认知文学批评的典型案例。在该书中，沃尔夫以一个小说家的视角检视了文学灵感与创作情绪、创作想象的动力和活力、思想与意象的互动关系、信息传达、情感调动与共情、创造人格、通感、比喻设计和思想的散焦。沃尔夫曾经参与过美国著名心理学家克里斯托弗·戴维·斯蒂文斯（Christopher David Stevens）的实验，受到斯蒂文斯心理学研究的影响，相信人类的思维大体上可以分成两种，一种是紧思维，另一种是松思维。文学的创造力在松思维状态中更容易得到绽放，松思考的特点是搁置前瞻和预判能力，搁置判断，让自己进入白日梦的状态，此时，自觉对于自我的审查最小化，那是一种感受不一样自我，放弃时空感，模糊自我与他者、自我与世界之区别的体验（Woolfe, 2007: 92）。第三，与情感相关的研究。2011 年，在麦考瑞大学，以露易丝·达森斯（Louise D'Arcens）为首的一批专家申请了一个为期七年（2011—2018）的澳大利亚研究理事会课题，课题的名称是"情感史"（the history of emotions）。课题立项之后，课题组成立了"情感史研究会"（2016）和"情感史研究中心"，创立了学术期刊《情感：历史、文化、社会》（*Emotions: History, Culture, Society*）。课题重点关注的问题包括：（1）以前的文化是如何理解和表达情感的，这种历史对于现在的影响；（2）情感在社会、法律和体制运行实践中的存在情况；（3）情感在人类创造和审美实践中扮演的角色。课题组在短短几年时间里出版了一批著作，其中包括达森斯的《喜剧的中世纪：论中世纪的笑》（*Comic Medievalism: Laughing at the Middle Ages*，2014）、托比·戴维森（Toby Davidson）的《基督教神秘主义与澳大利亚诗歌》（*Christian Mysticism and Australian Poetry*，2013）和《灵魂之慰：约翰·科廷的诗歌人生》（*Good for the Soul: John Curtin's Life with Poetry*，2020）、克莱尔·莫纳戈尔和朱安尼塔·莱斯（Clare Monagle & Juanita Ruys）的《中世纪情感的文化史》（*A Cultural History of the Emotions in the Medieval Age*，2019）。

　　需要指出的是，鉴于认知文学批评的跨学科特点，不少研究成果并未发表在传统的澳大利亚文学批评刊物上。除了迈克尔·法雷尔（Michael Farrell）在 2013 年的《澳大利亚文学研究会刊》（*Journal of the Association for the Study of Australian Literature*）上以《情感的地理诗学：比尔·尼杰的情感故事》（"The Geopoetics of Affect: Bill Neidjie's Story About Feeling"）为题发表过相关论文之外，澳大利亚文学批评家在认知文学批评方面的文章大多发表于《儿童文学探索论刊》（*Papers:*

第4章 "后批判"时代的探索——新世纪澳大利亚文学批评的新趋势

Explorations into Children's Literature)、《文本》(*TEXT*)、《奥雷利斯》(*Aurealis*)、《轴突》(*Axon*)等综合性的期刊。有的则发表于《澳大利亚人文研究》(*Australian Humanities Review*)、《澳大利亚通俗文化学刊》(*Australasian Journal of Popular Culture*)等跨学科的期刊。还有的则索性发表在《对跖地》(*Antipodes*)、《国际儿童文学研究》《媒体喻》(*Media Tropes*)、《新写作:国际创意写作实践与理论期刊》(*New Writing: The International Journal for the Practice and Theory of Creative Writing*)和《欧洲英语研究期刊》(*European Journal of English Studies*)等国外学术期刊上,更多的研究成果只能发表在相关的著作和会议文集中。

迈克尔·伯克(Michael Burke)和艾米丽·T.特洛西安可(Emily T. Troscianko)认为,心理学、神经科学、认知语言学以及心理哲学本来就可能用于文学研究,它们对于文学研究者理解文学的创作和阅读以及文学认知过程都会提供新的武器(Burke & Troscianko, 2013: 141)。的确,认知文学批评介于文学研究和认知科学之间,它关注的文学话题从表面上看与传统无异:想象、现实的描写、意象、修辞手法、文学理解和接受、认同过程、副文本、情感以及小说阅读,所有这些都与语言、人的心理活动以及语言产品有关,但是透过科学的视角,人们可以获得对于它们的更加精准的认识,这种看待文学和人类心理活动的新角度为澳大利亚文学研究带来了一种新鲜的视角。

澳大利亚的认知文学研究是在人文学科的危急时刻出现的,刚开始时广受诟病,但是事实证明,它拓展了叙事文学研究的范围,也给澳大利亚文学经典的理解带来了更多的可能性;它给文学批评提供的科学概念,增加了批评的工具,更开启了新的方向,这些为重振澳大利亚文学研究都起到了积极的作用。认知文学研究让读者更好地了解文学创作、文学理解和小说阅读的复杂过程,与此同时,它透过科学的视野重新界定了很多的文学概念、文学目标和研究重点,让澳大利亚的文学批评传统得以继续蓬勃地发展。通过运用认知科学的方法和理论,新世纪的澳大利亚文学批评语言变得更加丰富,不夸张地说,认知科学的角度让整个澳大利亚文学研究有了新的标准,在一个日益关注人类大脑的社会,立足认知的澳大利亚文学批评或许为自己找到了适应时势的崭新位置。沃奈认为,认知科学与澳大利亚文学研究的结合是在新的时代澳大利亚文学研究适应国内国际大势的必然发展趋势（Vernay，2021：120）。新世纪的澳大利亚文学研究不断地在寻找新的范式，认知批评不是一个解决澳大利亚文学和文学理论中缺乏高水平成果的魔法方案，但是它无疑代表了一个非常有意义的探索方向。

4.4 文学的"白色批判"

  20世纪90年代的澳大利亚文学批评界，一种回避文学判断和批判的文学体制研究一度流行。1995年，在一篇题为《边缘处的工作：知识生产背景下的澳大利亚文学研究》（"Boundary Work: Australian Literary Studies in the Field of Knowledge Production"）的文章中，罗伯特·迪克逊指出，90年代的澳大利亚文学批评喜欢更多地选择以整个人文学科的知识场域为背景，从不同学科的边缘处入手思考新的突破，特别是通过跨越体制界限实现在边缘处的突破。这一点从当时的澳大利亚研究理事会项目申报中可见一斑。迪克逊认为，90年代的澳大利亚批评界比以往任何时候都更多地关注包括图书出版和发行、文学节、文学奖、官方文化政策和政府资助、书店、阅读讨论活动、宣传介绍图书和作者的报纸广播和电视、学校的课程设置以及文学批评在内的各种文学体制，这种关于文学体制的研究与传统的文学批评可谓渐行渐远（Dixon，1995：21-37）。标志着20世纪末形形色色的文学体制研究高调崛起的是"澳大利亚书籍史"（History of the Book in Australia）课题的正式启动，作为一个新兴的跨学科研究领域，"澳大利亚书籍史"课题组关注澳大利亚有史以来的"印刷文化"（print culture）。1993年，由莫纳什大学的华莱士·科索普（Wallace Kirsop）和新南威尔士大学的保罗·艾格特（Paul Eggert）领衔的工作小组正式成立，工作小组经研究确定，按照时间先后将课题分成三个部分，分别是1891年以前、1891—1945年以及1946—2005年。第一部分由科索普和伊丽莎白·维比负责；第二部分由马丁·利昂斯（Martyn Lyons）和约翰·阿诺德（John Arnold）负责；第三部分由克雷格·蒙罗（Craig Munro）和罗宾·施汉-布莱特（Robyn Sheahan-Bright）负责。作为项目成果，

第 4 章 "后批判"时代的探索——新世纪澳大利亚文学批评的新趋势

课题组最终出版一部三卷本的《澳大利亚书籍史》。1997 年,澳大利亚著名文学杂志《南风》(Southerly)特邀德里斯·伯德等人以《不同的经典:澳大利亚文学声誉的形成》(Canonozities: The Making of Literary Reputations in Australia)为题出版专辑,该书以"问题与体制"(issues and institutions)为主题刊登九篇文章,多篇论文以文学经典为核心,聚焦整个澳大利亚文学环境和文学体制,深入讨论了澳大利亚文学经典形成的机制,澳大利亚政府、学校教育和文学的关系,澳大利亚文学出版商和书评杂志在文学声誉形成的关系,澳大利亚主流意识形态及核心价值体系与工人阶级文学、女性文学以及土著文学之间的关系等。同样是 1997 年,利·戴尔以《英文男人:澳大利亚大学里的文学教育》(The English Men: Professing Literature in Australian Universities)为题出版专著,该书重点关注作为澳大利亚文学体制一部分的大学文学教育,希望通过系统的体制性考察展示澳大利亚大学语境中采用的文学阐释步骤,揭示少数文学文本何以成为经典的具体过程。戴尔借鉴女性主义、后殖民理论和性别研究的社会批判模式,同时借鉴安东尼奥·葛兰西(Antonio Gramsci)的霸权理论、雷蒙德·威廉姆斯(Raymond Williams)和皮埃尔·布尔迪(Pierre Bourdieu)的合法性概念,针对澳大利亚大学 100 年(1860—1960 年)的文学教育实践进行了系统检讨。全书共分六个部分,首章列举澳大利亚历史上一位著名的保守派总理罗伯特·孟席斯(Robert Menzies)对于文学的态度,生动地说明了文学教育在他担任澳大利亚总理期间(1939—1941 年;1949—1966 年)的发展方向。在全书的结论中,戴尔提出,澳大利亚的文学教育体制史在很大程度上也是那些执掌文学教育过程的文学教授们的个体阅读和教育史,参与澳大利亚文学教育的那些文学教授们在自己的学生时代受到过什么样的文学教育,在他们的孩提时代接受了怎样的喜好训练,他们就会形成怎样的文学观,因此所谓的大学文学教育就是一个由一些思想观念不同的个人构成的群体,他们之间的相互争执构成了学生学习的体制环境,这种环境的变化突出地反映在师资的聘用、人员的晋升以及对不同人员研究活动的支持上(Dale,1997:202-203)。

与"理论"影响下的"文化研究"相比,20 世纪 90 年代的澳大利亚文学体制研究目的不在于立足性别、阶级、民族或者时代否定传统文学经典建构，继而批判澳大利亚文学中的狭隘，所以它不是一种批判性的研究。研究文学体制本质上是一种经验型的调查，它区别于 80 年代各种批评流派之处首先在于它的"肯定性"，它所要探究的是一种包括文学发展在内的全方位的澳大利亚文化史（Carter, 2010: 87）。需要指出的是，21 世纪的澳大利亚文学批评虽然总体来说进入了"后批判"的时代，但并未完全抛弃尖锐的意识形态批判。不过，新世纪以来，20 世纪由"理论"带来的多维"文化战争"让位给了以种族为核心的"白色批判"（Critical Whiteness Studies）。所谓的"白色批判"亦称"针对种族与白色的批判性研究"（Critical Race & Whiteness Studies），其核心宗旨在于探讨发生在澳大利亚历史上的白人对于土著人的暴力剥夺关系，同时探究新兴的澳大利亚土著文学的阅读方法（Carter & Wang, 2010: v）。作为一个新兴的跨学科研究领域，"白色批判"最早始于 20 世纪下半叶的美国，出现之初，它广泛涉及哲学、历史、心理学、社会学、文化研究、性别研究、教学研究以及文学批评，其关注的焦点是种族话语在现代殖民历史进程中扮演的角色，以及白色作为一种社会和文化意识形态的建构过程（Brewster, 2010: 190）。"白色批判"最早衍生于美国黑人书写与种族理论，较有影响力的早期作品是 W. E. B. 杜波依斯（W. E. B. Du Bois）的《黑人的灵魂》（The Souls of Black Folks, 1904）与詹姆斯·鲍德温（James Baldwin）的《下一次将是烈火》（The Fire Next Time, 1963）。这些作品指出，人类历来就有肤色之别，但在近代历史上，白色成了标准的正常色，黑色成了低级而不正常的标记颜色。这些研究使白人作为一种种族范畴全面进入理论家和批评家的视野。1991 年，美国历史学教授戴维·罗迪格（David Roediger）和托妮·莫里森（Toni Morrison）分别出版《白色的酬劳：种族与美国工人阶级的产生》（The Wages of Whiteness: Race and the Making of the American Working Class, 1991）和《在黑暗中游戏：白人的肤色与文学想象》（Playing in the Dark: Whiteness and the Literary Imagination, 1991），在他们的笔下，"白色"首次成了文学批判的对象。

澳大利亚"白色批判"的早期实践者包括艾琳·莫里顿－罗宾逊（Aileen Moreton-Robinson）、温迪·布雷迪（Wendy Brady）、米歇·尔凯里（Michele Carey）、拉里萨·贝伦特（Larissa Behrendt）、加

第4章 "后批判"时代的探索——新世纪澳大利亚文学批评的新趋势

桑·哈格（Ghassan Hage）、沃里克·安德森（Warwick Anderson）和乔恩·斯特拉顿（Jon Stratton）等。他们在较短的时间内推出了一批有影响力的专著，其中较有代表性的著作有莫里顿－罗宾逊的《对话白人女性》（*Talkin' Up to the White Woman*，2000）、哈格的《白色的国家》（*White Nation*，1998）和《反对偏执的民族主义》（*Against Paranoid Nationalism*，2003）、安德森的《白色的培育》（*The Cultivation of Whiteness*，2002）和斯特拉顿的《令人茫然的种族》（*Race Dazes*，1998）。2003年，澳大利亚种族与白色批判研究会（the Association of Critical Race and Whiteness Studies of Australia）成立，研究会于2003年、2007年、2011年和2013年分别召开学术会议。近年来，澳大利亚学术界连续出版相关主题论文集，其中最著名的有贝琳达·麦凯（Belinda McKay）主编的《揭开白色的面具：种族关系与和解》（*Unmasking Whiteness: Race Relations and Reconciliation*，1999）、莫里顿－罗宾逊的《白化种族》（*Whitening Race*，2004）、苏珊娜·谢希（Susanne Shech）和本杰明·艾伦·瓦德汉姆（Benjamin Allan Wadham）的《种族评定与白色本土化》（*Placing Race and Localising Whiteness*，2004）以及戴米恩·韦恩·里格斯（Damien Wayne Riggs）的《迎接挑战：后殖民化国家的种族与白色批评研究》（*Taking Up the Challenge: Critical Race and Whiteness Studies in a Postcolonising Nation*，2007）。此外，《边缘》（*Borderlands*）、《澳大利亚人文评论》以及《女性主义理论》（*Feminist Theory*）等学术刊物先后于2004年和2007年出版了"白色批判"特刊，这些特刊极大地提升了"白色批判"在澳大利亚的学术知名度。

对于澳大利亚文学来说，"白色批判"的出现意味着立足土著边缘对澳大利亚白人文学进行全面系统的重读。在澳大利亚文学中，那种视白色为人之天然肤色的作家比比皆是。哈根在他的《澳大利亚文学：后殖民主义、种族主义与跨国别研究》（*Australian Literature: Postcolonialism, Racism, Transnationalism*）一书中结合传统的市郊文学和白人死亡主题讨论了布鲁斯·道（Bruce Dawe）、莱斯·马雷（Les Murray）、戴维·威廉姆森（David Williamson）、雷·劳拉（Ray Lawler）、帕特里克·怀特和克里斯蒂娜·斯泰德（Christina Stead）的几部作品，向人们展示了"白色批判"在重读澳大利亚主流文学过程中存在的巨大潜能（Huggan，2007：77-89）。在上述几个白人作家中，1973年诺贝尔文学家得主帕特里克·怀特是澳大利亚后殖民文学批评家经常光顾的白人作家。从"白色批判"的角度去观察，澳大利亚白人作家笔下的许多作品体现了一种澳大利亚人对于白色的传统认知。在一篇题为《沃斯与白人种姓的平凡性》的文章中，凯瑟琳·伊丽莎白·拉索（Katherine Elizabeth Russo）研究了怀特的小说《探险家沃斯》（*Voss*，1957），她指出，《探险家沃斯》表现了怀特对于白色的一种想当然的看法，在怀特看来，白色在众肤色中代表了一种普遍的常规颜色，而澳大利亚的白色人种代表了普遍人类的一般标准。细读《探险家沃斯》，读者不难从中发现大量与肤色有关的细节。在怀特看来，详述人物的体表特征可以有效地确立与人物社会地位相关的种族分类，例如贝勒·邦纳（Belle Bonner）的蜜黄色皮肤不仅表明了她的社会地位，更体现了所处的那个社会的结构特征。依据肤色进行的种族分类具有不稳定性，比如怀特强调男性在一定程度上需要把皮肤晒成褐色，但这种不稳定性同时预示新移民通过使自己变成新大陆的居民而进入白人秩序的可能性。虽然怀特表现了白色的不稳定或者说变幻无常的特征，而且他笔下的白色常常被表现为一种开放和不断变化（perpetual becoming）的东西，但他的作品经常构建一种动物性（animality），并通过这种与土著人有关的动物性衬托白种人所代表的普遍人性：因为与动物性有关的表述通常都用来描述土著人，而白人拥有的是与动物性相对立的人性，白人成为衡量人性的隐形标准。在《探险家沃斯》中，肤色除了表现人物不同的社会地位，还与财富所有权紧密地联系在一起，白人对于殖民地经济拥有一种占有性权力，白色给他们带来了财产、权力和各种机遇，白人掌控着新大陆的权力和财产，由于社会普遍认可白色，白人肤色的种族特征受到弱化。怀特除了在《探险家沃斯》中渲染白种人与普遍人性的联系之外，还刻画了激荡在20世纪50年代澳大利亚人日常生活中的一种恐惧与渴望。20世纪中叶，随着南欧移民的大量进入，澳大利亚白色人种对于"白色民族"的担忧日渐增加。与此同时，白人社会被一种深深的怀旧之情所笼罩，他们怀念那些白人开拓者在澳大利亚享有至高无上地位的日子。拉索认为，怀特通过19世纪白人探险家绘制澳大利亚内陆地图的行为，使新移民与澳大利亚大陆之间的关系具体化，凭借这一行为，探

第4章 "后批判"时代的探索——新世纪澳大利亚文学批评的新趋势

险家成功地克服了存在于自己绘制的地图与新大陆地域之间的隔阂和距离（Russo，2011：9–15）。

在澳大利亚文学中启动"白色批判"同样要求我们对澳大利亚移民文学展开全面的反思。哈根在《澳大利亚文学：后殖民主义、种族主义与跨国别研究》一书中针对当代澳大利亚移民作家布莱恩·卡斯特罗（Brian Castro）的小说《候鸟》（*Birds of Passage*，1983）进行了重新解读。哈根认为，小说《候鸟》讲述了一个非英裔移民在一个全然由白人主导的澳大利亚社会的故事，在这个故事中，一个身处澳大利亚社会边缘的移民竭力在不同文化之间往返，而澳大利亚白色当局在竭力捍卫"白澳"国家的同时对移民实施"白化"定位，小说字里行间随处可见一种不对等的权利关系。欧扬（O'Young）出身贫寒，他不知道自己的父母是谁，也不知道自己的祖籍是哪里，诸多的不确定让他在澳大利亚饱受白人主流社会的白眼，也备受欺凌。澳大利亚的白人主流社会称他为"澳大利亚籍的中国人"（Australian-born Chinese），英国海关工作人员称他是"该死的中国澳大利亚人"（bloody Chinese-born Australian）。欧扬拒绝接受"白色澳大利亚"强加给他的生活规则和文化习惯，他同时觉得自己不明不白的出身也给了他拒绝接受传统种族和国家身份的理由。面临身份危机，欧扬在罗云山留下的日记中寻求答案，但他很快发现罗云山零星的日记好像并不能帮助他构建一个清晰的身份。小说《候鸟》中安排了一个巧妙的细节：法国符号学家罗兰·巴特（Roland Barthes，1915—1980）与欧扬在火车上不期而遇，然后很快离去，哈根认为小说家的这一巧妙安排说明了一个道理，即对欧扬来说，罗云山的日记充当了巴特所谓的"符号裂隙"（fissure of the symbolic），这种"裂隙"能够让他有机会了解到一个完全不同的符号体系，当然，巴特的"符号裂隙"也可能意味着意识形态的断裂。欧扬清楚地意识到罗云山日记中记载的内容并不属于他，罗云山的日记也不能帮助他摆脱身份危机，要在一个白人至上主义盛行的社会中生存下来，明智的做法是抛弃历史，通过一种策略性的失忆来彻底改变自己的出身。欧扬最终在罗云山日记的裂隙中、在白人主流社会赋予他的形形色色的不同界定之间找到了自己的位置，虽然这一位置只能是暂时的，富有争议的，欧扬的努力无疑令人尊重（Huggan，2007：133）。

作为一种从土著文学中衍生而出的批评范式，"白色批判"对土著作家的创作表现出了格外的关注。哈根在他的《澳大利亚文学：后殖民主义、种族主义与跨国别研究》一书中通过两个具体的个案向我们展示了澳大利亚白人主流社会对于土著文学的全面误读。其一是赛利·摩根（Sally Morgan）的《我的地方》（My Place，1987）；其二是金姆·斯科特（Kim Scott）的《明天的希望》（Benang，1999）。哈根指出，《我的地方》和《明天的希望》以不同的写作样式讲述了两个"被偷的一代"（the Stolen Generation）土著澳大利亚人的故事。但是，这两部作品出版以后一度被白人批评家视为最普通的"土著生命故事"（Aboriginal life-stories），有的批评家甚至将它们说成是土著与白人间实现种族和解的故事，然而《我的地方》和《明天的希望》真的是土著生命故事和种族和解故事吗？哈根对此给予了否定（Huggan，2007：100–101）。

在一篇题为《土著主权与亚历克西斯·赖特的〈卡彭塔利亚湾〉中的白色危机》（"Indigenous Sovereignty and the Crisis of Whiteness in Alexis Wright's *Carpentaria*"）的文章中，安·布鲁斯特（Anne Brewster）指出，只有承认土著主权，颠覆白人霸权才会成为可能，主张土著主权在一定程度上意味着展开关于澳大利亚白人民族他者化的讨论。布鲁斯特认为，赖特通过讽刺的方式实现了白色的陌生化，揭露了当代移民国家的身份危机以及白人统治的无效性。《卡彭塔利亚湾》中白人的危机首先体现在德斯珀伦斯（Desperance）镇上一群自欺欺人的白人男性身上，如市长斯坦·布鲁泽（Stan Bruiser）、警察特鲁思福尔（Truthful）和新来的办事员利比·凡伦斯（Libby Valence），而被海水冲上岸的埃利亚斯·史密斯（Elias Smith）使白人的身份危机更加明显。埃利亚斯·史密斯的种族身份并不明确，但可以确定的是，他并不是盎格鲁–凯尔特人。镇上的白人将史密斯的到来看作白人殖民的重演，而将史密斯与圣诞老人并置突显了澳大利亚白人文化的物质性，布鲁斯特认为，这种物质性依托的全球资本扩张与不加限制地利用自然资源，与土著世界观形成了鲜明的对比。《卡彭塔利亚湾》中的土著主权有效地消解了文明的殖民逻辑，嘲讽了帝国主权，并击破了白人关于他们属于这片土地的神话。镇上的白人像埃利亚斯·史密斯一样经受着记忆缺失的困扰，他们无法确认自己的血统但拼命地想要保有自己的白人身份。史密斯很

第4章 "后批判"时代的探索——新世纪澳大利亚文学批评的新趋势

快以"新澳大利亚人"的身份确立了他在镇上的地位,但最终他发现自己仍然徘徊在镇上那个封闭的白人圈子之外(Brewster,2010:92-96)。

从土著文学中衍生而来的澳大利亚"白色批判"从很多意义上说,仍是一种当代澳大利亚后殖民文学批评的一部分。作为后殖民理论的一部分,"白色批判"代表了当代澳大利亚文学批评理论建构的最新前沿,它的出现为我们解读各种文学作品提供了一个崭新的视角。立足"白色批判"重读澳大利亚白人文学,读者可以重新体味传统澳大利亚文学创作中不为人知的白人至上主义思想,加深对于澳大利亚社会的认识与了解;立足"白色批判"解读澳大利亚的移民文学,读者可以更多地了解生活在白人主导的澳大利亚主流社会压力下的非白人移民普遍经历的认同危机;立足"白色批判"解读澳大利亚土著文学,读者可以深入体会当代澳大利亚土著民族至今依然面临的殖民压迫,以及他们为谋求土著主权和民族解放而进行的斗争。不过,"白色批判"的激进锋芒已经吸引了不少白人理论家的关注,更受到了白人批评界的苛责,在这样的苛责面前,"白色批判"在澳大利亚批评界能坚持多久,值得大家关注。

作为新世纪澳大利亚文学批评的关键词,数字、跨国、认知和"白色批判"具有鲜明的时代特色,特别是前三个关键词更反映了澳大利亚文学希望与欧美文学批评持续同步发展的意愿。从方法论上看,数字技术条件下澳大利亚文学研究遵循着一种新经验主义,新经验主义者认为,人文科学和自然科学不是分属两个世界的两种文化,文学研究应该努力寻求一种科学方法,努力追求文学研究和科学方法的完美统一。澳大利亚新经验主义的文学研究由于大力采用最新的现代技术,在较短的时间内形成了自己的方向,取得了一批重要的成就(Bode & Dixon,2009:1-2)。跨国的澳大利亚文学研究展示了一种开阔的视野和悠远的历史意识,把澳大利亚文学与世界各国文学放在一起考察,也就很自然地与当今世界文学研究实现了对接。新崛起的认知文学批评从美国认知文学批评中获得了灵感,聚焦文学中的情感问题让当今澳大利亚文学批评赶上了世界。

学术研究范式的改变取决于材料、观念和方法的改变,其中材料的积累和发现是最为重要的,在"理论"消退之后,只有重建文献的基础才能真正实现对于现实的超越。要真正了解当代澳大利亚文学批评中的新经验主义与"理论"的关系,我们不妨再看一看迪克逊等人提出的"多资源性阅读"的概念。所谓"多资源性阅读",是一种以新技术、新史料、新科学和新视角武装起来的阅读方式,一种带着丰富资源因而比以往任何时候都可能更加智慧的阅读方式。迪克逊等人用"多资源性阅读"来概括这样一种方法非常准确地把握住了这一崭新的文学批评方向的特征,按照这样的概括,当代澳大利亚文学批评中的"多资源性阅读"无疑已经成为一种新的范式。这种范式努力通过调动实证的经验研究方法和由数字技术带来的电子档案革命带来的无限潜能,对之前"理论"主导下的文学史和文学批评留下的遗产进行修正,同时在新范式基础上形成新的文学史写作方法和文本阅读方法。"多资源性阅读"于新世纪的澳大利亚文学批评而言意味着与时俱进,生活在21世纪的今天,人类增加了帮助我们更加全面认识事物的技术、科学、设施和视角,在这样的一个时代,澳大利亚批评家们努力要求自己从相对狭隘的新批评文本"细读"和更加纠结的"理论"解构中走出来,重新将文学置于它曾经存在其中的大社会文化语境中,"带着一定的距离去阅读",这种距离意味着丰富的信息和精确的计算方法(Bode & Dixon,2009:8-9)。作为一种文学阅读的方法,它在20世纪文学批评基础上重新建构起来的务实的文学批评是全新的,为新时期的澳大利亚文学批评开启了新的方向。

第 5 章
自省中的跨越
——新世纪新西兰文学批评的新趋势

新西兰文学的历史不长，但是 20 世纪初期，凯瑟琳·曼斯菲尔德（Katherine Mansfield）在文坛的出现，让新西兰文学扬名世界。在曼斯菲尔德之后，新西兰文学不断进步，至 20 世纪 80 年代，已然形成规模。相比之下，新西兰文学批评的历史较短。如果将 E. H. 麦考密克（E. H. McCormick）的《新西兰的文学与艺术》（*Letters and Art in New Zealand*，1940）当作新西兰文学批评史上的第一部著作，那么新西兰的文学批评迄今为止刚刚走过 80 多年。事实上，在 20 世纪 60 年代之前，关于新西兰文学的评论文章很少，偶尔一见的几篇书评和短文要么是基督城出版社（The Christchurch Press）的图书宣传，要么是《聆听者》周刊（*Listener*）和《登陆者》季刊（*Landfall*）上的花边文章。进入 20 世纪 60 年代，这种情形随着新西兰大学的四个学院分裂为四所独立的大学而发生了改变，随着众多的大学文学教师和文学评论家的到来，文学研究和文学评论得到了长足的发展，在此推动下，新西兰文学批评随之得以开始了缓慢的发展。20 世纪 90 年代，新西兰文学发生了一些显著的变化，不少大学开始开设大学创意写作班（creative writing programs），部分学校更是开设了集创作教学和文学出版为一体的创意写作班，例如维多利亚大学的 ENGL252 写作班联合维多利亚大学出版社及其文学杂志《娱乐》（*Sport*），形成了一条较完整的文学生产线。年轻作家只要进入该课程班学习写作，就能尽快地发表自己的作品，这样的流水线操作直接导致了文学创作的机构化、程式化和专职化，它与资本化的市场运作联手冲击了传统的新西兰文学创作，招致了不少批评的声音。不过，从创意写作班的流水线上"产出"的作家们，运用从老师那里学来的最新的文学手法积极从事后殖民的文学写作，频频斩获国内和国际大奖，也获得了广泛认可。这一文学现象的出现，给 20 世纪末的新西兰文坛提出了一个不小的难题：如果未来的新西兰作家都这样培养，那么未来的新西兰文学会怎么样？新西兰的文学评论家认识到，新西兰文学的最新动向是全球化时代的产物，面对全球化时代新西兰文学的这种新态势，他们自问，新世纪的新西兰文学应该向何处去？新世纪的新西兰文学批评应该扮演怎样的角色？新西兰文学批评应当何去何从，是回归民族主义，还是融入全球化的浪潮之中构建出属于自己的文学批评范式？对于这些问题，新西兰批评界虽并未给出统一的答案，但是他们积极探索的步伐已经开启。近 20 年来，新西兰文学批评界佳作频出，至少在新西兰的文学身份的自省、文学体制的研究、文学的跨国比较研究和文学的跨学科研究四个方面开启了不少有益的尝试，其研究成果引发了广泛的关注。本章结合以上四种新趋势对新世纪以来的新西兰文学批评走向进行评述。

5.1 文学身份的自省

2000 年，新西兰批评家帕特里克·埃文斯（Patrick Evans）在一篇题为《惊人的婴儿：新西兰小说的全球化》（"Spectacular Babies: The Globalization of New Zealand Fiction"）的文章中指出，20 世纪 90 年代以来，"新西兰文学跨越了后殖民时期，进入了全球化时代"（Evans, 2000: 94）。这一时代的两个决定性特征是"作家角色的职业化和本地小说的商品化"，信息化、视觉化、市场化等晚期资本主义文化对新西兰文学传统的颠覆与冲击远胜于过去的任何时代，对依托于后殖民写作所建构的向心的新西兰民族文学形成了反拨。埃文斯以新西兰经典作家曼斯菲尔德为例进一步指出，在全球化的出版环境的影响下，新西兰文学似乎总是在眺望一个更大的世界，虽然少年的曼斯菲尔德拥有"天赋"和"独创性"，但她觉得，如果要成为一个成功的作家，就必须进入欧洲现代主义的文学圈子才能进行专业写作；20 世纪 90 年代以来，新西兰文学进入全球化时期之后，新的全球化环境让很多新西兰作家更加坚定地认为，要获得文学上的成功就必须从新西兰走出去，局限在新西兰

第 5 章　自省中的跨越——新世纪新西兰文学批评的新趋势

独特的地域和民族身份之中对于自己的文学创作有百害而无一利。埃文斯针对新西兰文学在新时期出现的问题提出的反思，在新西兰文学批评界引发了广泛的讨论（Evans，2000：94）。

新世纪的新西兰文学究竟应该向何处去？针对这个问题，艾琳·默瑟（Erin Mercer）在《跟辣妹组合一样真实：21 世纪新西兰文中的身份表征》("As Real as the Spice Girls: Representing Identity in Twenty-first Century New Zealand Literature") 一文中表示，艾伦·科诺（Allen Curnow）在 20 世纪中期敦促艺术家为创建一个与英国明显不同的岛国而更多地关注本地而具体的生活以来，新西兰文学中的身份问题就一直与真实密不可分。然而，近期的作家们，尤其是他们在世纪之交之后推出的作品中，越来越多地质疑与身份相关的"真实性"意味着什么。默瑟以宝拉·莫里斯（Paula Morris）和埃莉诺·卡坦（Eleanor Cattan）等作家为例指出，在很多当代的新西兰作家心目中，"身份不是固有的或真实的，而是构建和表演的"（Mercer，2010：99）。默瑟的这一论断一经提出就引发了新西兰文学批评界的广泛关注和质疑。2019 年，《新西兰文学研究杂志》（Journal of New Zealand Literature）在当年第一期中连续刊登两篇关于曼斯菲尔德文学身份的文章。其中，汤姆·麦克莱恩（Tom McLean）的《怀疑与定居者文学：解读凯瑟琳·曼斯菲尔德》("Suspicion and Settler Literature: Readings of Katherine Mansfield") 一文指出，新西兰文学研究中对于曼斯菲尔德文学身份的界定存在着"阅读不足"（underreading）的问题，即"人们倾向于把作家视为一种集体身份的表达"（McLean，2019：9），他认为，不少新西兰文学批评家对于曼斯菲尔德文学身份的假定令人怀疑。简·斯塔福德（Jane Stafford）在她的《凯瑟琳·曼斯菲尔德读过新西兰文学吗？》("Did Katherine Mansfield Read New Zealand Literature?") 一文中也对默瑟的文章进行了回应，她认为，将曼斯菲尔德简单地理解成新西兰作家十分可疑，因为从阅读经验层面出发去思考曼斯菲尔德的文学身份，读者不难看出曼斯菲尔德的跨国特征。

总体而言，批评家们对于全球化背景下的当代新西兰文学的民族身份和本土特色仍然保留着浓厚的兴趣，在不少人看来，虽然文学写作趋向于全球化，但这并未影响批评家对于民族身份的关注，纵观近年来的新西兰文学批评，新西兰的民族认同和身份建构仍是新西兰文学研究中关注的重点。当然，这种民族化的回归和关注不是简单的对于旧的民族身份的认可和民族精神的宣扬，而是在全球化新语境下做出的适时的调整，是对全球化视阈下的民族、种族和阶级进行的重新审视。2015年，新西兰毛利作家维蒂·伊希马埃拉（Witi Ihimaera）在新西兰图书委员会（New Zealand Book Council）上发表了题为《新西兰文学正向何处去？》（"Where Is New Zealand Literature Heading?"）的演讲。他在演讲中指出："新西兰文学仍然存在，但……它已经不是你我所知道的新西兰文学了。"历史上决定新西兰写作的两大原则是"民族主义和个人主义"，直到20世纪90年代，这两大原则的主要任务一直是创作关于新西兰和我们作为新西兰人身份的民族文学，但是当代的新西兰文学已经进入作家写作的新阶段，作家的书写不再被民族主义写作范式所束缚，即使是毛利作家，他们的写作方式也与前几代人不同。伊希马埃拉延续了埃文斯关于"全球化阶段"的论断，指出当代毛利作家讲述的是"他们是谁，而不是他们是什么"。换句话说，如果将20世纪90年代至世纪之交的这个阶段看作一种分界，那么前后两个时期分别是"后殖民"和"全球化"的阶段，新西兰文学中的"新西兰化"或"去新西兰化"倾向表现得相当明显。在"后殖民阶段"，毛利作家们在作品中和作品外都倾向于强调自己的民族身份和地域文化特色；而在"全球化阶段"的作家们往往不愿意把自己定义为少数族裔作家，他们倾向于淡化身份符号，以期更好地融入全球化的潮流之中。伊希马埃拉在演讲中表示，"不愿放弃那个伟大的新西兰计划"而完全融入全球化的浪潮之中，也不愿"基于我们地区的历史和我们地区的人民"创作作品以便重回民族主义的创作范式。他总结说，追逐全球化的毛利作家"无法承担烧断毛利民族主义桥梁的代价"，所以当代新西兰文学或可同时兼具全球化和本土化的混杂性特征（Ihimaera, 2015: 9-30）。他的这一观点与迪特·里门施耐德（Dieter Riemenschneider）在《当代毛利文化实践：从双文化主义走向全球本土文化》（"Contemporary Maori Cultural Practice: From Biculturalism Towards a Glocal Culture"）一文中提出的观点不谋而合。里门施耐德以毛利文化实践为切入点，将这种文学研究的趋势总结为"文化全球本土化"，即让"全球化连接'家''社区'和

第5章　自省中的跨越——新世纪新西兰文学批评的新趋势

'地方'的重建"。长期以来，新西兰一直被认为是一个双文化国家，毛利文化和欧洲文化保持着一种微妙的"平衡"；但是，随着新西兰本身越来越国际化，大量的新移民使得多元文化的概念逐渐取代"欧洲—毛利"的二元文化。民族文化的概念也在随之悄然改变。里门施耐德指出，全球化趋势下的毛利文化实践应当选择一条"本地的全球化"特征，而我们在"阅读毛利作品时遇到的各种文化建构也表明了它们的全球本土化维度，以及它们在全球化进程中的嵌入性"（Riemenschneider, 2001: 140-141）。伊希马埃拉与里门施耐德的文章不仅展示了"全球本土化"趋势在毛利文化实践中的积极效用，也提出了新西兰文学的混杂性建构在当代新西兰文学中的实际功用。

有的批评家认为，新西兰除了是一个前殖民地国家之外，还是一个太平洋岛国、一个大洋洲国家、一个亚太地区的国家，这一区域性的身份让新西兰文学探究自身身份多了一个选择。2007年，牛津大学出版社推出"牛津后殖民文学研究丛书"（The Oxford Studies in Postcolonial Literatures Series）[1]，该丛书后来出版了一系列关于后殖民文学的研究著作，"旨在介绍迅速多样化的英语后殖民文学研究领域内的权威话题、关键体裁和地区"。其中，米歇尔·基翁（Michelle Keown）的《太平洋岛屿写作：新西兰和大洋洲的后殖民文学》（Pacific Islands Writing: The Postcolonial Literatures of Aotearoa / New Zealand and Oceania, 2007）将新西兰文学与大洋洲文学之中的后殖民书写均纳入了太平洋岛屿写作的范畴，然后对其进行文学语境层面的区域性研究。她尤其关注太平洋区域内"从18世纪晚期至今的一些主要文学和社会政治趋势以及该区域内的相互关系"（Keown, 2007: 1）。

格雷厄姆·哈根在其《后殖民的异域情调——营销边缘》（The Postcolonial Exotic: Marketing the Margins）一书中将前殖民地国家的文学置于区域化的研究视角之下，他关注后殖民书写背后的资本及市场运作，深入探究了后殖民书写研究背后更深层的话语意图。以新西兰为例，新

---

[1] 该"牛津后殖民文学研究丛书"出版图书包括：Graham Huggan 的 Australian Literature: Postcolonialism, Racism, Transnationalism; Michelle Keown 的 Pacific Islands Writing; Stephanie Newell 的 West African Literatures; Rajeev S. Patke 的 Postcolonial Poetry in English; Priyamvada Gopal 的 The South Asian Novel in English 等。

西兰以前的小说创作与当代小说创作的重要区别在于后者越来越制度化和商业化，而商业化常常使得小说家与作品在身份定位上发生一些显著的变化，换句话说，在商业化的体制当中，文学作品的成功往往依赖于作者对于自我的后殖民身份的塑造，同时作品的成功又会进一步催化这种塑造进程。形式代替内容，结果是具有后殖民异域情调的作者形象使得小说本身的内容黯然失色，作品原始的独特性在商业化的过程之中被抹去了，而作者却能斩获各种大奖，成为世界知名作家中的一部分，不过，这些作品大多有一个共同的归宿，那就是成为各自区域后殖民情调的代表。哈根将新西兰文学纳入前殖民地国家的文学考察区域之中进行审视，他指出，如何摆脱这种具有强烈帝国凝视的叙述范式是当代新西兰文学，乃至所有当代前殖民国家文学面临的同样的难题，也是当代新西兰文学研究需要解决和讨论的关键问题。

《新西兰文学研究杂志》在2020年第二期出版了关于凯瑟琳·曼斯菲尔德的研究专刊——《凯瑟琳·曼斯菲尔德——呼吸的礼物》（*Katherine Mansfield: The Gift of Breath*），该专刊中收录了一篇来自中国学者黄强（Qiang Huang）的题为《〈转动白瓷门把手〉：凯瑟琳·曼斯菲尔德与中国》（"'Turning the Big White China Door Handle': Katherine Mansfield and China"）的文章。这是《新西兰文学研究杂志》创刊以来为数不多的几次收录中国学者的文章，体现了当代新西兰文学研究界的亚洲转向。将新西兰文学置于亚太地区的语境中进行考察，无疑展现了全球化视域下新西兰文学研究的另一个区域性的新尝试。全球化时代的新西兰文学是否要坚守本土的民族身份？新世纪的文学批评家给出了不同的答案。有人认为，新西兰文学应该从其固有的双重传统中汲取养分，在全球化的视阈下重新审视民族化和本土化，主张尝试一种不同于单一全球化视阈的混杂性视角。有的批评家则认为，新西兰文学除了属于新西兰之外，还是大洋洲、太平洋等区域文学的一部分，将新西兰文学置于这些区域之中，对于思考新西兰文学在新时代的定位具有深远的意义。在后者看来，作为全球化的产物，新西兰文学并不一定要自我局限于对于民族身份和本土传统的探究，将新西兰文学置于区域文学之中去考量，对于拓展新西兰文学的意义大有裨益。

第 5 章 自省中的跨越——新世纪新西兰文学批评的新趋势

5.2 文学体制的研究

　　新世纪的新西兰文学批评对于自己的文学体制表现出了前所未有的关注，这种关注与周边其他国家文学批评的影响有着一定的关系。从 20 世纪 80 年代末开始，澳大利亚不少批评家开始推动对于文学体制的研究，例如戴维·卡特与吉莉恩·维特洛克连续发表多篇文章，阐述一种完全有别于传统文学批评的文学体制研究方法。他们指出，批评家们在进行文学研究时应挣脱传统文学批评的束缚，不再局限于某一两个文本和某几个作家，而是应该将文学研究置于一个更大的场域之中进行文学社会学的考察研究，全面检讨文学的生产、出版、接受和批评的全过程。20 世纪 90 年代之后，澳大利亚的文学体制研究迅速兴起，围绕文学生产与作品出版、文学教育、文学评奖、文学译介、文学的传播与接受和文学评论等多个领域，展开了一幅文学社会学研究的广阔图景。在澳大利亚的影响之下，新世纪的不少新西兰文学批评家也将注意力集中在文学体制研究这一新兴领域，近年来，新西兰文学批评界在文学出版与发行、文学评奖、文学批评与接受等三种文学体制的研究上取得了可观的成绩，拓宽了新西兰文学批评的边界。

　　新西兰文学的出版与发行是新世纪文学批评家关注的一大重点。马克·威廉姆斯（Mark Williams）于 2016 年出版的《新西兰文学史》（*A History of New Zealand Literature*）中收录了克里斯托弗·希利亚德（Christopher Hilliard）撰写的《粗糙的建筑师——新西兰文学及其体制从〈凤凰〉到〈陆地〉》（"Rough Architects: New Zealand Literature and Its Institutions from *Phoenix* to *Landfall*"）一章。在这一章中，希利亚德追溯了新西兰文学杂志从《凤凰》（*Phoenix*）到《陆地》（*Landfall*）的发展过程及其与新西兰民族文学之间的关系，力图解码新西兰文学传统的形成与文学出版和发行体制之间的关系。希利亚德在文中援引了威廉·彭伯·里夫斯（William Pember Reeves）在其诗歌《花园中的殖民者》（"A Colonist in His Garden"）之中提出的观点，他指出，"文化和开拓是两个非此即彼的概念，作为政策制定者和倡导移民社会国家干预的理论家，里夫斯敏锐地意识到，不能指望市场和公民社会来推动一个小殖民地文学的进步"，"20 世纪 30 年代之前，商业出版公司和期刊未能为新西兰文学的发展提供基础,这也是三四十年代的'文化民族主义者'对于当时的新西兰文学现状所做的批评之一",在民族主义时期之后,"国家文学基金已经到位,地方公司出版了大量的新小说和诗歌",这些均得益于这一时期文学杂志对于文学作品的筛选、出版与发行等的促进作用,以及其对于文学传统的塑造。希利亚德全面考察了一系列文学杂志和出版机构与民族化文学传统之间的关系,他最后强调,"对这一时期的文学史来说,更重要的是作家创立的机构,尤其是从 1932 年开始的《凤凰》杂志到 1947 年达到顶峰的《陆地》杂志的经营"(Hilliard,2016:138)。2020 年,帕洛玛·弗雷斯诺·卡莱贾(Paloma Fresno-Calleja)和珍妮特·维尔森在《后殖民写作研究杂志》(*Journal of Postcolonial Writing*)上发表了《新西兰文学与全球市场》("New Zealand Literature and the Global Marketplace")一文,文章回顾了 20 年前埃文斯在《惊人的婴儿:新西兰小说的全球化》一文中针对新西兰小说的全球化视阈进行的讨论。然而,她们更加关注的焦点是新西兰的文学体制,她们的文章重点讨论的内容包括文学写作、身份操演、文学出版、教学和营销等实践和策略。两位作者表示,写作这篇文章的宗旨在于"反思在当代新西兰的作家、评论家或出版商在多大程度上抛弃了那些对新西兰在殖民和后殖民时期的身份定义、发展以及文化表达等至关重要的国家和地区标签,从而受益于移民、全球化和跨国主义带来的文化流动;或者相反地,为了抵制全球文学市场的商品化而被重新贴上标签",她们认为,在新的时代,有必要对新西兰文学和全球出版市场之间的关系进行研究(Fresno-Calleja & Wilson,2020:147)。

虽然文学体制研究是一种较为宏观的社会学的研究方法,是在传统文学研究的"边缘处所做的文章",是将文学置于更大的文学社会学网络之中对文学进行的全面检视与考察,但是这种宏观的研究方法同样适用于针对经典作家的考察,为新西兰经典文学的研究注入新的活力。珍妮·麦克唐纳(Jenny McDonnell)在《凯瑟琳·曼斯菲尔德与现代主义市场:听凭公众摆布》(*Katherine Mansfield and the Modernist Marketplace: At the Mercy of the Public*,2010)一书中,就曼斯菲尔德是如何在现代主义市场之中通过文学书写来塑造自己身份的问题进行了深入探究。麦克唐纳将曼斯菲尔德定位为一个受市场支配的现代主

第 5 章　自省中的跨越——新世纪新西兰文学批评的新趋势

义作家，她认真研究了出版市场与曼斯菲尔德的文学书写之间的关系，为曼斯菲尔德的经典作品重读开辟了新的研究维度。麦克唐奈援引劳伦斯·雷尼（Lawrence Rainey）在《现代主义的体制》（*Institutions of Modernism*）一书中提出的体制模型，针对曼斯菲尔德的文学生产进行了分析。她认为，曼斯菲尔德的创作"以文学现代主义与市场接触的三种形式中的两种形式出现，是一种生产和出版的三方体系，包括期刊、私人和商业出版"。同时，麦克唐纳通过对曼斯菲尔德部分短篇小说进行的细致入微的分析，为读者更好地理解这些短篇小说的丰富内涵提供了视角，此外，她将这些短篇小说的解读与这些小说在曼斯菲尔德职业生涯轨迹中所处位置进行了戏剧化的联系与观照，为经典作品的重读注入了新鲜的血液（McDonnell，2010：104）。2019 年，克里斯·莫兰特（Chris Mourant）以《凯瑟琳·曼斯菲尔德与期刊文化》（*Katherine Mansfield and Periodical Culture*）为题出版专著，在该书中，莫兰特集中研究了文学期刊之于曼斯菲尔德的文学成长的关系。他表示，希望"捕捉杂志和期刊丰富、多声音和复杂的本质……将曼斯菲尔德的作品置于与其他人作品的对话中，并检视这些作品在本质上是如何受到其首次出版的特定语境的制约的"（Ferrall，2019：197），她的研究为文学体制视阈下的曼斯菲尔德研究提供了新的思考。

从 20 世纪开始，新西兰文学开始逐步形成自己的文学奖励制度。2020 年，宝拉·莫里斯在《后殖民写作研究》杂志上发表了《"帝国的剩余物"：英联邦作家和布克奖》（"The 'Leftovers of Empire': Commonwealth Writers and the Booker Prize"）一文，该文以英国布克图书奖为例，研究了英联邦国家，尤其是其中的前殖民地国家在英语世界的文学评奖体系中的尴尬地位。创建于 1969 年的英国布克奖如今已经成为世界文坛中最具影响力的文学奖项之一，半个世纪来，该奖项因为聚焦文学成就本身而进行评奖的特点广受赞誉。在一段时间里，布克奖的评奖对象一直是英国、爱尔兰、澳大利亚、加拿大、新西兰等英联邦国家的新生代作家，但在 2014 年，布克奖却突然宣布将获奖机会同样开放给美国作家，并在 2014 年和 2015 年连续两年将奖项颁给了美国作家。消息一出，引发了除英国以外的英联邦国家文学界以及文学批评界的广泛关注。莫里斯指出，"国际英语小说奖不仅将大多数英联邦作家排除在外，还延续了一种文化优越感和权威的殖民叙事，为了获得'国际'认可，不少地方的作家贬低自己所在地区的图书奖；同时，人们对英语图书界的政治和商业因素、伦敦和纽约出版业持续的市场主导地位，以及对重视非土著叙事和散居文学而非本地英语出版界的文化影响了解得太少，英联邦国家的作家——尤其是原住民作家——进入评奖体系的障碍包括向英国出售版权，以获得'国际'奖项的准入资格。对美国作家获得布克奖的强烈反对表明，英国出版商和作家都认为，英联邦国家的作家在以英语为母语的作家中远远地排在英美之后的第三位，很容易被遗忘，被排除在出版名单、奖项争夺和评审团之外"（Morris, 2020: 261）。

除了探讨国际文学奖项评奖与新西兰文学之间的关系之外，当代新西兰文学批评家同样关注本土评奖体系的建构与发展。目前，新西兰文坛两个知名度比较大的文学奖项分别是奥卡姆新西兰图书奖（Ockham New Zealand Book Awards）和总理文学成就奖（Prime Minister's Award for Literary Achievement）。其中，奥卡姆新西兰图书奖是新西兰国内颁发给新西兰作家所写书籍的最高文学奖项，其前身为成立于1968年的瓦蒂图书奖（Wattie Book Awards），也被称为蒙大拿新西兰图书奖和新西兰邮政图书奖，该奖项包含小说奖、诗歌奖、插图非小说奖和一般非小说奖四部分。总理文学成就奖是由新西兰前总理海伦·克拉克（Helen Clark）发起的新西兰国家艺术发展机构"新西兰创意艺术委员会"（Creative New Zealand）于2003年设立的一个新西兰本土文学奖项，旨在奖励对新西兰文学具有突出贡献的新西兰文学家，小说、非虚构和诗歌三个类别每年分别有一位获奖者。两个奖项均是新西兰文学领域的重要奖项，但在侧重点上略有不同，2016年，大卫·伊格尔顿（David Eggleton）先后获得了奥卡姆诗歌图书奖以及总理文学成就奖，奥卡姆图书奖称赞他的文学作品的艺术成就，总理文学奖的颁奖词不仅称赞了他文学作品的成就，更表彰了其职业生涯对新西兰文学研究的多维贡献。两个奖项充分反映了当今新西兰文学的多层域价值评估体系，也从一个侧面体现了新西兰文学批评的体制化转向。

在新西兰的文学体制中，文学批评与接受也是一个备受关注的焦点。20世纪90年代以来，关于新西兰文学批评史和新西兰文学批评

第 5 章 自省中的跨越——新世纪新西兰文学批评的新趋势

传统的研究不断涌现。除了关注不同体裁、品类的新西兰文学之外，尤金·本森（Eugene Benson）和 L. W. 康诺利（L. W. Conolly）编著的《后殖民英语文学百科全书（第 2 版）》（*Encyclopaedia of Postcolonial Literatures in English,* 2nd ed., 2005）对新西兰文学的批评史给予了较多的关注。作为新西兰文学的重要体制之一，当代新西兰文学批评对于自身有着高度的自觉，其中，约翰·汤姆森（John Thomson）以《文学批评（新西兰）》["Literary Criticism (New Zealand)"] 为题撰写的文章回溯了新西兰文学批评的发展和演变，站在世纪交替的时间节点上对新西兰文学批评做了批评史层面的回溯和综述。2007 年，詹姆斯·史密斯（James Smithies）在《英联邦文学杂志》上发表的《寻找真实的情感声音：肯德里克·史密斯曼和新西兰的新批评，1961—1963》（"Finding the True Voice of Feeling: Kendrick Smithyman and New Criticism in New Zealand, 1961-1963"）一文深入梳理了新西兰文学的批评传统。他指出，史密斯曼在 1961 年至 1963 年从"新批评"的视角出发撰写了一系列关于"战后新西兰诗歌"的文章，并发表在边缘期刊《伙伴》（*Mate*）上，这些文章提出了完全不同于艾伦·科诺、E. H. 麦考密克和比尔·皮尔森等新西兰主流批评家看待新西兰文学的新方法，最终被扩展为唯一一部完整地研究新西兰诗歌的作品——《一种说法》（*A Way of Saying*, 1965），为新西兰的文学批评传统做出了重大贡献。史密斯肯定了史密斯曼在文学批评传统建构上的重要作用，从文学体制研究的视角重新考察了史密斯曼在新西兰文学批评史上的地位。在文学接受研究层面，汉娜·帕里（Hannah Parry）和西蒙·帕利斯（Simon Perris）在其合著的《新西兰文学中的古典接受：导论及阅读清单》（"Classical Reception in New Zealand Literature: An Introduction and Reading List"）一文中关注了新西兰文学对于西方古典文学接受的历史，指出新西兰文学"提供了一个独特的、规模可控的、支持广泛的多样性的生态系统"，在这个双文化、后殖民、后古典的生态系统中，西方古典文学长期以来仍然是新西兰文学界的一股重要力量。帕里和帕利斯认为，鉴于新西兰是世界上最晚被殖民的主要宜居地，也是唯一一个在欧洲帝国与新西兰土著人民之间建立了事实上的协议关系的现代民族国家，新西兰成了研究古典文学和传统西方文明传播，以及在双文化框架下对这些传统的"全球本土化"接受的重要研究案例,在新西兰文学中,这样的案例无疑是具有重要意义的现象,值得细读和全景化的研究和考量(Parry & Perris,2019:159)。

5.3 文学的跨国比较研究

新世纪新西兰文学批评的另一个显著趋势是它的跨国比较研究。作为一种前殖民地文学,新西兰文学从一开始就具有明显的跨国化特征,也就是说,新西兰的文学活动从来没有被局限在这个小小的南太平洋岛国的疆域之内。20世纪90年代之前,由于新西兰国内文学出版资源的匮乏和文学体制的不完善,新西兰文学作品大多由英美出版商在海外出版,新西兰作家或旅居英美,或因斩获国际写作奖项而崭露头角,所以频繁活动于英美文学界。20世纪90年代以来,新西兰文学中的跨国特征并未消失。虽然这一时期的新西兰逐渐形成了自己的出版机构和文学奖项,评奖体系也趋于完整,但是这些出版机构多是英美出版商的分支机构,其对于新西兰文学的筛选始终带有着西方的优越感和殖民主义的眼光。此外,新西兰本土奖项的角逐并不是新西兰作家的主要关注点,在新西兰作家心中,英国的布克奖明显更有价值。随着全球化时代的到来,外来的文学思想、全球化的市场经济、英美出版商的口味偏好以及国外文学奖项的评奖体系继续深刻影响着新西兰的文学生产、文学出版和文学评价的全过程,新西兰文学的跨国化特征在全球化时代也得以延续和深化。因此,面对全球化背景下新西兰文学的跨国特征,新西兰文学批评界对于如何考察和处理新西兰文学中的跨国性特征涉及的一系列问题给予了很多关注。例如,新西兰文学与后殖民文学之间有着怎样的关系?新西兰文学与其他英语国家的文学之间有着怎样的关系?新西兰作家的跨国经验与其文学书写之间又有着怎样的关系?

当代新西兰文学研究的重点之一在于探讨新西兰文学与其他后殖民文学之间的关系。例如,玛杰丽·费(Margery Fee)1997年发表的《口头写作——北美、澳大利亚和新西兰土著作家的英语文学解读》("Writing Orality: Interpreting Literature in English by Aboriginal

第 5 章 自省中的跨越——新世纪新西兰文学批评的新趋势

Writers in North America, Australia and New Zealand")一文立足比较研究的视角,关注前殖民地国家的土著口头文学传统在后殖民写作中的重要地位,并将不同国家的土著口头文学传统进行对比分析。2010 年,艾莉森·拉德(Alison Rudd)在其《来自加勒比海、加拿大、澳大利亚和新西兰的后殖民哥特式小说》(*Postcolonial Gothic Fictions from the Caribbean, Canada, Australia and New Zealand*)一书中重点研究了后殖民时期小说中哥特风格的重要性和影响范围。拉德从澳大利亚、新西兰、加拿大和加勒比海的英语国家选取并重读了很多通常不被认为是哥特式风格的作品,将新西兰哥特式小说与澳大利亚、加拿大等前殖民地国家的哥特式小说进行对比研究,认为"哥特研究能够为传统帝国主义的文本打开新的视角"(Rudd,2010:22)。值得注意的是,不同于前文探讨的区域化研究中更强调对于文学书写的整体把握和同质化研究,费和拉德的研究将新西兰文学中的后殖民书写与其他后殖民书写进行对比,以期对不同国家的后殖民书写实践进行对比分析和差异性把握,从而避免在文学批评之中带有后殖民主义理论批判的东方主义残留。

除了关注新西兰文学与其他后殖民文学之间的关系之外,当代新西兰文学批评中的跨国比较研究也关注新西兰文学与其他英语国家文学之间的关系。以对曼斯菲尔德的研究为例,新世纪以来,新西兰文学批评界对于曼斯菲尔德这一经典作家的关注从未衰减,其中一个重要的研究趋势就是对于曼斯菲尔德与包括英国在内的其他英语国家作家(如英国作家、非洲作家及加勒比海作家)的跨国比较。2014 年,简·纳丁(Jane Nardin)在《凯瑟琳·曼斯菲尔德和简·里斯小说中的受害者和受害者》("Victims and Victimizers in the Fiction of Katherine Mansfield and Jean Rhys")一文中将曼斯菲尔德与英国加勒比裔女作家简·里斯进行对比研究并指出,尽管批评家们常常更关注弗吉尼亚·伍尔夫(Virginia Woolf)与曼斯菲尔德之间的艺术共性,但是简·里斯与曼斯菲尔德的经历却更加相似。纳丁通过研究里斯与曼斯菲尔德的共同经历,以及这些共同经历对其小说的影响,将她们的文学创作艺术中始终未被检视的部分进行重新审视与考察,指出"她们对受害者的态度反映了一种持续的斗争,以调和个人委屈与现代主义美学的基本要求",此外,"她们近乎平行的斗争也揭示了困扰现代主义时期女作家的一种交叉压力"(Nardin, 2014: 315)。2020年, 凯伦·德索萨(Karen D'Souza)在《促成现代主义:凯瑟琳·曼斯菲尔德和安妮塔·德赛的离散/谨慎的女性主义》("Enabling Modernisms: Discrete/Discreet Feminisms in Katherine Mansfield and Anita Desai")一文中将曼斯菲尔德与印度女作家安妮塔·德赛放在现代主义的背景下进行对比研究并指出,通过对两位看似不同的作家——曼斯菲尔德和安妮塔·德赛的比较阅读,现代主义可以被视为"一种对于20世纪初英美或欧洲艺术家圈子内的授权写作模式的超越"。这种比较研究的目的是考虑曼斯菲尔德对德赛等作家的影响,"旨在扩展现代主义写作的参数,而不是提出对曼斯菲尔德作品的新解读"(D'Souza, 2020: 59)。

新世纪新西兰的文学跨国比较研究更多地涉及具体作家的跨国经验,不少批评家在自己的评论文章中深入考察了作家的跨国经验与新西兰文学之间的关系。2015年,斯洛伐克学者詹卡·卡斯卡科娃(Janka Kascakova)与英国学者格里·金伯(Gerri Kimber)共同编辑了一部题为《凯瑟琳·曼斯菲尔德与欧洲大陆:联系与影响》(*Katherine Mansfield and Continental Europe: Connections and Influences*)[1]的论文集,该论文集共分为五个部分:(1)(文学)接受,(2)波兰与德国,(3)与其他作家的联系,(4)身份、"自我"与"家",(5)重新评价小说。批评家们以比较的视角,将曼斯菲尔德与欧洲各国作家进行了联系,重点考察曼斯菲尔德与欧洲作家之间的相互影响,有些论文介绍了曼斯菲尔德在欧洲不断旅行的经历,梳理了欧洲大陆及其艺术家对曼斯菲尔德写作的影响,另外一些论文关注"曼斯菲尔德的人格和作品的各种表现是如何继续激发许多欧洲国家的文学创作的",部分论文还研究了曼斯菲尔德个人不同作品之间的关系。该论文集中值得特别关注的一篇文章是C. K. 斯泰德(C. K. Stead)的《凯瑟琳·曼斯菲尔德和欧洲大陆的小说》("Katherine Mansfield and the Fictions of Continental

---

[1] 该论文集收录的论文包括 Gerri Kimber 的 "'That Pole outside our door': Floryan Sobieniowski and Katherine Mansfield"; Mirosława Kubasiewicz 的 "Katherine Mansfield and Stanisław Wyspiański—Meeting Points"; Angela Smith 的 "'There Is Always the Other Side, Always': Katherine Mansfield's and Jean Rhys's Travellers in Europe"; C. K. Stead 的 "Katherine Mansfield and the Fictions of Continental Europe"。

第5章 自省中的跨越——新世纪新西兰文学批评的新趋势

Europe"）。该文指出，曼斯菲尔德旅行经历丰富，与欧洲大陆之间有着紧密且复杂的关系，曼斯菲尔德作品的背景涵盖了新西兰、英国及欧洲大陆等多个地区，大多数研究曼斯菲尔德的学者和评论家都认为她的新西兰故事是她"最好的"作品，但斯泰德却对这种想当然的看法提出了严重质疑。斯泰德认为，这种想当然的论断是由于研究者们在考察曼斯菲尔德作品时"始终抱持着文学民族主义的情绪，但民族情绪在很大程度上是，或者应该是与文学批评无关的"。斯泰德将曼斯菲尔德新西兰背景的小说与欧洲背景的小说进行了比较研究，指出"在曼斯菲尔德短暂的职业生涯中，有几部小说不仅把家庭和惠灵顿抛在脑后，也把伦敦抛在脑后，似乎深深扎根于欧洲大陆，这些故事也许预示着一条崭新的道路"，斯泰德的研究重新审视了以欧洲大陆为背景的小说在曼斯菲尔德作品中之地位，为深入研究曼斯菲尔德的作品提供了新的路径（Kascakova & Kimber，2015：236）。

上述跨国比较研究的批评实践极大地改变了民族化运动以来新西兰文学的研究趋势，为当代新西兰文学研究提供了一种外向伸展的研究路径。无论是对于某一书写类型和某一品类小说的关注，还是对于曼斯菲尔德这类经典作家与其他国别的作家之间的比较研究，抑或是基于比较研究的视角对于某一作家跨国经验的考察，这些崭新的研究体现了当代新西兰文学批评在研究视角和方法上的转变。

5.4 文学的跨学科研究

在新世纪以来的新西兰文学批评之中，还有一个显著的特色是跨学科的研究，不少研究者不再局限于用纯文学的视角去解读文本，而是采取跨学科的方法，将文学研究与文化研究、历史研究、女性主义研究、情感研究等领域相结合，借用跨学科的研究视角，解码文学文本背后的意义。2004年，苏珊娜·罗曼（Suzanne Romaine）在《新西兰文学中有争议的历史观：维蒂·伊希马埃拉的〈女族长〉》（"Contested Visions of History in Aotearoa New Zealand Literature: Witi Ihimaera's *The Matriarch*"）一文中采用历史学的视角，试图挖掘隐匿在文学作品历史叙述背后的话语意图。罗曼指出:"小说作为一种写作体裁,在国家身份话语中占据着重要的位置",在国家理念的形成过程中,"小说提供了虚构的黏合剂,汇集了'英雄的过去''伟人''荣耀'等被历史学家欧内斯特·勒南称之为'社会资本'的东西",国家的理念就是在这样的叙述之中产生的(Romaine, 2004: 31)。2014 年,柯比·简·哈勒姆(Kirby-Jane Hallum)以《新西兰新女性:将英国文化人物译入殖民语境》("The New Zealand New Woman: Translating a British Cultural Figure to a Colonial Context")为题发表一文。该文立足性别研究与后殖民理论,关注殖民空间给新女性带来的压力,指出新西兰新女性心中的自由与英国女性的不同之处。哈勒姆以尤利乌斯·沃格尔(Julius Vogel)、路易莎·爱丽丝·贝克(Louisa Alice Baker)和伊迪丝·塞尔·格罗斯曼(Edith Searle Grossmann)的小说为例,考察"新女性运动的历史时刻是如何被转至新西兰语境中的"。哈勒姆认为,"从 19 世纪 80 年代末到 1910 年,上述三位作者的作品展示了一个从英国和殖民地之间和谐相处的乌托邦愿景,到驳斥殖民背景下的知识和文化限制,到最后拒绝英国,进而支持一个明确的新西兰家园"的进程,重新界定了三位作家对于新女性文学传统的贡献(Hallum, 2014: 328)。

当代新西兰跨学科的文学研究的一个重要标志是采用跨学科视角对经典作家进行重读。《新西兰文学研究杂志》在 2014 年和 2020 年先后推出了关于曼斯菲尔德的两个研究专刊,两个专刊分别被称为《凯瑟琳·曼斯菲尔德:戴面具和不戴面具》(Katherine Mansfield: Masked and Unmasked)和《凯瑟琳·曼斯菲尔德——呼吸的礼物》。在这两个研究专刊中,批评家们多采用交叉化和杂糅化的视角,对曼斯菲尔德进行了跨学科的研究,研究视角广泛涵盖心理语言学、精神分析和认知研究等多个领域,充分展示了当代新西兰文学研究在研究视角上的跨学科延伸。2014 年,约翰·霍罗克斯(John Horrocks)在《"在他们的裸体中":凯瑟琳·曼斯菲尔德、弗洛伊德和神经衰弱症在巴特沃里斯霍芬》("'In their Nakeds': Katherine Mansfield, Freud and Neurasthenia at Bad Wörishofen")一文中从精神分析的跨学科视角切入,他指出,"温泉度假小镇(spa towns)经常作为短篇或长篇小说的背景出现,而曼斯菲尔德的《在德国公寓》(In a Germen Pension)在温泉文学(Spa Literature)

第 5 章　自省中的跨越——新世纪新西兰文学批评的新趋势

之中占据着十分特殊的地位，这是由于曼斯菲尔德本人曾在 1909 年作为治愈旅客（cure guest）亲自到访过巴特沃里斯霍芬的巴伐利亚温泉（Bavarian Spa）"。一方面，由于曼斯菲尔德的个人经历，《在德国公寓》中的温泉小镇的情景设定以及"温泉疗法"（spa treatments）均作为重要的写作元素出现；另一方面，除了作为切身体验过温泉小镇的内部观察者，曼斯菲尔德也始终用批判的眼光看待温泉疗法，与同时代的弗洛伊德对于这种"自然疗法"（Naturopathic Regimen）所秉持的怀疑观点不谋而合。霍克罗斯指出，弗洛伊德认为这种"自然疗法"只能暂时地缓解神经症的症状，并不能解决问题（弗洛伊德认为神经症只是为了掩盖更严重的性问题）；而曼斯菲尔德虽然未能像弗洛伊德一样提出一些可行的"精神分析病理学"（psychopathology）方法，但她用自己独有的"讽刺处理"（satirical treatment）表明，她笔下的人物没有真正的健康问题，像弗洛伊德的病人一样，他们对于自己的性冲动也没有清晰的自我意识。霍克罗斯从温泉小镇这一情景设定出发，援引弗洛伊德的精神分析理论，从心理学的视角出发，重新考察了曼斯菲尔德的讽刺书写的作用，他关注曼斯菲尔德笔下的神经衰弱症人物与弗洛伊德的病人之间的关联，为曼斯菲尔德研究做出了跨学科层面的延伸和拓展（Horrocks，2014：121）。2020 年，朱莉·内维尔（Julie Neveux）在《呼吸的礼物》之中发表了题为《我的"许多"自我：对曼斯菲尔德作品的心理语言学和认知研究》（"My 'Many' Selves: A Psycholinguistic and Cognitive Study of Mansfield's Work"）的论文。在该文中，内维尔首先指出曼斯菲尔德对于"识别一个独一无二的自我"的可能性表示怀疑，曼斯菲尔德认为，"自我是不稳定的，同样对于自我的识别也并非一劳永逸的"。曼斯菲尔德的论述与弗洛伊德和威廉·詹姆斯（William James）对于"自我"的观点十分相似，虽然没有证据直接表明曼斯菲尔德曾经阅读过弗洛伊德或是詹姆斯的著作，但两人有关"自我"的讨论很可能潜移默化地影响了她的看法。内维尔从心理语言学与认知研究的跨学科视角切入，援引弗洛伊德和詹姆斯的理论观点，试图说明，曼斯菲尔德作品中"反复出现的心理—认知体验既可以作为作家创作所用的认知材料，也可以作为一项赋予她笔下的人物以有意义情感的技艺来研究"，而"曼斯菲尔德的美学、风格和专业经历均记录了'自我'的增长或开放（multiplication or opening）"（Neveux，2020：36）。在《我的"许多"自我》一文中，内维尔对曼斯菲尔德作品中"碎片化多重自我"的考察和研究重新阐释了曼斯菲尔德的部分作品，值得注意。

2015年，克里西·布莱尔（Crissi Blair）在《喜鹊：谈论儿童读物》（*Magpies: Talking About Books for Children*）杂志以《基瓦数字：一种新的阅读方式》（"Kiwa Digital: A New Way of Reading"）为题发表一文，文章介绍了"基瓦数字"这家总部位于新西兰的国际知名数字媒体公司，并且以基瓦公司为例考察了数字媒体公司在当代文学阅读、语言复兴和文化叙事方面的积极效用。21世纪以来，新西兰文学立足数字技术的跨学科研究以另一种形式得到了拓展，跟澳大利亚一样，近期的新西兰文学研究界积极争取资源，努力搭建大型数据平台。21世纪以来，新西兰文学批评界在国家研究基金的支持下由新西兰国家图书馆牵头，各大学图书馆积极响应，先后推出了一批大型的数据平台，其中具有代表性的包括：（1）新西兰国家图书馆（National Library of New Zealand）推出的新西兰索引数据库（Index New Zealand）[1]；（2）奥克兰大学图书馆（The University of Auckland Library）的新西兰文学档案数据库（New Zealand Literature File）[2]；（3）惠灵顿维多利亚大学图书馆（Victoria University of Wellington Library）的新西兰电子文本集（New Zealand Electronic Text Collection）[3]等。这些大型数据平台的搭建不仅是新西兰文学跨学科研究向资源性考察不断延伸的成果，更为新西兰文学跨学科研究深化和拓展提供了资源和数据支持，极大地改变了新西兰文学研究的环境、方式和方法。

21世纪的新西兰文学批评对于自身文学身份保持着一份执着的关注，这与新西兰的国家地位以及新西兰文学在世界英语文学中的地位不

---

[1] Index New Zealand 是由 National Library of New Zealand 推出的一个可进行期刊和文献搜索的在线数据库，库内大部分图书资源是20世纪80年代之后的作品，也包含少量20世纪早期的资料。数据库资料涵盖期刊、杂志和报纸文章等多种类型，其中，期刊涵盖范围较广，包括学术研究期刊、贸易杂志以及普通杂志。

[2] New Zealand Literature File 隶属奥克兰大学图书馆，该数据库主要提供新西兰作者书目的电子资源，并将其按时间顺序排列，以专著出版物清单的方式引用了每个作者的主要和次要材料，其后是评论、作者的其他出版物以及关于作者及其工作的参考材料，形成了一个比较系统电子资源库。

[3] New Zealand Electronic Text Collection 主要包括惠灵顿维多利亚大学图书馆收藏的新西兰和太平洋岛屿的重要文本和材料。

第5章　自省中的跨越——新世纪新西兰文学批评的新趋势

无关系；当代新西兰文学批评关注自己的文学体制，希望新西兰文学在新的时代持续健康地向前发展；在跨国比较研究和跨学科研究方面，21世纪的新西兰文学批评与英、美、澳等国的文学研究很是相似。作为当今世界英语文学的一部分，21世纪的新西兰文学批评中所展示的上述特点同时展示了新西兰批评家对于外部世界的了解。一方面，他们对于英美等国文学批评中的新趋势和新方法有着清晰的了解；另一方面，作为澳大利亚的近邻，新西兰文学批评近期的发展深刻体现了澳大利亚文学批评的影响。新世纪的新西兰文学批评中所持续关注的问题让人看到了它作为一个南太平洋小国的个性和特点，但是需要指出的是，新世纪以来，新西兰的文学研究更多地表现出了开阔的世界性视野，不少批评家前所未有地活跃在世界文学批评的舞台上。例如，新西兰批评家珍妮特·维尔森长期旅居欧洲，她担任《后殖民书写研究》杂志的主编，深度介入国际后殖民文学批评的最新发展，另一位新西兰批评家西蒙·杜林则积极参与当代世界范围的文学理论建构。杜林生于新西兰，早年曾在维多利亚大学、惠灵顿大学和奥克兰大学学习，后来在剑桥大学主攻乔治·艾略特（George Eliot）研究并获博士学位，1983年进入墨尔本大学英语系执教。1987年，杜林发表《哀悼批评》("Mourning After Criticism")一文，该文开篇以"批评死了吗？"这一问题引入，表达了其对于20世纪90年代澳大利亚"文化战争"之后文学批评界所面临的"理论"消退的深深担忧。杜林于1992年和2002年发表了《后殖民主义与全球化》("Postcolonialism and Globalization"）与《想象的运输：全球化与文学的一些关系》("Transports of the Imagination: Some Relations Between Globalization and Literature"）两篇文章，关注全球化与文学尤其是后殖民文学之间的紧密联系。2014年，他又在《文化研究评论》(Cultural Studies Review) 上发表了《斯图尔特·霍尔》("Stuart Hall"）一文，对当代文化研究之父所提出的理论进行了研究与探讨。此后的杜林继续笔耕不辍，立足文化研究进行理论建构，先后将帕特里克·怀特和凯瑟琳·曼斯菲尔德等澳大利亚和新西兰的经典作家置于文化研究的视阈下，对经典作品背后涉及的资本主义市场运作及表层文学叙述之下的话语意图进行考察和分析，突破了传统人文学科的边缘领域，拓宽了人文研究的边界，同样为新西兰文学的体制研究贡献了力量。2015年,杜林在《新西兰文学杂志》上发表了一篇题为《凯瑟琳·曼斯菲尔德的世界》("Katherine Mansfield's World")的文章,运用文化研究和世界文学理论,以阿米特·乔杜里(Amit Chaudhuri)和中国读者对于曼斯菲尔德的阅读体验切入,考察曼斯菲尔德的小说何以能引起不同文化读者的共鸣。总体来说,虽然当代新西兰文学批评之中的理论建构尚未形成完整的体系,但是以杜林为代表的新西兰文学理论家立足左翼的文化研究立场所作出的尝试,对于推动当代新西兰文学研究无疑做出了重要的贡献。

第6章
"不为人知的声音"
——新世纪印度英语文学批评的新趋势

在世界英语文学中，东南亚是一个重要的区域，这是因为英美等国曾经对许多亚洲地区实行过野蛮的殖民侵略，特别是印度、巴基斯坦、尼泊尔、马来西亚、新加坡、孟加拉国、斯里兰卡等国一度长期处在英国的殖民统治之下，在今天的印度、巴基斯坦、尼泊尔、新加坡和菲律宾，英语仍是官方语言。不过，除印度之外，其他国家的英语文学大多始于第二次世界大战之后，而且由于亚洲各国的历史和文化背景大不相同，在很长一段时间内，东南亚英语文学作为一个独立的区域谱系并未形成，东南亚英语文学并未形成一种可以清楚界说的区域特点。作为一种后殖民文学，东南亚英语文学显著不同于加拿大、澳大利亚和新西兰的英语文学，因为在新获独立的各国，一种强烈的呼声是连同英语一起废止所有的殖民遗留，于是，英语文学成了少数受过良好英语教育的精英人士的嗜好，得不到大众的支持。在西方世界，无论是20世纪60年代的"英联邦文学"研究，还是80年代之后的后殖民"逆写帝国"理论，好像谁也不会特别地关心东南亚国家的英语文学创作。一个重要的原因是，西方的后殖民理论家所设定的后殖民文学框架本质上是一种基于黑人/白人相对立的体系，在这个体系之中没有亚洲人的位置。2020年，马来西亚作家林玉玲（Shirley Geok-Lin Lim）等人在一篇题为《亚洲英语文学》("Asian Literatures in English"）的文章中指出，东南亚的英语文学直到20世纪八九十年代仍是一种"不为人知的英语文学"（the obscure Anglophone）。但是，现实的困难并没有阻碍英语文学在东南亚地区的继续发展，这是因为，在独立后的多个东南亚国家，越来越多的人感到，由于语言、种族和宗教的不同，东南亚各国内部文化多元、矛盾不断，在这样的情况下，从殖民者那里遗留下来的英语或许能扮演一个中立的调停角色，让不同背景的人实现和平共处。与此同时，随着经济全球化的步伐不断加快，不少作家因为使用英语写作，所以常常能不费吹灰之力就借着语言的助力走向世界，为全世界的读者所知晓，曾经被视为洪水猛兽的英文一时间竟然成了东南亚各国参与国际交流和全球经济竞争的有力武器。东南亚英语文学在20世纪末得到长足发展的另一个重要的原因在于：众多东南亚用英语写作的作家并没有死守在自己的国家，他们中的很多人先后加入了东南亚的流散大军，进入英国、美国、加拿大等国，并很快在异国他乡建立了自己的文学声誉，包括萨尔曼·拉什迪、阿伦达蒂·罗伊（Arundhati Roy）、阿米塔夫·高戍（Amitav Ghosh）、吉兰·德赛（Kiran Desai）、裘帕·拉希莉（Jhumpa Lahiri）、巴普西·西多瓦（Bapsi Sidhwa）、迈克尔·翁达吉（Michael Ondaatje）、罗因顿·米斯特里（Rohinton Mistry）、哈尼夫·库雷希（Hanif Kureshi）和苏尼特拉·古普塔（Sunetra Gupta）在内的一大批作家在海外成名之后对于各自国内英语文学的发展起到了极大的激励作用。20世纪90年代之后，东南亚的英语文学凭借着流散作家的巨大影响力，形成了一种超越后殖民的跨太平洋文学（Lim，2020：788–791）。

在东南亚的英语文学之中，印度英语文学的历史最长，其历史可以追溯到18世纪，迄今为止已走过200多年的历程。19世纪，一个名叫班吉姆·钱德拉·查托帕德海（Bankim Chandra Chattopadhyay）的印度人用英语以《拉吉莫汉之妻》（*Rajmohan's Wife*，1864）为题出版一部长篇小说，并因此成为印度英语文学中的首个长篇小说家。1878年，托鲁·杜特（Toru Dutt）以一部题为《比安卡，或年轻的西班牙女郎》（*Bianca, or the Young Spanish Maiden*）的长篇小说，成为首个女性印度英语小说家。进入20世纪，更多用英语创作的印度作家继续涌现，部分作家先后在英美等国引起关注，达恩·高帕尔·慕克吉（Dhan Gopal Mukerji）成为首个在美国获得文学奖的作家；R. K. 纳拉扬（R. K. Narayan）的小说在英国受到著名作家格雷汉姆·格林（Graham Greene）的肯定；1921年，拉宾德拉纳特·泰戈尔更是一举摘得了诺贝尔文学奖，首次让印度文学获得崇高的世界性荣誉。1981年，印度英语小说家萨尔曼·拉什迪以一部卓越的代表作《午夜的孩子》（*Midnight's Children*）问鼎当年的布克图书奖，这一里程碑式的事件标记着当代印

第 6 章　"不为人知的声音"——新世纪印度英语文学批评的新趋势

度英语文学在经历了长期的积累之后，终于强势进入世人的视野。作为世界英语文学的重要分支，印度英语文学在那之后的40多年里获得了全球文学批评界更广泛的关注。

与印度英语文学相比，马来西亚、新加坡和菲律宾的英语文学起步晚了许多，但经过半个多世纪的积累，如今也已经形成了各自的代际传承。例如，马来西亚的英语文学创作始于黄锦树（Wong Phui Nam）、劳埃德·费尔南多（Lloyd Fernando）、李国良（Lee Kok Liang）和余长风（Ee Tiang Hong），20世纪80年代之后，包括林玉玲、K. S. 马念（K. S. Maniam）、西索尔·拉珍德拉（Cecil Rajendra）、纪端财（Kee Thuan Chye）和希拉里·坦姆（Hilary Tham）在内的第二代作家顺利地接过了接力棒，并将这一传统发扬光大，林玉玲和马念多次获得国际文学大奖，其作品受到批评界的关注。新加坡的英语文学自20世纪60年代开始也经历了两代，第一代作家之中以诗人居多，代表人物包括唐爱文（Edwin Thumboo）、黄严辉（Authur Yap）、罗伯特·尤（Robert Yeo）、吴宝星（Goh Poh Seng）、李子平（Lee Tzu Pheng）、钱程子俊（Chandran Nair）和给乐蓓·辛格（Kirpal Singh），八九十年代之后的年轻一代之中又涌现出戴尚志（Simon Tay）、许木松（Koh Buck Song）、叶思伶（Angeline Yap）和王淑恬（Heng Siok Tian）等。菲律宾英语文学的起源与美国对它的殖民历史有关，第二次世界大战之后，一个名叫斯蒂凡·杰维拉纳（Stevan Javellan）的菲律宾人首次以《未见晨曦》（*Without Seeing the Dawn*, 1947）为题在美国出版一部小说。在此之后，菲律宾英语文学开始扬帆起航，产生较大影响的作家有鲁阿拉迪·鲍迪斯塔（Lualhati Bautista）、N. V. M. 冈萨雷斯（N. V. M. Gonzales）、尼克·尤昆（Nick Joaquin）、F. 西昂尼尔·宙斯（F. Sionil Jose）、比恩维尼朵·拉姆巴拉（Bienvenido Lumbera）、阿雷詹德罗·洛西斯（Alejandro Roces）和伊迪丝·迪姆珀（Edith Tiempo）等。

东南亚地区的英语文学除了印度、马来西亚、新加坡和菲律宾之外还有很多，近年来，包括巴基斯坦、孟加拉国在内的英语文学陆续受到一些关注，但是关于东南亚英语文学的整体批评著述尚不多见。总体而言，在东南亚英语文学当中，关于印度英语文学的批评研究出现得略早一些，形成的成果也多一些。与多数新兴英语国家一样，早期的印度英语文学批评大多是一些零星的评论，但是20世纪40年代之后，随着印度的独立解放，关于印度英语文学的批评和研究逐渐发展起来。21世纪以来，印度英语文学批评作为一种"不为人知的声音"（the unheard voice）（Kushwaha，2008：381）开始强势崛起，一些有影响的批评家开始涌现，丰硕的批评和研究成果受到世人的广泛关注。21世纪的印度英语文学批评在前期的基础上经历了怎样的振兴过程？印度英语文学批评家关注最多的是什么问题？他们的研究又体现出什么样的特点？为了回答这些问题，也为了更好地了解东南亚英语文学批评的区域性特点，本章集中聚焦印度英语文学批评，首先梳理21世纪以来印度英语文学批评的宏观走势，然后以小说批评为例具体考察印度英语文学批评的实际操作，通过它对于一个文学样式发展史的总体评价观察它的近期特点，最后重点聚焦批评家们在印度英语小说主题和美学研究领域开展的评论，从中考察21世纪印度英语文学批评的最新方向。

6.1 英语文学批评之兴起

2004年，P. K. 拉江（P. K. Rajan）以《印度英语文学批评：批评家、文本与问题》（*Indian Literary Criticism in English: Critics, Texts & Issues*）为题编辑出版一部著作。他在该书中首次集中介绍了包括泰戈尔、斯里·奥罗宾多（Sri Aurobindo）、阿南达·K. 库马拉斯瓦米（Ananda K. Coomaraswamy）、B. S. 马德合卡（B. S. Mardhekar）、K. R. 斯里尼瓦萨·伊严加（K. R. Srinivasa Iyengar）、P. 拉尔（P. Lal）、C. D. 那拉西姆哈伊阿（C. D. Narasimhaiah）、克里希那·拉扬（Krishna Rayan）、米纳克西·穆克尔吉（Meenakshi Mukherjee）、艾加兹·阿赫迈德（Aijaz Ahmad）在内的十位批评家以及他们的批评著述。拉江认为，20世纪的印度英语文学批评主要关注的问题包括：（1）印度英语文学的接受；（2）印度英语文学的后殖民境遇；（3）印度的马克思主义文化批评；（4）印度的后结构主义文学分析；（5）印度的女性主义批评；（6）印度的殖民前文学史；（7）印度传统与现代/区域与国家的理论挑战；

第6章 "不为人知的声音"——新世纪印度英语文学批评的新趋势

(8)印度的传统诗学等。拉江对于印度英语文学批评的前途抱有很大的信心,相信印度英语文学批评进入21世纪之后一定会更加蓬勃地发展。

21世纪以来,伴随着当代印度英语文学创作的持续繁荣,世界多国的文学批评界对于印度英语文学的研究不断升温。特别是过去十多年来,越来越多的当代印度英语小说连续在世界范围内摘得大奖,并进入英美等国大学文学课程。随着这些作品先后成为世界英语文学的经典,一批作家成了批评家们关注的对象,一批研究专著陆续问世,一批有影响力的研究专著经过劳特利奇(Routledge)、帕尔格雷夫·麦克米伦(Palgrave Macmillan)、牛津大学出版社等国际知名学术出版社的包装和推荐进入大家的视野。据不完全统计,国际知名出版社近十多年来共出版了三十多部印度英语文学批评的研究专著,若将印度本土出版社出版的研究著作包括在内,总数将达百部。

21世纪以来的印度英语文学批评中的一大类别是综合性的研究。例如,2009年,阿文德·克里希纳·梅洛特拉(Arvind Krishna Mehrotra)出版《印度英语文学简史》(*A Concise History of Indian Literature in English*)。2015年,刘丽莎(Lisa Lau)和瓦鲁吉斯·E.道森(Varughese E. Dawson)出版《印度英语文学及其表征问题》(*Indian Writing in English and Issues of Representation*)。2021年,萨本杜·曼德(Subhendu Mund)出版《印度英语文学的形成》(*The Making of Indian English Literature*)。这些著作立足印度英语文学发展的历史,积极探究其发展的规律。

21世纪的印度英语文学批评认为,印度英语文学在诗歌、戏剧和小说三大样式上都取得了举世瞩目的成绩,所以每一个样式都值得认真总结。印度英语文学批评界在诗歌方面的研究广泛涉及印度英语诗歌的发展历史、重要诗人及其作品的阐释和评价。2002年,K. V. 苏兰德朗(K. V. Surendran)以《印度英语诗歌:新视角》(*Indian English Poetry: New Perspectives*)为题首次主编出版一部文集,该书收录的一批学术论文分别聚焦尼西姆·伊泽基尔(Nissim Ezekiel)、卡玛拉·达斯(Kamala Das)和A. K. 拉玛努扬(A. K. Ramanujan)等诗人的作品。2007年,阿玛·纳斯·普拉萨德(Amar Nath Prasad)和拉吉夫·K. 马力克(Rajiv K. Mallik)出版的《印度英语诗歌及小说批评阐释》(*Indian English Poetry* and Fiction: Critical Elucidations）一书首次大篇幅地将诗歌和小说放在一处进行讨论。2011年，玛丽·艾丽斯·吉布森（Mary Ellis Gibson）在她出版的《殖民时期的印度英语诗歌：从琼斯到泰戈尔》(Indian Angles English Verse in Colonial India: From Jones to Tagore）更是直接聚焦印度英语诗歌的成就。21世纪的批评家们在研究印度英语诗歌时常常立足后殖民理论、生态批评等西方文学理论解读主要英语诗人的作品。例如，2015年，苏布拉特·库玛尔·萨玛尔（Subrat Kumar Samal）在其撰写的《后殖民性与印度英语诗歌》(Postcoloniality and Indian English Poetry）一书中结合后殖民性的概念研究了尼西姆·伊泽基尔、卡玛拉·达斯、贾扬塔·玛哈帕特拉（Jayanta Mahapatra）和A. K. 拉玛努扬四位诗人，认为他们的作品探讨了地方主义、身份归属、中心与边缘矛盾关系等后殖民话题。2016年，罗新卡·乔杜里（Rosinka Chaudhuri）出版的《印度英语诗歌史》(A History of Indian Poetry in English）针对不同时期的多位诗人进行了研究，内容广泛涉及托鲁·杜特、泰戈尔、尼西姆·伊泽基尔、A. K. 拉玛努扬、卡玛拉·达斯等诗人作品中的宗教、女性边缘化、城市化等主题。

  印度英语戏剧研究不是21世纪印度英语文学批评的主流，不过，批评家们对于吉里什·卡纳德（Girish Karnad）、维杰伊·坦杜卡（Vijay Tendulkar）、巴达尔·斯卡尔（Badal Sircar）、马赫什·达塔尼（Mahesh Dattani）等剧作家及其作品所取得的成就也给予了充分的肯定。2003年，南德·库玛尔（Nand Kumar）出版专著《印度英语戏剧：神话研究》(Indian English Drama: A Study in Myths, 2003），在该书中，库玛尔考察了T. P. 凯拉萨姆（T. P. Kailasam）、吉里什·卡纳德等剧作家及其作品中的神话书写，认为"在过去几百年里逐渐繁荣的印度英语戏剧通过融合神话、传奇历史事件和日常生活，深入探究印度哲学、宗教信仰、政治事件、社会问题和印度人的心理问题"（Kumar, 2003: 19）。2006年，尼鲁·谭顿（Neeru Tandon）主编出版戏剧研究文集《印度英语戏剧的视角与挑战》(Perspectives and Challenges in Indian-English Drama），该书收录了研究上述主要剧作家及其作品的论文20多篇，这些论文深入讨论了这些作品中的神话、历史、女性、面具使用、观众参与等主题与戏剧手法。2012年，阿布哈·苏克拉·考西克（Abha Shukla

第6章 "不为人知的声音"——新世纪印度英语文学批评的新趋势

Kaushik）出版《印度英语戏剧中的新趋势和问题》（*Emergent Trends and Issues in Indian English Drama*），在该书中，考西克结合具体的问题对新兴的印度英语戏剧进行了系统的梳理和归纳。

小说研究是21世纪印度英语文学批评的重点，众多的批评家先后立足不同的视角对印度英语文学中的这一样式给予了关注。2008年，尼拉姆·斯利瓦斯塔瓦（Neelam Srivastava）出版《后殖民印度小说中的世俗主义：民族和世界的英语叙事》（*Secularism in the Postcolonial Indian Novel: National and Cosmopolitan Narratives in English*）。2009年，M. P. 帕特尔（M. P. Patel）出版《印度英语创作新探》（*Recent Exploration in Indian English Writings*）。2012年，阿肖克·玛尔霍特拉（Ashok Malhotra）出版《英属印度小说的兴起：1772—1823》（*Making British Indian Fictions 1772-1823*）。2013年，普拉巴特·K. 辛格（Prabhat K. Singh）出版《新千年印度英语小说》（*The Indian English Novel of the New Millennium*）。2014年，杰·拉姆·加（Jai Ram Jha）出版《印度英语小说中的乡村风景》（*The Rural Landscapes in Indian English Novels*）。2013年，克里希那·森（Krishna Sen）和里图帕纳·罗伊（Rituparna Roy）主编出版《重写印度：印度英语小说2000—2010》（*Writing India Anew: Indian English Fiction 2000-2010*）。十多年来，世界范围内的印度英语文学研究论文更是如雨后春笋，《后殖民写作期刊》《英联邦文学期刊》《介入：后殖民研究国际期刊》（*Interventions: International Journal of Postcolonial Studies*）等国际知名的后殖民研究期刊也陆续刊登有关当代印度英语小说研究的学术论文百余篇。从内容上看，这些研究著作和论文既有针对当代印度英语小说主题意蕴和创作风格的整体探索，也有针对阿伦达蒂·罗伊、纪兰·德赛、阿拉文德·阿迪加（Aravind Adiga）等重要作家作品的解析。这些研究涉及的话题包罗万象，有的涉及后殖民身份、全球化、种姓制度、印度女性地位、流散者、后殖民环境、庶民阶层、史诗神话用典、文学样式等相对传统的话题，也有的聚焦印度英语小说的视觉表征、文学市场研究等崭新的问题。丰富多彩的印度英语小说研究不仅有助于人们更好地理解具体的印度英语小说作品，更极大地提升了印度英语文学在全球范围内的知名度。

6.2 文学史的反思

21世纪的印度英语文学批评对于印度英语文学发展的历史形成了独特的反思与判断，以小说为例，批评家们对于殖民地时期的早期印度英语创作给予了更加持平和公允的评价。英国对于印度的殖民统治始于18世纪，早期的英国殖民者在印度设立东印度公司，对印度大肆掠夺，殖民者对印殖民需要大量出身高种姓、掌握英语与印度本土语言的"翻译"（dubhaashi）为其服务，这一时期涌现出了迪因·马赫迈德（Dean Mahomed）、卡维利·文卡塔·波里亚（Cavelli Venkata Boriah）和拉莫汗·罗伊（Rammohun Roy）等早期的英语作家。这三位作家开创了印度英语写作的先河，因此被公认为是最早的印度英语作家，但他们的英语创作在历史上曾受到不少批评。新世纪的批评家们在回首这段历史时认为，马赫迈德、波里亚和罗伊的作品总体上缺乏文学性，只具有记录、评论社会等工具性作用，但是他们的创作并非全无优点。维奈·达瓦德克（Vinay Dharwadker）在2003年发表的一篇题为《印度英语文学的历史形成》（"The Historical Formation of Indian-English Literature"）的文章中写道："这三个人所共有的是一种对自己使用英语的非凡的自信，一种对于镶嵌于精心制作的文字中的素材、主题、复杂的作者意图或设计的显著控制……他们创作出了一批具有一定社会与政治影响力的、重要的散文文本。三位都拥有明晰的文学技巧和兴趣，但他们任由自己的英语写作的美学维度从属于其社会工具性。"（Dharwadker，2003：211）达瓦德克的这种评价并非全无道理，因为这一时期的印度英语写作本来就没有瞄准文学艺术性，例如旅行家兼医生迪因·马赫迈德的游记《迪因·马赫迈德的旅行》（*The Travels of Dean Mahomed*，1794）以书信的形式记录了马赫迈德本人受雇于东印度公司时游历印度全国、移居英国以及最终定居爱尔兰科克市的所见所闻。

21世纪的印度英语文学批评家对于印度英语文学的历史有着自己的看法，在他们看来，印度英语作家真正开始创作具有文学性并被国际读者和文学市场所接受的作品是在印度独立前后，即20世纪30—40年代。这一时期的印度英语文学出现了第一次高潮，涌现出一批旅居或求

第6章 "不为人知的声音"——新世纪印度英语文学批评的新趋势

学于欧美的印度英语作家,特别是被誉为"印度英语小说之父"的穆尔克·拉吉·安纳德(Mulk Raj Anand)、R. K. 纳拉扬和拉贾·拉奥。他们的小说创作各有千秋,安纳德的《不可接触者》(*Untouchable*,1935)等小说具有强烈的政治性,旨在批评英国殖民统治和印度的传统社会结构。纳拉扬的《桑帕斯先生:马尔古迪的粉刷匠》(*Mr Sampath: The Printer of Malgudi*,1949)等小说具有地方主义特色,成功地塑造了"马尔古迪"这个作为印度社会缩影的城镇及其日常,激励了印度读者的民族主义情感。拉奥的《坎撒普拉》(*Kanthapura*,1938)等不仅具有深刻的哲学内涵,而且探讨了甘地的非暴力不合作思想在反殖民主义运动中的作用等。对于这一时期的印度英语文学,批评家米娜克什·穆克尔吉在其《可败的帝国:印度英语文学论集》(*The Perishable Empire: Essays on Indian Writing in English*,2000)一书中重点指出了这一时期印度英语文学的泛印度民族主义特点,在她看来,这一代英语小说家所处理的主题在很长一段时间依旧是泛印度化:民族主义运动、国家分裂、传统与现代的矛盾、信仰与理性,或类似的经久不衰的东西方碰撞、联合家庭的解体、对女性的剥削等,以今日的眼光来看,不乏陈词滥调(Mukherjee,2000:173)。

新世纪的印度英语批评家们指出,20世纪中期,印度英语文学迎来了第二次繁荣,涌现出诸如安妮塔·德赛,阿伦·乔希(Arun Joshi)、娜扬塔拉·萨加尔(Nayantara Sahgal)等享誉印度甚至世界文坛的作家。与前期印度英语作家聚焦印度民族政治主题不同,这一时期的印度英语作家开始描写个人如何在纷繁复杂的环境下追求自我,探索印度人生存的本质,曾三次进入布克奖决选名单的安妮塔·德赛便是其中的杰出代表。新世纪的印度英语文学批评家对此一代作家给予了更高的评价,例如在其专著《安妮塔·德赛小说的存在主义维度》(*Existential Dimensions in the Novels of Anita Desai*,2007)中,批评家安妮塔·辛格(Anita Singh)认为,德赛在《白日悠光》(*Clear Light of Day*,1980)和《拘役》(*In Custody*,1984)等获奖小说中书写的"内心之旅也是一场存在之旅、对身份的一次追寻和对自我表达的一场斗争";她指出,安妮塔·德赛依靠探究心理矛盾和复杂的人生经验,深刻审视她的人物的内心,展示了非同寻常的艺术深度(Singh,2007:15)。

新世纪的印度英语文学批评家认为,20世纪80年代之后,随着萨尔曼·拉什迪的到来,印度英语文学迎来了第三次繁荣,呈现出一幅欣欣向荣的景象。阿米塔夫·高斯、维克拉姆·塞斯(Vikram Seth)、阿兰·希利(Allan Sealy)、乌帕曼于·查特吉(Upamanyu Chatterjee)、沙希·塔鲁尔(Shashi Tharoor)和罗因顿·米斯特里(Robinton Mistry)等一大批作家同时崛起,印度英语文学一度让世界文坛为之眼前一亮。在他们之后,又一代新人快速成长起来,推出了一批优秀的作品,特别是阿兰德蒂·罗伊的《卑微的神灵》(*The God of Small Things*,1997)、基兰·德赛的《失落的传承》(*The Inheritance of Loss*,2006)、阿拉文德·阿迪加的《白虎》(*The White Tiger*,2008)等多部作品在布克奖、英联邦作家奖、普利策奖等世界级文学奖项中折桂,它们或被翻译成多种语言文字在全世界出版,或成为英美等国高校英语文学课程的必读书目。与此同时,这些作家也频频受邀担任世界名校的驻校作家,来往世界各地开设讲座,成为各类国际文学节的座上宾等。因为或多或少受过拉什迪的影响,人们有时把高斯、塞斯、希利、查特吉、塔鲁尔和米斯特里等戏称为"拉什迪的孩子们"(Rushdie's children),把在他们之后崛起的更年轻的罗伊、基兰·德赛和阿迪加称为"拉什迪的孙辈们"(Rushdie's grandchildren)。"拉什迪的孩子们"的作品大都出版于20世纪80—90年代,书写流散、都市化、后现代历史等主题,旨在塑造一个多元、世俗化的印度。肖布胡珊·舒克拉(Sheobhushan Shukla)等人在其《九十年代的英语小说》(*Indian English Novel in the Nineties*,2002)一书的"前言"中指出:在这一代的许多英语小说中,一个反复出现的主题是"使用集体与多数的力量构造的极端意象来重写一个多元与世俗的印度观念"。舒克拉认为,"拉什迪的孙辈"作家们延续了前辈作家的创作主题并加以拓展与延伸,例如基兰·德赛的《失落的传承》不仅揭示了西方殖民主义和西方主导的全球化对印度人造成的挥之不去的影响,而且也通过描写边疆小城大吉岭和噶伦堡等地的暴乱探讨了廓尔喀的地方民族主义形式(Shukla & Shukla,2002:11)。克里希那·森(Krishna Sen)等批评家在《重写印度:印度英语小说2000—2010》(*Writing India Anew: Indian English Fiction 2000-2010*,2013)一书中介绍新世纪印度英语文学时也写道:贯穿当代印度英语小

第 6 章 "不为人知的声音"——新世纪印度英语文学批评的新趋势

说的一个主线是"以印度为中心的探索和对遭遇损毁的社会网络、政治逆流和不断动荡且深受无数矛盾纠缠的国家的经验参数的批判",体现了不一样的时代锋芒(Sen & Roy, 2013: 14)。

6.3 英语小说中的印度主题

21 世纪的印度英语文学批评对于当代小说家的创作给予了更多的关注,尤其对当代印度英语小说中的民众和社会书写。当代印度英语小说塑造了各行各业的印度人形象,其中印度女性、流散者和庶民/达利特(Dalit)阶层的边缘境遇一直是它刻画的焦点。例如,安妮塔·德赛的布克奖提名小说《斋戒、欢宴》(*Fasting, Feasting*, 1999)刻画了印度传统女性乌玛在家族和婚姻中的悲惨遭遇。茱帕·拉希丽的短篇小说集《疾病解说者》(*Interpreter of Maladies*, 1999)呈现了一幅在印度与美国文化之间无处栖息的印度流散者的众生相。阿迪加的《白虎》描写了作为庶民阶层的主人公巴尔拉姆从偏远乡村男孩摇身成为城市企业家的故事。20 世纪 90 年代,一些印度英语小说批评家已经开始关注印度英语小说中的女性人物,他们通常从女性主义和心理分析等视角研究女性的痛苦、压抑和神经质。例如,在《印度女性小说家与心理分析:神经官能症人物分析》(*Indian Women Novelists and Psychoanalysis: A Study of the Neurotic Characters*, 1999)中,批评家米塔帕丽·拉杰什沃尔(Mittapalli Rajeshwar)运用心理分析理论研究安妮塔·德赛的《哭吧,孔雀》(*Cry, the Peacock*, 1963)和卡玛拉·玛坎达雅(Kamala Markandaya)的《渴望的沉默》(*A Silence of Desire*, 1960)中的无意识渴望、压抑、创伤等心理问题。有关当代印度英语小说家(特别是女性小说家)的女性书写研究,21 世纪以来的批评家们大多认为印度英语小说揭露了男权和男性中心主义阴影之下女性的生存困境,也浓墨重彩地书写了现代印度女性争取自身权利、挑战男权社会规范的斗争。2006 年,安妮塔·迈尔斯(Anita Myles)的专著《女性主义与后现代印度英语女性小说家》(*Feminism and the Post-modern Indian Women Novelists in English*)集中研究了安妮塔·德赛、芭拉蒂·穆克尔吉(Bharati

Mukherjee）等五位女性小说家及其作品，认为这些小说"反映了现代与后现代语境中的各个阶层和信守不同宗教（城市与农村）信仰的印度女性的形象、状况、困境、斗争与困惑"（Myles，2006：vii）。

近年来，印度英语小说批评界继续关注女性小说家及其作品，2017年，批评家马尔蒂·阿加尔瓦尔（Malti Agarwal）主编出版的《后殖民印度英语文学中的女性：自我的重新定义》（*Women in Postcolonial Indian English Literature: Redefining the Self*）将其研究范围延伸到包括莎希·戴斯潘德（Shashi Deshpande）、吉塔·哈里哈兰（Githa Hahiharan）、曼朱·卡普尔（Manju Kapur）等在内的女性小说家及其作品，认为这些小说家所刻画的印度女性不再是沉默的受难者，而是通过自我剖析和认同等方式改变自己的生活，挑战包括男权在内的固有的社会秩序。在2022年出版的专著《母性小说：印度女性小说中的母亲书写》（*Maternal Fictions: Writing the Mother in Indian Women's Fiction*）中，批评家英德拉妮·卡尔马卡尔（Indrani Karmakar）运用女权主义文学理论研究了印度英语小说中的母亲困境、母亲能动性、母女关系等话题，深入探讨了这些小说如何建构母亲身份，并提供一种有别于西方女性话语的不同的印度母性理念。

当代印度英语小说中另一个被反复书写到的群体是印度流散人群，由于部分享誉国际的印度英语小说家的流散身份及其流散创作主题，流散近年来也成为印度英语小说批评中的一个常见话题。20世纪末，印度英语文学批评界已经出版过多部集中讨论20世纪印度英语小说中的流散书写的专著，这些作品呈现出印度流散者的精神分裂问题，彰显印度英语作家们对"民族""家园"等概念的重新思考。例如，批评家贾斯比尔·贾恩（Jasbir Jain）主编出版的《印度流散作家：理论与实践》（*Writers of Indian Diaspora: Theory and Practice*，1998）研究了芭拉蒂·穆克尔吉、卡玛拉·玛坎达雅、M. G. 瓦桑吉（M. G. Vassanji）等流散作家作品中的上述主题。在新世纪印度英语小说的流散主题研究方面，批评家们总体上认为，当代印度英语小说折射出印度流散者在西方移居国的位移、边缘化和无归属感，部分小说也彰显出他们与母国印度持续的紧密联系和情感联结。这些研究早期体现在针对萨尔曼·拉什迪、茱帕·拉希丽、基兰·德赛等具有移民经历的作家作品的学术论文中。新

第6章 "不为人知的声音"——新世纪印度英语文学批评的新趋势

世纪以来，不少批评家们继续就这一话题开展研究，推出了不少专著，例如在2017年出版的专著《印度流散作家》(Indian Diaspora Writers)中，萨琴·萨姆帕特拉奥·萨伦科（Sachin Sampatrao Salunkhe）运用创伤理论对茱帕·拉希丽等印度裔流散作家作品进行解读。他认为，这些小说家"通过他们写作中的边缘性、强奸、无根、身份流失、身份危机、断裂身份、紊乱、位移、思乡、沮丧、归属感丧失、同化、杂交性、回归与多元文化主义问题表达了他们的人物在创伤与修复方面的心理悲欢"（Salunkhe，2017：31）。2019年，迪帕克·基利（Dipak Giri）在其主编出版的《印度流散文学中的移民与隔阂的批评性研究》(Immigration and Estrangement in Indian Diaspora Literature: A Critical Study)一书中共收录14篇论文，这些论文大多聚焦于基兰·德赛、茱帕·拉希丽、芭拉蒂·穆克尔吉等印度裔流散作家及其作品，基利认为，这些流散小说映照出"由母国移民到客居国所引起的位移和错位感"（Giri，2019：3）。在《萨尔曼·拉什迪作品中的全球迁徙与流散记忆》(Global Migrancy and Diasporic Memory in the Work of Salman Rushdie，2020)一书中，批评家斯蒂芬·贝尔（Stephen Bell）强调了家园与归属感对于作为流散作家的拉什迪的重要性，他认为，在拉什迪小说中，流散者的记忆被赋予了特殊功能，尽管这些流散者有权通过忘却过去投入崭新的生活，但记忆却可以帮助他们建构一种基于母国印度文化的有根的身份。

21世纪的印度英语文学批评对当代印度英语小说中的所谓"庶民"（subaltern）书写也给予了高度的关注。20世纪80年代，在拉纳吉特·古哈（Ranajit Guha）等学者的倡导下，以印度"庶民"阶层为研究对象的"庶民研究"（Subaltern Studies）开始逐步成为一门显学并形成了自己的研究团体。在这一思潮的影响下，印度英语文学批评界也开始挖掘当代印度英语小说中的这一主题，一些学者已经开始借助佳亚特里·斯皮瓦克（Gayatri Spivak）有关"庶民"的理论讨论部分印度英语小说，特别是马尔克·拉吉·安纳德的《不可接触者》。例如，在《印度英语小说面面观》(Perspectives on Indian Fiction in English，1985)一书中，批评家M. K. 奈克（M. K. Naik）提出，安纳德的小说再现了"不可接触者"从童年开始所遭受的压迫，批判了印度根深蒂固的种姓制度。新世纪的批评家们普遍认为，当代印度英语小说真实再现了印度庶民阶层这一特殊群体的边缘生活，也深入思考了他们在顽固种姓制度下的发声和赋权（empowerment）之路。类似的研究集中聚焦于阿迪加的《白虎》等小说，例如在一篇题为《表征后殖民庶民：解读阿拉文德·阿迪加的〈白虎〉》（"Representing the Postcolonial Subaltern: A Study of Arvind Adiga's *The White Tiger*"，2011）的论文中，批评家拉姆·巴万·亚达夫（Ram Bhawan Yadav）认为，权力与统治在庶民话语中相互勾结，而小说呈现了庶民阶层"未被听见"的声音（Yadav，2011：217-224）。2020年，批评家阿伦·古雷利亚（Arun Guleria）以《精选印度英语小说中庶民意识的兴起研究》（*Emergence of Subaltern Consciousness in Select Indian English Novels: A Study*）为题出版一本专著。古雷利亚选取阿迪加的《白虎》、罗辛顿·米斯特里的《微妙的平衡》（*A Fine Balance*，1995）、阿米塔夫·高斯的《罂粟海》（*Sea of Poppies*，2008）等几部小说及其对于庶民的书写加以研究，认为"小说家们的焦点在于被剥夺权利之人和庶民阶层如何开创他们的赋权之路，以及印度生活中庶民声音的兴起"，古雷利亚认为，这些小说以不同的方式深入探讨了赋权与权利被剥夺的体验（Guleria，2020：26）。

需要特别指出的是，除了"庶民"之外，印度社会还有另一个地位更加低下的阶层，即达利特。根据拉姆纳拉扬·S.拉瓦特（Ramnarayan S. Rawat）等人的定义，所谓达利特即"印度以前的不可接触者"（Rawat & Satyanarayana，2016：2），即被排除在种姓制度四个阶层之外的更加卑微的社会阶层，在印度社会中长期遭受着非人的待遇。随着当代印度英语小说越来越多地关注印度达利特人，不少批评家也开始关注这一书写，认为这些书写再现了达利特的生活状况、情感、诉求和能动性，对于更多更好地了解印度社会具有重要的意义。2013年，山克尔·A.达特（Shanker A. Dutt）在一篇题为《达利特写作：从共情到能动性》（"Dalit Writing: From Empathy to Agency"）的文章中指出，罗辛顿·米斯特里的小说《微妙的平衡》中的某些章节生动地"记述了达利特所遭受的不幸与非人待遇"（Dutt，2013：50）。

批评家关注印度英语小说的另一个焦点是它对于印度社会的表征。一直以来，印度英语小说家关注印度社会的后殖民状况，关注殖民主义

第 6 章 "不为人知的声音"——新世纪印度英语文学批评的新趋势

及其当代异变形式对印度社会的持续影响，关注现代性以及由此带来的种种社会问题。例如，罗伊的《卑微的神灵》揭露了殖民主义及其新的变体将主人公拉艾尔和艾沙一家转化为唯西方独尊的亲英家庭；阿米特·乔杜里（Amit Chaudhuri）的中篇小说《一个奇怪而庄严的地址》（*A Strange and Sublime Address*，1991）借助主人公桑迪普及其家人的日常生活，深入探究印度北方古都加尔各答的城市现代性；吉特·塔伊尔（Jeet Thayil）的布克奖提名小说《大毒会》（*Narcopolis*，2012）更是一部典型的"黑暗印度"（Dark India）小说，在这部作品中，小说家将笔触伸向了孟买贫民窟的毒品吸食与买卖等社会阴暗面。

1947 年独立以来，印度成了一个后殖民国家，不过，在后殖民的时代，不仅殖民主义对印度的影响没有停止，来自全球化的对印度的挤压和剥削更是接踵而至。印度后殖民文学研究专家尤帕曼予·帕布罗·穆克尔吉（Upamanyu Pablo Mukherjee）认为，"从印度仍是一个全球化统治阶级强化其剥削场所的意义上来看，当代印度是后殖民的。虽然'全球化'的说法不过是最近，或者说 1991 年之后才流行起来的，但我们应该记住，这一现象是印度自 1947 年获得其形式上的独立之后的标志性状态"（Mukherjee，2010：6）。换言之，从殖民时期至独立之后，印度持续遭受着"第一世界"的剥削，唯一区别在于剥削形式。在 20 世纪的印度英语小说研究中，批评家们大多关注印度英语小说所反映的帝国主义对印度的伤害和小说家们的反抗策略。例如，在《文化帝国主义和印度英语小说：R. K. 纳拉扬、安妮塔·德赛、卡玛拉·玛坎达雅和萨尔曼·拉什迪的文学样式和意识形态》（*Cultural Imperialism and the Indo-English Novel: Genre and Ideology in R. K. Narayan, Anita Desai, Kamala Markandaya, and Salman Rushdie*，1993）一书中，法丝亚·阿夫扎尔-汗（Fawzia Afzal-Khan）认为印度英语小说家将特殊的文学样式视为意识形态工具，旨在挑战殖民主义的霸权。针对殖民主义对印度社会的持续影响这一话题，21 世纪的批评家们进行了更加深入的研究，他们认为，当代印度英语小说虽然使用殖民者的语言，但通过关注印度民族性与历史，通过书写印度本土文化的方式，努力宣示印度的特殊性，挑战殖民主义的权威。批评家们在 2010 年左右连续出版的多部专著就这一话题进行了深入的讨论，其中最著名的当数"牛津后殖民文学研究丛书"中的《印度英语小说：民族、历史与叙事》（*The Indian English Novel: Nation, History, and Narration*，2009）。在这部批评著作中，作者普里亚姆瓦达·戈帕尔（Priyamvada Gopal）聚焦拉什迪的《午夜的孩子》和维克拉姆·塞斯的《如意郎君》（*A Suitable Boy*，1993）等当代印度英语小说中所呈现的民族志、甘地主义、印巴分裂、家庭性等历史与民族书写，认为这些小说通过讨论印度历史与民族性，"深入地致力于宣扬印度理念，可能比这一地区的其他文学更甚"（Gopal，2009: 13），有力地挑战了殖民主义及其影响。这一观点也得到另一位批评家吉塔·加纳帕蒂–多雷（Geetha Ganapathy-Doré）的呼应，后者在她的专著《后殖民印度英语小说》（*The Postcolonial Indian Novel in English*，2011）中指出，后殖民时代的众多印度英语小说为世人"提供了一个对于印度现实的更加真实的表征"（Ganapathy-Doré，2011: 164）。

有关当代印度英语小说中的全球化问题，新世纪的批评家们给予了不少关注，特别是针对《失落的传承》和因德拉·辛哈（Indra Sinha）的2007年布克奖提名小说《人们都叫我动物》（*Animal's People*）等作品，批评家们发表了不少论文。他们认为，这些小说旨在呈现全球化属于漫长的殖民主义历史的一部分，强调从殖民历史中走出来的印度在很长一段时间内仍无法摆脱"第一世界"的影响。例如，伊丽莎白·杰克逊（Elizabeth Jackson）在一篇题为《基兰·德赛〈失落的传承〉中的全球化、流散与世界主义》（"Globalization, Diaspora, and Cosmopolitanism in Kiran Desai's *The Inheritance of Loss*"）的文章中指出，德赛的小说所刻画的印度全球化是其殖民主义、去殖民、后殖民主义历史的一部分，而这一错综复杂的历史"给每一代人持续制造了失落的遗产"，它使每一代印度人体会到深深的失落感（Jackson，2016: 25）。

现代性是印度英语小说中又一个重要社会性的话题，但是在20世纪的印度英语小说批评中，对于这一话题很少有人涉猎。针对阿米特·乔杜里等小说家在作品中考察过的印度现代性问题，21世纪的学者们进行了深入讨论。他们大多认为，当代印度英语小说启动了有别于西方话语的印度现代性表征，例如在其专著《现代性的文类：当代印度英语小说》（*Genres of Modernity: Contemporary Indian Novels in English*，2008）

第6章 "不为人知的声音"——新世纪印度英语文学批评的新趋势

中,德克·维曼恩(Dirk Wiemann)通过研究沙希·塔鲁尔的《伟大印度小说》(*The Great Indian Novel*,1989)和维克拉姆·钱德拉(Vikram Chandra)的《红土与骤雨》(*Red Earth and Pouring Rain*,1995)等作品指出,印度的现代性"不能再被设想为'西方的',这些作品中最利害攸关的东西可以被描述为'对当下的重新描绘'"(Wiemann,2008:7),即对具有印度特殊性的当下的重新描绘。苏里特·巴塔查尔亚(Sourit Bhattacharya)在2020年出版的《后殖民现代性与印度小说:论灾难现实主义》(*Postcolonial Modernity and the Indian Novel: On Catastrophic Realism*)一书中更加关注当代印度英语小说中的饥荒、政治运动等灾难书写,认为这些小说所强调的印度后殖民现代性与国家的灾难和危机等密切相关。

揭露社会弊病并非印度英语小说研究中的新话题,虽然早期的批评家们并没有使用"黑暗印度"这一术语来讨论类似话题,但不少批评家在各自的研究中对这个问题始终保持着高度的关注,例如批评家曼莫汉·克里希纳·巴特纳格尔(Manmohan Krishna Bhatnagar)主编出版的多卷本《印度英语写作》(*Indian Writings in English*,1996)和《20世纪英语文学》(*Twentieth Century Literature in English*,1996)均包含了较多剖析印度社会弊病的论文。随着《白虎》和《大毒会》等一批揭露印度社会内部贫困、腐败、犯罪、种姓制度森严等问题的小说出版,"黑暗印度"一词在印度英语文学批评界广泛传播开来。虽然关于这一术语,学界尚未提出权威的定义,但新世纪的印度英语文学批评家们认为,当代印度英语小说展示了一种显著的社会批判功能,它们揭露和控诉了当代印度社会的各种弊病。在其论文《奇景化黑暗印度的激动人心的故事:论阿拉文德·阿迪加的〈白虎〉》("Exciting Tales of Exotic Dark India: Aravind Adiga's *The White Tiger*")中,阿娜·克里斯蒂娜·曼德斯(Ana Cristina Mendes)认为,《白虎》是对"黑暗印度"的"重新修订的描写",并质疑某些批评家们将其视作"奇景化话语的新奇对象"(Mendes,2010:275)的做法。莫里斯·奥康纳(Maurice O'Connor)的论文《孟买的毒品模因:论吉特·塔伊尔的〈大毒会〉》("The Narcotic Memes of Bombay: Jeet Thayil's *Narcopolis*")指出,塔伊尔的小说可以被视为孟买贫民窟背景下的毒品吸食、性别和宗教歧视叙事,它为读者提供了塔伊尔心目中的孟买的一个缩影，其对于印度社会的刻画"给予此书一种黑暗的吸引力"（O'Connor，2015：15）。

21世纪印度英语文学批评针对不同类别的印度民众书写所展开的研究形成了风气，这些研究不仅成功再现了印度作为一个国家的现状，更展示了当代印度英语小说对女性、流散者与庶民/达利特等边缘群体的关注和支持。这些研究还显示，当代印度英语小说使这些边缘群体一边展露自己的生存困境，一边发出自己的诉求声音，旨在挑战各种霸权的压制，这些作品从某种意义上来说促使"新的规范和原则的出现"，同时也动摇了以男权中心主义、种姓制度、阶级制度等为基础的"文化场域"（Attridge，2004：42）。新世纪印度英语文学批评家成功揭示了当代印度英语小说对印度社会的深刻洞察和反思，这些研究让人们看到，当代印度英语小说对全球化等新时期不同形式的殖民主义对印度的破坏给予了思考。与此同时，它们重新阐释了印度社会有别于其他西方社会的现代性等，挖掘出宝莱坞电影中光鲜亮丽的印度社会之下的黑暗一面。新世纪的印度英语文学批评告诉人们，当代印度英语小说从某种意义上说带来了印度"固定思维和感知模式的变化与开放"（Attridge，2004：27）。

6.4　英语小说中的印度诗学

21世纪的印度英语文学批评家们认为，当代印度英语小说在世界英语文学界的强势崛起与其形式上的探索创新不无关系，从20世纪80年代开始，印度英语小说家开始致力于融合西方小说形式和印度本土资源，以期从中建构出独具本国特色的印度英语小说诗学。例如，沙希·塔鲁尔的《伟大印度小说》（*The Great Indian Novel*，1989）将印度史诗《摩诃婆罗多》（*Mahabharata*）的故事与印度独立之后的历史杂糅，将《摩诃婆罗多》中的广博仙人毗耶娑（Vyasa）、象头神伽内什（Ganesh）等史诗人物与印度自由独立党创始人查克拉瓦尔蒂·拉贾戈巴拉查理（Chakravarti Rajagopalachari）等历史人物混合，创造出一段亦真亦幻的印度独立后历史。拉什迪的《午夜的孩子》在叙事中不仅直接使用印

第6章 "不为人知的声音"——新世纪印度英语文学批评的新趋势

度本土语言,而且使用各种策略将标准英语与印度本土语言相混杂,挑战了标准英语与使用标准英语的英语小说的权威性,创造出一种典型的后殖民文本。

印度史诗《摩诃婆罗多》和《罗摩耶那》(Ramayana)等传统的经典是印度的文化瑰宝,是众多当代印度英语小说家经常借用的对象。有关当代印度英语小说中的神话书写,20世纪的印度英语文学批评家早有关注,他们一方面研究这些小说如何借用印度史诗并将其与印度现代历史相融合;另一方面考察它们如何借此质疑印度政治话语的权威。例如,乔恩·米(Jon Mee)在其发表于1998年的一篇论文《午夜之后:八九十年代的印度英语小说》("After Midnight: The Indian Novel in English of the 80s and 90s")中尖锐地指出,维克拉姆·钱德拉的《红土与骤雨》等小说将历史与史诗杂糅,他认为,当代某些印度英语小说主张世界是由无数叙事共同建构而成的,所以在书写当代印度时偶尔会让人觉得有为印度政治洗白的嫌疑(Mee,1998:135)。与此相比,21世纪的批评家们大多认为印度英语小说将印度历史或现实与神话交错,用别样的方式生动地呈现了印度独立之后的社会历史风貌,例如在一部题为《当代印度英语小说的神话与历史》(Myth and History in Contemporary Indian Novel in English,2000)的专著中,批评家A.苏达卡尔·劳(A. Sudhakar Rao)研究了塔鲁尔的《伟大印度小说》、阿米塔夫·高斯的《理性之环》(The Circle of Reason,1986)等小说,认为这些小说"作为后殖民话语的一部分,勾画出印度独立之后的社会政治状况……这些小说中的历史以假正经的方式被对待,几位小说家用自己的方式书写了一种个人视角化的历史",他们通过神话的挪用将印度历史转变为一种个人化、非正式的叙事,从而用独特的方式披露出印度独立之后的社会政治状况(Rao,2000:166)。

近年来,批评界也重新燃起了对当代印度英语小说中的神话书写的兴趣。例如,2020年,在科迪古玛尔·维塔尼(Kirtikumar Vitthani)出版的专著《当代印度英语小说中的神话》(Myth in Contemporary Indian Fiction in English)中,作者不仅对当代印度英语神话小说数量剧增背后的文化与社会动因进行了探究,而且对这些小说如何借助神话叙事表征陷入困境的当下印度社会进行了阐释。在2021年出版的专著

《流散的神话学：印度流散文学中的神话、传奇与记忆》（A Diasporic Mythography: Myth, Legend and Memory in the Literature of the Indian Diaspora）中，P. M. 比斯瓦斯（P. M. Biswas）聚焦拉什迪等印度流散小说家及其作品中的神话书写，认为神话揭示了人类与其起源的联结，而这些流散作家对神话因素的运用正反映了他们与母国印度重新联结的决心。

印度英语小说关注语言、结构、视角等话题，对此，早期的批评家虽然也有所关注，但总体研究不多。在语言方面，除了对英语作为印度英语文学创作语言的合理性进行长期讨论之外，有的批评家从20世纪80年代开始关注印度英语小说家在创作中将标准英语作印度化处理的问题。例如，在《印度英语写作的语言：一些社会语言学证据》（"The Language of Indian Writing in English: Some Sociolinguistic Evidence"）一文中，拉贾·拉姆·梅赫罗特拉（Raja Ram Mehrotr）认为，"所有形式的印度语言在印度英语写作中都有呈现，不管何处需要，这些印度语言形式都会适当改变其形态–句法变化，以适应英语语法的要求"（Mehrotra，1987：104）。有些批评家借用西方叙事理论分析印度英语小说的叙事手法，例如在其《阅读拉什迪：萨尔曼·拉什迪小说面面观》（Reading Rushdie: Perspectives on the Fiction of Salman Rushdie，1994）一书中，D. S. 米什拉（D. S. Mishra）等人剖析了拉什迪《羞耻》（Shame，1983）等小说的叙事策略，努力总结其在叙事手法上体现的特色。同样针对这些问题，21世纪的批评家们显示出了更大的兴趣，他们大多认为，印度英语小说家们在叙事中混杂印度与西方、男性与女性、儿童与成人等语言与叙事结构等要素，旨在挑战殖民主义、男权主义等各种权威话语，彰显独特的身份，这些观点深刻地体现在他们对当代印度英语小说的实际解析之中。例如，在一篇题为《阿兰德蒂·罗伊与语言政治》（"Arundhati Roy and the Politics of Language"）的论文中，批评家迈克尔·劳伦斯·罗斯（Michael Lawrence Ross）研究了罗伊的《卑微的神灵》和《至福部》（The Ministry of Utmost Happiness，2017）两部小说中的语言特点，认为两部小说体现出马拉雅拉姆语、乌尔都语、克什米尔语等印度本土语言与英语的巴赫金式的对话与互动模式，旨在"针对单语言权力言说多语言的真相"（Ross，2019：406），挑战单一语言

第6章 "不为人知的声音"——新世纪印度英语文学批评的新趋势

权力话语的霸权。埃斯特里诺·阿达米（Esterino Adami）2022年出版的专著《当代印度英语文学中的语言、风格与变化》（*Language, Style and Variation in Contemporary Indian English Literature*）也是此类话题方面的研究力作。阿达米以吉特·塔伊尔和塔比什·凯尔（Tabish Khair）等小说家的作品为例，认为当代印度英语小说在语言和风格上的变化可以更好地呈现他者性、建构印度人的后殖民身份、传达不同的意识形态等。

华丽崛起的印度英语小说在形式上所展示出的所有这些有别于其他国别英语文学的特点，是其成功走向世界的关键。21世纪的印度英语文学批评聚焦当代印度英语小说如何创造性地借用《摩诃婆罗多》等印度神话史诗、挪用印度本土语言、本土叙事模式等，从中总结出了许多美学意义上的特点。批评家们认为，新时代的印度英语小说用印度特有的亦真亦幻、亦印亦英的方式展现印度社会的历史政治，削弱英语和英美文学的权威，成功地彰显出当代印度英语文学区别于其他文学的个性和色彩。

英国文学批评家德里克·阿特里奇（Derek Attridge）在其《文学的奇特性》（*The Singularity of Literature*，2004）一书中将"文学性"的标准概括为"创造性"（invention）、"他异性"（alterity）和"奇特性"（singularity），文学的"创造性"在于它会"给文化规范带来永久的变化"，文学的"他异性"则在于它会给人造成"共同理解或期待的改变"，而这两种特性共同创造文学的"奇特性"（Attridge，2004：42-48）。21世纪的印度英语文学批评通过对印度英语文学（特别是小说）创作中的主题和诗学的挖掘，努力探究这一后殖民英语文学分支有别于其他国别英语文学的"创造性"。近年来，批评家们针对当代印度英语文学中的"他异性"特点产生了不少分歧，部分学者认为当代印度英语小说家通过故意贩卖印度异域文化、揭露印度的阴暗之处来迎合西方读者、市场和批评家，以便获得他们的青睐。2008年，尼维迪塔·玛朱姆达尔（Nivedita Majumdar）在一篇题为《当东方成为一种职业：印度英语文学中的异国情调主义问题》（"When the East is a Career: The Question of Exoticism in Indian Anglophone Literature"）的文章中尖锐地指出，"当今印度英语文学中具有强烈的贩卖异国情调（exoticism）因素"（Majumdar，2008：1）。

作为一种独具"奇特性"的文学，印度英语文学是本土的，也是世界性的文学，对此，21世纪的印度批评家们有着清醒的认识。2008年，尼拉姆·斯利瓦斯塔瓦在《后殖民印度小说的世俗主义：英语写作的民族与世界性叙事》一书中指出，"我对这些文本的解读的基础是强调其作为一种具有对话性、世俗性的文学样式，因为其对话性，小说成为呈现世俗与宗教身份对立的最多功能的形式，它会极大地推动对于矛盾的世界观和不同'民族'历史概念化的异体表征"（Srivastava, 2008: 1）。2014年，阿伊沙·伊克巴尔·维沙瓦莫罕（Aysha Iqbal Viswamohan）在其出版的《后自由化印度英语小说：全球接受与奖项的政治》（Postliberalization Indian Novels in English: Politics of Global Reception and Awards）一书中全面地研究了1991年之后印度英语小说的接受情况。同样是2014年，欧姆·普拉卡什·德维韦迪（Om Prakash Dwivedi）和刘丽莎在其《印度英语写作与全球文学市场》（Indian Writing in English and the Global Literary Market）一书中也聚焦印度英语文学与全球市场的关系，认为世界文学市场充当着印度英语文学产出与消费的推动力与守门员。

21世纪的印度英语文学批评还在继续，新老批评家之间的代际更替正在无声地进行。2009年9月，著名印度英语文学批评家米纳克西·穆克尔吉去世，穆克尔吉1937年出生，曾长期执教于印度贾瓦哈拉尔·尼赫鲁大学，著有《重生的小说》（The Twice Born Fiction, 1971）、《现实主义与现实：印度小说与社会》（Realism and Reality: Novel and Society in India, 1985）、《重读简·奥斯汀》（Re-reading Jane Austen, 1994）、《可败的帝国：印度英语文学论集》，以及《四季印度人：R. C. 杜特的多面人生》（An Indian for All Seasons: The Many Lives of R. C. Dutt, 2009）等作品。在一篇纪念文章中，杰迪普·萨兰基（Jaydeep Sarangi）万分惋惜地说，印度英语文学失去了一个批评界的先驱者（Sarangi, 2009: 237-239）。毫无疑问，穆克尔吉的去世对新世纪的印度英语文学批评来说是一个损失，不过，前辈的批评家可以感到安慰的是，在他们的身后已经又有一批新秀在崛起，他们的到来为印度英语文学在新世纪的持续兴盛奠定了基础。

第7章
植根本土的话语
——新世纪非洲英语文学批评的新趋势

20世纪60年代，在南非、尼日利亚、肯尼亚、津巴布韦、乌干达等一些以英语为官方语言的非洲国家陆续涌现出一大批优秀的英语作家，这些作家不断推出许多文学佳作。随着钦努瓦·阿契贝、纳丁·戈迪默（Nadine Gordimer）、沃莱·索因卡（Wole Soyinka）、J. M. 库切、恩古吉·瓦·提安哥（Ngugi Wa Thiong'o）等一批优秀作家凭借对非洲人民的生存状况敏锐而真切的书写登上世界舞台，非洲英语文学逐渐在世界文学中确立了自己的重要地位。几乎与此同时，以阿契贝为代表的早期英语作家用力透纸背的批评文字将非洲英语文学批评也推上了历史舞台，与非洲文学相伴而生的早期非洲英语文学批评同样也见证了非洲独特的社会历史进程，不过，在很长一段时间内，非洲的英语文学批评一直也处于"相对不可见"的状态（Olaniya & Quayson，2007：1-3）。津巴布韦批评家 C. H. 韦克在（C. H. Wake）《非洲文学批评》（"African Literary Criticism"，1964）一文中就指出了20世纪60年代非洲本土文学批评显著缺席的状况。韦克认为，产生这种现象的原因有二：其一在于当时学界普遍关注文学的作用而非文学作品的质量与意义；其二，虽然非洲有着悠久的口头文学传统，当时大多数文学作品也都用欧洲的语言写成（Wake，1964：197）。因此，20世纪60年代之前的很多英语文学批评实践常散落在欧美学者的著述之中，而非洲英语文学作家和批评家真正开始对非洲英语文学进行更为深入的研究则是从60年代才开始。

2007年，尼日利亚学者泰居莫拉·奥拉尼央与加纳学者阿托·奎森主编出版了一部完整反映从20世纪60年代到21世纪初发展历程的非洲文学批评文选——《非洲文学：批评与理论文选》（亦称《非洲文学批评史稿》)。该文选首次系统地呈现了20世纪60年代以来的非洲文学研究成果,全书分"背景""口头性、书面性以及二者的界面""作家、写作与功能""不利语境中的创造性""本土主义、寻找本土美学:黑人性与传统主义""非洲文学之语言""论样式""非洲文学批评的理论化""马克思主义""女性主义""结构主义、后结构主义、后殖民主义与后现代主义""生态批评"和"酷儿、后殖民"等主题,共收入文章97篇,其中20世纪发表的文章68篇,21世纪发表的文章19篇。这些文章为英语世界的批评家了解非洲文学和非洲文学批评提供了丰富的背景,更为促进非洲文学批评在新时期的发展做出了可喜的努力。

21世纪以来,关于东非、西非和南非各不同区域和国别英语文学的研究著作如雨后春笋。在东非英语文学批评方面涌现了西蒙·吉坎迪(Simon Gikandi)和伊万·马纳·姆万(Ewan Maina Mwangi)的《哥伦比亚1945年以来的东非英语文学指南》(*The Columbian Guide to East African Literature in English Since 1945*,2007)、伊麦德·莫莫他哈利(Emad Mirmotahari)的《东非小说中的伊斯兰》(*Islam in the Eastern African Novel*,2011)及丹·欧吉万(Dan Ojwang)的《阅读移居与文化:东非文学世界》(*Reading Migration and Culture: The World of East African Literature*,2013)等。西非英语文学方面涌现了斯蒂芬妮·纽维尔(Stephanie Newell)的《加纳通俗小说》(*Ghanaian Popular Fiction*,2000)、奥伊坎·奥沃莫耶拉(Oyekan Owomoyela)的《哥伦比亚1945年以来的西非英语文学指南》(*The Columbia Guide to West African Literature in English Since 1945*,2008)及西林·埃德(Shirin Edwin)的《暗自加力:北尼日利亚小说中的伊斯兰女性主义表达》(*Privately Empowered: Expressing Islamic Feminism in Northern Nigerian Fiction*,2016)等。在南非英语文学方面出版了包括温迪·伍德沃德(Wendy Woodward)的《动物凝视:南非叙事中的动物主体性》(*The Animal Gaze: Animal Subjectivities in Southern African Narratives*,2008)、梅格·塞缪尔森(Meg Samuelson)的《记住国家,拆解女性?南非过渡时期的故事》(*Remembering the Nation, Dismembering Women? Stories of the South African Transition*,2007)、安德鲁·凡·德·弗里斯(Andrew van

第7章 植根本土的话语——新世纪非洲英语文学批评的新趋势

der Vlies）的《南非文本文化：白黑同读》（*South African Textual Cultures: White, Black, Read All Over*，2007）、斯蒂芬·海尔基森（Stefan Helgesson）的《南非文学中的跨国主义：现代主义、现实主义和印刷文化的不平等》（*Transnationalism in Southern African Literature: Modernists, Realists, and the Inequality of Print Culture*，2008）、莫妮卡·坡普斯库（Monica Popescu）的《"冷战"之后的南非文学》（*South African Literature Beyond the Cold War*，2010）、吕蓓卡·邓肯（Rebecca Duncan）的《南非哥特：后种族隔离时代想象及之后的焦虑与创造性异见》（*South African Gothic: Anxiety and Creative Dissent in the Post-apartheid Imagination and Beyond*，2018）、莉塔·巴纳德（Rita Barnard）的《种族隔离及之后：南非文学与地方政治》（*Apartheid and Beyond: South African Literature and the Politics of Place*，2012）及杰森·D. 普莱斯（Jason D. Price）的《南非小说中的动物与欲望：生物政治与抵抗殖民》（*Animals and Desire in South African Fiction: Biopolitics and Resistance to Colonization*，2017）等。

除此以外，21世纪的非洲英语文学批评还推出了一大批综合性的力作，其中包括阿比奥拉·艾雷尔（Abiola Irele）主编的《剑桥非洲小说指南》（*The Cambridge Companion to the African Novel*，2009）、玛杜·克里希南（Madhu Krishnan）的《当代非洲英语文学：全球定位，后殖民认同》（*Contemporary African Literature in English: Global Locations, Postcolonial Identifications*，2014）、卡杰坦·伊黑卡（Cajetan Iheka）的《非洲的自然书写：非洲文学中的生态暴力、行动能力与后殖民抵抗》（*Naturalizing Africa: Ecological Violence, Agency and Postcolonial Resistance in African Literature*，2018）、多林·斯特劳斯（Doreen Strauhs）的《非洲的文学非政府机构：权利、政治与参与》（*African Literary NGOs: Power, Politics and Participation*，2013）、伊娃·拉斯克·克努森（Eva Rask Knudsen）与乌拉·拉贝克（Ulla Rahbek）的《寻找非洲公民：邂逅、对话与当代流散非洲文学》（*In Search of the Afropolitan: Encounters, Conversations, and Contemporary Diasporic African Literature*，2016）、F. 菲欧娜·穆拉（F. Fiona Moolla）的《非洲的大自然：当代文化形式中的生态批评与动物研究》（*Natures of Africa: Ecocriticism and Animal Studies in Contemporary Cultural Forms*，2016）、拜伦·卡米内罗-散

坦杰罗（Byron Caminero-Santangelo）的《不同层次的绿色：非洲文学、环境正义与政治生态》（*Different Shades of Green: African Literature, Environmental Justice, and Political Ecology*，2014）及拜伦·卡米内罗-散坦杰罗和加斯·麦尼斯（Garth Myers）的《边缘处的环境：文学与环境研究》（*Environment at the Margins: Literary and Environmental Studies*，2011）等。

2019年，莫拉德文·阿德君莫比与卡里·库切出版了一部反映21世纪以来非洲文学批评的文选《劳特利奇非洲文学手册》。在该书的"引言"中，两位主编指出，很久以来，非洲英语文学批评家习惯了向西方学习理论，习惯了用非洲文学去验证西方理论的英明，非洲文学批评需要摆脱一种默认的立场，即"非洲文学能被援引来作为现有理论的例证，而非将其视作建构其他研究模式与提出其他理论洞见的基础"。阿德君莫比和卡里·库切认为，自20世纪60年代起，非洲就不乏自觉自主的批评家，这些批评家在自己的时代立足非洲的社会语境开展文学批评，为非洲文学批评贡献了独特的非洲视角，21世纪以来，更多的非洲英语文学批评家开始立足非洲人民的独特本土经验，在积极探索新的批评视角、建构非洲自身理论话语方面做出了很多有效的尝试（Adejunmobi & Coetzee，2019：1）。为了更好地了解21世纪以来的非洲英语文学批评的最新方向，本章从新政治批评、"非洲公民"身份、"后人类主义"的生态关系以及非洲情感书写四个方面回顾并梳理过去20多年来非洲英语文学批评所呈现的新趋势。

7.1　新政治批评

非洲英语文学自发轫之始便是欧洲列强推行的奴隶制度与殖民主义的产物，从20世纪中叶开始，在尼日利亚、肯尼亚、南非、埃塞俄比亚、坦桑尼亚、乌干达和赞比亚等众多的非洲国家，英语文学都得到了不同程度的发展。20世纪60年代之后，几代非洲作家通过自己的写作积极参与反殖民的斗争，他们通过使用殖民者的语言进行文学创作，与殖民者展开了文学话语权的争夺。有鉴于此，对非洲政治事务的关注

第7章 植根本土的话语——新世纪非洲英语文学批评的新趋势

从一开始就是非洲文学最重要的特征之一，20世纪60—70年代，非洲各国人民正为实现民族解放与打破种族隔离制度而奋斗，此时的非洲作家也表现出对时事政治的关注，致力于以各种方式书写和表现所在国家的社会政治现实。尼日利亚批评家科拉沃尔·奥根贝森（Kolawole Ogungbesan）在一篇题为《政治与非洲作家》（"Politics and the African Writer"）的文章中指出，非洲作家关注政治，或许是因为非洲知识分子同时也是所在国家政治精英的一部分，因而非洲文学也趋向于反映非洲大陆的政治方向（Ogungbesan, 1974: 43）。1968年，阿契贝就在《非洲作家与比亚夫拉事业》（"The African Writer and the Biafran Cause"）一文中指出，"非洲作家若想试图回避当代重大社会与政治问题，那其作品必然与现实生活变得风马牛不相及"（Achebe, 1976a: 113）。非洲首位诺贝尔文学奖获得者沃尔·索因卡也在《批评家与社会：巴尔特、左翼精英与其他神话》（"The Critic and Society: Barthes, Leftocracy and Other Mythologies"）一文中指出，非洲批评家应时刻牢记自己是"处于社会之中的生产者"，因此强烈呼吁其要在社会和历史背景下定位自己的职业（Soyinka, 1981: 133）。非洲独特的历史文化经验使得那以后的许多批评家都沿袭了这一非洲文学的政治批评传统，认为文学批评也应介入非洲的去殖民化，以加速非洲的政治变革进程。正如尼日利亚学者奇迪·阿穆塔（Chidi Amuta）所说，非洲思想去殖民化的关键并非在于简单地改用非洲人名、重新命名城市道路等这类外化手段，而在于"将影响了非洲文化的社会和经济结构从那些早期就助推了殖民化进程的经济和文化价值体系的致命触角中剥离出来"。要想完成这一挑战，非洲英语文学批评家们自然义不容辞（Amuta, 2017: 7）。

20世纪60年代，不少非洲国家先后开启了民族独立与解放的进程，但是由于依附于西方现代性经验太久，多数国家的政治体制是否能承担起民族国家建设的重任，这仍是个问题。很多非洲人的思想当中依旧弥漫着一种分裂感，此时的非洲英语作家和批评家们普遍关心的问题是：新兴的非洲民族国家体制是否能有效防止非洲文学研究的重心"从非洲大陆这一真正中心大规模偏离"，如果存在这种偏离，新兴的非洲国家是否有能力采取强有力的文化实践进行介入（Jeyifo, 1990: 45-46）。在新世纪的非洲，新自由主义导致了非洲国家范围的持续重组，在某些情况下，这种情形导致了国家权力的丧失，面对全球化时代世界格局的新变化，新世纪的批评家在研究中表达了与上一代批评家不一样的关切，并依据新的时代特征针对非洲政治提出了很多非常重要的思考。

　　从20世纪60年代至90年代，非洲英语文学进入了"批评的时代"（蒋晖，2020：1），此时，非洲各国的批评家逐渐从各自为政的状态中走了出来，他们将整个非洲大陆的共同经验作为非洲英语文学批评的基本立足点，尤其是非洲文学的本体问题引发了非洲众多批评家们的关注。非洲文学究竟是怎样的？这个问题成了这一时代非洲英语文学研究最主要的议题之一，众多非洲作家和批评家试图结合传统非洲文学的口语性、作家与作品关系、非洲文学的传统美学及体裁等话题对这一问题进行探讨。不过，更多的人直接关注非洲文学与政治的关系，例如被誉为"非洲现代文学之父"的尼日利亚作家阿契贝就在《作为教师的小说家》（"The Novelist as Teacher"，1965）一文中明确传达了这样的观点，在他看来，非洲作家一旦开始从事文学创作，那他们必须知道自己首先需肩负的是"教育与革新的任务"（Achebe，1976c：59）。这一时期的非洲英语文学批评所展现出的一个显著特点是它的激进的反殖民色彩，此时的批评家们从世界各地的左翼文化中汲取养分，尤其强调非洲英语文学的民族性、人民性以及社会功能。肯尼亚作家恩古吉·瓦·提安哥在其《反对新殖民主义的写作》（"Writing Against Neo-colonialism"，1986）一文中指出，20世纪60年代的非洲文学见证了"帝国主义从殖民主义阶段向新殖民主义阶段的过渡"。提安哥对80年代身处新殖民主义控制下的世界各国的非洲作家提出了要求，认为他们"除了与人民站在一起之外别无选择"，主张广大非洲作家应该"从人民的言行中重新发现真正的斗争语言，学习他们伟大的口头遗产，最重要的是学习他们对人类重塑世界以及更新自身能力的乐观态度与信念"（Thiong'o，1986b：102-103）。20世纪90年代以后，民主化与全球化浪潮席卷非洲各国，在非洲英语文学研究中，民族的问题逐渐让位于全球的问题，此时，非洲英语文学批评的重点转向了非洲文学本体之外的更广泛的政治议题。在欧美盛极一时的后结构主义、后殖民主义、生态批评、酷儿研究等各种文学理论陆续进入非洲英语文学批评家的视野，曾主导非洲英语文学批评的作家此时也逐渐让位给了更专精于此的文学

第 7 章　植根本土的话语——新世纪非洲英语文学批评的新趋势

理论家,"批评的时代"与"理论的时代"完成了交接(蒋晖,2020:2),到 20 世纪末,非洲英语文学批评界已然呈现一派百家争鸣的景象。

21 世纪以来,随着世界政治、经济、文化、科技的全球化不断推进,非洲文学整体上遇到了前所未有的新挑战。2006 年,迄今为止发行时间最长的国际非洲文学研究期刊《今日非洲文学》(African Literature Today)推出一个专辑(第 25 辑),在这一期中,许多非洲学者就非洲文学在 21 世纪的前景问题进行了探讨(Emenyonu,2006:xii)。其中,尼日利亚学者查尔斯·E. 诺利姆(Charles E. Nnolim)认为,21 世纪的非洲作家与批评家面临着多重挑战,首先,世纪之交非洲的经济衰退与出版业的不景气阻碍了非洲文学的生产、营销与经销,因此 21 世纪文学创作的当务之急是"改变视野和变换新的思想态度",非洲作家要"设想一个在政治、科技、经济以及军事上能与欧洲和美国平等的新非洲"。其次,新世纪非洲文学生产的困境自然也会影响到文学批评的生产,因此新世纪的非洲英语文学批评家们也需要直面无书可评的困境,在理论上,诺利姆并不看好现代主义、结构主义与后结构主义,认为这些外来的理论对解决非洲人民所需直面的"摧残生命"(life-denying)的政治现实少有助益,而后殖民理论作为唯一的例外或许能指导批评家们不至于陷入"批评的死胡同"(Nnolim,2006:7-9)。

21 世纪的非洲英语文学批评家关注 20 世纪的非洲各国各民族的独立解放历程,所以他们关注有关这段历史的文学表征,尤其是非洲作家的自传作品。津巴布韦批评家哈泽尔·塔法兹瓦·恩戈西(Hazel Tafadzwa Ngoshi)在一篇题为《文本的历史性和历史的文本性:关于为什么阅读津巴布韦自传必须历史化的一个解释》("'The Historicity of Texts and the Textuality of History': A Note on Why Reading Zimbabwean Autobiography Should Be Historicised",2015)的文章中指出,解读津巴布韦的自传应该是一项"历史化"的工作,因为"自传主体在津巴布韦民族经验的历史和政治光谱中的位置对于我们理解叙事和其生产背景之间的关系至关重要"(Ngoshi,2015:12)。除了自传这一特定文类之外,津巴布韦的另一个批评家塔西雅纳·德兹凯·加旺威(Tasiyana Dzikai Javangwe)在一篇题为《生命叙述的间性:部分津巴布韦政治生命叙事中的学科界限》("The In-Between-Ness of the Life

Narrative—Negotiating Disciplinary Boundaries in Selected Zimbabwean Political Life Narratives")的文章中指出,津巴布韦等地涌现的不少"政治生活叙事"真实记述了非洲解放斗争的历史,对于后续的官方版本的民族主义轨迹的历史提出了质疑和反驳,此前的历史学家对这样的叙事总是弃之如敝屣,认为这种自传性质的书写总体而言就不能成为一个"提供新知识的严肃的研究领域"。加旺威选取了若干津巴布韦民族主义者的政治生活叙事,说明这种叙事"是理解个人身份,也是理解津巴布韦历史、文化和政治的一个有用的切入点,与此同时,这一体裁在特定文化中的存在也是该社会中个人和群体身份构成动态过程的重要能指,因此必须与历史等其他学科一起阅读",在此影响下,这种事实上跨越了学科界限的非洲叙事得以被正名,并作为独特的非洲话语针对长期以来规定了究竟何为历史的西方霸权表达了反抗(Javangwe,2021:36)。

除了研究文学作品对具体政治现实的指涉之外,21世纪的非洲英语文学批评还关注非洲文学中的作者、叙述者和人物的"行动者地位"(agential status):这些非洲人是如何获得这样的地位的?归属于这些主体的"行为能力"(agency)又与对政治伦理的理解有着怎样的关系?(Adejunmobi & Coetzee,2019:4)尼日利亚批评家奇洛佐纳·埃泽(Chielozona Eze)重视非洲文学赋予人类互动中日常行为的伦理意义,在一篇题为《非洲文学中日常物的伦理和政治》("Ethics and the Politics of the Ordinary in African Literature",2019)的文章中,她通过分析津巴布韦作家佩蒂纳·加帕(Petina Gappah)的小说《记忆之书》(*The Book of Memory*,2015)以及尼日利亚作家阿约巴米·阿德巴约(Ayobami Adebayo)的小说《与我在一起》(*Stay with Me*,2017),研究非洲文学作品如何"将普通的、日常的行动描述成伦理的,因而也是政治的行动空间",而这种将伦理认同扩展至他人的情况在她看来也是一种"政治性的干预"。埃泽认为文学作品中的伦理利害关系可以从两个层面来理解,包括"人物之间的关系和被叙述的世界与读者之间的关系",这种将普通而日常的行动表现为伦理行动的做法也有助于我们更好地理解"城邦(polis)的作用"以及"我们作为其中成员又该承担怎样的责任"等问题(Eze,2019:36)。很显然,21世纪的非洲英语

第7章 植根本土的话语——新世纪非洲英语文学批评的新趋势

文学批评家所探讨的政治不仅仅是政治家所占据的公共领域，也是一种拓展了的全新空间，正如阿德君莫比与卡里·库切所说，这种视野上的拓展为大家提供了一个机会，它"让非洲批评家与作家重返有关结构性的变革与个人行为能力之间关系的讨论"，而这种批评实践无疑使得个人行为能力与系统性、结构性力量孰优孰劣等问题的讨论得以逐步展开（Adejunmobi & Coetzee，2019：4）。

7.2 "非洲公民"新身份

身份问题一直是非洲文学批评关注的另一个重点，它早期与非洲作家积极讨论的语言等事关非洲文学本体的问题密切相关。阿德君莫比曾在世纪之交发表的一篇题为《路径、语言和非洲文学的身份》（"Routes, Language and the Identity of African Literature"，1999）的文章中指出，自正式确立其独立自主的地位开始，非洲文学常常采用一种"忠于非洲根源的话语"形式，而这种对"回归真正起源"的关注——确切地说是"对界定非洲文学的真实身份的关注"——将人们的注意力引向了"非洲文学中语言和身份之间的关系"（Adejunmobi，1999：581）。阿契贝和提安哥等非洲作家很早就对这一议题提出过独到的见解，例如阿契贝在其《非洲作家与英语语言》（"The African Writer and the English Language"，1964）一文中倡导非洲作家应该坚守其为非洲言说的责任和身份，因为这个原因，像欧美以英语为母语者那样使用英语既无必要也不可取，非洲作家应该致力于"以最好的方式使用英语来传达他的信息，同时又不会改变语言以致丧失其作为国际交流媒介的价值"，其目标应该是"打造一种既具有普遍性又能够承载其独特经验的英语"（Achebe，1976b：82）。提安哥则在其《非洲文学的语言》（"The Language of African Literature"，1986）一文中强调非洲作家的民族身份，并呼吁以非洲语言为母语的作家"将自己与非洲有组织的工农阶级的革命传统重新联系起来，与世界上所有其他民族结盟，加入到打倒帝国主义并建立更高级的民主和社会主义制度的斗争事业之中去"（Thiong'o，1986a：29-30）。除了身份与语言之间的关系之外，21

世纪的非洲文学批评家对作为一个单独议题的"身份"也表达了新的关切。

非洲常被称作"流动中的大陆",当代非洲文学中的身份问题越来越多地呈现出与人口流动的相关性。在前殖民时代、殖民时代与后殖民时代,非洲都出现了大规模的移民运动。16世纪和19世纪的跨大西洋奴隶贸易期间,非洲大陆的移民大多是被迫背井离乡;在殖民时代,非洲的移民主要是为海外的殖民经济发展提供劳动力;殖民时代结束之后,非洲移民主要是在非洲内部,而且大多是在邻国之间,非洲人民在各个国家与各种文化间的跨界生存经验也孕育出了丰富的非洲流散文学,而黑人主体性问题、身份问题也随之成为非洲流散文学研究中的重点(Abebe, 2017)。2009年,尼日利亚批评家伊西多尔·奥佩沃(Isidore Okpewho)与恩基鲁·恩泽古(Nkiru Nzegwu)提出了"新流散"(the new diaspora)的概念来指称非洲人及其后裔"自愿的流动和迁徙",并以此与跨大西洋奴隶贸易时期被迫的迁移作区分(Okpewho & Nzegwu, 2009: ix)。达斯汀·克劳利(Dustin Crowley)在其《他们何以如此?——非洲公民主义、移民与位移》("How Did They Come to This?—Afropolitanism, Migration and Displacement")一文中指出,新时期非洲大陆内外的移民与难民人数连年增长,而这种移民现象也为非洲英语小说创作提供了丰富的素材,越来越多移居国外的作家正用英语书写着非洲政治流亡者、非洲难民以及各种非洲移民的故事(Crowley, 2018: 125)。

研究表明,21世纪非洲各国之间的——或更确切地说邻国之间的——移民已经成为非洲移民行为中的主流(Flahaux & Haas, 2016: 11)。2016年,联合国经济和社会事务部发布的《2015国际移民报告》(International Migration Report 2015: Highlights)显示,非洲52%的移民选择了生活在其原籍地区附近的另一个国家。[1] 随着非洲大陆各国之间的人口流动变得越来越便利,"非洲内部移民"(intra-Africa migration)也正成为21世纪非洲文学作品中的一个常见主题(Jackson, 2018: 42)。这些非洲内部移民跨越边界并穿梭于非洲各国之间的旅行为他们

---

[1] 见 International Migration Report 2015: Highlights. United Nations, Department of Economic and Social Affairs, 2016。

第 7 章　植根本土的话语——新世纪非洲英语文学批评的新趋势

带来了新的身份，而其中与这种旅行有关的最明显的身份即是"非洲公民"（Afropolitan），而这一概念也为非洲英语文学中的身份批评提供了一个重要的新视角。

"非洲公民"的概念由"Afro-"与古希腊语"πολίτης"（politis，意为"公民"）中的"-politan"组合而成。非洲小说家泰耶·塞拉西（Taiye Selasi）与喀麦隆政治理论家阿基里·姆贝姆比（Achille Mbembe）共同创造了这一术语，旨在通过强调普通公民在非洲的经验并将非洲流散者与非洲大陆的关系概念化来重新定义一些非洲现象。两位学者都认为，非洲人口的流动性是这一概念的核心，从这一概念之中派生出了"非洲公民主义"（Afropolitanism）这一说法。姆贝姆比认为这是"一种存在于世界的方式，原则上拒绝任何形式的受害者身份"（Mbembe，2020：60）。它既不同于"在根本上植根于特定种族群体归属理念"之上的"泛非主义"，也不是"非洲中心主义"（Afrocentrism），而是一种"非民族中心主义"的"全球性"（planetary）身份（Mbembe & Balakrishnan，2016：30–31）。"非洲公民主义"及其文学并不把重点放在反种族主义或适应国外生活的斗争上，而强调将非洲人的世界性常态化。21世纪以来，"非洲公民主义"思潮显著影响了当今非洲文化与文学研究，特别是近十几年来，相关的文学批评著作层出不穷。

2010年，在肯尼亚学者J. K. S. 马科克哈（J. K. S. Makokha）与德国学者珍妮弗·沃兹内克（Jennifer Wawrzinek）共同主编出版的《商定非洲公民主义：当代非洲文学与民间传说中的边界和空间问题论文集》（*Negotiating Afropolitanism: Essays on Borders and Spaces in Contemporary African Literature and Folklore*，2010）一书中，"身份"这一话题同流散、混杂、移民、多元文化等一同进入世界各国批评家的视野，许多非洲批评家都参与了这场讨论。该书收录了肯尼亚批评家埃米莉亚·伊里耶娃（Emilia Ilieva）与伦诺克斯·奥迪默-穆纳拉（Lennox Odiemo-Munara）的一篇文章，此二人高度关注非洲的地区冲突所引发的身份问题，她们的文章以"非洲公民主义"为切入点分析了乌干达作家戈雷蒂·乔穆亨多（Goretti Kyomuhendo）的小说《等待》（*Waiting*，2007）中"用以描绘战争与暴力的策略，以及身处其中的人们如何通过采取新的范式重新定义自己生活的方式来抵抗镇压"（Ilieva & Odiemo-

Munara，2010：188）。她们指出，这部小说"明晰地设想了一个非洲公民共同体的出现，这一共同体决心审视并重构当代东非存在的本国人/外国人的二分法"（200–201）。

关于"非洲公民主义"文学的问题，当代非洲文学批评界有着一些不一样的声音。基于全球化带来的前所未有的文化交流，2020 年，尼日利亚裔加拿大诗人阿马托里瑟罗·埃德（Amatoritsero Ede）以《非洲公民主义如何对非洲世界非世界化》（"How Afropolitanism Unworlds the African World"）为题发表一文。在该文中，埃德指出，因为印刷和出版都掌握在跨国资本手中，任何当代非洲公民主义文学的"世界性建构"（worlding）过程都笼罩在阴影之下，而这一阴影即文化生产者有意或无意地在意识形态上对非洲世界进行的"非世界性建构"（unworlding）。埃德认为，这是由于"文化生产内部存在的根深蒂固的非政治的、市场主导的自我定位"（Ede，2020：106）。类似的观点还可见于曾就职于南非金山大学的学者阿什丽·哈里斯（Ashleigh Harris）2019 年出版的《非洲公民主义与小说：将非洲去真实化》（*Afropolitanism and the Novel: De-realizing Africa*，2019）一书。在此书中，哈里斯提出，非洲无论是在全球经济中还是在全球表征中都面临着"去真实化"的困境，反映在非洲小说之中就是非洲小说被"非洲公民主义"的——而不是非洲的——美学、文体与形式所主导。哈里斯通过对 2000 年以来出版的多部非洲小说的文本阅读，跟踪观察了这些小说在与这种"去真实化"过程的共谋与对它的抵抗之间产生的张力。可以说，"非洲公民主义"本意是为了帮助非洲在全球化时代重构对自己身份的认知，但它也带来了新的问题。不过，无论"非洲公民主义"的概念是否可以事实上帮助非洲摆脱在全球范围内依旧未被充分代表的地位，这一概念都为 21 世纪非洲身份批评提供了更多的讨论空间。

7.3 "后人类"的生态批评

从 20 世纪中后期开始，生态批评逐渐成了全球范围内的文学研究热点，然而非洲的生态文学批评却一度发展缓慢，无论是文学还是文

第7章　植根本土的话语——新世纪非洲英语文学批评的新趋势

化研究都很少采用这种批评视角，有学者指出，这是因为生态批评与环境文学"是由世界上许多宗主国的中心所宣扬的"（Slaymaker, 2001: 132）。21世纪以来，生态批评开始在非洲英语文学批评中有了实质性的推广，不少学者开始尝试为非洲生态批评提出具有非洲特点的方法论原则，有人指出，"生态批评，如果它要提出非洲的问题并找到非洲的答案，需要扎根于对非洲社会生活及其自然环境的关注"（Vital, 2008: 88）。近年来，非洲英语文学中的生态批评尤其受到后人类主义思潮的影响，并凭借着非洲地方的独特性使其焕发出了巨大的生命力。

"后人类主义"（posthumanism）这一概念于20世纪90年代开始频繁出现在西方的社会科学研究话语之中。在此之前，20世纪中叶开始的信息技术革命已从根本上改变了人类加工信息的手段，突破了人类原有感官利用、处理信息的局限性。而随后的人工智能、基因工程等信息科技的迅猛发展使得科学技术开始普遍介入人的生活及其所处的环境，一种全新的人类生存样态由此而产生，人们把这种生存样态称为"后人类"。面对这种新的生存样态，后人类的批评理论"代表或追求一种对人类的重新设想"（陈世丹，2019: 96）。由此而产生的"后人类主义"颠覆了建立在"人类中心主义"（anthropocentrism）之上的传统人文主义，为在后人类时代重新思考人与技术、人与环境、人与动物等的关系提供了新视角。

对于非洲的学者来说，长期被殖民的历史使其对"后人类"的思考有着更多的维度，这是因为在很长一段时间里，帝国话语都拒绝承认非洲原住民具有与殖民者平等的"人"的地位。弗朗茨·法农（Franz Fanon）曾在《全世界受苦的人》（*The Wretched of the Earth*, 1961）一书中指出，二元对立的殖民世界有时会形成一种奇怪的逻辑，从而"将被殖民主体去人类化，简而言之，殖民地的人们被降格至了动物的状态"（Fanon, 2004: 7）。这种将原住民视为动物的做法为人类中心主义的殖民者奴役和屠杀原住民提供了托辞，也是西方帝国主义殖民者为确立自身主体地位而采取的伎俩。为了批判这种帝国话语，21世纪的很多非洲英语文学批评家开始积极转向了主张"去人类中心化"的后人类主义批评话语。在此之前，后人类主义思潮在世界范围内催生了动物解放运动的蓬勃发展，在过去的几十年里，在后人类思想的影响下，人文社科领域出现了一种"动物转向"（the animal turn），"动物研究"（animal studies）、"人类–动物研究"（human-animal studies）和"动物批评研究"（anthrozoology）等正越来越成为学界的研究热点。虽然传统生态批评也关注动物，但其中动物的地位往往依旧是边缘化的，正如西蒙·C. 艾斯多克（Simon C. Estok）所说，"（西方）主流的生态批评，明显是环保主义的，以社会活动目标为导向，通常对动物没有什么兴趣"（Estok, 2007: 61）。"动物转向"从根本上颠覆了传统生态批评背后隐含的人类中心主义，它产生于"后人类主义"的时代大背景，它意识到了传统人文主义研究方法的局限性，凭借其对非人类的动物的显著关切为新时代动物研究提供了新的视角。加纳学者杰罗姆·玛萨玛卡（Jerome Masamaka）指出，这一转向对非洲文学产生了直接的影响（Masamaka, 2020: 11）。

南非西开普大学教授温迪·伍德沃德的《动物凝视：南部非洲叙事中的动物主体性》是非洲最早的动物批评专著之一。伍德沃德注意到，不同于普遍存在的物化动物、否认动物为复杂生命体的做法，很多南部非洲作家——如奥丽芙·施莱纳（Olive Schreiner）、扎克斯·姆达（Zakes Mda）、伊冯娜·薇拉（Yvonne Vera）、J. M. 库切、路易斯·贝尔纳多·霍瓦纳（Luis Bernardo Honwana）等——都在其作品中将动物表征为丰富的个性化主体，他们反对人类自以为是的优越感，主张在不同物种间建立一种亲密的交流。值得注意的是，除了引述西方最新的关于动物的哲学著作之外，伍德沃德还援引了当地的土著知识以强化当代动物权利理论。他指出，"非洲传统上对人类和非人类之间亲密关系的强调与西方主流观念相悖——西方人一直认为自己可在遥远的天堂获得其至高无上的地位"（Woodward, 2008: 19）。伍德沃德的专著使更多人关注到了许多非洲动物表征文本中的伦理以及生态视角，他以独特的非洲视角引导读者对非人类动物以及人类与它们的关系投入更多不同的思考，他的著作极大了启发了其后的非洲批评家。杰罗姆·玛萨玛卡显然受到了他的影响，她在2020年发表的一篇论文中结合考古学中的"图腾主义"（Totemism）概念，探讨了加纳诗人科菲·安依多奥（Kofi Anyidoho）诗歌中通过蜜蜂视角言说世界的艺术策略，以及这种策略与动物保护的相关性（Masamaka, 2020: 11）。

第 7 章　植根本土的话语——新世纪非洲英语文学批评的新趋势

近年来，比较有代表性的动物研究专著还有肯尼亚内罗毕大学的埃文·马纳·姆万吉（Evan Mana Mwangi）的《后殖民动物：非洲文学与后人类伦理学》（*The Postcolonial Animal: African Literature and Posthuman Ethics*，2019）。姆万吉注意到了动物研究与后殖民研究交界处的研究空白，以及一种将对动物以及环境的关切视作白人作家与社会活动家专属领域的趋势，对此，姆万吉提供了一种"非洲主义视角"（Africanist perspective）。他的著作对非洲文学及黑人流散文学文本中的动物权利与福利进行了分析，试图将各种批判性的动物—人类研究与后殖民非洲研究结合起来。姆万吉关注的话题涉及前殖民时期哲学中的动物待遇问题、基于口头文学的特定口头表演和儿童文学文本中对动物的表征等，呼吁人们严肃对待此前被忽视了的后殖民文本对动物的表征（Mwangi，2019：viii–ix）。

除此之外，由荷兰大气化学家保罗·J. 克鲁岑（Paul J. Crutzen）提出的"人类世"（Anthropocene）的概念也开始受到非洲英语文学批评家的关注。克鲁岑认为，近几个世纪以来，人类行为对地球大气层的影响如此之大，以至足以构成一个新的地质时代，即"人类世"（Crutzen，2002：23）。近年来，这一概念被频繁地运用到文学批评中，为审视 21 世纪的文学作品提供了更广阔的视角，而非洲英语文学批评中也不乏以此为切入点的研究。例如，立足于"人类世"概念，喀麦隆学者尤妮斯·恩贡库姆（Eunice Ngongkum）对喀麦隆英语诗人恩贡（John Ngong Kum Ngong）的《风景上的斑点》（*Blot on the Landscape*，2015）和《地球的眼泪》（*The Tears of the Earth*，2018）两部诗集中的部分诗歌进行了后殖民生态批评解读，分析了这些诗歌如何"立足喀麦隆/非洲的视角横贯了作为一种新兴全球性力量的人类世，并邀请世界各地的人们尽力理解文化/自然互动日益增长的复杂本质"（Ngongkum，2020：92）。值得注意的是，发表这篇论文的《今日非洲文学》杂志于 2020 年第 38 期以"环境变化"（Environmental Transformations）为标题，其中许多其他来自非洲的新研究成果都以独特的非洲视角反思着人与动物、人与环境的关系。它们告诉我们，"后人类"时代的非洲英语文学批评关注不同的生命，在文学研究中呈现出对人类中心主义的深刻批判，许多非洲英语文学批评家还意识到气候变化问题具有全球性，认为处理环境问题需要国际社会的共同参与。

7.4 非洲情感书写

世纪之交，不少人文社科领域的学者开始转向"情感"（affect/emotion/feeling）研究，将"情感理论"视作理解主流范式之外经验的一种重要视角，人们把这一研究转向称为"情感转向"（the affective turn）。不同于源自认知科学的"情感科学"（affective science），"情感理论"——也称"情感后结构主义"（affective poststructuralism）——借鉴心理学、社会学、语言学等方面的理论，最常用于政治分析（Hogan，2016：1–32）。美国社会学家帕特里夏·T. 克拉夫（Patricia T. Clough）认为，当代文学批评理论家和文化批评家之所以转向情感，是为了回应某种"后结构主义和解构主义的局限"（Clough，2010：206），后者宣告主体死亡，因此给人的感觉是"非常冰冷的"（truly glacial），因而严重缺乏情感给人的温度（Terada，2001：4）。"情感转向"正是看到了这一点，它利用在后结构主义与解构主义影响之下发端于批评理论与文化研究的关于文化、主体性、身份以及身体的讨论，倡导关注情感。新世纪以来，情感理论已经成为全世界文学研究的一个主要关注点。克拉夫与美国社会学家吉恩·哈雷（Jean Halley）共同编著的《情感研究》（*The Affective Turn: Theorizing the Social*，2007）关注情感对社会理论的影响，书中收录了十余篇从文化研究、妇女研究等不同角度审视情感的论文。自其出版后，全世界的情感研究专著层出不穷，加拿大学者斯蒂芬·艾亨（Stephen Ahern）在其主编的《情感理论和文学批评实践：对文本的感受》（*Affect Theory and Literary Critical Practice: A Feel for the Text*，2019）中明确向批评家提出了要求，认为他们所面临的挑战是要"发展一种批评实践，说明情感现象在诗人、戏剧家和小说家所关心的心理模式和修辞策略中的重要性，以描述推动人物感受、思考和行动的力量"，同时也要关注"情感摆脱文本或剧本的束缚并以难以预料但可感知的方式在读者或观众间流转的情形"（Ahern，2019：1）。

第7章　植根本土的话语——新世纪非洲英语文学批评的新趋势

情感研究在21世纪的非洲英语文学研究中无疑是一种新兴的流行趋势，而最重要的原因是非洲文学本身为情感研究提供了丰沃的土壤。无论是非洲作家书写的历史苦难，还是非洲人民在新时代面对的困扰，都为当代的非洲英语文学批评家提供了丰富而独特的研究对象，其中，痛苦和创伤这两种情感显然已经受到了非洲批评家的极大关注。研究表明，不少非洲文学作品都"对描述非洲苦难时的情感和伦理理解等关联概念进行了批判性思考"（Krishnan，2017：215）。世界各地的批评家都注意到了非洲文学对痛苦的关注，例如英国学者佐伊·诺里奇（Zoe Norridge）的《在非洲文学中感知痛苦》（*Perceiving Pain in African Literature*，2012）着眼于撒哈拉以南非洲地区的苦难书写，研究了过去四十余年内的非洲英语与法语文学作品中的痛苦表征所形成的个人的、社会的以及政治的影响。加拿大学者马克·里宾（Mark Libin）的《在后种族隔离时代的文学中阅读情感：南非受伤的情感》（*Reading Affect in Post-apartheid Literature: South Africa's Wounded Feelings*，2020）一书也从情感的视角剖析了南非种族隔离时期及其后的文学文本，认为关于南非由旧至新变革的书写离不开对一系列情感的有效运用，而这些情感既传达了创伤性的故事，又最终超越了这种创伤并调和了旧南非分裂的文化。

非洲本土的批评家关注殖民历史给非洲人民带来的创伤，而近年来非洲人民所经历的流散创伤尤其受到了批评家的关注。例如，立足于东非暴力冲突导致的数以百万计的人民流离失所的事实，南非批评家尼克·姆迪卡·滕博（Nick Mdika Tembo）分析了乌干达作家戈雷蒂·乔穆亨多小说《等待》如何定位当地民众在乌干达内战最后几个月中寻求归属感与自我价值的痛苦与创伤。滕博认为《等待》是一则想象了作者与她所处社群的生活现实的虚构叙事，作者将"等待"当成一种叙事的修辞以应对那些挥之不去的创伤记忆（Tembo，2007：91）。尼日利亚学者约书亚·阿格鲍（Joshua Agbo）在其2021年出版的专著《贝茜·海德与流亡的创伤：南部非洲小说中的身份与异化》（*Bessie Head and the Trauma of Exile: Identity and Alienation in Southern African Fiction*）中，研究了出生于博茨瓦纳的作家贝茜·海德的长篇及短篇小说中关于南部非洲的流亡和压迫的主题。阿格鲍认为海德笔下的人物由于在南非时就有的社会政治矛盾心理而被迫流亡,而这种不适感伴随着他们进入新的生活。除了研究殖民和后殖民背景下的创伤和身份政治的主题之外,阿格鲍还讨论了黑人对黑人的歧视和敌意这一在海德研究中常被忽视的重要主题。除此之外,关于非洲女性独特的创伤经验的研究近年来也不断涌现,南非学者萨曼莎·范斯卡尔奎克(Samantha van Schalkwyk)就从女性主义后结构主义与社会记忆的视角,研究了非洲妇女的叙事并重点考察这些妇女的叙事策略,认为她们用这些叙事策略"操纵并从心理上抵制了围绕女性性征与女性身体的有害话语"。范斯卡尔奎克强调,"这种对女性集体能动性的关注为研究女性经验提供了一种全新的方法,摆脱了认为女性处于一种静止的无力状态的标准西方化脚本"(Van Schalkwyk, 2018: 2-4)。

相较于已经受到学界关注的痛苦与创伤,其他情感状态尚有较大的研究空间。近年来,越来越多的批评家开始将他们的研究视野转向欲望、羞耻等情感,例如南非批评家格蕾丝·A. 穆斯拉(Grace A. Musila)在她的一篇文章中分析了津巴布韦作家伊冯娜·薇拉(Yvonne Vera)作品中作为女性自由和欲望等概念化场域的女性身体,将女性欲望视作一种替代民族主义的自由想象的表达。穆斯拉认为,薇拉"重新校正了津巴布韦霸权的民族主义历史编纂学,为作为有思想、有欲望的主体的女性身体的书写开拓了空间,而这种主体凭借勇敢地拥抱失败和成功重新设定了民族主义关于欲望和自由的版图"(Musila, 2019: 323)。如果说穆斯拉关注的是与特定自由概念有关的女性欲望,那么乌干达批评家埃德加·F. 纳布坦尼(Edgar F. Nabutanyi)研究的则是同性亲密关系背景下的男性欲望问题,纳布坦尼分析了乌干达裔英国作家珍妮弗·南苏加·马昆比(Jennifer Nansubuga Makumbi)的民族小说《肯图》(*Kintu*, 2014),认为这部小说在其历史范围内是对乌干达当代同性亲密关系论争的尖锐回应,它将国家的政治和关于性的政治结合在一起,因此"可以被解读为一个使得那些在异性恋父权制社会中被置于边缘地位的主体得以显现的文本"(Nabutanyi, 2019: 370)。作为对此前布朗大学教授蒂莫西·贝威斯(Timothy Bewes)在其《后殖民羞耻事件》(*The Event of Postcolonial Shame*, 2010)一书中的后殖民羞耻研究的延续,美国杜克大学非裔学者纳米纳塔·迪亚贝特(Naminata

第7章　植根本土的话语——新世纪非洲英语文学批评的新趋势

Diabate）提出，最近的非洲文学关注羞耻这一独特情感是为了回应后殖民解放的失败。迪亚贝特分析了肯尼亚作家恩古吉·瓦·提安哥的《乌鸦魔法师》(*Wizard of the Crow*, 2004)中处于政治领导地位的个人的"无耻"（shamelessness），揭示了一些非洲文学作品中独裁者性格刻画的另一个层面，即情感能力的缺乏。迪亚贝特强调，这种对羞耻的分析对反思现今情感研究主要关注创伤而忽略了其他情感的做法是有益的，她和其他领域的学者一样都认为，"在分析特定的非洲社群时，创伤是一个不如羞耻那样有生产力的范畴"，同时她还提醒我们，"耽于创伤让人无法理解特定羞耻的概念如何仍可以在这些社群中运作的可能性"（Diabate，2019：350）。由此可见，非洲英语文学批评中的情感研究并不完全沿着主流西方视角发展，而是致力于关注非洲独特的情感经验，并提出了许多宝贵的见解。

非洲英语文学的创作与研究从一开始就浸透了殖民的创伤。鉴于非洲英语文学这一殖民性的根源，从非洲文学本体论问题的争论到借用各式理论研究具体文本的批评实践，20世纪的非洲作家与批评家已为非洲的去殖民做出了许多努力，并促成了自主自觉的非洲文学批评传统的形成。全球化时代的非洲英语文学批评继续蓬勃发展，其所展示的旺盛的生命力也为当代非洲英语文学的持续发展提供了保证。然而，当代非洲英语文学受制于非洲的经济水平，在出版发行、评价体系等方面依旧不得不持续地受制于西方。而意识到这种限制的非洲英语文学批评家们正以积极求新的姿态，继续着在文学研究领域的去殖民化尝试，在批判继承并有效借鉴世界范围内的新兴批评话语的同时，也极力避免对西方话语亦步亦趋，并初步形成了一套基于非洲独特经验的、以"我"为主的批评话语体系，而政治批评、身份批评、"后人类"生态批评以及情感研究则代表着非洲英语文学批评独特的新趋势。在政治批评方面，新世纪的非洲英语文学批评家关注作为独特非洲话语的自传以及"政治生活叙事"对规定了何为历史的西方霸权的反抗，同时也不再仅将眼光局限于政客们所占据的公共领域。在身份批评方面，后殖民时代非洲各国间的人口流动使"非洲公民"这一新身份成了一个重要的新视角，在显著影响当今非洲文化与文学研究的同时也引发了一些争议。在"后人类"生态批评方面，鉴于非洲人民被殖民者贬低为非人存在的历史经验，反对人类中心主义的动物批评在非洲引发了研究热潮，同时立足于"人类世"等新兴文学术语的研究也层出不穷。在情感研究方面，非洲英语文学批评家在非洲丰富的关于历史苦难以及新时代困扰的书写中找到了独特的研究对象，除了学界重点关注的痛苦与创伤，越来越多的批评家近年来开始转向对欲望、羞耻等其他情感状态的研究，在西方主流视阈之外积极致力于对非洲独特情感经验的深刻探究。

21世纪非洲英语文学批评努力从对欧美文学批评的模仿中走出来，他们努力立足非洲的经验建构属于自己的本土批评话语，围绕新世纪的非洲政治、非洲身份、非洲生态与非洲情感推出的文学批评成果朝着他们既定的方向迈出了坚实的步伐。但同时，阿德君莫比和卡里·库切在《非洲文学手册》中提醒人们，新世纪的非洲英语文学批评不似这样简单，因为新时期的非洲文学日益丰富多元，关于非洲英语文学的非洲文学批评自然也是绚丽多彩。新世纪的批评家们对非洲英语文学的另外几个方面也表现出了浓厚的兴趣，首先，批评家们认为，当代非洲英语作家在文学样式上展现了深入的思考，一方面非洲作家关注形形色色的传记叙事；另一方面也对当代非洲作家对于超自然和乌托邦叙事的运用表现出了高度关注。其次，新世纪的非洲英语文学批评还对非洲文学中的日常社会生活书写给予了反思，内容广泛涉及当今非洲人的饮食和信仰。最后，新世纪的批评家们认为，当今的非洲作家逐步形成了自己的文学体制，这些体制有自己国家和区域以内的，也有跨国的，深入地研究这些体制对于更好地认识新世纪非洲英语文学的发展走向有着非常重要的价值。所有这些研究将新世纪的非洲英语文学批评牢牢地扎根于非洲人民的现实生活土壤之中。可以预见，未来的非洲英语文学研究必将积极应对新的时势变化，继续探索在文学与文化上去殖民的批评方向，不断创新发展以"我"为主的批评实践。

第 8 章
经典与经典超越
——新世纪加勒比英语文学批评的新趋势

加勒比地区以前亦称西印度群岛,从 15 世纪开始,这里成了欧洲殖民列强激烈争夺的角斗场,至 20 世纪 60—70 年代,不少国家才陆续独立。如今,加勒比地区以英语为官方语言的国家和地区主要包括安提瓜与巴布达、巴哈马、巴巴多斯、多米尼加、格林纳达、圭亚那、牙买加、波多黎各、圣基茨和伯利兹等。加勒比英语文学的兴起始于 20 世纪中叶的"疾风作家",70 年代以后,包括简·里斯在内的一批作家开始在英美等国的文学批评中受到关注。加勒比各英语国家的文学因同属一个地区,具有共同的克里奥尔化的语言特征,以及因相似的多元文化互动而产生的混杂性,经常被统称为加勒比英语文学(Anglophone-Caribbean Literature)(Arnold, 2001: 15–17)。尽管如此,加勒比各国英语文学的发展并不平衡。最早摆脱英帝国统治、赢得民族独立的牙买加和特立尼达早在 20 世纪 30 年代就有了自己的文学(Rosenberg, 2007: 1–3),因此它们在很长一段时间内是加勒比英语文学的核心和主导。20 世纪 80 年代之后,随着民族独立的实现,圭亚那、圣基茨、伯利兹、安提瓜等地的英语文学也因一批杰出作家的出现而纷纷崛起(Kutzinski, 2001: 15)。21 世纪以来,加勒比英语文学继续蓬勃发展,成为世界英语文学中一颗闪耀的明星,受到世界各地文学批评家们的广泛关注。

来自牙买加的加勒比作家乔治·兰明在其《流放的快乐》(*The Pleasures of Exile*, 1960)一书中指出,"疾风作家"开创了加勒比英语文学的传统:"我们在毫无任何本土传统可依赖的情况下,使得写作这种活动得以以小说的形式成功地付诸实践。"兰明认为,"疾风"一代之于西印度群岛的读者,"就像菲尔丁和斯摩莱特等早期英国小说家之于英国读者",他们开创的传统将受到下一代西印度群岛人的学习和研究（Lamming，1992：38）。兰明的这些话虽有夸大的嫌疑，但是在他那一代作家之前，加勒比文学的确要么被看作英国文学或者美国文学的附属品，要么被英语世界完全忽视（Arnold，2001：3）。"疾风作家"的成功不仅让加勒比英语文学登上了世界文学的舞台，进入加勒比、英国、美国和非洲的大学课程，还使得加勒比英语文学研究在20世纪70年代作为一个学科得以正式建立（Brown & Rosenberg，2015：5-6）。

"疾风作家"的名称源于一艘名为"帝国疾风号"（Empire Windrush）的轮船。第二次世界大战后的英国因廉价劳动力短缺，所以鼓励殖民地向帝国中心输送移民。1948年6月22日，载有大约500名加勒比人的"帝国疾风号"驶往伦敦，开启了战后加勒比向英国大规模移民的序幕，其间，一些作家也随着移民人群迁移到帝国中心，寻求发展的机会。20世纪初的加勒比人口中大部分都是文盲，许多作家不得不远赴英国寻找出版商和读者（James，1999：4）。在这些作家中，有诗人伊恩·麦克唐纳德（Ian McDonald）和约翰·菲格罗阿（John Figueroa），剧作家之中有罗尔·约翰（Errol John）和埃文·琼斯（Evan Jones），小说家之中除了兰明之外则有迈克·安东尼（Michael Anthony）、简·卡鲁（Jan Carew）、威尔逊·哈里斯、约翰·哈恩（John Hearne）、罗杰·麦斯（Roger Mais）、埃德加·米特霍尔泽（Edgar Mittelholzer）、V. S. 奈保尔、V. S. 瑞德（V. S. Reid）、安德鲁·萨尔基（Andrew Salkey）和塞缪尔·塞尔文（Samuel Selvon）等。

人们常说的"疾风"时代主要是指从1948年到1962年的15年时间，在此期间，移居至伦敦的加勒比作家先后在伦敦推出了70多部小说。其中最广为人知的作品包括兰明的《在我皮肤的城堡内》（In the Castle of My Skin，1957），奈保尔的《毕斯沃司先生的房子》（A House for Mr Biswas，1961），哈里斯的《孔雀宫殿》（Palace of the Peacock，1960）等，不少作品先后摘得一些重要的文学奖项，如古根海姆奖（Guggenheim Fellowships）和毛姆文学奖（W. Somerset Maugham Award）等。"疾风作家"的巨大成功决定性地影响了加勒比英语文学批评在20世纪中后期的兴起（Brown & Rosenberg，2015：5-6）。早期的加勒比英语文学批评以单篇文章的形式散见于形形色色的期刊，1968年，路易斯·詹姆斯（Louis James）将这些散落的文字汇集起来，并以《其间的

第 8 章   经典与经典超越——新世纪加勒比英语文学批评的新趋势

岛屿》(*The Islands in Between*)为题出版了首部加勒比英语文学批评文集。1970 年，肯尼斯·兰姆谦德（Kenneth Ramchand）以《西印度群岛小说及其背景》(*The West Indian Novel and Its Background*)为题出版一部加勒比长篇小说的批评著作。1978 年，洛伊德·W. 布朗（Lloyd W. Brown）以《西印度群岛诗歌》(*West Indian Poetry*)为题出版首部加勒比诗歌研究专著。同样是 1978 年，爱德华·鲍（Edward Baugh）再次将散落在各地的批评文章汇集起来编成又一部批评文集，题曰《加勒比文学的批评家们》(*Critics on Caribbean Literature*)，鲍的文集出版之后受到了众多文学批评家的关注。该文集分四个部分收录了包括兰明、哈里斯、卡莫·布莱斯维特、德里克·沃尔科特和默温·莫里斯（Mervyn Morris）等著名作家批评家的文章。此外，编者还收录了一批地区内外的著名文学批评家的论文，其中本地区的批评家有兰姆谦德、布朗、戈顿·罗勒（Gordon Rlhlehr）、约翰·菲戈罗阿（John Figueroa）和戴维·奥莫罗德（David Ormerod），本地区之外的批评家有恩古吉·瓦·提安哥、卡尔·米勒（Karl Miller）和杰拉尔德·摩尔（Gerald Moore）。早期的加勒比英语文学批评关注自身的历史、社会和本地文化，关注民族主义和反殖民的历史，一个突出的代表是布莱斯维特对于加勒比文学的界定和对于包括简·里斯等作家的激进排斥。进入 20 世纪 80—90 年代，加勒比英语文学批评开启了一个后民族主义的时代，世纪末的加勒比英语文学批评家们的视野更加开阔。他们一方面对于全球的后殖民和离散理论显示了更多的兴趣，此类研究之中最突出的代表是保罗·吉尔罗伊（Paul Gilroy）1993 年出版的《黑色大西洋：现代性与双重意识》(*The Black Atlantic: Modernity and the Double Conscious*)；另一方面，加勒比女性主义文学批评蓬勃发展。从 20 世纪 60—70 年代到 90 年代，加勒比英语文学批评总体上沿袭着欧美的批评思潮，呈现出一个学习和效仿西方范式的特点。批评家们关注最多的是一些出了名的大作家，他们把"疾风"小说家以及同时代的布莱斯维特和沃尔科特等诗人奉为加勒比文学的经典作家，把他们的作品作为主要的研究对象，这一状况到 20 世纪末逐渐有所转变。新世纪以来，加勒比英语文学批评在追求本地化方面出现了显著的变化，更是获得了巨大的发展。本章从四个方面梳理新世纪以来加勒比英语文学批评的新走向，这四个方面分别涉及文学史的重写、经典作家的重读、边缘文学的研究和对加勒比本土文学理论的探索。

8.1 重写文学史

20世纪60—70年代的加勒比英语文学批评几乎都认同兰明关于加勒比英语文学起源的说法，他们所编著的加勒比英语文学史大多把"疾风作家"视为加勒比英语文学的起点。20世纪末和21世纪初，加勒比英语文学史的编写方法出现了显著的变化，一个重要的变化在于，编写者的视角不再囿于"疾风"一代和他们的作品，也不再把表现平民生活视作加勒比英语文学的必要条件，而是将目光转向被"疾风"一代光芒遮蔽的作家，努力发掘加勒比文学史上各个时期、各种体裁的其他文学作品。

1996年，艾丽森·多奈尔（Alison Donnell）和萨拉·劳森·威尔士（Sarah Lawson Welsh）主编出版了一部《劳特利奇加勒比文学读本》（*The Routledge Reader in Caribbean Literature*），该书编写的宗旨之一就是要把不知名的加勒比作家带入读者视野，同时将知名作家的作品置于不同的语境中进行重新解读。全书按照时间顺序将20世纪加勒比英语文学和批评的发展分为六个阶段。第一阶段（1900—1930年）主要包括加勒比白人书写的有关当地文化或地理概况的作品，多奈尔和威尔士不认同"疾风"一代是加勒比英语文学传统开拓者的说法，认为反殖民和民族主义的加勒比文学始于克劳德·麦凯（Claude Mckay）[1]。第二阶段（1930—1949年）是加勒比民族意识高涨、殖民统治开始动摇的时期，这一时期的文学充分展示了加勒比作家所提倡的"文学参与社会、书写现实"的创作特征。第三阶段（1950—1965年）即人们所熟知的"疾风"时期，是加勒比文学的"大爆发"（boom）阶段，编者重点探究了"伦敦成为西印度文学的首都"这一现象，追问加勒比优秀作家流亡在外的长远影响。这一时期特别收录了部分"未流亡作家"——如马丁·卡

---

[1] 克劳德·麦凯，1889—1948，诗人、小说家，生于牙买加，于1912年移居美国。

第8章　经典与经典超越——新世纪加勒比英语文学批评的新趋势

特（Martin Carter）——的诗歌作品，充分展示加勒比文学中的抗议写作传统。第四阶段（1966—1979年）重点介绍沃尔科特和布莱斯维特等知名诗人的作品，同时选入一批此前常被忽视的作家的诗作和批评家的文字。多奈尔和威尔士认同西尔维亚·温特（Sylvia Wynter）的观点，认为这一时期的加勒比作家与文学作品具有受英国文学界操控、迎合外国市场的特点，她们呼吁终结这种"讨好型文学"（the appeasing arts）（Donnell & Welsh，1996：227）。她们也认同布莱斯维特，主张用一种"阐释性"文学批评来取代流行于20世纪50—60年代的"描述性"文学批评（Donnell & Welsh，1996：269）。第五阶段（1980—1989年）收录了新一代加勒比诗人的作品，其中包括詹姆斯·贝里（James Berry）、哈里纳·拉因（Harry Narain）、大卫·达比丁（David Dabydeen）等，这些诗人把诗歌作为传达思想的工具，并且更加自信地运用克里奥尔语进行创作。第六阶段（1990—1999年）重点收录了一批用克里奥尔语进行创作的诗人的作品和一些评论家的批评文字，反对西方学术界对加勒比英语文学施加压力，主张打破针对克里奥尔语的最后偏见（Donnell & Welsh，1996：355）。

多奈尔出版于2006年的《20世纪的加勒比文学：英语文学史上的批评时刻》（*Twentieth-century Caribbean Literature: Critical Moments in Anglophone Literary History*）是新世纪加勒比文学史家推出的又一部重要著作，该书既关注不同阶段加勒比作家创作的具体作品，又兼顾加勒比英语文学批评在20世纪的发展进程。与《劳特利奇加勒比文学读本》不同的是，《20世纪的加勒比文学：英语文学史上的批评时刻》全书并未按照时间顺序来具体探讨各个阶段加勒比文学的特点，而是围绕四大文学批评视角展开。在作家作品的选择上，后者不仅重点关注常被忽视的作家，有时还直接跳过沃尔科特、兰明、奈保尔等核心作家和他们的作品。在首章中，多奈尔回顾了加勒比地区进入后殖民时期的文学创作和相关的文学批评，并将它们纳入文化民族主义（cultural nationalism）批评的范畴内。多奈尔也注意到1950年之前的康斯坦丝·霍拉（Constance Hollar）、托马斯·麦克德蒙特（Thomas MacDermot）、玛森、薇薇安·弗丘（Vivian Virtue）等人的作品，讨论了共存于他们作品中的"情感民族主义"与对英帝国的忠诚。多奈尔所关注的第二个批评视角是加勒比写作中的"地方政治"(politics of place),她质疑人们通常所默认的黑人离散批评20世纪90年代以来对加勒比文学研究的巨大影响,讨论了奥利弗·施尼尔(Olive Senior)、埃尔纳·布罗德伯(Erna Brodber)和阿尔比尼亚·麦凯(Albinia Mackay)等人的作品,尤其集中研究了"重流亡、轻定居"和"重迁移、轻本土"的批评倾向对这些文本所产生的影响。多奈尔接下来谈到的批评视角是传统加勒比文学史撰写中的"性别政治"(gender politics)。她指出,"双重殖民"(double colonization)常被认为是导致70年代前的女性写作不被关注的原因,多奈尔挑战了这种说法。她认为,加勒比女性写作反映的是一种"双重能动"(double agent),一种以"性别、族群、文化身份"为阵地来反抗压迫、肯定自我的积极姿态,她特别讨论了部分女作家逐步受到批评界关注的过程,观察文学批评如何影响其在文学界的声望和创作。多奈尔关注的最后一个批评视角是21世纪初正在加勒比写作中兴起的"性政治"(sexual politics),她在这里重点介绍了卡利姆·马哈拉吉(Clem Maharaj)的《被剥夺权利的人》(*The Dispossessed*,1992)、艾德威奇·丹提卡特(Edwidge Danticat)的《呼吸、眼睛、记忆》(*Breath, Eyes, Memory*,1994)和牙买加·金凯德(Jamaica Kincaid)的《露西》(*Lucy*,1990)等作品,讨论了这些作品中所表达的"性自主"(sexual self-determination)和"性多元"(sexual diversity)主题。

  拒绝按照时间顺序进行历史分期的加勒比英语文学史还有迈克尔A.巴克诺(Michael A. Bucknor)与多奈尔在2011年主编出版的《劳特利奇加勒比英语文学导读》(*The Routledge Companion to Anglophone Caribbean Literature*)。这部书包含了对加勒比20世纪主要作家的评述,对前后三代加勒比文学批评家——奠基的一代(the foundational generation)、质疑的一代(the questioning generation)、兼容并蓄的一代(the eclectic generation)——主要著作和论述的概括与梳理,对加勒比文学史上文本类型转变进行的描述。此外,作者还论述了加勒比文学与后殖民主义、生态批评、现代主义、心理分析、马克思主义等文学批评理论的关系,就当下加勒比文学批评中的分歧和争议进行了分析。

  尼科尔·N.奥尔乔(Nicole N. Aljoe)、布莱禅·凯里(Brycchan Carey)和托马斯W.克里斯(Thomas W. Krise)于2018年推出的

第 8 章　经典与经典超越——新世纪加勒比英语文学批评的新趋势

《早期加勒比英语文学史》(*Literary Histories of the Early Anglophone Caribbean*) 一书将视野转向了 20 世纪之前加勒比地区英语写作的发展历程。该书以 1492 年加勒比地区出现第一个记录欧洲人与加勒比接触经历的英语文本为起点，以 1833 年奴隶解放法令颁布以后的几年为终点，讨论加勒比地区约 300 年间出现的各种具有代表性的英语文学文本，其中包括诗歌、戏剧、小说、传记、游记和科学文件等。此外，福音书生活叙事（evangelical life narrative）、奴隶证词（testimonies of the enslaved）及海盗叙事（piracy narrative）也是这个历史时期特有的时代产物。长期以来，加勒比的批评家将殖民者和奴隶书写的文本归在英国文学之下，而英国的学界将其归为美洲文学，加上历史上加勒比出版条件的限制，这些作品一直处于默默无闻的状态（Aljoe, Carey & Krise, 2018: 3）。这部早期文学史发掘了不少此类作品，颠覆了传统文学史的书写习惯，使得加勒比英语文学呈现出一种更加多样化和复杂化的面貌。

21 世纪以来，关注加勒比早期文学书写的还有三部文学史，它们分别是 A. 詹姆斯·阿诺德（A. James Arnold）的三卷本《加勒比文学史》(*A History of Literature in the Caribbean*, 2001)、拉斐尔·达里奥（Raphael Dalleo）的《加勒比文学与公共领域：从种植园到后殖民》(*Caribbean Literature and the Public Sphere: From the Plantation to the Postcolonial*, 2011)，以及多奈尔主编的三卷本《过渡中的加勒比文学》(*Caribbean Literature in Transition*, 2021)。这三部文学史不仅梳理了加勒比地区英语文学的发展历史，还研究了该地区其他语系文学（如荷兰语、法语及西班牙语文学）的发展历程。阿诺德文学史的第二卷主要围绕英语文学史和荷兰语文学史展开，其中英语部分既有对加勒比英语文学语言特点和历史演进的总体描述，也有对 20 世纪以来的小说、19 世纪以来的诗歌、1492 年以来的戏剧（theatralizing）以及 19 世纪以来的散文的回顾和讨论，编者认为加勒比英语文学的显著特点是介入特定的社会现实，反映了加勒比地区的殖民和后殖民社会历史语境。达里奥的《加勒比文学与公共领域：从种植园到后殖民》集中关注三个时期，它们分别是 1804—1886 年的加勒比文学公共领域崛起时期、1886—1959 年的现代殖民主义和反殖民的公共领域时期以及 1959—1983 年的后殖民与文学公共领域危机时期，重点聚焦加勒比地区这三个时期的加勒比政治、经济及社会结构等公共领域的变化如何影响英语和法语文学的作家，以及文学与统治机构、出版机构的关系。《过渡中的加勒比文学》第一卷发掘了创作于1800—1920年的加勒比文学，收入很多以前被认为是非文学的写作，如报纸、手册上的流行写作、传奇、情感小说、民谣、奴隶和女性的回忆录、信件等。第二卷选入多位学者对1920—1970年的加勒比文学——主要是加勒比英语文学——的介绍和评述，其中既有对诸如沃尔科特、奈保尔、兰明、里斯等经典作家的讨论，也有对埃里克·瓦隆德（Eric Walrond）、伊史密斯·汗（ISmith Khan）等新作家的推介。第三卷研究1970—2020年的加勒比文学，讨论的范围既包括散文、诗歌、小说和戏剧等传统体裁，也广泛涉及纪实文学、回忆录、推理小说等新体裁，显著地挑战了传统文学史集中关注一小部分加勒比男性作家的经典作品的做法，主张关注加勒比文学在形式和体裁上的前后承继与转变，特别指出加勒比文学对身份、归属和自由等主题的执着。

多奈尔指出，"所有历史和传统的书写都建立在遴选、排除和偏好的基础上"（Donnell，2006：14），的确，21世纪的众多加勒比文学史反映了编者对加勒比英语文学的不一样的认知，也反映了新时代的社会思潮。值得注意的是，新世纪的加勒比英语文学史的编写者大多是来自英美国家的研究者，如多奈尔就是英国东英吉利大学的教授，阿诺德是美国弗吉尼亚大学的教授。这一情形让人不免好奇为何加勒比本土批评家们在新的历史时期尚未推出属于他们自己的具有广泛影响的文学史。彼得·胡尔姆（Peter Hulme）慨叹加勒比文学史编写领域尚无百科全书式的权威专家，他表示，期待2041年剑桥大学出版社推出的更加丰富、全面的六卷本《剑桥加勒比文学史，1492—2040》（*Cambridge History of Caribbean Literature, 1492-2040*）将改变这一局面（Hulme，2021：296-301），同样值得期待的是加勒比本土文学史家能在不久的将来编写出其权威而独特的加勒比英语文学史。

第 8 章 经典与经典超越——新世纪加勒比英语文学批评的新趋势

8.2 经典的重读

20 世纪中期旅居伦敦的加勒比作家中有的是非裔（如瑞德），有的是印裔（如奈保尔），有的是混血（如兰明、塞尔文、哈恩、哈里斯和米特霍尔泽）。虽然他们都讲述自己最熟悉的族群故事，但若论挑战英国殖民主义，他们本质上都在"讲述同一个故事，表达同一种情感"（Ramchand，1988：96）。他们的小说都表达出强烈的反对殖民统治、支持文化民族主义、强调民族身份的政治立场。"疾风"之后的几十年时间里，加勒比英语文学批评家主要关注兰明、奈保尔、塞尔文、哈里斯等几位核心作家以及同样被经典化的诗人布莱斯维特和沃尔科特，重点讨论他们作品中反殖民的民族主义主题。例如，G. R. 柯尔萨德（G. R. Coulthard）在《加勒比文学合集》（*Caribbean Literature: An Anthology*，1966）中讨论了战后加勒比人民"民族意识的觉醒、独立愿望的增强与民族文化的崛起之间的密切联系"（Coulthard，1966：9）。布鲁斯·金在其主编的《西印度群岛文学》（*West Indian Literature*，1979）一书中重点研究第二次世界大战后的加勒比文学如何表现日益增强的民族主义情绪、反殖民主义情感以及对加勒比区域文化的兴趣（King，1979：3）。该书收录了桑德拉·珀切特·帕克特（Sandra Pouchet Paquet）撰写的《五十年代》（"The Fifties"）一文，帕克特的研究深入地探讨了新兴的加勒比文学对残存的殖民关系的挑战（Paquet，1979：64）。21 世纪以来，尽管"抵抗新殖民主义的使命依然真实和紧迫"，但总体上"文学服务于加勒比独立斗争的去殖民历史语境已不复存在"（Bucknor & Donnell，2011：xxvi）。或者如维拉·库茨基斯基（Vera Kutzinski）所说，加勒比文学批评中的基本问题不再是民族身份的标志是什么，而是"民族"本身是否仍是一个可行的符号（Kutzinski，2001：17）。在一部分研究者仍关注文化民族主义的情况下，一部分批评家开始重新审视经典作家与帝国的关系，并从其他视角重新解读他们的作品。

2001 年，托拜厄斯·多林（Tobias Doring）在他出版的《加勒比文学与英语文学：后殖民传统中的互文》（*Caribbean-English Passages: Intertextuality in a Postcolonial Tradition*）一书中讲述了沃尔科特见到印度教神像自然想起雪莱诗中"奥西曼提斯"（Ozymandias）的经历。他认为，沃尔科特的这一经历说明了语言与文化的跨洋移置在加勒比历史与文化发展过程中的塑造性作用；他建议在阅读加勒比英语文学时，读者应充分关注语言与文化移置现象（Doring, 2001: 3）。这种阅读方式确实贯穿于他的这部著作，通过细读"疾风作家"及其后几位作家的文本，他认为，这些文本与帝国文学传统之间存在深刻的互文关系，体现了加勒比作家既依附帝国传统又欲与之保持差异的矛盾性特征。

多林首先关注的是奈保尔的《中途航道》(*The Middle Passage*, 1962)，他认为，虽然这部反映重返加勒比的旅行书写标志着加勒比英语文学后殖民传统的开始，其中所表达的意识形态却有一种"殖民返祖"的意味。奈保尔采用了欧洲中心主义的话语模式，复现了帝国中心对加勒比边缘的刻板定视，"历史是关于成就和创造的叙事，而西印度没有创造"（Naipaul, 1962: 29）。虽然处于作者的主体位置，奈保尔在谈到西印度的困境时放弃了作出权威性解释的机会，而是更多地引用英国维多利亚时代作家的观点，不管这些作家是怎样臭名昭著的种族主义者，对于加勒比又有着怎样的歧视。更加反映奈保尔帝国认同的是他对加勒比人侮辱性的评价，他把他们比作"一群乞求进化的猴子"，多林认为，这些贬抑性话语是奈保尔内心对重返加勒比充满恐惧的外在流露（Doring, 2001: 36）。在多林看来，米特霍尔泽的《加勒比的眼睛》(*With a Carib Eye*, 1958) 同样是一部对加勒比充满偏见的旅途书写。尽管米特霍尔泽的出发点是要改变帝国中心对加勒比的刻板印象，但在无形中采取了殖民者的视角，附和了殖民者对加勒比的贬抑。米特霍尔泽厌恶加勒比的卡吕普索（calypso）歌唱形式，讨厌当地的钢铁音乐（steel band），看不起任何带有西印度文化标记的事物。多林认为米特霍尔泽过度沉溺于帝国的叙事模式，这种主张导致他试图摆脱殖民陈见、开创新叙事模式的尝试必然以失败而告终。

多林认为哈里斯的小说《秘密长梯》(*The Secret Ladder*, 1963) 与他的第一部小说《孔雀的宫殿》一样，也得益于作者在圭亚那内陆担任土地勘探员的经历。作品在多个方面与帝国探险小说——康拉德的《黑暗的心》——形成互文，如同后者的主人公一样，《秘密长梯》中的主人公也正经历自我定位的危机，他既有空间上对自我位置的困惑，也有心理上对探险使命的疑惑。同样，《秘密长梯》中帝国知识和帝国设备

第8章　经典与经典超越——新世纪加勒比英语文学批评的新趋势

在圭亚那内地失灵的情节也让人想起《黑暗的心》对帝国知识优越性的质疑。所以，多林认为，哈里斯的小说让人清楚地看到"帝国文化"与"'帝国征服叙事'之间有着千丝万缕的联系"（Doring，2001：95）。多林关注到的加勒比文学作品还有沃尔科特出版于1990年的长诗《奥麦罗斯》（*Omeros*），他评论说，该诗在体裁、角色的命名、情节设计和修辞策略上都与创作于古希腊时代的荷马史诗《伊利亚特》（*Iliad*）存在明显的互文。《奥麦罗斯》采用的是史诗的体裁，主要人物的名字分别是阿喀琉（Achille）、赫克托（Hector）、海伦（Helen）和菲罗克提提（Philoctete），作品叙述了圣卢西亚黑人渔民赫克托和阿喀琉争夺美丽的女仆海伦的故事，通篇通过比较和隐喻暗示加勒比在历史上所遭受的殖民灾难。多林的疑问是加勒比文学是否有必要追随欧洲的模式，加勒比文学是否有可能挑战西方模式、重构新的模式，他认为，沃尔科特将荷马史诗移置到加勒比世界不仅是一种与西方经典的合谋，而且还是对圣卢西亚现实的误解和误读（Doring，2001：181）。

2013年，批评家J. 迪伦·布朗（J. Dillon Brown）出版了他的专著《移民现代主义：战后伦敦和西印度群岛小说》（*Migrant Modernism: Postwar London and West Indian Novel*）。在该书中，他也探讨了"疾风作家"与欧洲文化传统——尤其是现代主义文学潮流——之间既对立又妥协的复杂关系。布朗发现很多批评家把现代主义视为专门关乎西方的、与后殖民对立的、制度化的、反动的文学传统，通过研究20世纪中期移居伦敦的加勒比作家的创作特征，布朗提出了不一样的观点。他认为，旅居英国的加勒比作家的反殖民小说是在依附和利用英国现代主义的基础上发展起来的，对于早期加勒比作家来说，现代主义不是要抵制的文学潮流，而是潜在的具有解放性的文学创作手法。在布朗看来，米特霍尔泽的作品与艾略特、刘易斯、庞德、叶芝等现代主义开创者的作品类似，都表现出既渴望变革文学审美标准，又希望忠实于文学传统的矛盾心理，米特霍尔泽创作的小说、自传、旅游书写、短篇小说和散文都非常普遍地运用了现代主义的实验性写作手法，代表了加勒比文学对现代主义的认可以及对传统的修改（Brown，2013：14）。布朗认为兰明的创作与福克纳、乔伊斯、伍尔夫等人相似，都艰深晦涩，异于传统；布朗以兰明的首部小说《在我皮肤的城堡内》为例，指出兰明试图以小说作为社会改革的手段，改变人们在传统话语的影响下建立起来的思维方式和价值观念。兰明所采用的挑战传统阅读习惯的现代主义写作策略，也是为了冲击帝国针对有色群体的种族歧视，构建殖民者和被殖民者相互尊重的未来。在对另一位"疾风作家"塞尔文的评述中，布朗指出，塞尔文的作品常常使用克里奥尔语，还带有一定喜剧色彩，所以常被当成非严肃的写作。对此，他不以为然，他以塞尔文前三部小说为例，指出《更明亮的太阳》(*A Brighter Sun*，1952)、《岛屿即是世界》(*An Island Is a World*，1955)和《孤独的伦敦人》(*The Lonely Londoner*，1956)都具有现代主义实验性特征，都从形式上对抗和克服了"加勒比性"与"世界性"的二元对立。布朗认为，如同英国现代主义文学的先驱乔伊斯一样，塞尔文在语言和叙事上采用实验性的技巧是为了强调更细致深入地理解文化政治身份的必要性(Brown，2013：33)。布朗发现传统批评中关于罗杰·麦斯的评论表现出一种分裂性，有的批评家只看到作品中对于加勒比来说的政治正确，认定麦斯是具有明显政治立场的民族主义作家，有的批评家则看到其中与民族主义不相容的"浪漫主义"要素，认定麦斯深陷"旧"(浪漫主义)与"新"(民族主义)的价值观矛盾中。布朗的观点是，如果透过现代主义自反性的视角，就可以得出关于麦斯的统一的批评叙事：麦斯的小说是现代主义的"加勒比变体"，试图在潜移默化中作用于人们的意识，从而服务于特定的政治目的(Brown，2013：44)。

在《移民现代主义：战后伦敦和西印度群岛小说》的最后，布朗对奈保尔的创作特点进行了评述，在他看来，与以上提到的"疾风"作家不同，奈保尔维护现实主义的写作传统，反对现代主义的创作潮流。他"厌恶实验主义的写作技巧，提倡平实的语言、直接的故事，以及朴实、稍带幽默的写作风格"，但奈保尔同时也是最淡化加勒比文化民族主义的作家，他建议加勒比作家全方位接纳帝国的写作传统，在写作中去政治、去种族，努力创作看不出加勒比地方特色的普世性文学作品。尽管如此，布朗认为奈保尔其实与兰明、麦斯、米特霍尔泽、塞尔文一样，虽置身于帝国高雅文化中，却致力于推翻帝国高雅文化，他们都针对此前帝国压迫殖民地的方式构建了一场文化运动(Brown，2013：55–57)。

第 8 章 经典与经典超越——新世纪加勒比英语文学批评的新趋势

21世纪加勒比英语文学批评中探讨加勒比作家与现代主义关系的著作还有：查尔斯·波拉德（Charles Pollard）的《新世界现代主义：T. S. 艾略特、德里克·沃尔科特及卡莫·布莱斯维特》（*New World Modernism: T. S. Eliot, Derek Walcott, and Kamau Brathwaite*，2004）、玛丽·洛·埃默里（Mary Lou Emery）的《现代主义、视觉表现及加勒比文学》（*Modernism, the Visual, and Caribbean Literature*，2007）。与《移民现代主义：战后伦敦和西印度群岛小说》相似，这些著作也都认为，流亡伦敦的加勒比作家不可避免地参与了现代主义的文学创作实践。

21世纪以来的20多年里，《加勒比季刊》（*Caribbean Quarterly*）、《小斧子》（*Small Axe*）、《西印度文学》（*Journal of West Indian Literature*）等学术期刊发表了30多篇对"疾风"文学作品的评论，其中大部分采用了具有时代特征的新的解读方法。例如，纳迪亚·巴特（Nadia Butt）和吕贝巴·乔杜里（Lubabah Chowdhury）在他们的文章中探讨了奈保尔的作品是否真如他本人在2001年的诺贝尔文学奖获奖感言中所说的那样没有政治含义，他们对此得出否定的结论。在一篇题为《重塑自我：奈保尔虚构自传〈半生〉中的旅行与转型》（"Reinventing the Self: Travel and Transformation in V. S. Naipaul's *Half a Life* as a Fictional Autobiography"，2022）的文章中，巴特指出，奈保尔的写作虽不积极抵抗殖民主义，却隐性地拒绝迎合西方对非西方的幻想，以另一种形式抵抗殖民主义和后殖民主义的意识形态（Butt，2022：348-369）。在《奈保尔与C. L. R. 詹姆斯作品中的浪漫历史与黑色未来》（"Romantic Histories and Black Futurity in V. S. Naipaul and C. L. R. James"）一文中，乔杜里将奈保尔的《抵达之谜》（*The Enigma of Arrival*）与英国作家C. L. R. 詹姆斯的《黑色雅各宾派》（*Black Jacobins*，1938）作比较，认为前者与后者一样，表达了对黑人反殖民斗争的支持以及对斗争结果的积极期望（Chowdhury，2020：479-497）。莫特雷·莫里斯（Mottale Morris）的《奈保尔与伊斯兰教》（"V. S. Naipaul and Islam"）是2020年《加勒比季刊》上的一篇文章，该文重点分析奈保尔的两部游记——《信徒的国度》（*Among the Believers*，1981）和《不止信仰》（*Beyond Belief*，1998）。通过联系奈保尔的小说以及他本人在殖民地生活的背景，莫里斯提出，奈保尔的游记在批判伊斯兰世界对现代性抵触的同时，也影射了加勒比岛国对现代性的抵制（Morris，2020：71-79）。罗伯特·斯乔曼（Roberto Strongman）的《学校作为殖民国家机器：帕特里克·夏穆瓦佐的〈一个克里奥尔儿童的上学之路〉与V. S. 奈保尔的〈米格尔街〉中的发展、教育与模仿》（"The Colonial State Apparatus of the School: Development, Education, and Mimicry in Patrick Chamoiseau's *Une Enfance Créole Ii: Chemin-D'cole* and V. S. Naipaul's *Miguel Street*"，2007）一文以"殖民教育"作为切入点，着重讨论了《米格尔街》对殖民教育体系的呈现，分析作品如何揭示殖民教育通过向加勒比地区传播欧洲文化和价值观来维护帝国的殖民统治（Strongman，2007：83-97）。

沃尔科特的作品也在学术期刊上受到了研究者的多方位解读。詹内特·格雷汉姆（Janet Graham）的文章《沃尔科特命名诗学与地方认识论》（"Derek Walcott's Poetics of Naming and Epistemologies of Place"，2020）和布朗的著作一样，也注意到沃尔科特在《奥麦罗斯》中借用了荷马史诗中的命名和明喻、但丁的三行体、莎士比亚的暗喻乃至甲壳虫乐队的歌词等，但是文章重点分析沃尔科特如何创立异于传统的"地方认识论"来解构帝国历史档案。马丽娅·麦加里蒂（Maria McGarrity）在《鸦片的慰藉：沃尔科特〈奥麦罗斯〉中的母性阴影》（"'Solace of Landanum': Shadows of Maternity in Derek Walcott's *Omeros*"，2020）一文中分析了《奥麦罗斯》中的四大女性形象，说明四名女性人物——海伦（Helen）、艾利克斯（Alix）、斯威夫特（Swift）和莫德（Maud）——如何共同对抗环境对她们的预设，认为她们不是任人摆布的客体，而是具有能动性的主体，是具有治愈力量和指引能力的母亲联合体。麦克·芬威奇（Mac Fenwich）的文章《"皆是陌生人"：沃尔科特诗歌中的侵略性"土民"》（"'All Strangers Here': 'Native' as Invasive in the Poetry of Derek Walcott"，2011）细读了沃尔科特的《诗集1948—1984》（*Poems 1948-1984*）、《奥麦罗斯》和《黄昏的诉说》（*What the Twilight Says*，1970），芬威奇注意到三部作品中所表达的诗人对加勒比人归属感的看法。沃尔科特承认西印度群岛风景的陌生性，然而他拥抱这种陌生感，因为他认为只有接受而不是超越这种与风景的疏离感，加勒比各种族裔

第8章　经典与经典超越——新世纪加勒比英语文学批评的新趋势

的外来者才可能最终寻得归属感。艾伦·伊斯特雷（Aaron Eastley）的《沃尔科特、乔伊斯以及全球现代主义》（"Walcott, Joyce, and Planetary Modernisms"，2018）一文则探寻作为现代主义写作实践者的沃尔科特与乔伊斯之间的联系。与其他研究者不同，伊斯特雷并没有试图证明乔伊斯对沃尔科特的影响，而是指出"后殖民焦虑"（postcolonial anxiety）是连接二者的最重要特征，并分析"后殖民焦虑"如何让二人的作品具有现代性。

　　21世纪以来的加勒比英语文学批评家们对萨尔基、塞尔文、兰明、哈里斯也进行了重读。萨尔基是"疾风"作家中相对受关注较少的一位，玛格丽特·拉弗（Margaret Love）的文章《智识密码：副文本、文本与萨尔基的加勒比经典建构》（"A Password of Intellectuality: Paratexts, Texts, and Andrew Salkey's Construction of a Caribbean Canon"，2017）强调了他在加勒比文学摆脱英国文学建制、实现自主过程中做出的杰出贡献。拉弗认为，萨尔基的小说《卡特利斯·凯利历险记》（*The Adventures of Catullis Kelly*，1969）通过副文本的结构和亮明加勒比作家身份的人物互动，在形式上和内容上对抗了帝国对加勒比文学的贬低和无视。泰伦·阿里（Tyrone Ali）的《"我未成年"：塞缪尔·塞尔文的〈更明亮的太阳〉和V. S. 奈保尔的〈毕斯沃斯先生的房子〉中的印裔特立尼达男人形象》（"'To Me, I No Man Yet!': Indo-Trinidadian Manhood in Samuel Selvon's *A Brighter Sun* and V. S. Naipaul's *A House for Mr. Biswas*"，2020）对塞尔文的《更明亮的太阳》与奈保尔的《毕斯沃斯先生的房子》进行了比较阅读。作者发现二者都描绘了印度裔特立尼达男性对男性气质的追求，同时也都表示只有在与印度裔特立尼达女性气质互动的前提下，印度裔特立尼达男性才能真正过渡到成年阶段，建构完整的男性身份。理查德·克拉克（Richard Clarke）在《兰明、马克思和黑格尔》（"Lamming, Marx and Hegel"，2008）一文中研究兰明理论著作中所蕴含的马克思主义和黑格尔的历史唯物主义思想。诺瓦·爱德华兹（Norval Edwards）的《传统、批评家及跨文化诗学：作为文学理论家的威尔逊·哈里斯》（"Tradition, the Critic, and Cross-cultural Poetics: Wilson Harris as Literary Theorist"，2008）讨论哈里斯作为最坚定的加勒比诗学倡导者对文化、种族、民族绝对主义和概念化的二元论思维的拒斥，文章指出，在哈里斯的批评中，文学并不把民族看成最终的所指，而是看作深入意识、并且超越意识的媒介。汉娜·瑞吉斯（Hannah Regis）的《神话、祖先与仪式：对乔治·兰明〈冒险季〉中神灵所做的一种批评解读》（"Myth, Ancestors and Ritual: A Critical Reading of Spirit in George Lamming's *Season of Adventure*"，2019）一文探讨了兰明的《冒险季》（*Season of Adventure*，1960）对"神灵"的文学表现，分析了小说借此表达的"存在危机"和"归属危机"的严肃主题，兰明的小说提示信仰体系能够帮助流亡在外的加勒比群体对抗各种针对他们的物理的、心理的和意识形态形式的压迫。

2022年《西印度群岛文学》杂志第30卷第二期专门讨论了布莱斯维特及其作品，为研究这位加勒比经典诗人增添了新视角和新观点。达希尔·摩尔（Dashiell Moore）的《如同羽蛇神飞舞：卡莫·布莱斯维特作品中的非裔和美洲印第安人因素》（"Like Quetzalcoatl Flying: Afro-Caribbean and Amerindian Entanglements in Kamau Brathwaite"）一文研究布莱斯维特诗中反复出现的美洲印第安人形象，揭示诗人既要在文学中再现历史，又渴望创造出"替代本土"（alter-native）的形象来取代印第安人原住民的矛盾情节。加拉德·扎姆布勒（Jarad Zimbler）的《卡莫·布莱斯维特的加纳诗：理解韵律》（"Kamau Brathwaite's Poems from Ghana: Making Sense of Rhyme"）一文聚焦布莱斯维特在加纳居住期间所创作的诗歌，文章发现诗人这一阶段的作品不仅在主题上与之前的创作有所不同，而且在韵律的运用上更加成熟和巧妙。伊莱恩·萨沃里（Elaine Savory）的《多元世界的希望：卡莫·布莱斯维特作品中的宇宙之败》（"Hope for the Pluriverse: Defeat of the Universe in the Work of Kamau Brathwaite"）一文从布莱斯维特的作品所描写的自然环境入手，讨论作品所传达给读者的深度生态意识以及有关社会正义、平等和健康等的理念。雷切尔 L. 莫迪盖（Rachel L. Mordecai）的《英雄、母亲及缪斯：卡莫·布莱斯维特教学之中谈性别》（"Heroes, Mothers, and Muses: Teaching Gender in Kamau Brathwaite"）是一篇讨论如何就布莱斯维特文学作品开展教学的文章。作为示范，作者借助性别分析的方法来阅读布莱斯维特的三首诗作：《母亲诗篇》（"Mother Poem"）、《太阳诗篇》（"Sun Poem"）和《希恩·麦克西肯日记》（"The Zea Mexican

第 8 章　经典与经典超越——新世纪加勒比英语文学批评的新趋势

Diary")。作者认为，这些作品中对男性和女性的刻画都对应了英雄、母亲和缪斯三大原型，诗作对英雄主义的呈现、对男性气质的构建以及对女性的刻画充分表明：布莱斯维特的写作不可以被读成社会学、历史学或者民族志，读者应该避免采用简化作品的阅读法。

21 世纪的批评家对加勒比英语文学经典的重读视角多元、方法新颖，完全突破了单一文化民族主义的阅读范式。他们从主题、修辞、形式和内容上全方位重读经典作家的作品，并告诉人们：加勒比作家在反对殖民主义的同时，在写作上既借助又背离欧洲传统；加勒比作家承认与加勒比之间非本土的联系，同时又渴望归属在加勒比的风景中；他们书写男性，也描写女性，探讨二者之间互相成就的关系；他们观察人类社会，也关注非人类的大自然，期待人与非人的和谐共处；他们回顾历史，也想象未来，希冀加勒比有真正独立、自由的明天。21 世纪的加勒比英语文学批评反映了经典作品的复杂性和永恒性，它们的丰富含义还将随着更多更新的重读而逐步展现。

8.3　边缘文学研究

21 世纪的加勒比英语文学批评家普遍反对仅把经典作家作为加勒比文学研究和本科生文学课程的固定内容，因为"这种有限文本和主题的循环对加勒比文学和文学批评都十分有害"（Donnell & Welsh, 1996: 5）。21 世纪以来，加勒比英语文学研究的一个显著变化是，以前被边缘化的作家和作品重新回归到了批评家的视野中。布朗和罗森博格 2015 年主编出版的《疾风之外：战后加勒比英语文学再思考》（*Beyond Windrush: Rethinking Postwar Anglophone Caribbean Literature*）便是一个典型的例子，该书重点关注了与"疾风"作家同时代的一批其他加勒比作家，为读者呈现出一个更加绚烂多姿的加勒比英语文学。在布朗和罗森博格之前，塞尔温·库德乔（Selwyn Cudjoe）于 2003 年出版了《边界之外：19 世纪特立尼达与多巴哥的思想传统》（*Beyond Boundaries: The Intellectual Tradition of Trinidad and Tobago in the Nineteenth Century*）。在该书中，作者讨论自 1803 年的"路易斯·考尔德事件"（the case of

Louisa Calderon）[1]至 1907 年《鲁伯特·格里：一个黑人与白人的故事》（*Rupert Gray: A Tale of Black and White*）成书约 100 年间特立尼达和多巴哥的文学发展状况，研究对象广泛，内容包括自然科学论文、日志、回忆录、历史、奴隶叙事、游记、诗歌、小说等。伊夫林·奥卡拉汉（Evelyn O'Callaghan）2004 年出版的《西印度女性写作，1804—1939：属于我们的一片热土地》（*Women Writing the West Indies, 1804-1939: A Hot Place, Belonging to Us*）一书研究了 19 世纪到 20 世纪早期加勒比女性作家的写作，其中大部分都是白人女性的作品，包括帕米拉·史密斯（Pamela Smith）整理的民歌集（1899）、玛丽·洛克特（Mary Lockett）的小说《克里斯托弗》（*Christopher*，1902）以及克拉林·斯蒂芬森（Clarine Stephenson）的诗歌（1909）；也有少部分黑人女性的作品，如伊丽莎白·哈特·思韦茨（Elizabeth Hart Thwaites）和安妮·哈特·吉尔伯特（Ann Hart Gilbert）编写的卫理公会历史（1804）、玛丽·普林斯（Mary Prince）的奴隶叙事（1831）以及玛丽·西科（Mary Seacole）的自传《美妙历险》（*Wonderful Adventures*，1857）。尼科尔·N. 奥尔乔于 2012 年出版的《克里奥尔证词：英属西印度群岛的奴隶叙事，1709—1838》（*Creole Testimonies: Slave Narratives from the British West Indies, 1709-1838*）关注的是 18 世纪、19 世纪西印度群岛的奴隶群体所创作的叙事，其中 18 篇叙事中包含了 16 篇创作于 1709—1838 年的作品，一篇是一名黑人在其友人葬礼上的发言，还有一篇是一个名叫乔安娜的女性奴隶的作品。奥尔乔认为，这些叙事是奴隶集体斗争的证据，对奴隶主及其支持者所书写的历史形成了冲击。

21 世纪以来，加勒比女性文学研究方兴未艾。伊丽莎白·努内孜（Elizabeth Nunez）和詹妮弗·斯帕罗（Jennifer Sparrow）于 2005 年出版的《蓝色维度：国内外的加勒比女作家》（*Blue Latitudes: Caribbean Women Writers at Home and Abroad*）重点讨论了迪翁·布兰德（Dionne Brand）、米歇尔·克里夫（Michelle Cliff）、默尔·柯林斯（Merle Collins）、艾德威奇·丹迪卡特（Edwidge Danticat）和牙买加·金凯

---

[1] 19 世纪初期，英国人托马斯·皮克顿（Thomas Picton）担任特立尼达总督，其间，混血女孩路易莎·卡尔德隆（Louisa Calderon）因被指控偷窃而受到严重折磨，皮克顿因此事于 1806 年受到英国王室的审判。

第 8 章　经典与经典超越——新世纪加勒比英语文学批评的新趋势

德等作家的小说，分析这些作品对加勒比女性所遭受的性剥削的表征，揭示它们所隐喻的新殖民主义现象，指出它们对殖民历史残余影响的批判。海伦·C. 斯科特（Helen C. Scott）的《加勒比女性作家与全球化：独立小说》（*Caribbean Women Writers and Globalization: Fictions of Independence*，2006）在全球与区域性的经济语境中解读欧雅·肯帕朵（Oonya Kempadoo）、金凯德、宝琳·梅尔维尔（Pauline Melvill）、加尼斯·夏因伯恩（Janice Shinebourne）等当代加勒比女性作家的作品，认为她们的作品呈现了独立后的加勒比社会政治现实，深刻揭示了殖民主义表面上消退后帝国主义因素仍在发挥影响的真相。德内特·弗朗西斯（Donette Francis）的《女性公民小说：当代加勒比文学中的性与国家》（*Fictions of Feminine Citizenship: Sexuality and the Nation in Contemporary Caribbean Literature*，2010）主要关注帕特丽夏·鲍威尔（Patricia Powell）、奈莉·罗萨里奥（Nelly Rosario）、丹迪卡特、伊丽莎白·努涅斯和安吉·科鲁兹（Angie Cruz）的小说创作，分析其中所表现的奴隶解放、契约劳工和美国军事干涉三大历史事件以及"亲密政治"（politics of intimacy）在这些事件中的影响。克里斯蒂娜·赫雷拉（Cristina Herrera）和宝拉·散马丁（Paula Sanmartin）于 2015 年出版的《阅读／表达／写作母亲文本：加勒比女性写作论集》（*Reading/Speaking/Writing the Mother Text: Essays on Caribbean Women's Writing*）立足"母亲"主题探讨女性文学，重点研究加勒比女性作家苏希拉·纳斯塔（Susheila Nasta）和卡洛琳·罗迪（Caroline Rody）等在作品中刻画的母亲身份和母亲育儿事件，考察母亲形象的转型与革新。

同性恋写作被认为是 20 世纪 80—90 年代才在加勒比出现的文学主题，布朗和罗森博格提醒读者，同性恋文学在加勒比文化中是一种合法的存在，早在 20 世纪初，这一主题就在麦凯以及非核心"疾风"作家萨尔基的创作中有所表现（Brown & Rosenberg，2015：9），21 世纪以来的加勒比英语文学批评对这一写作领域给予了充分的关注。汤姆斯·格雷伍（Thomas Glave）2008 年出版的《我们的加勒比：安的列斯群岛的同性恋作品选》（*Our Caribbean: A Gathering of Lesbian and Gay Writing from the Antilles*）是一本同性恋文学合集，作品收入来自安的列斯群岛的 37 名同性恋作家所写的小说、非小说、回忆录和诗歌，在表现同性恋主题的同时，这些作品还深刻反映了加勒比社会的宗教、家庭、种族和阶级状况。罗萨蒙 S. 金（Rosamond S. King）出版于 2014 年的《岛屿身体：加勒比想象中的性跨界》（*Island Bodies: Transgressive Sexualities in the Caribbean Imagination*）一书分析了加勒比文学、音乐、影视及流行文化中的性取向标准和期待，展示个体通过挑战社会二元性别系统，突破传统性别角色和解构异性恋正统主义（heteronormativity）的努力。多奈尔所著的关于同性恋文学的最新著作《克里奥尔化的性取向：解构文学的异性恋正统主义》（*Creolized Sexualities: Undoing Heteronormativity in the Literary*，2022）细读了奈保尔、马龙·詹姆斯（Marlon James）、沙尼·莫托（Shani Mootoo）以及朱诺德·迪亚兹（Junot Diaz）等人的多部小说，探讨其中所表现的"加勒比性"（Caribbeanness）与"酷儿性"（queerness）如何互相回应与调和，多奈尔认为，克里奥尔化的性取向是加勒比性不可或缺的一部分，是尚未得到承认的抵制殖民和新殖民的重要力量。

布朗和罗森博格指出，在传统的加勒比文学批评当中，由于核心"疾风"作家强调反抗殖民主义和书写平民，书写中产阶级和精英生活的作家——如约翰·赫恩（John Hearn），或者本人就是中产阶级的白人作家，如里斯、杰弗里·德雷顿（Geoffrey Drayton）——一直以来理所当然地受到排斥和边缘化；除此以外，尽管加勒比社会存在各种提倡克里奥尔化的话语，但在对单一民族族群的追求中，传统的加勒比文学和批评经常忽视印裔、华裔和印第安土著的文学创作（Brown & Rosenberg, 2015: 10）。21 世纪以来，这种忽视少数群体写作的状况有所好转，在编写新时期的文学史时，批评家们基本将各时期白人作家的写作囊括在内，也有学者专门研究白人作家的写作，如罗宾逊-沃尔科特·金（Kim Robinson-Walcott）的文章《采用被鄙视的身份：当代西印度群岛白人作家及其种族定位》（"Claiming an Identity We Thought They Despised: Contemporary White West Indian Writers and Their Negotiation of Race"，2003）及专著《故障！安东尼·温克勒与西印度群岛白人创作》（*Out of Order! Anthony Winkler and White West Indian Writing*，2006）专门分析了安东尼·温克勒（Anthony C. Winkler）的作品，讨论了作品所反映的加勒比克里奥尔白人在黑人占多数的社会

第8章　经典与经典超越——新世纪加勒比英语文学批评的新趋势

中的身份困境。21世纪受到批评界关注的华裔作家主要有美玲·金（Meiling Jin）、威利·陈（Willi Chen）、汉娜·刘（Hannah Lowe）和史黛丝安·钱（Staceyann Chin）。莎拉·劳森·威尔士（Sarah Lawson Welsh）曾撰文研究威利·陈的短篇小说集《狂欢节之王》（*King of the Carnival*, 1988），分析作品对特立尼达不同种族、宗教和经济群体的刻画和表现（Welsh, 2001: 69–95）。乔斯林·芬顿·斯蒂特（Jocelyn Fenton Stitt）则撰文剖析史黛丝安·钱的回忆录《天堂的彼岸》（*The Other Side of Paradise*, 2009）中叙述者在牙买加社会中多样化的身份（Stitt, 2014: 1–17）。朱迪思·米斯拉伊·巴拉克（Judith Misrahi-Barak）则撰文讨论美玲·金的短篇小说集《女船夫之歌》（*Song of the Boatwoman*, 1996），认为其中所有故事都反映了华裔加勒比人为解决中国文化与移入国文化之间的冲突所作的周旋和努力（Misrahi-Barak, 2012: 1–15）。西瓦妮·拉姆洛坎（Shivanee Ramlochan）关注汉娜·刘的首部诗集《雏鸡》（*Chick*, 2013），认为其中的诗作"追随了'疾风'作家的梦想和沮丧，反映了多种文化的融合"（Ramlochan, 2020: 45）。

在"疾风"现象的影响下，短篇小说在很长时间里不受批评界的重视，被认为是长篇小说发展的早期雏形。2011年，露西·埃文斯（Lucy Evans）、马克·麦克沃特（Mark McWatt）和艾玛·史密斯（Emma Smith）主编出版的《加勒比短篇小说：批评的视角》（*The Caribbean Short Story: Critical Perspectives*）改变了这种情况，该书收入了25篇短篇小说研究论文，它们或评论单个作家，或研究某个时期或地区的短篇小说创作现象，是一部对加勒比地区短篇小说出版史和社会政治语境的综合研究。2004年《西印度群岛文学》杂志第12期也专门关注了加勒比英语短篇小说，其中，海叶森思·M. 辛普森（Hyacinth M. Simpson）的《模式与阶段：口头诗学与牙买加的百年短篇小说》（"Patterns and Periods: Oral Aesthetics and A Century of Jamaican Short Story Writing", 2004）一文回顾了牙买加短篇小说在20世纪百年历史中的发展状况。而其他文章，如达里奥的《弗兰克·考里摩尔短篇小说中的影子、葬礼与恐惧意识》（"Shadows, Funerals, and the Terrified Consciousness in Frank Collymore's Short Fiction"）、斯黛拉·艾古-巴克什（Stella Algoo-Baksh）的《奥斯汀·C. 克拉克的短篇小说》（"Austin

C. Clarke's Short Fiction")以及罗森博格的《现代传奇：乌娜·马森的〈世界公民 1928—1931〉中的短篇小说》("Modern Romances: The Short Stories in Una Marson's *The Cosmopolitan 1928-1931*")则分析了具体作家的短篇小说创作，阐释了它们在加勒比英语文学发展历程中的意义。

8.4 本土理论探索

加勒比英语文学批评家深知加勒比地区特殊的历史进程、文化构成和政治经济现状，所以在文化民族主义的斗争中，他们积极探索本土批评的"理论化和差异化"（Eddie，2006：3），以期建构自己的理论来阐释独特的加勒比文学现象。罗森博格在 2007 年出版的《民族主义与加勒比文学的形成》（*Nationalism and the Formation of Caribbean Literature*）一书中提出，要运用布莱斯维特的"克里奥尔化"理论来解读创作于 1950 年以前和以后的加勒比英语文学作品（Rosenberg，2007：6）。"克里奥尔化"是布莱斯维特在《牙买加克里奥尔社会的发展，1770—1820》（*The Development of Creole Society in Jamaica 1770-1820*，1971）和《矛盾之兆》（*Contradictictory Omens*，1974）中系统论述的概念，布莱斯维特认为，欧洲裔、非洲裔、亚洲裔和美洲裔在加勒比的社会与文化互动造就和定义了加勒比社会，他把这一过程称为"克里奥尔化"的过程。"克里奥尔化"理论强调，被奴役的人和普通自由人是"克里奥尔化"过程中最强大的力量，它宣称：正是这些普通加勒比人，而不是英国殖民者，塑造了加勒比社会和文化。布莱斯维特尤其关注非裔加勒比平民文化在种植园经济的条件下上升为新文化的过程，通过交替使用"非裔克里奥尔"与"平民"二词，布莱斯维特将平民文化限制在"克里奥尔化"的互动与整合的过程中，从而极富预见性地提醒人们不要将克里奥尔的过程理想化。巴克诺与多奈尔认为，因为布莱斯维特的理论探讨了与权力关系有关的、具体的克里奥尔化的案例，所以它具有历史真实性，政治性和本土性（Bucknor & Donnell，2011：384）。

第8章　经典与经典超越——新世纪加勒比英语文学批评的新趋势

布莱斯维特曾在《矛盾之兆》中创造性地提出用"替代 – 本土"（alter-native）的概念，来阐释非裔加勒比人与加勒比原住民及加勒比景观的特殊关系，根据布莱斯维特的定义，"替代 – 本土"就是非洲克里奥尔文化在加勒比本土化的过程，是"另一个传统"成功取代原住民的传统成为加勒比本土传统的过程（Brathwaite，1974：24）。在这种理论的指导下，被奴役的群体能够通过在所继承的景观上印刻文化印记，实现在景观中的本土化。这一有关非裔加勒比人本土化的理念挑战了西方话语对本土身份的本质主义性质的构建，解释了有关非裔加勒比人身份和归属的疑惑，也成功建构了他们与加勒比自然环境之间相互塑造的关系模式。达希尔·摩尔2022年的一篇文章在讨论布莱斯维特本人的诗作时，就运用了"替代 – 本土"理论，他指出，虽然布莱斯维特深信非裔克里奥尔能够替代原住民成为土著，但他的作品却矛盾性地展现了原住民的在场与不在场，反映了一种非裔加勒比人与原住民之间似无若有的身份冲突（Moore，2022：82）。

"恐惧意识"的理论是由加勒比批评家建立和发展而来的另一个批评理论。弗朗兹·法农在《全世界受苦的人》中写道："去殖民始终是一种暴力现象 …… 对这种改变的渴望以其最原始、最冲动和最强烈的状态存在于被殖民者的意识和生活中。而另一类男女——殖民者——同样也意识到这种可能性，但对于他们，那将是一个可怕的未来"（Fanon，2004：11）。兰姆谦德在分析里斯、菲丽丝·尚德·奥尔弗里（Phyllis Shand Allfrey）和德雷顿的写作时运用了法农所提出的"白人恐惧去殖民的未来"这一概念，并且加以发展。兰姆谦德认为可以用"恐惧意识"来概括白人少数面对黑人多数认识到自己力量时的震惊和不安（Ramchand，1980：225）。达里奥在2004年解读弗兰克·考里摩尔的短篇小说时也借助了"恐惧意识"的理论，同时进一步拓展该理论。他认为白人少数不仅恐惧外部占多数的黑人，而且还恐惧内部受到污染的、不纯的血统。在对考里摩尔的三篇故事——《影子》（"Shadows"）、《喜欢出席葬礼的人》（"The Man Who Loved Attending Funerals"）、《与她的母亲相见》（"To Meet Her Mother"）——的细致分析中，达里奥向读者介绍了白人少数的这种内外恐惧的表现和本质（Dalleo，2004：184–195）。

21世纪以来，加勒比英语文学批评继续倡导立足加勒比经验建构自身话语、努力开创独特的加勒比文学批评理论。帕特丽夏·莫哈麦德（Patricia Mohammed）和珍妮特·莫姆森（Janet Momsen）认为，欧美女性主义理论并不总适用于解读加勒比的文学现象。莫哈麦德指出，西方的性别理论预设一种"公共—私人"的二元对立，而且将其投射到"男—女"性别关系上，这样的思维模式不符合加勒比的实际，因为在加勒比，从未有过整齐划一的处于优势公共空间的男性与处于从属家庭空间的女性的绝对情形（Mohammed, 2002: xiv-xxiii）。在一篇题为《双重悖论》（"The Double Paradox"）的文章中，莫姆森认为，加勒比的性别关系中存在着特殊的现实：

> 在加勒比多元化的族群、阶级、语言和宗教中，存在着普遍的父权意识形态，其中女性处于从属和依赖的地位。与此同时也存在着另一种充满活力的传统，其中女性经济自主，充任家长，男性在家庭结构中处于边缘或者从中缺席。所以加勒比的性别关系是一个双重悖论：女性为主的家庭中有父权因素；家庭与国家范围内的父权传统又与女性经济独立共存。（Momsen, 2002: 45）

2022年，雷切尔·莫迪盖（Rachel L. Mordecai）在《西印度群岛文学》杂志上以《英雄、母亲和缪斯：卡莫·布莱斯维特教学之中谈性别》为题发表一文。在该文中，她接受了莫哈麦德和莫姆森的批评视角，对布莱斯维特诗歌中的性别关系进行了深入的探究，透过这一视角，布莱斯维特的《尘埃》（"The Dust"）一诗中的女性再也不是以往批评家所理解的只忙碌于琐碎家务的角色，而是公共和私人领域的积极参与者，家庭和社会经济责任的主要承担者。莫迪盖认为，讨论加勒比的性别关系需要考虑三大历史的和现实的因素：第一是曾经的奴隶制和种植园经济对当代加勒比的影响；第二是女性充任决策者和养家人的家庭结构；第三是女性与男性一起积极对抗殖民压迫的历史。莫迪盖的结论是父权与女性自主对立统一地共存于加勒比社会，加勒比的性别关系是一种流动的、多元互动的关系（Mordecai, 2022: 126-128）。作为西方社会的学者，莫迪盖代表了一部分尊重加勒比实际、拒绝机械套用西方理论、思想开明的西方研究者。

第8章　经典与经典超越——新世纪加勒比英语文学批评的新趋势

在重视外部差异的同时，加勒比的文学批评家并不无视内部的差别。针对印裔加勒比女性所处的特殊境况，莫哈麦德提出了"性别协商"（gender negotiation）的解释框架，她在其《特立尼达印度人中的性别协商，1917—1947》（*Gender Negotiations among Indians in Trinidad, 1917-1947*）一书中指出，在印度向加勒比输出劳工及其后的一段时间，印裔加勒比女性虽然通过挣工资的行为挑战了父权结构，实际上却与传统势力合谋，试图建立"经典父权制度"。莫哈麦德认为，父权制在一定程度上也抹杀男性气质，她建议印裔加勒比女性和男性通过性别协商——妥协、辩论、共谋、抗争、颠覆——来改变处境、获取力量（Mohammed，2002：32-33）。加布里埃尔·加米勒·侯赛因（Gabrielle Jamela Hosein）和丽莎·乌塔（Lisa Outar）认为，"性别协商"的概念只适用于20世纪前50年的历史语境，即女性主义思想尚未得到广泛传播的历史阶段。她们主编出版的《印裔加勒比女性主义思想：谱系、理论、实践》（*Indo-Caribbean Feminist Thought: Genealogies, Theories, Enactments*）一书重点阐述了"女性主义之航程"（feminist navigations）和"后劳工时代之女性主义"（post-indentureship feminisms）两大理论。"女性主义之航程"是对过去三代印裔加勒比女性主义学者思想的理论化和总结；"后劳工时代之女性主义"则主要关注女性主义意识的理论和实践在印度输出劳工及其后历史阶段的发展，该理论放弃了传统的以印度次大陆的离散框架为出发点的做法。印裔加勒比女性主义思想展示了女性主义传统在特定的后劳工和后奴隶制时代的发展以及跨族群的凝聚力和关联性（Hosein & Outar，2012：1-9）。

"加勒比生态批评"是加勒比文学批评家在20世纪末北美生态批评背景下，结合自身社会和历史的实际而提出的本土生态批评理论。在一部题为《加勒比文学与环境：自然与文化》（*Caribbean Literature and the Environment: Between Nature and Culture*）的著作中，伊丽莎白·德洛里（Elizabeth DeLoughrey）、蕾妮·K. 戈森（Renée K. Gosson）和乔治·B. 汉德利（George B. Handley）对此进行了具体的阐述。她们认为，加勒比的环境危机肇始于殖民征服的历史时代，由殖民者的殖民活动引发，而北美生态批评却绕开加勒比和拉丁美洲地区，把北美白人定居者视作文化和历史的唯一代言人，只从他们的视角出发表达对自然的关爱和保护，将美洲原住民及其他种族都被降级为"无历史的存在"，以他们的"自然性"为借口无视他们对土地的政治主张。德洛里等人批判这种依据美国的地缘政治边界理论阐释模式，建议把生态批评"嫁接"（grafting）到加勒比的语境，以促成二者的对话（DeLoughrey, Gosson & Handley, 2005: 27）。2011年，德洛里以《生态批评：地方政治》（"Ecocriticism: The Politics of Place"）为题发表一文，在该文中，她进一步提出，尽管加勒比文学因其对环境的关注和对环境的复杂表现，适合运用生态批评的角度去解读，但这种解读需要考虑帝国的历史和加勒比国家后殖民性的民族建构。她解释说：加勒比地区的人与自然的辩证关系植根于该地区的殖民暴力史，欧洲裔、亚洲裔及非洲裔族群和文化的迁徙史，以及移植而来的动植物对当地景观的改造史，因此生态批评"远远不止是关于景观和自然的书写"，其批评范围还应涵盖殖民主义的动植物史、帝国主义对"DNA主权"的侵犯史等（DeLoughrey, 2011: 265–273）。迈克尔·A. 巴克诺认同德洛里等人结合加勒比特性对生态批评理论的重新阐释，他2020年发表的文章《帝国主义废墟的认识残余：爱德华·鲍的〈黑沙〉和奥立芙·西尼奥的〈热带园艺〉中的废物、杂草与垃圾诗学》（"Conceptual Residues of Imperialist Ruination: Waste, Weeds and the Poetics of Rubbish in Edward Baugh's *Black Sand* and Olive Senior's *Gardening in the Tropics*"）从"加勒比生态批评"的视角解读爱德华·鲍和西尼奥的两部诗集中的废弃物。巴克诺认为两部诗集中的废弃物和野草意象隐喻了殖民者对殖民地生态、对殖民地人民的强权态度，作为"历史废墟"的一部分，它们记录了帝国对殖民地所施加的物质和精神暴力。巴克诺总结说，两名诗人通过"垃圾诗学"重估了加勒比社会的废弃物和荒草，从帝国建构的沉渣中抢救出加勒比主体性，恢复了加勒比人对社会与人类的认知，他们拒绝盲目采纳殖民者的视角孤立看待生态问题，而这在他看来正是"加勒比生态批评"（Bucknor, 2020: 34）的要义。

21世纪的加勒比各国虽然政治上都已独立，表面上都摆脱了殖民统治，但是欧美新殖民主义势力的渗透和干涉仍在严重威胁着这些国家的自主。多奈尔和威尔士认为，西方学术机构重新将加勒比文学置于研究中心，试图通过批评话语体系对其进行再造和重构，这不可不谓一种

第8章 经典与经典超越——新世纪加勒比英语文学批评的新趋势

新帝国主义的文化侵略行径（Donnell & Welsh, 1996: 353）。不少批评家认为，加勒比批评家和部分开明的西方学者对强势的西方批评话语保持警惕，积极探索和建构具有加勒比特色的文学批评理论，这些努力有效防止了加勒比文化再次沦为西方文化的从属，是抵制新殖民主义势力的重要力量。

重写文学史、重读经典作家作品、关注边缘文学以及积极探索本土文学批评话语的理论创新，上述四个方面集中反映了21世纪以来加勒比英语文学批评的新走向，从中人们不仅可以看到加勒比文学批评在21世纪的大发展，更看到它以我为主的转型升级。更重要的是，关注21世纪加勒比文学批评的读者不难看出，新时期的加勒比批评家们将继续在反思历史的基础上开拓未来。比尔·阿什克罗夫特等后殖民理论家曾经指出，历史上欧洲帝国主义和殖民主义最糟糕的情形都汇集在加勒比："土著加勒比斯人（Caribs）和阿拉瓦克人（Arawaks）几乎全部被灭绝；欧洲列强大肆掠夺又相互争夺；奴隶贸易和种植园奴役的血腥和残暴；劳工合同中的回国条款得不到兑现，而致使中国和印度劳工滞留在加勒比"（Ashcroft, Griffiths & Tiffin, 1989: 144）。所以，加勒比英语文学还将在长时间内继续提醒读者这段非正义、不公平的黑暗历史，这在以上对21世纪加勒比英语文学研究的分析中也可见一斑。此外，四面环海的地理位置决定了加勒比文学和文学批评的未来必然会选择开放创新之路。21世纪以来，"加勒比英语区"作为一个学术概念的范围已远远超过其名称所指涉的地理范围，它的全球流散程度甚至超出了保罗·吉尔罗伊所说的"黑色大西洋"的范畴，21世纪的加勒比文学批评和研究广泛包含英国、美国和加拿大等众多的国家和地区（Kutzinski, 2001: 10），加勒比作家在更大范围的流散几乎成就了一场对"疾风"运动的接力和复兴。与此同时，21世纪的加勒比文学形式，如加勒比科幻小说（sci-fiction）、加勒比推理小说（speculative fiction）和加勒比说唱诗歌（dub poetry）等还在以前所未有的势头蓬勃兴起。可以预见，未来的加勒比英语文学将会更加异彩纷呈，加勒比英语文学的批评和研究也会因此呈现出新的方向，绽放出更多新的色彩。

结　语

21世纪以来，关于世界英语文学的研究成了众人趋之若鹜的显学，不过，作为一个学科方向，关于英美之外的国别英语文学研究历史并不太长，它的兴起与第二次世界大战之后众多英国殖民地的陆续独立有关。早先，此类研究被称为"英联邦文学"（Commonwealth Literature）研究或者"新英语文学"（New Literatures in English）研究，投身这一领域的研究人员在英国的文学批评界算得上是不走寻常路的人。第一个这样特立独行的人可能是爱尔兰人A. 诺曼·杰法里斯（A. Norman Jeffares），杰法里斯生于都柏林，早年研究爱尔兰文学，特别是在爱尔兰诗人叶芝研究方面造诣最深，先后著有《创造的意象：爱尔兰文学论集》（*Images of Invention: Essays on Irish Writing*，1995）、《袖珍爱尔兰文学史》（*A Pocket History of Irish Literature*，1997）以及《爱尔兰文学运动》（*The Irish Literary Movement*，1998）等。1950年，他获得一个偶然的机会前往澳大利亚阿德莱德大学担任英国文学教授，因此在阿德莱德工作和生活了17年，在那里，他于教学之余创建了首个《英联邦文学期刊》。离开澳大利亚之后，他回到英国，先后在利兹大学和斯特林大学任教，在利兹大学执教期间，他又创建了《英语文学评论》（*A Review of English Literature*）和《爱丽儿：国际英语文学评论》（*Ariel: A Review of International English Literature*）两个学术刊物，在他的努力下，利兹大学变成了英国大学中首个远近闻名的英联邦文学研究中心。杰法里斯离开利兹大学之后，又一位英国文学批评家威廉·沃尔希（William Walsh）接手他的工作。沃尔希早年毕业于剑桥大学，著有《多彩之声：英联邦文学研究》（*A Manifold Voice: Studies in Commonwealth Literature*，1970）和《英联邦文学》（*Commonwealth Literature*，1970），从1972年起，他先任利兹大学英联邦文学教授，后任利兹大学代理校长，在他的大力支持下，英联邦文学研究作为一个学科方向在短期内得到了进一步的发展。第三位学者是布鲁斯·金（Bruce King），金是杰法里斯的学生，著有《新英语文学：一个变化世界中的文化民族主义》（*The New*

Literatures in English: Cultural Nationalism in a Changing World，1980）和《从新民族文学到世界文学》（*From New National to World Literature*，2016）等，他在一篇回忆文章中说，杰法里斯从阿德莱德回到英国利兹大学的时候，自己在利兹大学攻读博士学位，杰法里斯的到来推动了美国文学和英联邦文学课程的发展，在杰法里斯的影响和推荐下，金和一批利兹大学毕业生后来陆续获聘前往非洲和其他一些国家（如澳大利亚、新西兰和加拿大）执教。

　　一个学科方向的兴起经常与这样一些特立独行的人有关，这些人的共同特点是执着和坚持。不过，他们常常不自觉地暴露出时代的局限。20世纪70年代，上述三人对于英国之外的英语文学或多或少地持有比较稚嫩的看法，例如他们认为，英伦三岛之外的英语文学之所以能发展起来虽然与作家的文学天赋才华有一定关系，但是更重要的是，它证明了另一个事实——英语是一门优秀的现代语言，它语汇丰富，所以能够表达复杂的经验，它缜密精细，所以它可以被用来表达不同地域的形形色色的生活。英语之所以能在完全不同的环境中滋育出海外英语文学，是因为英语确实是一门非常成熟的语言，研究英美之外的英语作家的目的是在世界范围内发现优秀的英语作家，看看哪些作家为英国文学做出了贡献，哪些作家在运用英语时创造性地实现了英语的潜在可能性。以稍后的世界英语文学批评家的眼光来看，这样的看法反映了根深蒂固的帝国自恋和傲慢，是不能接受的。20世纪80年代，随着世界各地的前殖民地国家文学及其批评的崛起，世界英语文学的格局开始发生改变，世界各国参与英语文学研究的学者日益增多，关于世界英语文学的认识也开始出现显著的变化。1989年，澳大利亚文学批评家比尔·阿什克罗夫特、加瑞斯·格里菲斯和海伦·蒂芬共同出版了他们的《逆写帝国：后殖民文学的理论与实践》一书。在该书中，三位批评家首次结合英帝国的殖民历史，立足前英殖民地文学，将包括澳大利亚在内的世界所有前英殖民地的文学作为研究对象，深入研究这些后殖民文学之于英国文学的批判和挑战关系以及它们彼此之间所存在的共同特点，并努力在综合研究包括澳大利亚、加拿大、新西兰、加拿大、非洲、印度和加勒比在内的众多前英殖民地的文学基础上提出一种关于后殖民文学的理论体系。

结语

从英联邦文学研究到后殖民文学理论的建构，学术界的这一巨大改变发生在 20 世纪 60—80 年代的短短 20 多年间，人们从中不难看到学术风向的变化，但更重要的是，我们看到了 20 世纪下半叶世界范围内的时势变化。第二次世界大战以后，曾经的大英帝国土崩瓦解，众多的"第三世界"国家人民从英帝国的殖民铁蹄之下解放出来，这以后，世界对他们来说好像突然变大了，尤其是对更多曾经遭受殖民和外族压迫的人民来说，世界变得豁然开朗了。但与此同时，世界好像突然变小了，因为随着更多的人站起来过上有尊严的生活，随着更多的人在接受了良好教育之后可以使用昔日殖民者的语言书写历史、与历史对话，越来越多的人看懂了曾经的世界，更看懂了现实中的世界。对于前英殖民地的人们而言，能够自由地昂起头意味着可以不再像怯懦的孩子，而以成年人的眼光看世界。于是，曾经的帝国矮了许多，用英语创作的文学也不再是殖民地人民无法企及的高高在上的神圣艺术，而是所有人都可以参与的平等对话的圆桌会议。在这样的时代背景下，研究世界各地的英语文学自然有了不一样的意义。

中国与曾经的英帝国之间有过一种"半殖民"的关系，所以对于前英殖民地国家的历史遭遇感同身受。第二次世界大战之后，特别是随着中华人民共和国的成立，我们同众多的前英殖民地国家一样从外族的铁蹄之下站了起来。不过，由于历史的缘故，我国的知识界在很长一段时间里对于英国的文化抱着特别浓厚的兴趣，19 世纪后期美国崛起之后，英美两国的文化成了我国学界长期关注的对象。我们研究英美两国，因为我们希望学习它们的先进文化，以便有朝一日能把我国也建设成像它们一样的发达国家。在我国的外国文学界，英美文学曾是我们特别关注和比较了解的国别文学，但是改革开放之后，在我国的英美文学界也开始出现一些不走寻常路的专家。这些专家同样特立独行，因为他们最早在研究英美文学的同时开始从事英美之外的国别英语文学的研究，而他们的这一探索改变了我国外国文学研究的学术发展方向。

在早期涉足前英殖民地国家英语文学的英美文学专家中，最广为人知的有北京外国语大学的胡文仲教授、华东师范大学的黄源深教授和上海外国语大学的虞建华教授。1979 年，国家为了培养高水平的大学师资队伍，开始派遣部分高校英语专业教师出国学习进修，胡文仲教授和黄源深教授同批被派往澳大利亚悉尼大学留学，回国之后开始大力推动澳大利亚文学的教学与研究。胡文仲教授是我国英语教育界的著名专家，著有《英语的教与学》《外语教学与文化》和《跨文化交际学概论》。他一方面通过主编《外国文学》杂志大力支持我国的澳大利亚文学研究；另一方面亲自参与澳大利亚文学的翻译和研究工作，翻译出版帕特里克·怀特的小说《人树》(*The Tree of Man*)、《探险家沃斯》(*Voss*)，杰克·希伯德（Jack Hibbard）的戏剧《想入非非》(*A Stretch of the Imagination*)等，并著有《澳大利亚文学论集》，是把澳大利亚文学系统介绍给国内读者的第一人。黄源深教授留学回国之后先后在华东师范大学和上海对外贸易大学师生中推广澳大利亚文学，作为一名文学翻译家，黄源深教授译有《简·爱》《隐身人》《老人与海》《道连·格雷的画像》和《欧·亨利短篇小说选》等英美文学经典佳作，也翻译了《我的光辉生涯》《露辛达·布雷福特》和《浅滩》等澳大利亚小说；1997年，他推出了我国首部《澳大利亚文学史》，成为我国系统开展澳大利亚文学研究的领路人。虞建华教授是我国著名的美国文学研究专家，20世纪80年代赴英国东英格利亚大学留学，回国之后积极推进自己的美国文学研究，著有《杰克·伦敦传》《美国文学的第二次繁荣》《美国文学大辞典》，译有美国后现代经典小说《白雪公主后传》。与此同时，他还投身于新西兰文学研究，1994年出版我国首部《新西兰文学史》，并因此成为国内系统研究新西兰文学的第一人。

20世纪80—90年代，正是这几位为数不多的前辈学人的筚路蓝缕，为我国英语文学学科后来的拓展奠定了基础，换来了21世纪我国在世界英语文学研究领域的崭新面貌。新世纪以来，我国的英美文学继续走向深入，但与此同时，对于其他国别和地区的英语文学感兴趣的学界同仁显著增多，众多一代又一代的年轻学人大力参与，对世界英语文学的研究可谓全面开花。不仅澳大利亚和新西兰文学研究，包括加拿大、印度、非洲和加勒比国家在内的所有主要英语国家文学如今都形成了研究团队。新世纪以来，北京大学程朝翔教授等学界同仁率先在北京大学成立全国性的英语文学研究会，与此同时，围绕大洋洲文学、非洲英语文学、亚洲英语文学和加勒比英语文学研究，众多高校和研究所陆续建成区域性的研究机构。众多研究者不断推出重量

结语

级的研究成果，为我国新时期的世界英语文学研究奠定了组织和团队基础。

我国外国文学研究从英美文学向世界英语文学的推进反映了时代的进步，从另一个角度看，它还是我们的国家走向强大的标志。今天，中国学界同仁积极投身世界英语文学研究，目的是放眼世界，但是它同时标志着中国学界的学术视野在新的时代获得了巨大拓展——把世界各国的英语文学当成关注对象，这是时代给予我们这一代学人的任务，更是一种荣耀，我们有理由为此感到自豪。站在世纪潮头，中国英语文学界不仅可以用平视的目光审视英美文学，而且首次实现了与世界英语文学研究的同步。就在我国豪迈崛起之时，关于世界英语文学的研究变换了视角，进入21世纪之后，世界英语文学更成了全球热点，众多的后殖民国家和地区的批评家在针对自己和全世界的英语文学持续开展研究的同时，积极探索新的思路和路径，推出了大批崭新的研究成果。这些成果充分反映了新时期世界英语文学的新发展，全面爬梳和了解这些发展趋势是我们新时期外国文学研究的需要。本书重点聚焦于21世纪以来的主要英语国家和地区的文学研究趋势，努力对21世纪不同国家和地区的英语文学批评进行考察，试图从中窥探其整体和宏观的方向。

在世界文学当中，英语文学是一个巨大的谱系，研究英语文学意味着不仅要学习和译介英美这样的发达国家的文学成就，更应该了解包括澳大利亚、加拿大、新西兰这样的国家，以及包括东南亚、非洲和加勒比在内的众多"第三世界"国家和地区走出殖民历史之后取得的最新进展。我们或许也不能忘记那些同样处在英语世界当中，至今仍然生活在白人殖民统治之下的原住民，新时期的英语文学研究应该是一种放眼世界的学术动作。研究21世纪的前20年中世界英语文学批评，我们再一次地看到了这个世界的浩大和多元，因为如果每一个地方的英语文学批评都不可避免地立足自己的文学历史以及其关注的问题，那么研究它们在这些问题基础上形成的批评无异于在广阔的英语世界进行一次思想和精神上的旅行。英国批评家马修·阿诺德（Matthew Arnold）曾说，文学批评的功用在于它"以一种非功利的态度努力学习和传播世上最优秀的知识和思想，从而让世界时时激荡着新鲜和真正有价值的思想"（a disinterested endeavour to learn and propagate the best that is known and thought in the world, and thus to establish a current of fresh and true ideas）(Arnold，1865：37）。研究21世纪的世界英语文学批评如果也是一种旅行，那这样的精神旅行给人的感受是天高地阔。研究21世纪不同国家和地区的英语文学批评趋势，人们时时感到一种新鲜的空气扑面而来，新的时代、新的世界、新的认识、新的文学观念、新的方法，在由它们共同构成的令人眼花缭乱的"美丽新世界"面前，我们不难感受到这个世界在21世纪初的时代脉搏，更可以从中学习来自世界各地的最新思想。在我们梳理新世纪的世界英语文学时，一些反复出现的概念告诉我们，在新的时代，世界范围内的批评家们似乎不约而同地关注着理论的价值、文学的区域身份、文学的体制、全球化与文学的跨国关系、文学的跨学科研究可能性、数字化的文学研究等。显然，这些问题是我们这个时代世界许多国家的批评家都在思考和面对的共同问题，深入观察不同国家和地区的批评家在这些问题上的不同立场和态度，对于我国的文学批评界保持与世界同步以及在新的时代努力建构自己的批评立场，从而更好地参与世界性的文学和批评对话，无疑也是非常有用的。

特里·伊格尔顿在《批评的功能：从旁观者到后结构主义》(*The Function of Criticism: From the Spectator to Poststructuralism*，1985）一书中指出，20世纪的文学批评家当中有很多人任由自己退缩到了学院一角，从而放弃了批评家对于社会的责任。由于英美之外的后殖民世界的崛起，21世纪的世界英语文学批评让人们重新看到了批评社会责任的回归。一个原因是，新世纪的英语文学批评家，特别是来自"第三世界"的批评家们关注社会正义和世界和平。一方面，信息技术继续将世界各地的人们更加紧密地联系在一起；另一方面，世纪初的美国"9·11"恐怖袭击、海湾战争、英国脱欧之后又迎来了全球气候危机、新冠肺炎疫情、俄乌冲突引发的"新冷战"、民粹主义的逆全球化，所有这一切都让不同国家和人民之间的不信任感显著加强。英国伊丽莎白女王去世之后，曾经用以团结整个英语世界的英联邦面临着巨大的挑战，未来的世界英语文学研究会向何处去？新世纪的世界英语文学对此给予了关注，新世纪的世界文学批评更是对于不同国家的作家如何书写当今历史给予了前所未有的关注。有人认为，包括英语文学在内的全世界的文学

结语

将继续稳步走向一个被称为世界文学的时代，果真如此的话，在这样一个时代，所有英语国家的文学批评和研究都应该积极思考如何融入世界。不过，究竟什么是世界文学？英国理论家杨（Robert Young）认为，世界文学讲究普世的美学价值（Young，2012: 213-222），对于这样的说法，并非所有英语国家的文学批评家都会认可。例如，马来西亚华裔美国理论家谢永平（Pheng Cheah）认为，世界文学首先应该是"关于这个世界的文学"（literature of the world），这样的文学关注后殖民世界，目的是让世人更全面地了解和改变这个世界，改变世人的生活。谢永平认为，"世界"一词的一个重要意义是"连接、归属和同在"，"世界文学"应该是帮助我们"构建世界的文学"（literature that makes a world），传统资本主义的全球化过程是一个把欧洲之外的世界毁灭之后归入自己体系的过程，而后殖民的世界，在新的时代要求我们重建一个没有傲慢殖民、更加关注自然和他者以及和谐安居的世界，那种抛弃等级的后殖民文学才是当今世界最需要的世界文学（Cheah，2016）。可以说，对于世界文学的崭新理解为未来的英语文学研究指明了一个方向。

　　美国文学批评家利奇对于新世纪文学理论的预测包括两个要点：一个是跨学科；另一个是跨国和跨文化。的确，今天的文学理论已经开启了全球化的进程，人们有理由相信，这一趋势将继续下去，尤其值得我们注意的是，欧美的文学理论或许能融合来自阿拉伯世界、中国、印度、日本、波斯乃至更多的非西方世界的传统文学思想，为未来的世界性文学理论做准备。马杜米塔·拉希里（Madhumita Lahiri）在其《不完美的团结：泰戈尔、甘地、杜波依斯与全球英语文学》（*Imperfect Solidarities: Tagore, Gandhi, Du Bois, and the Global Anglophone*，2020）一书中指出，早在纸媒时代，英语世界的作家和批评家们就开始积极地拓展，例如泰戈尔关注中国，甘地关注南非，杜波依斯关注印度，共同的语言让这样全球性的观照变得可能；相信在信息全球化的时代，不同国家和地区的英语文学批评将更加频繁地不断交叉、不断影响、不断融合。除此之外，英语国家和地区的文学研究将在世界文学研究的新时代与其他语种国家和地区的文学研究加深交流，通过这样的接触形成新的思想和概念，相信这样的交流对于丰富各国现有英语文学研究大有裨益。相反地，世界其他语种国家和地区的文学批评和研究一定也会从这样的交流中得到启发，最终共同推动一种世界文学时代文学批评的发展。

在新世纪的语境之下，我国对于世界英语文学及其批评的研究还在继续，新一代的中国学者仍在阅读和研究英美文学，今天的我们比以往任何时候都更需要随时更新知识。唯有随时了解世界，我们的研究才能真正做到与时俱进；唯有了解世界，我们方可随时把握时代主潮，了解时代主潮，我们才有可能参与世界文学的创新，在不久的将来发出中国的声音，这是我国外国文学研究界几代人的心声。

学术如同攀登，每翻越一座山巅，我们都会短暂驻足，以便回望来路。令人无比欣慰的是，今天从事世界各个国别和地区英语文学研究的学者越来越多，有了那么多的同道同行，前进的道路不再孤单。我想借此机会感谢多年来对我的学术研究和成长给予提携和帮助的前辈恩师和同辈同党：复旦大学陆谷孙教授和上海对外经贸大学黄源深教授是我治学道路上永远的灯塔，上海外国语大学李维屏教授、虞建华教授、丁尔苏教授是我的学术榜样，他们著作等身，却依然笔耕不辍，这些榜样时时给我鞭策。宋炳辉教授、乔国强教授、张和龙教授、孙胜忠教授、李尚宏教授、王岚教授、吴其尧教授、王光林教授、张群教授、顾悦教授、程心教授既是我在上海外国语大学朝夕相处的同事，也是给我最多帮助、鼓励和支持的学术同道，与他们同行的日子令我感到温暖。我尤其要对支持和参与本书出版工作的所有人表达诚挚的谢意，首先是上海外国语大学原校长助理、上海外语教育出版社原社长庄智象教授，多年来，庄社长大力提携，此次直接以命题作文的方式下达学术任务，并时时鼓励，给我以力量。其次，我要诚挚地感谢清华大学出版社外语分社郝建华社长的督促和鼓励，疫情期间她不止一次的关心给了我很大的鼓舞，让人想起"You Raise Me Up"歌声中所歌唱的温暖和感动，没有她的大力支持，本书的完成难以想象。我还要感谢参与此项研究的团队成员，他们之中多数是随我攻读博士学位的学生，毕业之后成了各自学校和所在领域的重要新生力量。黄芝和袁霞多年研究印度和加拿大英语文学，已连续主持四个国家社科项目，多篇论文在《外国文学评论》发表；王丽霞曾经随我攻读硕士和博士六年，专攻美国文学，学习勤奋，积极向上；徐天予和赵筱是上海外国语大学的在读博士生，热爱学术，向往参与知识创造；张艳曾在上海对外贸易大学攻读硕士学位，师从黄源深教授，后在澳大利亚的伊迪斯·科文大学（Edith Cowan University）攻读博士学位，我和澳大利亚著名文学批评家温卡·奥门森（Wenche Ommundsen）教授是她博士论文的答辩专家，一起见证了她的进步，张艳学成回国之后写作甚勤，连续推出新的研究成果，令人欣喜。在我与这些年轻人合作的过程中，我充分感受到了他们的朝气，更从他们身上看到我国未来一代世界英语文学研究的希望，我对他们的未来充满期待。我要特别感谢上海外国语大学查明建副校长、英语学院院领导杨雪莲书记和王欣院长以及其他领导班子成员的大力支持，他们的关心和爱护让我得以心无旁骛地潜心于学术的世界、神游于思想的乐园。最后，我要感谢我的妻子和孩子。在本书的写作过程中，女儿从新加坡回沪，一家人终于久别重逢，疫情也阻隔不了亲情的温暖和对于未来生活的希望。妻子和女儿的支持给了我克服一切困难、不断前行的力量。

参考文献

陈世丹. 2019. 西方文论关键词：后人文主义. 外国文学,（3）: 95–104.
黄源深. 1997. 澳大利亚文学史. 上海：上海外语教育出版社.
胡文仲. 1994. 澳大利亚文学论集. 北京：外语教学与研究出版社.
蒋晖. 2020. 导读. 非洲文学批评史稿. 泰居莫拉·奥拉尼央、阿托·奎森, 主编. 姚峰、孙晓萌、汪琳, 等译. 上海：华东师范大学出版社, 2020, 1–16.
劳伦斯·布尔. 2009.（跨国界）美国文学研究的新走势. 当代美国文学,（1）: 24–30.
虞建华. 1994. 新西兰文学史. 上海：上海外语教育出版社.
张牧人. 2022. 羞耻、修补型阅读与文学情感研究. 华东师范大学学报（哲学社会科学版）,（1）: 27–36, 172.
Abebe, T. T. 2017. Migration policy frameworks in Africa. *ISS Africa*. Retrieved December 17, 2022, from ISS Africa website.
Aboulela, L. 2005. *Minaret*. New York: Black Cat.
Achebe, C. 1958. *Things Fall Apart*. London: William Heinemann.
Achebe, C. 1976a. The African writer and the Biafran cause. *Mourning Yet on Creation Day: Essays*. New York: Anchor Books, 113–121.
Achebe, C. 1976b. The African writer and the English language. *Mourning Yet on Creation Day: Essays*. New York: Anchor Books, 74–84.
Achebe, C. 1976c. The novelist as teacher. *Mourning Yet on Creation Day: Essays*. New York: Anchor Books, 55–60.
Achebe, C. 1977. An image of Africa. *Massachusetts Review*, 18(4): 782–794.
Adami, E. 2022. *Language, Style and Variation in Contemporary Indian English Literature*. New York: Routledge.
Adejunmobi, M. 1999. Routes: Language and the identity of African literature. *The Journal of Modern African Studies*, 37(4): 581–596.
Adejunmobi, M. & Coetzee, C. (Eds.). 2019. *Routledge Handbook of African Literature*. New York: Routledge.
Adiga, A. 2008. *The White Tiger*. New York: Free Press.
Agarwal, M. 2017. *Women in Postcolonial Indian English Literature: Redefining the Self*. New Delhi: Atlantic.

Agbo, J. 2021. *Bessie Head and the Trauma of Exile: Identity and Alienation in Southern African Fiction*. Oxfordshire: Routledge.

Ahern, S. 2019. Introduction: A feel for the text. In S. Ahern (Ed.), *Affect Theory and Literary Critical Practice: A Feel for the Text*. Cham: Palgrave Macmillan, 1–21.

Akiwenzie-Damm, K. 2005. First peoples' literature in Canada. In D. R. Newhouse, C. J. Voyageur & D. Beavon (Eds.), *Hidden in Plain Sight: Contributions of Aboriginal Peoples to Canadian Identity and Culture* (Vol. 1). Toronto: University of Toronto Press, 169–176.

Algoo-Baksh, S. 2004. Austin C. Clarke's short fiction. *Journal of West Indian Literature*, 12(1–2): 90–103.

Ali, T. 2020. "To me, I no man yet!": Indo-Trinidadian manhood in Samuel Selvon's *A Brighter Sun* and V. S. Naipaul's *A House for Mr. Biswas. Journal of West Indian Literature*, 28(2): 113–27.

Aljoe, N. N. 2012. *Creole Testimonies: Slave Narratives from the British West Indies, 1709–1838*. New York: Palgrave Macmillan.

Aljoe, N. N., Carey, B. & Krise, T. W. (Eds.). 2018. *Literary Histories of the Early Anglophone Caribbean*. Cham: Palgrave Macmillan.

Althusser, L. 1968. *Reading Capital*. Paris: Librairie François Maspero.

Amuta, C. 2017. *Theory of African Literature: Implications for Practical Criticism*. London: Zed Books.

Anand, M. R. 1935. *Untouchable*. London: Penguin.

Anderson, A. 1998. Cosmopolitanism, universalism, and the divided legacies of modernity. In B. Robbins & P. Cheah (Eds.), *Cosmopolitics: Thinking and Feeling Beyond the Nation*. Minneapolis: University of Minnesota Press, 266–267.

Anderson, B. 1983. *Imagined Communities: Reflections on the Origin and Spread of Nationalism*. New York: Verso.

Anderson, W. 2002. *The Cultivation of Whiteness: Science, Health and Racial Destiny in Australia*. Melbourne: Melbourne University Press.

Andrew, C. 2005. Multiculturalism, gender, and social cohesion: Reflections on intersectionality and urban citizenship in Canada. In G. Kernerman & P. Resnick (Eds.), *Insiders and Outsiders: Alan Cairns and the Reshaping of Canadian Citizenship*. Vancouver: University of British Columbia Press, 316–325.

Anon. 2016. *International Migration Report 2015: Highlights*. United Nations, Department of Economic and Social Affairs.

Armstrong, J. 2006. Keynote address: The aesthetic qualities of aboriginal writing. *Studies in Canadian Literature*, 31(1): 20–30.

Arnold, A. J. (Ed.). 2001. *A History of Literature in the Caribbean* (Vol. 2, English and Dutch Speaking Regions). Amsterdam: John Benjamins.

Arnold, J. & Harper, L. M. 2019. *George Eliot: Interdisciplinary Essays*. London: Palgrave Macmillan.

Arnold, M. 1865. The function of criticism at the present time. In M. Arnold, *Essays in Criticism*. London: Macmillan & Co., 1–41.

Ashcroft, B., Griffiths, G. & Tiffin, H. 1989. *The Empire Writes Back: Theory and Practice in Post-colonial Literatures*. London / New York: Routledge.

Atherton, C. 2005. *Defining Literary Criticism: Scholarship, Authority and the Possession of Literary Knowledge, 1880–2002*. New York: Palgrave Macmillan.

Attridge, D. 2004. *The Singularity of Literature*. London / New York: Routledge.

Atwood, M. 1972. *Survival: A Thematic Guide to Canadian Literature*. Toronto: Anansi.

Austen, J. 1813. *Pride and Prejudice*. London: Military Library.

Austen, J. 1814. *Mansfield Park*. London: Military Library.

Austen, J. 1817. *Northanger Abbey*. London: John Murray.

Balano, R. 2004. *2666: A Novel*. Barcelona: Editorial Anagrama.

Baldwin, J. 1963. *The Fire Next Time*. New York: The Dial Press.

Ballantyne, R. M. 1858. *The Coral Island*. London: T. Nelson and Sons.

Bannerji, H. 2004. Geography Lessons: On Being an Insider/Outsider to the Canadian Nation. In C. Sugars (Ed.), *Unhomely States: Theorizing English-Canadian Postcolonialism*. Peterborough: Broadview Press, 280–300.

Barnard, R. 2012. *Apartheid and Beyond: South African Literature and the Politics of Place*. Oxford: Oxford University Press.

Battiste, M. 2004. Introduction: Unfolding the Lessons of Colonization. In C. Sugars (Ed.), *Unhomely States: Theorizing English-Canadian Postcolonialism*. Peterborough: Broadview Press, 209–217.

Baugh, E. (Ed.). 1978. *Critics on Caribbean Literature*. New York: St Martin's Press.

Baugh, E. 2013. *Black Sand: New and Selected Poems*. Leeds: Peepal Trees Press.

Baumbach, S. & Neumann, B. (Eds.). 2019. *New Approaches to the Twenty-first-century Anglophone Novel*. London: Palgrave Macmillan.

Beck, U. 2000. *What Is Globalization?* Patrick Camiller (Trans.). Cambridge: Polity.

Bell, S. 2020. *Global Migrancy and Diasporic Memory in the Work of Salman Rushdie*. London: The Rowman and Littlefield.

Benaway, G. 2017. CanLit: It's time for the "no contact" rule. *Carte Blanche*. Retrieved June 12, 2022, from Carte Blanche website.

Benson, E. & Conolly, L. W. (Eds.). 2005. *Encyclopaedia of Postcolonial Literatures in English* (2nd ed.). London / New York: Routledge.

Best, S. & Marcus, S. 2009. Surface reading: An introduction. *Representations*, 108(1): 1–21.

Bhatnagar, M. K. 1996a. *Indian Writings in English*. New Delhi: Atlantic Publishers & Distributors.

Bhatnagar, M. K. 1996b. *Twentieth Century Literature in English*. New Delhi: Atlantic Publishers & Distributors.

Bhattacharya, S. 2020. *Postcolonial Modernity and the Indian Novel: On Catastrophic Realism*. London: Palgrave Macmillan.

Bird, D. 1997. *Canonozities: The Making of Literary Reputations in Australia*. Sydney: English Association.

Bird, D., Dixon, R. & Lee, C. (Eds.). 2001. *Authority and Influence: Australian Literary Criticism 1950–2000*. St Lucia: Queensland University Press.

Bissoondath, N. 1994. *Selling Illusions: The Cult of Multiculturalism in Canada*. Toronto: Penguin.

Biswas, P. M. 2021. *A Diasporic Mythography: Myth, Legend and Memory in the Literature of the Indian Diaspora*. Edinburgh: Luna Press.

Blair, C. 2015. Kiwa digital: A new way of reading. *Magpies: Talking About Books for Children*, 30(2): 1–3.

Blair, J., Coleman, D., Higginson, K. & York L. (Eds.). 2005. *ReCalling Early Canada: Reading the Political in Literary and Cultural Production*. Edmonton: University of Alberta Press.

Bloom, H. 1973. *The Anxiety of Influence*. Oxford: Oxford University Press.

Bode, K. & Dixon, R. (Eds.). 2009. *Resourceful Reading: The New Empiricism, EResearch and Australian Literary Culture*. Sydney: Sydney University Press.

Bohls, E. A. 2013. *Romantic Literature and Postcolonial Studies*. Edinburgh: Edinburgh University Press.

Bolton, C. 2007. *Writing the Empire: Robert Southey and British Romanticism*. London: Pickering & Chatto.

Bowie, A. 1997. *From Romanticism to Critical Theory: The Philosophy of German Literary Theory*. London: Routledge.

Brantlinger, P. 2009. *Victorian Literature and Postcolonial Studies*. Edinburgh: Edinburgh University Press.

Brathwaite, K. 1971. *The Development of Creole Society in Jamaica, 1770–1820*. New York: Oxford University Press.

Brathwaite, K. 1974. *Contradictory Omens*. Mona: Savacou Publications.

Brewster, A. 2010. Critical whiteness studies and Australian indigenous literature. In D. Carter & G. Wang (Eds.), *Modern Australian Criticism and Theory*. Qingdao: China Ocean Universtiy Press, 190–205.

Brewster, A. 2010. Indigenous sovereignty and the crisis of whiteness in Alexis Wright's *Carpentaria*. *Australian Literary Studies*, 25(4): 85–199.

Bronte, C. 1847. *Jane Eyre*. London: Smith Elder & Co.

Bronte, E. 1847. *Wuthering Heights*. London: Thomas Cautley Newby.

Bronte, E. 1848. *The Tenant of Wildfell Hall*. London: Thomas Cautley Newby.

Brown, J. D. & Rosenberg, L. R. (Eds.). 2015. *Beyond Windrush: Rethinking Postwar Anglophone Caribbean Literature*. Mississippi: University Press of Mississippi.

Brown, J. D. 2013. *Migrant Modernism: Postwar London and the West Indian Novel*. London: University of Virginia Press.

Brown, L. W. 1978. *West Indian Poetry*. Boston: Twayne.

Brydon, D. 2003. Canada and postcolonialism: Questions, inventories, and futures. In L. Moss (Ed.), *Is Canada Postcolonial? Unsettling Canadian Literature*. Waterloo: Wilfrid Laurier University Press, 49–77.

Brydon, D. 2004. The white Inuit speaks: Contamination as literary strategy. In C. Sugars (Ed.), *Unhomely States: Theorizing English-Canadian Postcolonialism*. Peterborough: Broadview Press, 94–106.

Brydon, D. 2007. Metamorphoses of a discipline: Rethinking Canadian literature within institutional contexts. In S. Kamboureli & R. Miki (Eds.), *Resituating the Study of Canadian Literature*. Waterloo: Wilfrid Laurier University Press, 1–16.

Brydon, D. 2018. Globalization Studies. In D. H. Richter (Ed.), *A Companion to Literary Theory* (Black Companions to Literature and Culture). Oxford: Wiley Blackwell, 275–290.

Bucknor, M. A. 2020. Conceptual residues of imperialist ruination: Waste, weeds and the poetics of rubbish in Edward Baugh's black sand and Olive Senior's gardening in the tropics. *Journal of West Indian Literature*, 28(1): 33–98.

Bucknor, M. A. & Donnell, A. (Eds.). 2011. *The Routledge Companion to Anglophone Caribbean Literature*. New York: Routledge.

Budde, R. 2003. After postcolonialism: Migrant lines and the politics of form in Fred Wah, M. Nourbese Philip, and Roy Miki. In L. Moss (Ed.), *Is Canada Postcolonial? Unsettling Canadian Literature*. Waterloo: Wilfrid Laurier University Press, 282–296.

Burke, M. & Troscianko, E. T. 2013. Mind, brain and literature: A dialogue on what the humanities might offer the cognitive sciences. *Journal of Literary Semantics*, 42(2): 141–148.

Burnett, P. 2000. *Derek Walcott: Politics and Poetics*. Gainesville: University Press of Florida.

Burrows, J. 1987. *Computation into Criticism: A Study of Jane Austen's Novels and an Experiment in Method*. Oxford: Clarendon Press.

Butt, N. 2022. Reinventing the self: Travel and transformation in V. S. Naipaul's *Half a Life* as a fictional autobiography. *Caribbean Quarterly*, 68(3): 348–369.

Caminero-Santangelo, B. 2014. *Different Shades of Green: African Literature, Environmental Justice, and Political Ecology*. Charlottesville/London: University of Virginia Press.

Caminero-Santangelo, B. & Myers, G. 2011. *Environment at the Margins: Literary and Environmental Studies*. Athens: Ohio University Press.

Caple, N. & Reimer, N. 2018. CanLit hierarchy vs. the rhizome. In H. McGregor, J. Rak & E. Wunker (Eds.), *Refuse: CanLit in Ruins*. Toronto: Book*hug, 122–130.

Carey, P. 1997. *Jack Maggs*. St Lucia: University of Queensland Press.

Carter, D. 2007. Boom, bust or business as usual? Literary fiction publishing. In D. Carter & A. Galligan (Eds.), *Making Books: Contemporary Australian Publishing*. St Lucia: University of Queensland Press, 231–246.

Carter, D. 2009. The empire dies back: Britishness in contemporary Australian culture. *Pacific and American Studies*, (9): 41–53.

Carter, D. 2010. Critics, writers, intellectuals: Australian literature and its criticism. In D. Carter & Wang Guanglin (Eds.), *Modern Australian Literary Criticism and Theory*. Qingdao: China Ocean University Press, 73–91.

Carter, D. & Wang, G. (Eds.). 2010. *Modern Australian Criticism and Theory*. Qingdao: China Ocean University Press.

Chakraborty, M. N. 2003. Nostalgic narratives and the otherness industry. In L. Moss (Ed.), *Is Canada Postcolonial? Unsettling Canadian Literature*. Waterloo: Wilfrid Laurier University Press, 127–139.

Chandra, V. 1995. *Red Earth and Pouring Rain*. Toronto: Little Brown & Co.

Chaudhuri, R. 2016. *A History of Indian Poetry in English*. Cambridge: Cambridge University Press.

Cheah, P. 2016. *What Is a World? On Postcolonial Literature as World Literature*. Durham: Duke University Press.

Cho, L. 2007. Diasporic citizenship: Contradictions and possibilities for Canadian literature. In S. Kamboureli & R. Miki (Eds.), *Trans.Can.Lit: Resituating the Study of Canadian Literature*. Waterloo: Wilfrid Laurier University Press, 93–109.

Chowdhury, L. 2020. Romantic histories and black futurity in V. S. Naipaul and C. L. R. James. *Caribbean Quarterly*, 66(4): 479–97.

Chuang, A. 2007. The peculiarity of eracism: Mixed race and nonbelonging in the multicultural nation. In N. Hillmer & A. Chapnick (Eds.), *Canadas of the Mind: The Making and Unmaking of Canadian Nationalisms in the Twentieth Century*. Montreal: McGill-Queen's University Press, 300–310.

Clark, M. P. (Ed.). 2000. *Revenge of the Aesthetic: The Place of Literature*. Berkeley: University of California Press.

Clarke, M. 1874. *For the Term of His Natural Life*. Sydney: Allen & Unwin.

Clarke, R. 2008. Lamming, Marx and Hegel. *Journal of West Indian Literature*, 17(1): 42–53.

Clough, P. T. 2010. The affective turn: Political economy, biomedia, and bodies. In M. Gregg & G. J. Seigworth (Eds.), *The Affect Theory Reader*. Durham: Duke University Press, 206–225.

Clough, P. T. & Halley, J. 2007. *The Affective Turn: Theorizing the Social*. Durham: Duke University Press.

Cobham, S. N. 1907. *Robert Gray: A Tale of Black and White*. Mona: University Press of the West Indies.

Coetzee, J. M. 1986. *Foe*. London: Martin Secker & Warburg.

Colley, A. 2004. *Robert Louis Stevenson and the Colonial Imagination*. London: Routledge.

Collins, W. 1868. *The Moonstone*. London: Tinsley Brothers.

Connell, A. (Ed.). 2021. *Caribbean Literature in Transition*. Cambridge: Cambridge University Press.

Connell, L. 2004. Global narratives: Globalisation and literary studies. *Critical Survey* (Post-colonial Interdisciplinarity), *16*(2): 78–95.

Conrad, J. 1899. *Heart of Darkness*. London/Edinburgh: William Blackwood & Sons.

Coulthard, G. R. (Ed.). 1966. *Caribbean Literature: An Anthology*. London: University of London Press.

Craddock, M. 2001. Idealism, theory, practice and the new "A" levels. *The Use of English*, (52): 107–111.

Craig, H. & Kinney, A. K. (Eds.). 2009. *Shakespeare, Computers, and the Mystery of Authorship*. Cambridge: Cambridge University Press.

Crowley, D. 2018. How did they come to this? Afropolitanism, migration, and displacement. *Research in African Literatures*, *49*(2): 125–146.

Crutzen, P. J. 2002. Geology of mankind. *Nature*, *415*(23): 23.

Cudjoe, S. 2003. *Beyond Boundaries: The Intellectual Tradition of Trinidad and Tobago in the Nineteenth Century*. Wellesley: University of Massachusetts Press.

Culpeper, J., David L. H. & O'Halloran, K. 2014. *Digital Literary Studies: Corpus Approaches to Poetry, Prose, and Drama*. London: Routledge.

Cunningham, M. 1998. *The Hours*. New York: Farrar, Straus & Giroux.

D'Arcens, L. 2014. *Comic Medievalism: Laughing at the Middle Ages*. Woodbridge: Boydell & Brewer.

D'Souza, K. 2020. Enabling modernisms: Discrete/discreet feminisms in Katherine Mansfield and Anita Desai. *Journal of New Zealand Literature*, *38*(2): 59–81.

Dale, L. 1997. *The English Men: Professing Literature in Australian Universities*. Canberra: The Association for the Study of Australian Literature.

Dalleo, R. 2004. Shadows, funerals, and the terrified consciousness in Frank Collymore's short fiction. *Journal of West Indian Literature*, 12(1–2): 184–195.

Dalleo, R. 2011. *Caribbean Literature and the Public Sphere: From the Plantation to the Postcolonial*. London: University of Virginia Press.

Danticat, E. 1994. *Breath, Eyes, Memory*. New York: Soho Press.

Darias-Beautell, E. 2012. Introduction: Why Penelopes? How unruly? Which ghosts? Narratives of English Canada. In E. Darias-Beautell (Ed.), *Unruly Penelopes and the Ghosts*. Waterloo: Wilfrid Laurier University Press, 1–18.

Davidson, T. 2013. *Christian Mysticism and Australian Poetry*. Amherst: Cambria Press.

Davis, M. 2006. The decline of the literary paradigm in Australian publishing. In D. Carter & A. Galligan (Eds.), *Making Books: Contemporary Australian Publishing*. St Lucia: University of Queensland Press, 116–131.

Defoe, D. 1719. *The Adventures of Robinson Crusoe*. London: William Taylor.

DeLoughrey, E. 2011. Ecocriticism: The politics of place. In M. A. Bucknor & A. Donnell (Eds.), *The Routledge Companion to Anglophone Caribbean Literature*. New York: Routledge, 265–275.

DeLoughrey, E., Gosson, R. K. & Handley, G. B. 2005. Introduction. In E. DeLoughrey, R. K. Gosson & G. B. Handley (Eds.), *Caribbean Literature and the Environment: Between Nature and Culture*. Charlottesville: University of Virginia Press, 1–30.

Derrida, J. & Birnbaum, J. 2007. *Learning to Live: The Last Interview* Pascale-Anne Brault & Michael Naas (Trans.). Hoboken: Melville House.

Desai, A. 1963. *Cry, the Peacock*. London: P. Owen.

Desai, A. 1980. *Clear Light of Day*. Boston: A Mariner Book.

Desai, A. 1984. *In Custody*. Portsmouth: Heinemann.

Desai, A. 1999. *Fasting, Feasting*. London: Chatto & Windus.

Desai, K. 2006. *The Inheritance of Loss*. New York: Atlantic Monthly Press.

Dharwadker, V. 2003. The historical formation of Indian-English literature. In S. Pollock (Ed.), *Literary Cultures in History: Reconstructions from South Asia*. Berkeley: University of California Press, 199–268.

Di Leo, J. R. 2016. Introduction: Notes from underground: Theory, theorists, and death. In J. R. Di Leo (Ed.), *Dead Theory: Derrida, Death, and the Afterlife of Theory*. London / New York: Bloomsbury, 1–22.

Di Leo, J. R. & Moraru, C. 1995. Posttheory postscriptum. *Symplokē*, 3(1): 119–122.

Diabate, N. 2019. The forms of shame and African literature. In M. Adejunmobi & C. Coetzee (Eds.), *Routledge Handbook of African Literature*. London: Routledge, 339–353.

Dickens, C. 1838. *Oliver Twist*. London: Richard Bentley.

Dickens, C. 1861. *Great Expectations*. London: Chapman & Hall.

Dixon, R. 1995/2005. Boundary work: Australian literary studies in the field of knowledge production. In D. Carter & M. Crotty (Eds.), *Australian Studies Centre: 25th Anniversary Collection*. St Lucia: Australian Studies Centre, University of Queensland, 21–37.

Dixon, R. 2010. Australian literature and the global dimensions of globalization. In D. Carter & G. Wang (Eds.), *Modern Australian Literary Criticism and Theory*. Qingdao: China Ocean Press, 115–126.

Dixon, R. & Nicholas, B. (Eds.). 2010. *Reading Across the Pacific: Australia-United States Intellectual Histories*. Sydney: Sydney University Press.

Dobson, K. 2009. *Transnational Canadas: Anglo-Canadian Literature and Globalization*. Waterloo: Wilfrid Laurier University Press.

Dolin, T. 2010. Reading history and literary history: Australian perspectives. In D. Carter & G. Wang (Eds.), *Modern Australian Literary Criticism and Theory*. Qingdao: China Ocean Press, 127–138.

Donnell, A. 2006. *Twentieth-century Caribbean Literature: Critical Moments in Anglophone Literary History*. New York: Routledge.

Donnell, A. 2022. *Creolized Sexualities: Undoing Heteronormativity in the Literary*. New Brunswick: Rutgers University Press.

Donnell, A. & Welsh, S. L. (Eds.). 1996. *The Routledge Reader in Caribbean Literature*. London: Routledge.

Doring, T. 2001. *Caribbean-English Passages: Intertextuality in a Postcolonial Tradition*. London: Routledge.

Du Bois, W. E. B. 1904. *The Souls of Black Folk*. Chicago: A. C. McClurg & Co.

Duncan, R. 2018. *South African Gothic: Anxiety and Creative Dissent in the Post-apartheid Imagination and Beyond*. Cardiff: University of Wales Press.

During, S. 1987. Mourning after criticism. *Meanjin*, 46(3): 301–310.

During, S. 1996. *Patrick White*. Melbourne: Oxford University Press.

Dutt, S. A. 2013. Dalit writings: From empathy to agency. In P. K. Singh (Ed.), *The Indian English Novel of the New Millennium*. Newcastle upon Tyne: Cambridge Scholars Publishing, 44–54.

Dwivedi, O. P. 2014. *Indian Writing in English and the Global Literary Market*. Basingstoke: Palgrave Macmillan.

Eaglestone, R. 2013. Contemporary fiction in the academy: Towards a manifesto. *Textual Practice*, 27(7): 1089–1101.

Eagleton, T. 1985. *The Function of Criticism: From the Spectator to Poststructuralism*. Brooklyn: Verso.

Eagleton, T. 2003. *After Theory*. New York: Basic Books.

Earle, W. 1800. *Obi, or, the History of Three-Fingered Jack*. London: Earle & Hemet.

Eastley, A. 2018. Walcott, Joyce, and planetary modernisms. *Caribbean Quarterly*, 64(3–4): 502–520.

Ebrahimi, M. & Zarrinjooee, B. 2013. Aesthetics in William Shakespeare's sonnets. *International Journal of English and Literature*, 4(8): 398–403.

Eddie, B. 2006. Literary theory and the Caribbean: Theory, belief and desire, or designing theory. *Journal of West Indian Literature*, 15(1–2): 3–14.

Ede, A. 2020. How Afropolitanism unworlds the African world. In J. Hodapp (Ed.), *Afropolitan Literature as World Literature*. New York: Bloomsbury Academic, 103–129.

Edwards, N. 2008. Tradition, the critic, and cross-cultural poetics: Wilson Harris as literary theorist. *Journal of West Indian Literature*, 16(2): 1–30.

Edwin, S. 2016. *Privately Empowered: Expressing Islamic Feminism in Northern Nigerian Fiction*. Evanston: Northwestern University Press.

Egan, J. 2010. *A Visit from the Goon Squad*. New York: Knopf.

Elliott, J. & Attridge, D. 2011. Introduction: Theory's nine lives. In J. Elliott & D. Attridge (Eds.), *Theory After "Theory"*. London / New York: Routledge, 1–16.

Emenyonu, E. N. 2006. New directions in African literature: Building on the legacies of the twentieth century. In E. N. Emenyonu (Ed.), *New Directions in African Literature: A Review*. Trenton: Africa World Press, xi–xiv.

Emery, M. L. 2007. *Modernism, the Visual, and Caribbean Literature*. Cambridge: Cambridge University Press.

Estok, S. C. 2007. Theory from the fringes: Animals, ecocriticism, Shakespeare. *Mosaic: An Interdisciplinary Critical Journal*, 40(1): 61–78.

Evans, L., McWatt, M. & Smith, E. (Eds.). 2011. *The Caribbean Short Story: Critical Perspectives*. Yorkshire: Peepal Tree Press.

Evans, P. 2000. Spectacular babies: the globalisation of New Zealand fiction. *World Literature Written in English*, (38): 94–109.

Eve, M. P. 2014a. *Open Access and the Humanities: Contexts, Controversies and the Future*. Cambridge: Cambridge University Press.

Eve, M. P. 2014b. *Pynchon and Philosophy: Wittgenstein, Foucault and Adorno*. Basingstoke: Palgrave Macmillan.

Eve, M. P. 2016a. *Literature Against Criticism: University English & Contemporary Fiction in Conflict*. Cambridge: Open Book Publishers.

Eve, M. P. 2016b. *Password*. New York: Bloomsbury Academic.

Eve, M. P. 2019. *Close Reading with Computers: Textual Scholarship, Computational Formalism, and David Mitchell's Cloud Atlas*. Stanford: Stanford University Press.

Eve, M. P. 2021. *The Digital Humanities and Literary Studies*. Oxford: Oxford University Press.

Eze, C. 2019. Ethics and the politics of the ordinary in African literature. In M. Adejunmobi & C. Coetzee (Eds.), *Routledge Handbook of African Literature*. Oxford: Routledge, 35–46.

Fanon, F. 2004. *The Wretched of the Earth*. R. Philcox (Trans.). New York: Grove Press.

Farrell, M. 2013. The geopoetics of affect: Bill Neidjie's story about feeling. *JASAL*, 13(2): 1–12.

Felman, S. & Laub, D. 1992. *Testimony: Crises of Witnessing in Literature, Psychoanalysis, and History*. London: Routledge.

Fenwich, M. 2011. "All strangers here": "Native" as invasive in the poetry of Derek Walcott. *Journal of West Indian Literature*, 20(1): 10–35.

Ferrall, C. 2019. Mansfield and the magazine market (Book review). *Journal of New Zealand Literature*, 37(1): 197–200.

Fielding, H. 1741. *Shamela*. London: A. Dodd.

Fielding, H. 1742. *Joseph Andrews*. London: A. Millar.

Fielding, H. 1749. *Tom Jones*. London: A. Millar.

Findlay, L. 2003. Always indigenize!: The radical humanities in the postcolonial Canadian university. In L. Moss (Ed.), *Is Canada Postcolonial? Unsettling Canadian Literature*. Waterloo: Wilfrid Laurier University Press, 367–382.

Findlay, L. 2012. The long march to "recognition": Sákéj Henderson, first nations jurisprudence, and *Sui Generis* solidarity. In S. Kamboureli & R.

Zacharias (Eds.), *Shifting the Ground of Canadian Literary Studies*. Waterloo: Wilfrid Laurier University Press, 235–247.

Flahaux, M. & De Haas, H. 2016. African migration: Trends, patterns, drivers. *Comparative Migration Studies*, 4(1): 1–25.

Flanagan, R. 2007. Colonies of the mind: Republics of dreams: Australian publishing past and future. In D. Carter & A. Galligan (Eds.), *Making Books: Contemporary Australian Publishing*. St Lucia: University of Queensland Press, 132–150.

Foster, H. W. 2010. *The Coquette*. Boston: William P. Petridge & Co.

Francis, D. 2010. *Fictions of Feminine Citizenship: Sexuality and the Nation in Contemporary Caribbean Literature*. New York: Palgrave Macmillan.

Fresno-Calleja, P. & Wilson, J. M. 2020. New Zealand literature and the global marketplace. *Journal of Postcolonial Writing*, 56(2): 147–156.

Frye, N. 1957. *Anatomy of Criticism*. Princeton: Princeton University Press.

Ganapathy-Doré, G. 2011. *The Postcolonial Indian Novel in English*. Newcastle upon Tyne: Cambridge Scholars Publishing.

Gelder, K. 2010. Proximate reading: Australian literature in transnational frameworks. *Journal of the Association for the Study of Australian Literature*, (Special Issue: Common Readers and Cultural Critics): 1–12.

Genette, G. 1982. *Palimpsests: Literature in the Second Degree*. Channa Newman (Trans.). Lincoln: University of Nebraska Press.

Gibson, M. E. 2011. *Indian Angles English Verse in Colonial India from Jones to Tagore*. Athens: Ohio University Press.

Giddens, A. 2000. *Runaway World: How Globalization Is Reshaping Our Lives*. New York: Routledge.

Gikandi, S. 1992. *Writing in Limbo: Modernism and Caribbean Literature*. Ithaca: Cornell University Press.

Gikandi, S. & Mwangi, E. M. (Eds.). 2007. *The Columbian Guide to East African Literature in English Since 1945*. New York: Columbia University Press.

Gildersleeve, J. (Ed.). 2020. *The Routledge Companion to Australian Literature*. London: Routledge.

Gilroy, P. 1993. *The Black Atlantic: Modernity and the Double Conscious*. Cambridge: Harvard University Press.

Giri, D. 2019. Introduction. In D. Giri (Ed.), *Immigration and Estrangement in Indian Diaspora Literature: A Critical Study*. Kolkatta: AABS Publishing House.

Glave, T. (Ed.). 2008. *Our Caribbean: A Gathering of Lesbian and Gay Writing from the Antilles*. Durham: Duke University Press.

Godard, B. 2000. Notes from the cultural field: Canadian literature from identity to hybridity. *Essays on Canadian Writing*, (72): 209–247.

Goldie, T. 2003. Semiotic control: Native peoples in Canadian literatures in English. In L. Moss (Ed.), *Is Canada Postcolonial? Unsettling Canadian Literature*. Waterloo: Wilfrid Laurier University Press, 191–203.

Goldsworthy, P. 2003. *Three Dog Night*. Melbourne: Viking.

Good, A. 2017. *Revolutions: Essays on Contemporary Canadian Fiction*. Windsor: Biblioasis.

Gopal, P. 2009. *The Indian English Novel: Nation, History, and Narration*. Oxford: Oxford University Press.

Grady, H. 2010. *Shakespeare and Impure Aesthetics*. Cambridge: Cambridge University Press.

Graham, J. 2020. Derek Walcott's poetics of naming and epistemologies of place. *Journal of West Indian Literature*, 28(2): 33–47.

Guleria, A. 2020. *Emergence of Subaltern Consciousness in Select Indian English Novels: A Study*. Raleigh: Lulu Publication.

Gunew, S. 1990. *Feminist Knowledge: Critique and Construct*. London / New York: Routledge.

Gunew, S. 1991. *A Reader in Feminist Knowledge*. London / New York: Routledge.

Gunew, S. (Ed.). 1992a. *A Bibliography of Australian Multicultural Writers*. Centre for Studies in Literary Education, Humanities, Deakin University.

Gunew, S. 1992b. *Striking Chords: Multicultural Literary Interpretations*. Sydney: Allen & Unwin.

Gunew, S. 1993. *Feminism and the Politics of Difference*. London / New York: Routledge.

Gunew, S. 1994. *Framing Marginality: Multicultural Literary Studies*. Melbourne: Melbourne University Press.

Gunew, S. 1995. Postcolonialism and multiculturalism: Between race and ethnicity. *Yearbook of English Studies*, (27): 22–39.

Gunew, S. 2004. *Haunted Nations: The Colonial Dimensions of Multiculturalisms*. London / New York: Routledge.

Gunew, S. 2017. *Post-multicultural Writers as Neo-cosmopolitan Mediators*. London: Anthem Press.
Hage, G. 1998. *White Nation: Fantasies of White Supremacism in a Multicultural Society*. London / New York: Routledge.
Hage, G. 2003. *Against Paranoid Nationalism*. Sydney: Pluto Press.
Hallum, K. 2014. The New Zealand new woman: Translating a British cultural figure to a colonial context. *Literature Compass*, 11(5): 328–336.
Hardy, T. 1891. *Tess of the D'Urbervilles*. London: James R. Osgood.
Harris, A. 2019. *Afropolitanism and the Novel: De-realizing Africa*. New York: Routledge.
Harris, W. 1963. *The Secret Ladder*. London: Faber & Faber.
Harvey, D. 2005. *A Brief History of Neoliberalism*. New York: Oxford University Press.
Heble, A. 2000. Sounds of change: Dissonance, history, and cultural listening. *Essays on Canadian Writing*, (71): 26–36.
Helgesson, S. 2008. *Transnationalism in Southern African Literature: Modernists, Realists, and the Inequality of Print Culture*. New York / London: Routledge.
Helgesson, S., Neumann, B. & Rippl, G. (Eds.). 2020. *Handbook of Anglophone World Literatures*. Berlin: Walter De Gruyter.
Henderson, I. & Lang, A. (Eds.). 2015. *Patrick White Beyond the Grave*. London: Anthem.
Henry, N. 2002. *George Eliot and the British Empire*. Cambridge: Cambridge University Press.
Herrera, C. & Sanmartin, P. (Eds.). 2015. *Reading/Speaking/Writing the Mother Text: Essays on Caribbean Women's Writing*. Bradford: Demeter Press.
Hilliard, C. 2016. Rough architects: New Zealand literature and its institutions from *Phoenix* to *Landfall*. In M. Williams (Ed.), *A History of New Zealand Literature*. Cambridge: Cambridge University Press, 138–150.
Hogan, P. C. 2016. Affect studies and literary criticism. In *Oxford Research Encyclopedia of Literature*. Oxford: Oxford University Press, 1–32.
Hogue, W. L. 2016. The heirs to Jacques Derrida and deconstruction. In J. R. Di Leo (Ed.), *Dead Theory: Derrida, Death, and the Afterlife of Theory*. London / New York: Bloomsbury, 25–52.
Horrocks, J. 2014. "In their nakeds": Katherine Mansfield, Freud and neurasthenia at Bad Wörishofen. *Journal of New Zealand Literature*, (32): 121–142.

Hosein, G. J. & Outar, L. 2012. Introduction: Interrogating an Indo-Caribbean feminist epistemology. In G. J. Hosein & L. Outar (Eds.), *Indo-Caribbean Feminist Thought: Genealogies, Theories, Enactments*. New York: Palgrave Macmillan, 1–9.

Hoyes, R. 2000. Richard Hoyes puts the fun back into Eng Lit. *Friday Magazine, Times Educational Supplement*, (February 11): 5.

Hoyos, K. 2014. Canadian multiculturalism, same as it ever was? *Coolabah*, (13): 33–41.

Huggan, G. 2001. *The Postcolonial Exotic: Marketing the Margins*. London: Routledge.

Huggan, G. 2007. *Australian Literature: Postcolonialism, Racism, Transnationalism*. Oxford: Oxford University Press.

Huggan, G. & Siemerling, W. 2000. U.S./Canadian writers' perspectives on the multiculturalism debate a round-table discussion at Harvard University. *Canadian Literature*, (164): 82–111.

Hulme, P. 2021. Caribbean literary history. *New West Indian Guide*, (95): 296–301.

Iheka, C. 2018. *Naturalizing Africa: Ecological Violence, Agency and Postcolonial Resistance in African Literature*. New York: Cambridge University Press.

Ihimaera, W. 2015. *Where Is New Zealand Literature Heading? A New Zealand Book Council Lecture*. Wellington: New Zealand Book Council.

Ilieva, E. & Odiemo-Munara, L. 2010. Negotiating dislocated identities in the space of post-colonial chaos: Goretti Kyomuhendo's *Waiting*. In J. Wawrzinek & J. K. S. Makokha (Eds.), *Negotiating Afropolitanism: Essays on Borders and Spaces in Contemporary African Literature and Folklore*. Amsterdam: Rodopi, 183–203.

Irele, A. 2009. *The Cambridge Companion to the African Novel*. New York: Cambridge University Press.

Jackson, E. 2016. Globalization, diaspora, and cosmopolitanism in Kiran Desai's *The Inheritance of Loss*. *Ariel: A Review of International English Literature*, 47(4): 25–44.

Jackson, J. 2018. Reading for the region in new African novels: Flight, form, and the metonymic ideal. *Research in African Literatures*, 49(1): 42–62.

Jain, J. 1998. *Writers of Indian Diaspora: Theory and Practice*. Jaipur: Rawat Publications.

James, C. L. R. 1938. *Black Jacobins: Toussaint L'Ouverture and the San Domingo Revolution*. London: Secker & Warburg.

James, L. (Ed.). 1968. *The Islands in Between: Essays on West Indian Literature*. Oxford: Oxford University Press.

James, L. 1999. *Caribbean Literature in English*. London: Routledge.

Jameson, F. 1981. *Political Unconscious: Narrative as a Socially Symbolic Act*. Ithaca: Cornell University Press.

Javangwe, T. D. 2021. The in-between-ness of the life narrative—negotiating disciplinary boundaries in selected Zimbabwean political life narratives. *Research in African Literatures*, 52(1): 36–51.

Jay, P. 2010. *Global Matters: The Transnational Turn in Literary Studies*. Ithaca: Cornell University Press.

Jeffares, A. N. 1995. *Images of Invention: Essays on Irish Writing*. Buckinghamshire: Colin Smythe.

Jeffares, A. N. 1997. *A Pocket History of Irish Literature*. Dublin: The O'brien Press.

Jeffares, A. N. 1998. *The Irish Literary Movement*. London: National Portrait Gallery Publications.

Jeyifo, B. 1990. The nature of things: Arrested decolonization and critical theory. *Research in African Literatures*, 21(1): 33–48.

Jha, J. R. 2014. *The Rural Landscapes in Indian English Novels*. Jaipur: Aadi Publications.

Johnson, D. 1996. *Shakespeare and South Africa*. Oxford: Clarendon Press.

Johnson, D. 2012. *Imagining the Cape Colony: History, Literature and the South African Nation*. Edinburgh: Edinburgh University Press.

Johnson, D. 2019. *Dreaming of Freedom in South Africa: Literature Between Critique and Utopia*. Edinburgh: Edinburgh University Press.

Johnson, S. 1759. *The History of Rasselas, Prince of Abyssinia*. London: R. & J. Dodsley.

Jordan, T. 2008. *Addition*. Melbourne: Text Publishing.

Joughin, J. J. 2006. Shakespeare's memorial aesthetics. In P. Holland (Ed.), *Shakespeares, Memory and Performance*. Cambridge University Press, 43–62.

Joughin, J. J. & Malpas, S. 2003. *The New Aestheticism*. Manchester: Manchester University Press.

Justice, D. H. 2005. The necessity of nationhood: Affirming the sovereignty of indigenous national literatures. In C. Kanaganayakam (Ed.), *Moveable Margins: The Shifting Spaces of Canadian Literature*. Toronto: TSAR, 143–160.

Kamboureli, S. 1996. *Making a Difference: Canadian Multicultural Literature*. Toronto: Oxford University Press.

Kamboureli, S. 2007. Preface. In S. Kamboureli & R. Miki (Eds.), *Trans.Can. Lit: Resituating the Study of Canadian Literature*. Waterloo: Wilfrid Laurier University Press, vii–xv.

Kanaganayakam, C. 2003. Cool dots and a hybrid Scarborough: Multiculturalism as Canadian myth. In L. Moss (Ed.), *Is Canada Postcolonial? Unsettling Canadian Literature*. Waterloo: Wilfrid Laurier University Press, 140–150.

Kant, I. 1790/1987. *Critique of Judgment*. Werner S. Pluhar (Trans.). Indianapolis/Cambridge: Hacket Publishing Company.

Karalis, V. 2014. *Recollections of Mr Manoly Lascaris*. Sydney: ReadHowYouWant.

Karmakar, I. 2022. *Maternal Fictions: Writing the Mother in Indian Women's Fiction*. London / New York: Routledge.

Kascakova, J. & Kimber, G. (Eds.). 2015. *Katherine Mansfield and Continental Europe: Connections and Influences*. New York: Palgrave Macmillan.

Kaul, S. 2009. *Eighteenth-century British literature and postcolonial studies*. Edinburgh: Edinburgh University Press.

Kaushik, A. S. 2012. *Emergent Trends and Issues in Indian English Drama*. Jaipur: Aadi Publication.

Keown, M. 2007. *Pacific Islands Writing: The Postcolonial Literatures of Aotearoa/New Zealand and Oceania*. New York: Oxford University Press.

Kerouac, J. 1957. *On the Road*. New York: Viking.

Kiernan, B. 1974. *Criticism*. Melbourne: Oxford University Press.

Kincaid, J. 1990. *Lucy*. New York: Farrar, Straus & Giroux.

King, B. (Ed.). 1979. *West Indian Literature*. Hamden: Archon Books.

King, B. 1980. *The New Literatures in English: Cultural Nationalism in a Changing World*. London: Palgrave Macmillan.

King, B. 2016. *From New National to World Literature: Essays and Reviews*. Stuttgart/Hannover: Ibidem Press.

King, R. S. 2014. *Island Bodies: Transgressive Sexualities in the Caribbean Imagination*. Florida: University Press of Florida.

Klein, J. T. 2017. Typologies of interdisciplinarity: The boundary work of definition. In R. Frodeman, J. T. Klein & R. C. S. Pacheco (Eds.), *The Oxford Handbook of Interdisciplinarity*. Oxford: Oxford University Press, 21–34.

Knudsen, E. R. & Rahbek, R. 2016. *In Search of the Afropolitan*. London: Rowman & Littlefield International.

Krishnan, M. 2014. *Contemporary African Literature in English: Global Locations, Postcolonial Identifications*. London: Palgrave Macmillan.

Krishnan, M. 2017. Affect, empathy, and engagement: Reading African conflict in the global literary marketplace. *The Journal of Commonwealth Literature*, 52(2): 212–230.

Krishnaswamy, R. & Hawley, J. C. (Eds.). 2008. *The Post-colonial and the Global*. Minneapolis: University of Minnesota Press.

Kucich, J. 2011. The unfinished historicist project: In praise of suspicion. *Victoriographies*, 1(1): 58–78.

Kumar, N. 2003. *Indian English Drama: A Study in Myths*. New Delhi: Sarup & Sons.

Kushwaha, M. S. 2008. The unheard voice: An apology for Indian literary criticism in English. In O. P. Budholia (Ed.), *Seeds in Spring: Contemporary Indian English Poetry, Drama and Critics*. New Delhi: Adhyayan Publishers and Distributors, 381–386.

Kutzinski, V. M. 2001. Introduction. In A. J. Arnold (Ed.), *A History of Literature in the Caribbean: English-and Dutch-Speaking Regions*. Amsterdam: John Benjamins, 9–24.

Kyomuhendo, G. 2007. *Waiting*. New York: Feminist Press at the City University of New York.

Lahiri, J. 1999. *Interpreter of Maladies*. New York: Houghton Mifflin Harcourt.

Lahiri, M. 2020. *Imperfect Solidarities: Tagore, Gandhi, Du Bois, and the Global Anglophone*. Evanston, Illinois: Northwestern University Press.

Lamming, G. 1992. *The Pleasures of Exile*. Ann Arbor: University of Michigan Press.

Lampert-Weissing, L. 2010. *Medieval Literature and Postcolonial Studies*. Edinburgh: Edinburgh University Press.

Lau, L. & Varughese, E. D. 2015. *Indian Writing in English and Issues of Representation*. London: Palgrave Pivot.

Leggatt, J. 2003. Native writing, academic theory: Post-colonialism across the cultural divide. In L. Moss (Ed.), *Is Canada Postcolonial? Unsettling Canadian Literature*. Waterloo: Wilfrid Laurier University Press, 111–126.

Leitch, V. B. 2010. *Norton Anthology of Literary Criticism and Theory*. New York: Norton.

Leitch, V. B. 2014. *Literary Criticism in the 21st Century: Theory Renaissance*. New York: Bloomsbury.

Lethem, J. 1994. *Gun, with Occasional Music*. New York: Houghton Mifflin Harcourt Publishing.

Levin, G. 1994. Reclaiming the aesthetic. In G. Levine (Ed.), *Aesthetics and Ideology*. New Brunswick: Rutgers University Press, 1–30.

Levitt, N. & Gross, P. R. 1994. *Higher Superstition: The Academic Left and Its Quarrels with Science*. Baltimore/London: The Johns Hopkins University Press.

Li, D. L. (Ed.). 2004. *Globalization and the Humanities*. Hong Kong: Hong Kong University Press.

Libin, M. 2020. *Reading Affect in Post-apartheid Literature: South Africa's Wounded Feelings*. Cham: Palgrave Macmillan.

Lim, S. G., Patterson, C. B., Troeung, Y. & Gui, W. 2020. Asian literatures in English. In K. Bolton, W. Botha & A. Kirkpatrick (Eds.), *The Handbook of Asian Englishes*. Hoboken: John Wiley & Sons, 787–811.

Lockett, M. 1902. *Christopher*. New York: Abbey Press.

Loesberg, J. 2005. *A Return to Aesthetics*. Stanford: Stanford University Press.

Loomba, A. 1989. *Gender, Race, Renaissance Drama*. Manchester: Manchester University Press.

Loomba, A. 1998. *Colonialism/Postcolonialism*. London / New York: Routledge.

Loomba, A. 2018. *Revolutionary Desires: Women, Communism and Feminism in India*. London / New York: Routledge.

Lorde, A. 1982. *Zami: A New Spelling of My Name*. New York: Crossing Press.

Love, H. 2010a. Close but not deep: Literary ethics and the descriptive turn. *New Literary History*, 41(2): 371–391.

Love, H. 2010b. Truth and consequences: On paranoid reading and reparative reading. *Criticism*, 52(2): 235–241.

Love, M. G. 2017. A password of intellectuality: Paratexts, texts, and Andrew Salkey's construction of a Caribbean canon. *Caribbean Quarterly*, 63(1): 52–66.

Mackey, E. 2002. *The House of Difference: Cultural Politics and National Identity in Canada*. Toronto: University of Toronto Press.

MacPhee, G. 2011. *Postwar British Literature and Postcolonial Studies*. Edinburgh: Edinburgh University Press.

Maharaj, C. 1992. *The Dispossessed*. New York: Pearson Education.

Mahomed, D. 1794/1997. *The Travels of Dean Mohomed*. Berkeley: University of California Press.

Majumdar, N. 2008. When the East is a career: The question of exoticism in Indian anglophone literature. *Postcolonial Text*, 4(3): 1–18.

Makumbi, J. N. 2014. *Kintu*. Oakland: Transit Books.

Malhotra, A. 2012. *Making British Indian fictions 1772–1823*. New York: Palgrave Macmillan.

Malpas, S. 2013a. *The Routledge Companion to Critical and Cultural Theory*. London / New York: Routledge.

Malpas, S. 2013b. *Thomas Pynchon*. Manchester: Manchester University Press.

Malpas, S. 2019. *Scotland in Space: Creative Visions and Critical Reflections on Scotland's Space Futures*. Edinburgh: The New Curiosity Shop.

Maracle, L. 2004. The "post-colonial" imagination. In C. Sugars (Ed.), *Unhomely States: Theorizing English-Canadian Postcolonialism*. Peterborough: Broadview Press, 204–208.

Maracle, L. 2007. Oratory on oratory. In S. Kamboureli & R. Miki (Eds.), *Trans.Can.Lit: Resituating the Study of Canadian Literature*. Waterloo: Wilfrid Laurier University Press, 55–70.

Maracle, L. 2018. Why I write. In T. McWatt, R. Maharaj & D. Brand (Eds.), *Luminous Ink: Writers on Writing in Canada*. Toronto: Cormorant Books.

Marcus, S. 2007. *Between Women: Friendship, Desire, and Marriage in Victorian England*. Princeton/Oxford: Princeton University Press.

Marcus, S., Love, H. & Best, S. 2016. Building a better description. *Representations*, (135): 1–21.

Markandaya, K. 1960. *A Silence of Desire*. New York: John Day.

Marr, D. 2006. Patrick White's return from the Pit. *Sydney Morning Herald*, (3 November): 1.

Masamaka, J. 2020. Literary totemism and its relevance for animal advocacy: A zoocritical engagement with Kofi Anyidoho's literary bees. In C. Iheka & S. Newell (Eds.), *Environmental Transformations: African Literature Today*. Woodbridge: James Currey, 11–23.

Mathur, A. 2007. Transubracination: How writers of colour became CanLit. In S. Kamboureli & R. Miki (Eds.), *Resituating the Study of Canadian Literature*. Waterloo: Wilfrid Laurier University Press, 148–150.

Mbembe, A. 2020. Afropolitanism. Laurent Chauvet (Trans.). *Nka*, (46): 56–61.

Mbembe, A. & Balakrishnan, S. 2016. Pan-African legacies, Afropolitan futures: A conversation with Achille Mbembe. *Transition*, (120): 28–37.

McCullough, C. 2005. *On, Off*. Sydney: HarperCollins.

McDonnell, J. 2010. *Katherine Mansfield and the Modernist Marketplace: At the Mercy of the Public*. London: Palgrave Macmillan.

McDougall, R. 2014. The "new" world literature: A review essay. *Transnational Literature*, 6(2): 10.

McGarrity, M. 2020. "Solace of landanum": Shadows of maternity in Derek Walcott's *Omeros*. *Journal of West Indian Literature*, 28(1): 52–61.

McGregor, H., Rak, J. & Wunker, E. (Eds.). 2018. *Refuse: CanLit in Ruins*. Toronto: Book*hug.

McKay, B. (Ed.). 1999. *Unmasking Whiteness: Race Relations and Reconciliation*. Griffith University: Queensland Studies Centre.

McLean, T. 2019. Suspicion and settler literature: Readings of Katherine Mansfield. *Journal of New Zealand Literature*, 37(1): 9–26.

McLeod, N. 2001. Coming home through stories. In A. G. Ruffo (Ed.), *(Ad)Dressing Our Words: Aboriginal Perspectives on Aboriginal Literatures*. Penticton: Theytus Books, 17–36.

Mead, P. 2009. Nation, literature, location. In P. Pierce (Ed.), *The Cambridge History of Australian Literature*. Melbourne: Cambridge University Press, 549–567.

Mee, J. 1998. After midnight: The Indian novel in English of the 80s and 90s. *Postcolonial Studies*, 1(1): 127–141.

Mehrotra, A. K. 2017. *A Concise History of Indian Literature in English*. Hyderabad: Orient BlackSwan.

Mehrotra, R. R. 1987. The language of Indian writing in English: Some sociolinguistic evidence. *Journal of South Asian Literature*, 22(2): 103–112.

Mendes, A. C. 2010. Exciting tales of exotic dark India: Aravind Adiga's *The White Tiger*. *Journal of Commonwealth Literature*, 45(2): 275–293.

Mercer, E. 2010. As real as the spice girls: Representing identity in twenty-first century New Zealand literature. *Journal of New Zealand Studies*, (9): 99–114.

Meyer, A. 2018. *A Superior Spectre*. Sydney: Ventura Press.

Michaels, W. B. 2006. *The Trouble with Diversity: How We Learned to Love Identity and Ignore Inequality*. New York: Holt Paperbacks.

Miki, R. 2005. "Inside the black egg": Cultural practice, citizenship, and belonging in a globalized Canadian nation. *Mosaic*, 38(3): 15–16.

Mirmotahari, E. 2011. *Islam in the Eastern African Novel*. New York: Palgrave Macmillan.

Mishra, D. S. 1994. *Reading Rushdie: Perspectives on the Fiction of Salman Rushdie*. Amsterdam: Brill Rodopi.

Misrahi-Barak, J. 2012. Looking in, looking out: The Chinese-Caribbean diaspora through literature—Meiling Jin, Patricia Powell, Jan Lowe Shinebourne. *Journal of Transnational American Studies*, 4(1): 1–15.

Mitchell, D. 1999. *Ghostwritten*. New York: Vintage.

Mitchell, D. 2004. *Cloud Atlas*. New York: Random House.

Mitchell, D. 2014. *The Bone Clocks*. New York: Random House.

Mittelholzer, E. 1958. *With a Carib Eye*. London: Seeker & Warburg.

Mlambo, D. N. & Mpanza, S. E. 2019. Emerging determinants of youth migration from an Afrocentric perspective. *African Renaissance*, 16(1): 275–290.

Mohammed, P. 2002. *Gender Negotiations among Indians in Trinidad, 1917–1947*. New York: Palgrave.

Momsen, J. 2002. The double paradox. In P. Mohammed (Ed.), *Gender Realities: Essays in Caribbean Feminist Thought*. Mona: The University of the West Indies Press, 44–50.

Monagle, C. & Ruys, J. (Eds.). 2019. *A Cultural History of the Emotions in the Medieval Age*. London: Bloomsbury Academic.

Moolla, F. F. (Ed.). 2016. *Natures of Africa: Ecocriticism and Animal Studies in Contemporary Cultural Forms*. Johannesburg: Witts University Press.

Moore, A. 2016. *Jerusalem*. Northampton: Knockabout.

Moore, D. 2022. "Like Quetzcoatl flying": Afro-Caribbean and Amerindian entanglements in Kamau Brathwaite. *Journal of West Indian Literature*, 30(2): 81–101.

Mordecai, R. L. 2022. Heroes, mothers, and Muses: Teaching Gender in Kamau Brathwaite. *Journal of West Indian Literature*, 30(2): 122–141.

Moreton-Robinson, A. 2000. *Talkin' Up to the White Woman*. St Lucia: University of Queensland Press.

Moreton-Robinson, A. (Ed.). 2004. *Whitening Race*. Canberra: Aboriginal Studies Press.

Moretti, F. 2000. Conjectures on world literature. *New Left Review*, (1): 54–68.

Moretti, F. 2005. *Graphs, Maps, Trees: Abstract Models for a Literary History*. London: Verso.

Morris, M. 2020. V. S. Naipaul and Islam. *Caribbean Quarterly*, 66(4): 71–79.

Morris, P. 2020. The "leftovers of empire": Commonwealth writers and the Booker Prize. *Journal of Postcolonial Writing*, 56(2): 261–270.

Morrison, T. 1987. *Beloved*. New York: Vintage.

Morrison, T. 1991. *Playing in the Dark: Whiteness and the Literary Imagination*. Cambridge: Harvard University Press.

Moss, L. 2003. Is Canada postcolonial? Introducing the question. In L. Moss (Ed.), *Is Canada Postcolonial? Unsettling Canadian Literature*. Waterloo: Wilfrid Laurier University Press, 1–26.

Mourant, C. 2019. *Katherine Mansfield and Periodical Culture*. Edinburgh: Edinburgh University Press.

Mouré, E. 2002. *O Cidadán*. Toronto: Anansi.

Moyes, L. 2007. Acts of citizenship: Erin Mouré's O Cidadán and the limits of worldliness. In S. Kamkoureli & R. Miki (Eds.), *Trans.Can.Lit: Resituating the Study of Canadian Literature*. Walterloo: Wilfrid Laurier University Press, 111–128.

Mukherjee, M. 1971. *The Twice Born Fiction*. Heinemann: Educational Books.

Mukherjee, M. 1985. *Realism and Reality: Novel and Society in India*. New Delhi: Oxford University Press.

Mukherjee, M. 1994. *Re-reading Jane Austen*. New Delhi: Orient Longman.

Mukherjee, M. 2000. *The Perishable Empire: Essays on Indian Writing in English*. New Delhi: Oxford University Press.

Mukherjee, U. P. 2010. *Postcolonial Environments: Nature, Culture and the Contemporary Indian Novel in English*. New York: Palgrave Macmillan.

Mund, S. 2021. *The Making of Indian English Literature*. Delhi: Manohar.

Musila, G. A. 2019. Desire and freedom in Yvonne Vera's fiction. In M. Adejunmobi & C. Coetzee (Eds.), *Routledge Handbook of African Literature*. Oxford: Routledge, 323–338.

Mwangi, E. M. 2019. *The Postcolonial Animal: African Literature and Posthuman Ethics*. Ann Arbor: University of Michigan Press.

Myles, A. 2006. *Feminism and the Post-modern Indian Women Novelists in English*, New Delhi: Sarup & Sons.

Nabutanyi, E. F. 2019. Contestations through same-sex desire in Jennifer Nansubuga Makumbi's *Kintu*. In M. Adejunmobi & C. Coetzee (Eds.), *Routledge Handbook of African Literature*. Oxford: Routledge, 369–382.

Nagel, T. 2005. The sleep of reason. In D. Patai & W. H. Corral (Eds.), *Theory's Empire: An Anthology of Dissent*, Baltimore: The Johns Hopkins University Press, 541–551.

Nai, M. K. 1985. *Perspectives on Indian Fiction in English*. New Delhi: South Asia Books.
Naipaul, V. S. 1961. *A House for Mr. Biswas*. New York: Vintage.
Naipaul, V. S. 1962. *The Middle Passage*. London: Andre Deutsch.
Naipaul, V. S. 1981. *Among the Believers*. London: Andre Deutsch.
Naipaul, V. S. 1987. *The Enigma of Arrival*. New York: Vintage.
Naipaul, V. S. 1998. *Beyond Belief: Islamic Excursions Among the Converted Peoples*. New York: Vintage Books.
Narayan, R. K. 1949. *Mr. Sampath: The Printer of Malgudi*. Chicago: Chicago University Press.
Nardin, J. 2014. Victims and victimizers in the fiction of Katherine Mansfield and Jean Rhys. *Antipodes*, 28(2): 315–326.
Neveux, J. 2020. My "many" selves: A psycholinguistic and cognitive study of Mansfield's work. *Journal of New Zealand Literature*, 38(2): 36–58.
Newell, S. 2000. *Ghanaian Popular Fiction*. Oxford: James Currey Publishers.
Newell, S. 2006. *West African Literatures*. New York: Oxford University Press.
Ngong, J. N. K. 2015. *Blot on the Landscape*. Bamenda: Langaa RPCIG.
Ngong, J. N. K. 2018. *The Tears of the Earth*. Bamenda: Langaa RPCIG.
Ngongkum, E. 2020. "It is the writer's place to stand with the oppressed": Anthropocene discourses in John Ngong Kum Ngong's *Blot on the Landscape* and *The Tears of The Earth*. In C. Iheka & S. Newell (Eds.), *Environmental Transformations: African Literature Today*. Woodbridge: James Currey, 92–105.
Ngoshi, H. T. 2015. "The historicity of texts and the textuality of history": A note on why reading Zimbabwean autobiography should be historicised. *Imbizo*, 6(1): 12–21.
Nnolim, C. E. 2006. African literature in the 21st century: Challenges for writers & critics. In E. N. Emenyonu (Ed.), *New Directions in African Literature: A Review*. Trenton: Africa World Press, 1–9.
Norridge, Z. 2012. *Perceiving Pain in African Literature*. Hampshire: Palgrave Macmillan.
North, J. 2017. *Literary Criticism: A Concise Political History*. Cambridge: Harvard University Press.
Nunez, E. & Sparrow, J. 2005. *Stories from Blue Latitudes: Caribbean Women Writers at Home and Abroad*. Emeryville: Seal Books.

Nussbaum, M. C. 1996. *For Love of Country: Debating the Limits of Patriotism*. Boston: Beacon.

O'Brien, S. & Szeman, I. 2001. Introduction: The globalization of fiction / the fiction of globalization. *The South Atlantic Quarterly*, 100(3): 603–626.

O'Callaghan, E. 2004. *Women Writing the West Indies, 1804–1939: A Hot Place, Belonging to Us*. London / New York: Routledge.

O'Connor, M. 2015. The narcotic memes of Bombay: Jeet Thayil's *Narcopolis*. *Wasafiri*, 30(3): 11–16.

Ogungbesan, K. 1974. Politics and the African writer. *African Studies Review*, 17(1): 43–53.

Ojwang, D. 2013. *Reading Migration and Culture: The World of East African Literature*. Basingstoke: Palgrave Macmillan.

Okpewho, I. & Nzegwu, N. 2009. Preface and acknowledgments. In I. Okpewho & N. Nzegwu (Eds.), *The New African Diaspora*. Indiana: Indiana University Press, ix.

Olaniyan, T. & Quayson, A. (Eds.). 2007. *African Literature: An Anthology of Criticism and Theory*. Malden: Blackwell.

Ondaatje, M. 2018. *Warlight*. New York: Knopf.

Orr, B. 2001. *Empire on the English Stage 1660–1714*. Cambridge: Cambridge University Press.

Osborne, P. 2011. Philosophy after theory: Transdisciplinarity and the new. In J. Elliott & D. Attridge (Eds.), *Theory after "Theory"*. London / New York: Routledge, 19–33.

Owomoyela, O. 2008. *The Columbian Guide to West African Literature in English Since 1945*. New York: Columbia University Press.

Paquet, S. P. 1979. The fifties. In B. King (Ed.), *West Indian Literature*. Hamden: Archon Books, 51–62.

Parry, H. & Perris, S. 2019. Classical reception in New Zealand literature: An introduction (and reading list). *Journal of New Zealand Literature*, 37(1): 159–186.

Patai, D. & Corral, W. H. (Eds.). 2005. *Theory's Empire: An Anthology of Dissent*. New York: Columbia University Press.

Patel, M. P. 2009. *Recent Exploration in Indian English Writings*. New Delhi: Sunrise Publishers & Distributors.

Patke, R. S. 2006. *Postcolonial Poetry in English*. New York: Oxford University Press.

Pears, I. 2002. *The Dream of Scipio*. New York: Riverhead Books.

Penteado, B. 2019. Against surface reading: Just literality and the politics of reading. *Mosaic: An Interdisciplinary Critical Journal*, 52(3): 85–100.

Perelman, B. 2005. The Poetry Hoax. *Foreign Literature Studies*, (2): 12–24.

Pierce, P. (Ed.). 2009. *The Cambridge History of Australian Literature*. Cambridge: Cambridge University Press.

Plutarch. 1992. *The Lives of Noble Grecians and Romans*. Oxford: Benediction Classics.

Pollard, C. 2004. *New World Modernisms: T. S. Eliot, Derek Walcott, and Kamau Brathwaite*. Charlottesville: University of Virginia Press.

Pope, R. 1998. *The English Studies Book*. London: Routledge.

Popescu, M. 2010. *South African Literature Beyond the "Cold War"*. New York: Palgrave Macmillan.

Prasad, A. N. & Mallik, R. K. 2007. *Indian English Poetry and Fiction: Critical Elucidations*. Derby: Sarup & Sons.

Price, J. D. 2017. *Animals and Desire in South African Fiction: Biopolitics and Resistance to Colonization*. New York: Palgrave Macmillan.

Rabaté, J. 2018. *After Derrida: Literature, Theory and Criticism in the 21st Century*. Cambridge: Cambridge University Press.

Radcliffe, A. 1794. *Mysteries of Udolpho*. London: G. G. & J. Robinson.

Rainey, L. 1998. *Institutions of Modernism*. New Haven: Yale University Press.

Rajan, P. K. (Ed.). 2004. *Indian Literary Criticism in English*. Pawat: Pawat Publications.

Rajeshwar, M. 1999. *Indian Women Novelists and Psychoanalysis: A Study of the Neurotic Characters*. New Delhi: Atlantic Publishers & Distributers.

Ramchand, K. 1970. *The West Indian Novel and Its Background*. London: Faber.

Ramchand, K. 1980. *West Indian Narrative: An Introductory Anthology*. Surrey: Thomas Nelson and Sons.

Ramchand, K. 1988. West Indian literary history: Literariness, orality and periodization. *Callaloo*, (34): 95–110.

Ramlochan, S. 2020. Caribbean identities and diversifying the Creole mix. In R. Cummings & A. Connell (Eds.), *Caribbean Literature in Transition, 1970–2020*. Cambridge: Cambridge University Press, 37–51.

Randall, D. 2000. *Kipling's Imperial Boy: Adolescence and Cultural Hybridity*. London: Palgrave Macmillan.

Rao, A. S. 2000. *Myth and History in Contemporary Indian Novel in English*. New Delhi: Atlantic Publishers and Distributors.

Rao, R. 1938. *Kanthapura*. New Delhi: Orient Paperbacks.

Rawat, R. S. & Satyanarayana, K. 2016. Dalit studies: New perspectives on Indian history and society. In R. S. Rawat & K. Satyanarayana (Eds.), *Dalit Studies*. Durham/London: Duke University Press, 1–30.

Regis, H. 2019. Myth, ancestors and ritual: A critical reading of spirit in George Lamming's *Season of Adventure*. *Journal of West Indian Literature*, 27(2): 29–38.

Reilly, A. 2013. Always sympathize! surface reading, affect, and George Eliot's *Romola*. *Victorian Studies*, 55(4): 629–646.

Reitter, P. & Wellmon, C. 2021. *Permanent Crisis: The Humanities in a Disenchanted Age*. Chicago: University of Chicago Press.

Rhys, J. 1964. *Wide Sargasso Sea*. London: Andre Deutsch.

Rich, A. 1979. *On Lies, Secrets, and Silence: Selected Prose 1966–1978*. New York: Norton.

Richardson, L. M. 2006. *New Woman and Colonial Adventure*. Gainesville: University Press of Florida.

Richardson, S. 1740. *Pamela*. Messrs Rivington & Osborn.

Riemenschneider, D. 2001. Contemporary Maori cultural practice: From biculturalism towards a glocal culture. *Journal of New Zealand Literature*, (18–19): 139–160.

Riggs, D. W. (Ed.). 2007. *Taking Up the Challenge: Critical Race and Whiteness Studies in a Postcolonising Nation*. Bel Air: Crawford House.

Robinson-Walcott, K. 2003. Claiming an identity we thought they despised: Contemporary white West Indian writers and their negotiation of race. *Small Axe*, 7(2): 93–110.

Robinson-Walcott, K. 2006. *Out of Order! Anthony Winkler and White West Indian Writing*. Mona: University of the West Indies Press.

Roediger, D. 1991. *The Wages of Whiteness: Race and the Making of the American Working Class*. New York: Verso Books.

Romaine, S. 2004. Contested visions of history in Aotearoa New Zealand literature: Witi Ihimaera's *The Matriarch*. *The Contemporary Pacific*, 16(1): 31–57.

Rosen, J. 2013. *Minor Characters Have Their Day: Genre and the Contemporary Literary Marketplace*. New York: Columbia University Press.

Rosenberg, L. R. 2004. Modern romances: The short stories in Una Marson's *The Cosmopolitan (1928–1931)*. *Journal of West Indian Literature*, 12(1–2): 170–183.

Rosenberg, L. R. 2007. *Nationalism and the Formation of Caribbean Literature.* New York: Palgrave Macmillan.

Ross, M. L. 2019. Arundhati Roy and the Politics of Language. *The Journal of Commonwealth Literature,* 57(2): 406–419.

Roy, A. 1997. *The God of Small Things.* London: Flamingo.

Roy, A. 2017. *The Ministry of Utmost Happiness.* New York: Knopf.

Rudd, A. 2010. *Postcolonial Gothic Fictions from the Caribbean, Canada, Australia and New Zealand.* Cardiff: University of Wales Press.

Rushdie, S. 1983. *Shame.* New York: Random House.

Russo, K. E. 2011. Voss and the ordinariness of whiteness. *The Journal of the European Association of Studies on Australia,* 2(2): 6–21.

Salkey, A. 1969. *The Adventures of Catullus Kelly.* London: Hutchinson.

Salunkhe, S. S. 2017. *Indian diaspora writers.* Lucknow: Book Rivers.

Samal, S. K. 2015. *Postcoloniality and Indian English Poetry.* New Delhi: PartridgeIndia.

Samuelson, M. 2007. *Remembering the Nation, Dismembering Women? Stories in the South African Transition.* Pietermaritzburg: University of Kwazulu-natal Press.

Samuelson, M. 2020. The oceans. In S. Helgesson, B. Neumann & G. Rippl (Eds.), *Handbook of Anglophone World Literatures.* Berlin: Walter De Gruyter, 376–394.

Sarangi, J. 2009. A trend-setter in Indian English criticism: A tribute to Meenakshi Mukherjee. *Indian Literature,* 53(5): 237–239.

Savory, E. 2022. Hope for the pluriverse, defeat of the universe in the work of Kamau Brathwaite. *Journal of West Indian Literature,* 30(2): 102–121.

Scott, H. C. 2006. *Caribbean Women Writers and Globalization: Fictions of Independence.* Burlington: Ashgate.

Sedgwick, E. K. 1997. Paranoid reading and reparative reading; or you're so paranoid, you probably think this introduction is about you. In E. K. Sedgwick (Ed.), *Novel Gazing: Queer Readings in Fiction.* Durham/London: Duke University Press, 1–37.

Sedgwick, E. K. 2003. *Touching Feeling: Affect, Pedagogy, Performativity.* Durham: Duke University Press.

Seiler, T. P. 1998. Multi-vocality and national literature: Towards a post-colonial and multicultural aesthetic. In C. Verduyn (Ed.), *Literary Pluralities.* Peterborough: Broadview Press / Journal of Canadian Studies, 47–63.

Self, W. 2002. *Dorian*. New York: Grove Press.
Selvon, S. 1952. *A Brighter Sun*. Kingston: Longman Caribbean.
Selvon, S. 1955. *An Island Is a World*. London: Allan Wingate.
Selvon, S. 1956. *The Lonely Londoner*. London: Allan Wingate.
Sen, K. & Roy, R. 2013. *Writing India Anew: Indian English Fiction 2000–2010*. Amsterdam: Amsterdam University Press.
Senior, O. 1994. *Gardening in the Tropics*. Toronto: McClelland & Stewart.
Serlen, R. 2010. The distant future? Reading Franco Moretti. *Literature Compass*, 7(3): 214–225.
Serrano, L. M. M. 2015. *The Power and Promise of 21st-Century Literary Criticism*. Odisea: Universidad de Almeria Press.
Seth, V. 1993. *A Suitable Boy*. London: Phoenix House.
Shakespeare, W. 1597. *Romeo and Juliet*. London: First Quarto.
Shakespeare, W. 1622. *Othello*. London: First Quarto.
Shakespeare, W. 1623a. *Julius Caesar*. London: First Folio.
Shakespeare, W. 1623b. *The Tempest*. London: First Folio.
Sharrad, P. 2013. Which world, and why do we worry about it? In R. Dixon & B. Rooney (Eds.), *Scenes of Reading: Is Australian Literature a World Literature?* North Melbourne: Australian Scholarly Publishing, 16–33.
Shech, S. & Wadham, B. A. (Eds.). 2004. *Placing Race and Localising Whiteness*. Adelaide: Flinders University Press.
Shelley, M. 1818. *Frankenstein*. London: Lackington, Hughes, Harding, Mavor, & Jones.
Shiach, M. & Armstrong, I. 2002. *Radical Aesthetics*. Hoboken: Wiley Blackwell.
Shukla, S. & Shukla, A. 2002. Introduction. In S. Shukla & A. Shukla (Eds.), *Indian English Novel in the Nineties*. New Delhi: Sarup & Sons.
Sidney, P. 1595. *A Defence of Poetry*. London: Ponsonby.
Sidney, S. 1850. *Sydney's Emigrant's Journal, 1849–1850*. London: W. S. Orr & Co.
Simmons, D. 1989. *Hyperion*. New York: Doubleday.
Simpson, H. M. 2004. Patterns and periods: Oral aesthetics and a century of Jamaican short story writing. *Journal of West Indian Literature*, 12(1–2): 1–29.
Simsion, G. 2013. *The Rosie Project*. New York: Simon & Schuster Paperbacks.
Singh, A. 2007. *Existential Dimensions in the Novels of Anita Desai*. New Delhi: Sarup & Sons.

Singh, P. K. 2013. *The Indian English Novel of the New Millennium*. London: Cambridge Scholars Publishing.

Sinha, I. 2007. *Animal's People*. New York: Simon & Schuster Paperbacks.

Slaymaker, W. 2001. Ecoing the other(s): The global green and black African responses. *PMLA*, 116(1): 129–144.

Slemon, S. 2003. Afterword. In L. Moss (Ed.), *Is Canada Postcolonial? Unsettling Canadian Literature*. Waterloo: Wilfrid Laurier University Press, 318–324.

Slemon, S. 2007. TransCanada, literature: No direction home. In S. Kamboureli & R. Miki (Eds.), *Trans.Can.Lit: Resituating the Study of Canadian Literature*. Waterloo: Wilfrid Laurier University Press, 71–84.

Smiley, J. 1991. *A Thousand Acres*. New York: Anchor Books.

Smith, Z. 2019. *The Fraud*. London: Penguin.

Smithies, J. 2007. Finding the true voice of feeling: Kendrick Smithyman and new criticism in New Zealand, 1961–1963. *The Journal of Commonwealth Literature*, 42(1): 59–78.

Smolash, N. & Tucker-Abramson, M. 2011. Migrants and citizens: The shifting ground of struggle in Canadian literary representation. *Studies in Canadian Literature*, 36(2): 165–196.

Smollet, T. 1748. *Roderick Random*. London: J. Osborn.

Soyinka, W. 1981. The critic and society: Barthes, leftocracy, and other mythologies. *Black American Literature Forum*, 15(4): 133–146.

Sparrow, J. & Nunez, E. 2005. *Blue Latitudes: Caribbean Women Writers at Home and Abroad*. New York: Seal Press.

Spell, W. 2021. The new aesthetics: New formalist literary theory. *Life and Literature*. Retrieved July 9, 2022, from Life and Literature website.

Sridhar, A, Hosseini, M. A. & Attridge, D. 2021. *The Work of Reading: Literary Criticism in the 21st Century*. London: Palgrave Macmillan.

Srivastava, N. 2008. *Secularism in the Postcolonial Indian Novel: National and Cosmopolitan Narratives in English*. London / New York: Routledge.

Stephens, J. 1992. *Language and Ideology in Children's Fiction*. London / New York: Longman.

Stephens, J. 2003. *Ways of Being Male: Representing Masculinities in Children's Literature and Film*. London / New York: Routledge.

Stephens, J. 2015. *Subjectivity in Asian Children's Literature and Film*. London / New York: Routledge.

Stephens, J. (Ed.). 2017. *The Routledge Companion to International Children's Literature*. London / New York: Routledge.

Stitt, J. F. 2014. Disciplining the unruly (national) body in Staceyann Chin's *The Other Side of Paradise*. *Small Axe*, 45(11): 1–17.

Stratton, J. 1998. *Race Dazes*. Sydney: Pluto Press.

Strauhs, D. 2013. *African Literary NGOs: Power, Politics and Participation*. New York: Palgrave Macmillan.

Strongman, R. 2007. The colonial state apparatus of the school: Development, education, and mimicry in Patrick Chamoiseau's *Une Enfance Créole Ii: Chemin-D'cole* and V. S. Naipaul's *Miguel Street*. *Journal of West Indian Literature*, 16(1): 83–97.

Sugars, C. 2004. Introduction. In C. Sugars (Ed.), *Unhomely States: Theorizing English-Canadian Postcolonialism*. Peterborough: Broadview Press, xiii–xiv.

Sugars, C. 2006. World famous across Canada: National identity in the global village. In C. A. B. Joseph & J. Wilson (Eds.), *Global Fissures: Postcolonial Fusions*. New York: Rodopi, 79–101.

Surendran, K. V. 2002. *Indian English Poetry: New Perspectives*. Derby: Sarup & Sons.

Sutherland, J. 1996. *Is Heathcliff a Murderer? Puzzles in 19th-century Fiction*. Oxford: Oxford University Press.

Tandon, N. 2006. *Perspectives and Challenges in Indian-English Drama*. Atlantic Publishers & Distributors.

Tembo, N. M. 2007. Reading the trauma of internally displaced identities in Goretti Kyomuhendo's *Waiting*. *Eastern African Literary and Cultural Studies*, 3(2–4): 91–106.

Tennant, E. 1989. *Two Women of London: The Strange Case of Ms Jekell and Mrs Hyde*. London: Faber & Faber.

Terada, R. 2001. *Feeling in Theory: Emotion after the "Death of the Subject"*. Cambridge: Harvard University Press.

Teuton, C. B. 2008. Theorizing American Indian literature: Applying oral concepts to written traditions. In G. S. Womack, D. H. Justice & C. B. Teuton (Eds.), *Reasoning Together: The Native Critics Collective*. Norman: University of Oklahoma Press, 193–215.

Tey, J. 1951. *The Daughter of Time*. London: Peter Davies.

Tharoor, S. 1989. *The Great Indian Novel*. London: Viking.

Thelen, D. 1992. Of audiences, borderlands, and comparisons: Toward the internationalization of American history. *Journal of American History*, 79(2): 1–6.
Thieme, J. 2001. *Postcolonial Con-texts: Writing Back to the Canon*. London: Continuum.
Thieme, J. 2003. *Post-colonial Studies: The Essential Glossary*. London: Arnold.
Thieme, J. 2007. *R. K. Narayan*. Manchester / New York: Manchester University Press.
Thiong'o, N. W. 1986a. *Decolonising the Mind: The Politics of Language in African Literature*. New Hampshire: Heinemann.
Thiong'o, N. W. 1986b. Writing against neo-colonialism. In K. H. Petersen (Ed.), *Criticism and Ideology: Second African Writers' Conference, Stockholm 1986*. Uddevalla: Bohusläningens Boktryckeri AB, 92–103.
Thiong'o, N. W. 2004. *Wizard of the Crow*. New York: Anchor Books.
Tihanov, G. 2019. *The Birth and Death of Literary Theory: Regimes of Relevance in Russia and Beyond*. Stanford: Stanford University Press.
Tomlinson, J. 1999. *Globalization and Culture*. Chicago: University of Chicago Press.
Tremblay, T. 2014. Globalization and cultural memory: Perspectives from the periphery on the post-national disassembly of place. In C. Sugars & E. Ty (Eds.), *Canadian Literature and Cultural Memory*. Don Mills: Oxford University Press, 23–38.
Turner, B. S. 1993. Contemporary problems in the theory of citizenship. In B. S. Turner (Ed.), *Citizenship and Social Theory*. London: Sage, 1–19.
Underwood, T. 2013. *Why Literary Periods Mattered: Historical Contrast and the Prestige of English Studies*. Stanford: Standford University Press.
Van der Vlies, A. 2007. *South African Textual Cultures: White, Black, Read All Over*. Manchester: Manchester University Press.
Van Schalkwyk, S. 2018. *Narrative Landscapes of Female Sexuality in Africa: Collective Stories of Trauma and Transition*. Cham: Palgrave Macmillan.
Vernay, J. 2021. Towards a new direction in contemporary criticism: Cognitive Australian literary studies. In J. Gildersleeve (Ed.), *The Routledge Companion to Australian Literature*. London: Routledge, 116–122.
Viswamohan, A. I. 2014. *Postliberalization Indian Novels in English: Politics of Global Reception and Awards*. London: Anthem Press.
Vital, A. 2008. Toward an African ecocriticism: Postcolonialism, ecology and life & times of Michael K. *Research in African Literatures*, 39(1): 87–121.

Vitthani, K. 2020. *Myth in Contemporary Indian Fiction in English*. New Delhi: Atlantic Publishers & Distributers.

Wake, C. H. 1964. African literary criticism. *Comparative Literature Studies*, *1*(3): 197–205.

Walcott, D. 1990. *Omeros*. New York: Farrar, Straus & Giroux.

Walcott, R. 1998. *Black Like Who? Writing Back Canada*. Toronto: Insomniac Press.

Walcott, R. (Ed.). 2000. *Rude: Contemporary Black Canadian Cultural Criticism*. Toronto: Insomniac Press.

Walsh, W. 1970. *A Manifold Voice: Studies in Commonwealth Literature*. New York: Barnes & Noble.

Walsh, W. 1973. *Commonwealth Literature*. Oxford: Oxford University Press.

Walter, N. 2001. Can we win the war against cliché? *The Independent*, (April 23): 5.

Warner, M. 1992. *Indigo*. London: Chatto & Windus.

Waugh, P. (Ed.). 2006. *Literary Theory and Criticism: An Oxford Guide*. New York: Oxford University Press.

Wawrzinek, J. & Makokha, J. K. S. 2010. *Negotiating Afropolitanism: Essays on Borders and Spaces in Contemporary African Literature and Folklore*. Amsterdam: Rodopi.

Webby, E. (Ed.). 2000. *The Cambridge Companion to Australian Literature*. Cambridge: Cambridge University Press.

Welsh, S. L. 2001. The literatures of Trinidad and Jamaica. In A. J. Arnold (Ed.), *A History of Literature in the Caribbean: English- and Dutch-Speaking Regions*. Amsterdam: John Benjamins, 69–95.

Whitehead, J. 2018. Writing as a rupture: A breakup note to CanLit. In H. McGregor, J. Rak & E. Wunker (Eds.), *Refuse: CanLit in Ruins*. Toronto: Book*hug, 192–196.

Whitlock, G. 2013. Outside country: Indigenous literature in transit. In R. Dixon & B. Rooney (Eds.), *Scenes of Reading: Is Australian Literature a World Literature?* North Melbourne: Australian Scholarly Publishing, 178–188.

Widdowson, P. 1976. *E. M. Forster's Howards End: Fiction as History*. London: Chatto & Windus.

Widdowson, P. (Ed.). 1986. *Popular Fictions: Essays in Literature and History*. London / New York: Routledge.

Widdowson, P. 1989. *Hardy in History: A Study in Literary Sociology*. London / New York: Routledge.

Widdowson, P. (Ed.). 2004. *The Palgrave Guide to English Literature and Its Contexts, 1500–2000*. London: Red Globe Press.

Widdowson, P. 2006. Writing back: Contemporary re-visionary fiction. *Textual Practice*, 20(3): 491–507.

Wiegandt, K. 2020. Introduction: The concept of the transnational in literary studies. In K. Wiegandt (Ed.), *The Transnational in Literary Studies: Potential and Limitations of a Concept*. Berlin/Boston: Walter De Gruyter, 1–18.

Wiemann, D. 2008. *Genres of Modernity: Contemporary Indian Novels in English*. Amsterdam: Rodopi.

Wilkens, M. 2015. Digital humanities and its application in the study of literature and culture. *Comparative Literature*, 67(1): 11–20.

Williams, J. J. (Ed.). 2002. *The Institution of Literature*. Albany: State University of New York Press.

Wolfe, C. 2011. Theory as a Research Programme—The Very Idea. In J. Elliott & D. Attridge (Eds.), *Theory After "Theory"*. London / New York: Routledge, 36–46.

Wolfreys, J. 2002. *Introducing Criticism at the 21st Century*. Edinburgh: Edinburgh University Press.

Womack, G. S. 2008. A single decade: Book-length native literary criticism between 1986 and 1997. In G. S. Womack, D. H. Justice & C. B. Teuton (Eds.), *Reasoning Together: The Native Critics Collective*. Norman: University of Oklahoma Press, 3–104.

Woodward, W. 2008. *The Animal Gaze: Animal Subjectivities in Southern African Narratives*. Johannesburg: Wits University Press.

Woolfe, S. 2003. *The Secret Cure*. Sydney: Pan Macmillan.

Woolfe, S. 2007. *The Mystery of The Cleaning Lady: A Writer Looks at Creativity and Neuroscience*. Crawley: University of Western Australia Press.

Yadav, R. B. 2011. Representing the postcolonial subaltern: A study of Arvind Adiga's *The White Tiger*. *Journal of the Criterion*, 2(3): 217–227.

Young, R. 2012. World literature & postcolonialism. In T. D'haen, D. Damrosch & D. Kadir (Eds.), *The Routledge Companion to World Literature*. London: Routledge, 213–222.

Zimbler, J. 2022. Kamau Brathwaite's poems from Ghana: Making sense of rhyme. *Journal of West Indian Literature*, 30(2): 24–51.

术语表

澳大利亚文学数据库	AusLit
澳大利亚文学研究会	Association for the Study of Australian Literature
白色批判	Critical Whiteness Studies
被偷的一代	the Stolen Generation
本土理论	indigenous theories
表层阅读	surface reading
布克图书奖	the Booker Prize
创意写作	creative writing
达利特	Dalit
大理论	high theory
抵抗文学	resistant literature
地方意识	place-consciousness
地方政治	politics of place
动物转向	the animal turn
多元文化主义	multiculturalism
多资源性阅读	resourceful reading
反话语	counter-discourse
非洲公民主义	Afropolitanism
非洲主义视角	Africanist perspective
古根海姆奖	Guggenheim Fellowships
海盗叙事	piracy narrative
海洋文学	literature of the oceans
黑色大西洋	Black Atlantic
后劳工时代	post-indentureship
后理论	posttheory
后批判	post-critique
后人类生态批评	post-humanist eco-criticism
怀疑阐释学	hermeneutics of suspicion
机辅阅读	computer-assisted reading
疾风作家	the Windrush writers

世界英语文学 批评新趋势

计算文体学	computational stylistics
加勒比生态批评	Caribbean eco-criticism
近身批判	intimate critique
克里奥尔化	creolization
跨国文学批评	transnational literary studies
跨加文学	Trans.Can.Lit
跨学科的文学研究	interdisciplinary literary studies
邻近阅读	proximate reading
逆写	writing back
奴隶证词	testimonies of the enslaved
批评理论	critical theory
偏执型阅读	paranoid reading
情感转向	the affective turn
人类－动物研究	human-animal studies
人类世	Anthropocene
人文科学计算	humanities computing
认知文学研究	cognitive literary studies
世界文学	world literature
世界英语文学	world Anglophone literature
世界主义	cosmopolitanism
书籍史	History of the Book
庶民研究	Subaltern Studies
数字文学研究	digital literary studies
双重殖民	double colonization
替代－本土	alter-native
图腾主义	Totemism
土著生命故事	Aboriginal life-stories
文化民族主义	cultural nationalism
文化战争	culture wars
文明冲突论	clash of the civilizations
文学公民身份	literary citizenship
文学体制	literary institutions
现在主义	presentism
想象共同体	imagined communities
新经验主义	New Empiricism

新美学主义	New Aestheticism
新政治批评	new political criticism
行为能力	agency
性别政治	gender politics
修补型阅读	reparative reading
印度流散	Indian diaspora
印度诗学	Indian poetics
印刷文化	print culture
英帕克奖	Impac
远程阅读	distant reading
正读	just reading
症候性阅读	symptomatic reading
殖民－入侵类国家	settler-invader countries
种姓制度	caste system
重写文学史	rewriting literary history
重写小说	revisionary fiction